Eine junge Liebe ist zerbrechlich, wie eine Seifenblase. Sie könnte bei der kleinsten Erschütterung platzen, besonders wenn sie schwierig begann und beschützerische Brüder und eifersüchtige Exfreundinnen immer wieder dazwischen funken.

So ergeht es auch Sophie und Kyle, die vor neun Monaten eine leidenschaftliche Nacht in Paris verbrachten und sich unverhofft in Chicago wieder treffen.

Werden sie es schaffen, ihre Seifenblase zu erhalten?

Stefanie Schwellnus wurde 1985 geboren und lebt, zusammen mit ihrer Familie, in einem kleinen Dorf in Sachsen.
Ihre ersten Arbeiten hat sie auf fanfiktion.de unter dem Pseudonym Skyla of the Moors veröffentlicht. Dies ist ihr zweiter Roman und der Erste der geplanten "Seifenblasen"-Trilogie.

Bereits erschienene Titel:

Holidays – ISBN 978-3-7322-9414-5

Stefanie Schwellnus

Liebe ist eine Seifenblase

Roman

Bibliografische Information der Deutschen Nationalbibliothek:
Die Deutsche Nationalbibliothek verzeichnet diese Publikation in der Deutschen Nationalbibliografie; detaillierte bibliografische Daten sind im Internet über http://dnb.dnb.de abrufbar.

© 2014 Stefanie Schwellnus

Cover: René Brunnlieb

Herstellung und Verlag: BoD – Books on Demand, Norderstedt

ISBN:978-3-7347-3860-9

Für alle Menschen, die verliebt sind

Prolog

Die Sonne ist schon lange untergegangen. Das gleißende Licht des Tages ist durch die Dunkelheit der Nacht abgelöst worden. Wobei es ja mitten in der Stadt nie richtig dunkel wird. Irgendwo leuchtet immer etwas, auch wenn es nur eine Reklametafel ist.

Heute war ein wirklich heißer Tag. Ich lebe schon mein ganzes Leben in Chicago. Aber so etwas hatte ich noch nie erlebt. Es wurde die 38°C Marke geknackt. Zum Glück war ich den ganzen Tag über mit dem Auto unterwegs. Meine neueste Errungenschaft hat eine Klimaautomatik und diese habe ich ausgiebig genutzt. Selbst jetzt wedelt mir noch die kühle Brise aus den Lüftungsschlitzen um die Nase. Dabei ist es inzwischen neun Uhr abends. Das wird wohl eine heiße Nacht werden. In doppelter Hinsicht sogar. Denn heute treffe ich mich mit der Freundin meines großen Bruders Richard. Wir wollen erst einen Happen essen und dann machen wir die Clubs der Stadt unsicher.
Dank der Laterne, unter der ich parke, kann ich schnell noch einmal mein Make up kontrollieren. Aus dem kleinen Spiegel der Sonnenblende schaut mir mein eigenes Gesicht entgegen. Tastend suche ich nach meiner Handtasche auf dem Beifahrersitz. Zum Glück gibt es gute Grundierungen. So sieht man die Augenringe nicht sofort. Schnell frische ich meinen Lippenstift wieder auf.
Als ich aussteige, bleiben einige Männer stehen. Ob sie nun mich mustern, oder mein Auto, kann ich nicht sagen. Aber verstehen kann ich sie schon. Der Mercedes SLS AMG ist schon

eine Augenweide. Ich musste auch verdammt lange sparen, bis ich ihn mir endlich leisten konnte. Meine Eltern hätten ihn mir auch kaufen können, aber das wollte ich nicht. Gut, sie hätten es auch nicht gemacht. Sie haben mich und meine beiden großen Brüder so erzogen, dass wir den Wert des Geldes kennen und schätzen.
So sieht es nicht jede Familie der Oberschicht von Chicago. Die meisten Sprösse reicher Eltern können sich alles kaufen, oder besser gesagt, bekommen alles gekauft, was sie wollen.
Ich habe ein bestimmtes monatliches Kontingent auf meiner Kreditkarte. Das, was ich nicht ausschöpfe, wird mir immer von meinen Eltern auf ein separates Konto überwiesen. Dieses Geld habe ich die letzten drei Jahre nicht angefasst und so konnte ich mir vor vier Wochen mein Baby kaufen.

Mit einem leisen Klicken verschließen sich die Türen und ich lasse den Autoschlüssel in meine Handtasche gleiten.
Leider habe ich keinen Parkplatz direkt vorm Restaurant bekommen. Aber es wird mir nicht schaden, wenn ich ein paar Meter zu Fuß gehen muss. Zum Glück bin ich High Heel erprobt.
Das Restaurant, in welchem ich mich mit Lisa treffen möchte, ist ein kleiner Geheimtipp. Eigentlich verkehren hier fast nur Studenten. Was auch kein Wunder ist, schließlich ist die Universität nur einen Katzensprung von hier entfernt. Aber das Essen ist einfach phänomenal. Sie machen das beste Steak der Stadt, wenn nicht sogar das Beste von ganz Illinois.

Wie zu erwarten, herrschte ein reges Kommen und Gehen. Ich schlängle mich durch die schwatzenden und scherzenden Nachtschwärmer.
Schon als ich die Eingangstür öffne, weht mir der köstliche Geruch nach perfekt gegrilltem Fleisch entgegen. Sofort läuft mir das Wasser im Mund zusammen.

Das Restaurant ist fast schon wie eine Mensa eingerichtet. Überall, kreuz und quer, stehen die runden Holztische, um die die Holzstühle verteilt sind. An den Wänden hängen Poster von Bands. Teils gerahmt und teils direkt auf die Wand geklebt. Auch ungewöhnlich ist, dass es hier keinen Platzanweiser gibt. Man muss selber schauen, wo man einen Platz findet. Oft setzt man sich dann zu wildfremden Menschen, wenn kein Tisch mehr frei ist. So lernt man schnell die unterschiedlichsten Leute kennen, da man dann immer irgendwie mit ihnen ins Gespräch kommt. Einen Tisch reservieren kann man hier auch nicht.
Suchend blicke ich mich nach Richards Freundin um. Eigentlich nennen wir ihn alle Rich. Er mag es ganz und gar nicht, wenn man seinen vollen Vornamen benutzt. Das liegt wahrscheinlich daran, dass Mom und Dad ihn immer Richard gerufen haben, wenn er als Kind etwas angestellt hatte.

Ich erinnere mich noch heute, als wäre es gestern gewesen, als Dad mich in Paris anrief, um mir zu sagen, dass sich mein großer Bruder verliebt hat. Im Ersten Moment dachte ich, er wolle mich veräppeln. Aus einem Reflex heraus habe ich ihn gefragt, ob er betrunken sei. Das fand mein Vater dann nicht ganz so amüsant. Aber ich durfte wohl zu Recht verwundert sein. Immerhin ist Richard jetzt nicht der Typ Mann, der lange bei einer Frau bleibt. Eigentlich sind das meine beiden Brüder nicht. Seit dem Zeitpunkt, als sie das weibliche Geschlecht für sich entdeckten, turnten sie durch sämtliche Betten der weiblichen Chicagoer Bevölkerung.
Richard und David sind sich sowieso in vielerlei Hinsicht sehr ähnlich. Beide sind groß, muskulös, haben die gleichen Charakterzüge und sind beide erfolgreiche Geschäftsmänner. Richard, der älteste von uns drei Kindern, ist Musikproduzent. Gleich nach seinem Uniabschluss hat er sein eigenes Label

gegründet und zählt inzwischen zu den Großen in der Musikbranche.
David ist jünger als Rich aber älter als ich. Das Sandwichkind wenn man so will. Er ist Manager bei einem großen Kommunikationsunternehmen.
Jedenfalls hatte es mich wirklich aus allen Wolken gehauen, als Dad bei mir anrief. Ich hatte gerade einen meiner wenigen freien Tage und genoss ihn zusammen mit einem Buch in einem kleinen Café unweit der Avenue des Champs-Elysée.
Eigentlich dachte ich erst, dass es David wäre, der eine neue Flamme hat. Richard hat seine Bettgespielinnen gern unter Verschluss gehalten. David hat sie uns meistens schon nach der ersten Nacht vorgestellt. Ich kann gar nicht zählen, wie viele Frauen ich bei uns habe ein- und ausgehen sehen.
Aber Dad erzählte mir dann, dass es Rich wäre, der endlich eine feste Beziehung eingegangen ist. Ich bin ehrlich, ich habe meinem Bruder und Lisa keine große Chance gegeben. Ich dachte wirklich, es ist nur eine kurze Laune und er würde schnell wieder das Interesse an ihr verlieren. Zum Glück wurde ich eines Besseren belehrt. Lisa ist eine tolle Frau und sie liebt Rich von ganzem Herzen. Sie nimmt ihn mit all seinen Macken und Eigenheiten. Hat aber auch den Mut, sich ihm entgegenzustellen. Wir Boroughkinder können sehr schnell äußerst wütend werden. Die meisten Leute suchen schleunigst das Weite, wenn wir einmal loslegen. Lisa beeindruckt es nicht im Geringsten, wenn Rich mal wieder einen seiner Wutausbrüche hat. Wobei diese auch weniger geworden sind, seit er mit ihr zusammen ist. Sie tut ihm wirklich gut und da kann ich gar nicht anders, als sie zu mögen.
Inzwischen sind die beiden seit fast einem Jahr ein Paar. In drei Wochen wollen sie dann auch zusammenziehen.
David hat uns vor zwei Monaten auch überrascht. Molly ist auch eine tolle Frau. Aber sie ist erst seit 8 Wochen mit meinem Bruder zusammen und meistens ist bei ihm nach

spätestens 3 Monaten Schluss. Von daher bin ich noch etwas vorsichtig, bevor ich die Zwei als richtiges Paar ansehe. Ich drücke ihnen auf alle Fälle die Daumen. Nicht nur David hat es verdient, endlich die richtige Frau für sich zu finden, auch Molly hat ihn verdient. Es ist so, als hätten sie sich gesucht und gefunden. Nur dass David nicht so dumm sein sollte, es zu versauen.

Aber heute Abend will ich mich damit nicht befassen. Ich habe es verdient, einfach nur Spaß zu haben und die Zeit zu genießen. Ich will mich heute nicht mit meinem Liebesleben, oder dem meiner Brüder auseinandersetzen. Obwohl das von David und Rich ja weitaus besser läuft als meines. Aber als einzige Tochter der Familie, mit zwei älteren, männlichen Geschwistern ist es eh nicht leicht, ein erfülltes Liebesleben zu führen. Da wird vieles schon im Keim zerstört.
Lisa kann ich leider immer noch nicht finden. Vielleicht ist sie noch gar nicht da. Obwohl ich ja schon spät dran bin.
Ich will nach meinem Smartphone suchen, da entdecke ich sie. Lise wurde durch einige Studenten verdeckt, die mit ihrem Aufbruch beschäftigt waren. Sie steht ganz hinten im Restaurant und unterhält sich mit einem Mann, der mit dem Rücken zu mir steht. Wer das wohl ist? Rich ist es nicht, das erkenne ich schon am Körperbau. Auch die Haarfarbe stimmt nicht. Rich hat die gleiche Haarfarbe wie seine Geschwister. Wir drei haben alle Moms braune Haare geerbt und ich glaube nicht, dass er plötzlich die Anwandlung hatte, sich die Haare zu blondieren.
Vielleicht ist Mr. Unbekannt ja auch Jemand, den Lisa von der Arbeit her kennt. Sie arbeitet als Designerin für Mom. Sie designt zwar auch noch, aber nicht mehr so viel. Dazu fehlt ihr oft einfach die Zeit. Als Besitzerin von *Borough Designs* hat sie noch jede Menge andere Aufgaben zu erledigen, so dass das

Designen häufig andere übernehmen. Auf einer von Moms Modenschauen hat Rich auch Lisa kennengelernt.

Mein Magen beginnt unangenehm zu ziehen und mein Herz wird schwer. Immer wenn ich blonde Männer sehe, erinnern sie mich an einen ganz Bestimmten. Zumal scheint Mr. Unbekannt auch noch recht gut gebaut zu sein. Zumindest hat er einen tollen Hintern in diesen blauen Jeans.

Er muss einen Witz gemacht haben, denn Lisa lacht plötzlich auf. Aber lange lacht sie nicht, denn sie wird von hinten angerempelt und fällt direkt in die Arme von Mr. Knackarsch. Dabei dreht er sich etwas zu Seite, um sie vor einem schmerzhaften Aufprall auf dem Boden zu bewahren und dann bleibt mir das Herz stehen. Nein! Das kann und darf einfach nicht sein!

Kapitel 1
Partyvorbereitungen

9 Monate zuvor

Der Schnee fällt in dicken, weichen Flocken vom Himmel. Sanft und leise decken sie das nächtliche Paris zu. Auf den abendlichen Straßen ist noch reger Betrieb. Dennoch ist alles wie gedämpft. Es herrscht diese wundervolle, friedliche Stimmung, wie sie vor Weihnachten sein sollte.

Arm in Arm gehe ich mit meinem beiden Kolleginnen und Freundinnen Marie und Veronique auf dem Bürgersteig entlang. Obwohl wir uns alle drei nach der Arbeit umgezogen haben, haften uns immer noch die Gerüche der Küche an.

„Monsieur Gilbert dreht schon wieder durch.", seufzt Veronique und streicht sich durch ihre kurzen Haare. Wie immer hat sie keine Mütze dabei. Deshalb ist ihr Schopf vom Neuschnee auch schon völlig durchnässt.

„Wundert es dich? In zwei Wochen ist Weihnachten." Monsieur Gilbert ist schon ein Sklaventreiber. Aber er ist der Beste seines Faches. Nicht umsonst ist er sterneprämiert. Leider bildet er sich darauf auch sehr viel ein. Wir Lehrlinge stehen ganz unten in der Hackordnung. Wenn der Chef de cuisine seinen Souschef anschreit, schreit der den Chef de Partie an, der den Demi Chef de Partie, der dann Commis de cuisine und der dann uns Apprentis. Im Grunde bekommen wir den kompletten Unmut des Küchenpersonals ab. Manchmal kann das sehr anstrengend sein. Vor allem jetzt, kurz vor Weihnachten, will man am liebsten nur noch weg. In jeder freien Minute sitzt Monsieur Gilbert über dem Menüplan für die Feiertage. Da sich die großen Pariser Restaurants jedes Jahr mit ihren Weihnachtskreationen übertreffen wollen, muss dieses Menu natürlich außergewöhnlich sein. Um aber nicht erst am großen Tag herauszufinden, dass das Gekochte nicht schmeckt, muss jede neue Kreation im Vorfeld zur Probe gekocht und verkostet werden. Man muss da Monsieur Gilbert aber zu Gute halten, dass er dann das komplette Küchenpersonal verkosten lässt und jeder darf frei seine Meinung dazu äußern. Ob diese dann berücksichtigt wird, steht auf einem ganz anderen Blatt.

Neben all dem Probekochen muss das Abendgeschäft aufrechterhalten werden.

Marie, Veronique und ich haben da schon ein wenig Glück. Wir befinden uns in unserem letzten Jahr und dürfen in einem gewissen Rahmen schon eigenständig arbeiten. Das erste Jahr hat es da schon schwerer. Sie sind für das Putzen und schnippeln der einzelnen Zutaten zuständig. Nur mit Grauen erinnere ich mich an meine erste Weihnachtszeit hier in Paris zurück. Wochenlang nur Zwiebeln schneiden. Dabei sind meine Augen in der Hinsicht leider überempfindlich. Egal wie viele Zwiebeln ich bisher schon geschnitten habe, meine Augen beginnen schon zu tränen, wenn ich sie nur schäle.

„Was machen wir heute Abend? Immerhin haben wir morgen einen Tag frei. Das wird bis Januar der letzte Abend sein, an dem wir ordentlich einen drauf machen können."

Marie schiebt ihre rote Strickmütze etwas nach oben. Sie liebt dieses Strickgebilde abgöttisch, obwohl es schon total ausgeleiert ist. Wenn man sie darauf anspricht, dass sie sich doch mal eine Neue zulegen könnte, meint sie nur, dass sie die Mütze so lange tragen wird, bis ihr die einzelnen Fäden vom Kopf fallen. Immerhin habe ihre Uroma die gestrickt.

„Na dann ist es doch klar…", beginne ich und sehe meine beiden Freundinnen an „… Party!", rufen wir alle aus einem Mund.

„Wann und wo wollen wir uns treffen? Denn so können wir unmöglich heiße Männer aufreißen." Zur Bestätigung macht Marie ihre Jacke auf und zeigt uns ihren ausgeleierten dunkelblauen Pullover. Auch bei mir sieht es unter dem Wintermantel nicht besser aus. Wenn man den ganzen Tag in Essengerüchen steht, da zieht man selbst auf dem Heimweg lieber etwas ausgedientere Sachen an, da man sie daheim eh in die Waschmaschine stecken kann.

„Das dauert zu lange. Was haltet ihr davon, wenn wir zu mir gehen? Wir kochen eine leckere Pasta und dann ziehen wir los."

„Und was ziehen wir zwei dann an?" Zweifelnd deutet Veronique zwischen sich und Marie hin und her.

„Ach komm schon. Mein Kleiderschrank gibt ja nun mehr als genug her." Das tut er tatsächlich und das wissen die

Beiden nur zu genau. Immerhin haben wir zusammen schon so manch äußert erfolgreiche Shoppingtour verbracht.

„Na dann, auf zu dir, Sophie!" Lachend laufen wir ein wenig schneller. So ein Partyabend muss gut vorbereitet werden, selbst wenn er noch so spontan ist.

Auch wenn der Schneefall noch so schön ist, es ist verdammt kalt und wir drei sind froh, als wir endlich in meiner kleinen Dachgeschosswohnung angekommen sind.
Unsere Stiefel lassen wir erst einmal im Treppenhaus stehen. Ich habe wenig Lust, das Parkett im Flur mit Schneematsch zu ruinieren.
Wieder einmal danke ich dem Erfinder der automatischen Thermostate im Stillen. So ist es in meiner Wohnung jetzt kuschelig warm und wir müssen nicht zitternd darauf warten, dass die Heizung hochfährt.

„Ich fang schon mal an, die Pasta vorzubereiten. Eine von euch hilft mir und die andere geht schon mal duschen, damit wir uns nachher nicht in die Quere kommen." Direkt nach meiner Schicht war ich eigentlich total erledigt. Aber so langsam nimmt die Freude auf den bevorstehenden Abend die Überhand. So eine durchtanzte Nacht hatte ich seit einer gefühlten Ewigkeit nicht mehr.

„Ich helfe dir." Marie hängt ihre Jacke neben meine in den Flur und lässt damit Veronique den Vortritt im Badezimmer.

„Die Handtücher liegen im Hochschrank."

„Ich weiß, ich geh ja nicht das erste Mal bei dir duschen."

„Ist halt so ein Reflex." Entschuldigend zucke ich mit den Schultern. Mit einem Kuss auf unsere Wangen verabschiedet sich Veronique in Richtung Badezimmer und Marie und ich gehen in die Küche.

Geschäftig machen wir uns an die Vorbereitungen für unser Abendessen. Auch wenn es bereits kurz vor 22 Uhr ist. Unsere

Kollegen haben es da noch schlechter. Sie müssen noch bis Mitternacht durchhalten und dann auch noch die Küche putzen.

„Ha! Ich wusste doch, dass ich davon noch ein bisschen was auf Lager habe!" Triumphierend ziehe ich einen Karton aus der kleinen Nische zwischen Kühlschrank und Wand. Das Klappern der Flaschen ist schon sehr verheißungsvoll. Ein schneller Blick hinein bestätigt meine Hoffnung – ich habe noch 4 Flaschen Champagner auf Lager. Ich glaube, die sind noch von meiner Geburtstagsparty im September übrig. Aber so schnell wird das ja nicht schlecht. Ich schiebe 3 Flaschen in den Kühlschrank und eine ins Eisfach. Wenn ich einen Balkon hätte, dann hätte ich sie auch nach draußen stellen können. Da wären sie auch innerhalb kürzester Zeit schön kühl geworden. Aber so wird es auch gehen.

In einvernehmlichen Schweigen bereiten wir das Essen zu, während die Geräusche aus dem Badezimmer uns leise im Hintergrund begleiten.

„Das sieht wieder verdammt lecker aus." Veronique hat sich eine meiner Jogginghosen und einen meiner Pullover ausgeliehen. Ihr feuchtes Haar steht in lauter kleinen Stacheln wild von ihrem Kopf ab. Wie gewöhnlich hat sie sich nach dem Duschen nicht die Haare gekämmt.

„Ich hoffe, dass es auch so schmeckt." Die Sauce zur Pasta habe ich schnell aus dem zusammengewürfelt, was ich noch im Kühlschrank hatte. Zugegeben, das war nicht sehr viel, aber manchmal reichen eine Handvoll Tomaten, ein bisschen Knoblauch, Basilikum und ein gutes Olivenöl, um eine leckere Sauce zu kochen.

Schweigend genießen wir dieses einfache Gericht. Aber einfach muss ja nicht unbedingt schlecht sein. Wir reden manchmal so viel bei der Arbeit, auch wenn es meistens ums Essen und Zutaten geht, dass wir es dann einfach mal genießen, wenn alles ruhig ist. Zumal in der Küche manchmal eine ungeheure Geräuschkulisse herrscht. Nachher, wenn wir uns umziehen und schminken, dann quatschen wir wieder, als würde es kein Morgen geben. Aber jetzt muss es einfach mal ruhig sein. Da sind wir Drei relativ gleich. So gern wir uns auch austauschen, es ist toll, dass wir uns in den meisten Fällen ohne Worte verstehen.

„So, Marie, du bist als Nächste dran. Ich mache hier inzwischen klar Schiff." Satt lege ich meine Gabel zur Seite. Gern würde ich jetzt noch ein wenig am Tisch sitzen, das Glas Champagner genießen und mit meinen Mädels reden. Leider haben wir heute nicht die Zeit dazu, wenn wir noch auf die Piste wollen.
Marie will mir schon widersprechen, wie jedes Mal, aber ich fahre ihr dazwischen.

„Vergiss es. Diskutiere jetzt nicht mit mir rum, sondern beeile dich lieber. Ich will dann auch noch duschen, wenn ich mit der Küche durch bin." Mit einer Geste, die keine Widerworte duldet, verweise ich sie meiner Küche. Veronique schicke ich schon einmal in mein Schlafzimmer. Sie soll sich schon einmal das Passende für den Abend heraus suchen.
Ich nehme noch einen Schluck aus meinem Glas und beginne dann damit den Tisch abzuräumen.
Durch das Küchenfenster sehe ich, dass der Schneefall inzwischen beträchtlich zugenommen hat. Während ich den Flocken so zusehe, trifft mich die Erkenntnis, dass wir da in einer guten Stunde wieder raus müssen und dass wir vorm Club warten müssen, wenn ich nicht schleunigst mein Smartphone zücke und uns auf die Gästeliste setzen lasse. Auch wenn ich die Trumpfkarte meines Namens und meiner Verwandtschaftsverhältnisse nur ungern ausspiele, ist sie in solchen Situationen echt von Nutzen. Sophie Borough wird den wenigstens am Anfang etwas sagen, aber wenn dann im Gespräch Richards Name fällt, geht den meisten ein Licht auf.

Zumindest bei denen, die etwas von Musik verstehen, beziehungsweise damit ihr Geld verdienen. Was bei Clubbesitzern ja meistens der Fall ist. Ihren Gewinn machen sie zwar mit den Eintrittsgeldern und dem Verkauf von Getränken, aber den können sie auch nur machen, wenn die Leute zu ihnen kommen, um zu tanzen und dazu braucht man gute Musik. Die macht mein lieber Herr Bruder ja zur Genüge. Ich hätte ihn gern selber mal auf einer Bühne gesehen. Denn er hat eine wunderbare Stimme und spielt mehrere Instrumente. Aber sein Herz schlägt mehr für das Produzieren von Songs. Das Singen ist nicht so seine Passion. Den einen oder anderen Hit hat er auch schon selber geschrieben.

Schnell stelle ich den letzten Teller in den Geschirrspüler und hole dann mein Telefon hervor. Die Nummer unseres Lieblingsclubs habe ich im Telefonbuch gespeichert. So habe ich sie schnell gefunden. Die Gästelistenplätze sind auch schnell erledigt und nebenbei habe ich uns auch noch einen Tisch reserviert.

„Sophie, du bist dran!", höre ich Marie rufen. Ich kontrolliere noch einmal, ob ich jetzt alles weg geräumt habe und schnappe mir mein Glas und die Champagnerflasche. Beides übergebe ich an Marie, die mir im Flur entgegen kommt. Ihr rutscht dabei zwar fast das Handtuch vom Körper, aber das ist mir egal. Wir sind hier eh unter Frauen, da macht es uns nichts aus, wenn wir uns nackt sehen. Und es wäre ja auch nichts Neues. Immerhin gehen wir im Herbst und Winter regelmäßig zusammen in die Sauna.

Im Badezimmer wabern dichte Dampfwolken. Kurz überlege ich, ob ich nicht das Fenster öffnen sollte, entscheide mich aber dann dagegen. Das kann ich immer noch machen, wenn ich fertig bin. Es würde hier drin nur unnötig kalt werden. Außerdem habe ich keine Lust, mir jetzt eine Erkältung zu holen. So wie ich mich kenne, würde ich dann gleich wieder 2 Wochen flach liegen. Das kann ich mir, in dieser heißen Phase, beim besten Willen nicht leisten. Immerhin haben wir im Frühsommer unsere Abschlussprüfungen.

Die Klamotten, die ich auf dem Heimweg an hatte, wandern direkt in meinen Wäschekorb.

Seufzend heiße ich das warme Wasser willkommen. Es ist so schön, nach einem anstrengenden Arbeitstag, eine angenehme Dusche zu genießen. Ein Bad wäre jetzt auch nicht schlecht. Aber leider habe ich keine Wanne. Das ist etwas, was ich wirklich vermisse. Zu Hause in Chicago, bei meinen Eltern, habe ich eine schöne große Wanne. Darauf freue ich mich schon riesig, wenn ich im Sommer zurück in die Staaten gehe. Ich freue mich natürlich auch auf meine Familie und meine Freunde dort, gleichzeitig werde ich aber auch Paris und meine beiden Mädels hier vermissen. Sie sind mir in den 2,5 Jahren richtig ans Herz gewachsen. Hoffentlich ziehen sie ihren Plan durch. Marie und Veronique haben sich vorgenommen, in die USA zu gehen und dort die Küche kennenzulernen und vielleicht zu bleiben. Aus diesem Grund spreche ich auch immer englisch mit ihnen, damit sie es verbessern können. Außer auf Arbeit, da reden wir in der Landessprache miteinander. Nur gut, dass ich Französisch auf der High School hatte.

Wir werden heute alle Drei nach dem gleichen Duschgel riechen. Eine Mischung aus Limette, Orange und Vanille. Das Haare waschen muss jetzt auch im Schnelldurchgang passieren. Denn wer weiß, wie lange ich brauchen werde, bis ich mein Outfit zusammen habe. Das kann bei mir schon mal etwas dauern.

Als ich aus der Dusche trete überzieht eine Gänsehaut meinen Körper. Schnell trockne ich mich ab und schlüpfe in meinen Bademantel. Ich liebe dieses Teil. Darin kann man auch mal einen gemütlichen, freien Tag auf der Couch verbringen.

Das Badetuch schlinge ich um meinen Kopf, um die überschüssige Nässe aus meinen Haaren zu bekommen. So geht das Föhnen nachher schneller.

Als ich in mein Schlafzimmer komme, trifft mich, wie fast immer, wenn wir abends weggehen und meinen Schrank plündern, der Schlag. Wie schaffen die Beiden das nur, in so kurzer Zeit, ein ordentlich aufgeräumtes Zimmer in das absolute Chaos zu stürzen. Da werde ich morgen früh einiges zu tun haben. Ich könnte ja auch versuchen, sie dazu zu bewegen gleich mit aufzuräumen. Aber das war bisher eher selten von Erfolg gekrönt. Das könnte auch an der Alkoholmenge liegen, die wir meistens an so einem Punkt intus haben.
Heute sind wir da noch recht nüchtern dabei. Wir haben gerade einmal die erste Flasche Champagner gekillt. Aber was nicht ist, kann ja noch werden.
„Ich hab's!", ruft Marie und hält triumphierend eines meiner kurzen Schwarzen hoch und hält es sich vor den Körper. Von Veronique und mir bekommt sie zwei Daumen hoch. Nach kurzem Suchen drücke ich ihr auch noch die passenden High Heels mit Riemchen in die Hände und sie hat ihr Outfit gefunden.
Bei Veronique und mir gestaltet sich das schon ein wenig schwieriger. Eine gefühlte Ewigkeit ziehen wir uns an und wieder aus. Das Handtuch, welches meine Haare trocknen sollte, liegt schon seit geraumer Zeit in einer Ecke.
Ich will schon fast aufgeben, da trifft mich die Erkenntnis. Meine schwarze Hotpants und das knallrote Top mit dem Wahnsinns Wasserfallrückenausschnitt.
Triumphierend strecke ich die Fäuste in die Luft, als ich das okay von meinen beiden Freundinnen bekomme.
Jetzt muss sich nur noch Veronique darüber klar werden, was sie anziehen will. Während sie sich weiter durch meinen

Kleiderschrank wühlt, verschwinde ich im Bad, um mein Make up aufzulegen. Ich bin jetzt nicht unbedingt jemand, der sich viel schminkt. Oft reicht mir Grundierung, Puder und Mascara. Vielleicht auch mal ein wenig Kajal, aber das war es meistens dann auch schon. Aber wenn ich auf die Piste gehe, darf es schon mal ein wenig mehr sein. Mit geübten Handgriffen trage ich alles auf und lächle mich zufrieden über den Spiegel an. Der blaue Lidschatten bringt meine braunen Augen schön zum Strahlen. Für die Lippen nehme ich nur ein wenig Gloss. Ich will es ja nicht übertreiben.

„Was zur Hölle…?", frage ich meine Freundinnen, als ich wieder zurück ins Schlafzimmer gehe. Es ist alles aufgeräumt. Mit großen Augen sehen sie mich an.

„Überraschung!", lachen sie.

„Wie Überraschung?" Ich bin total perplex. Hatte ich mich doch innerlich schon darauf eingestellt, morgen hier wieder Ordnung rein bringen zu müssen.

„Naja, vielleicht schleppst du heute Abend einen heißen Kerl ab und da wäre ja schnell die Luft raus, wenn hier überall Klamotten herum liegen würden.", erklärt mir Marie.

„Woher wollt ihr wissen, dass ich heute Abend einen abschleppe?"

„Du hast uns erst letzte Woche vorgejammert, dass du es mal wieder nötig hättest und heute Nacht wäre doch die beste Gelegenheit dazu." Marie zuckt mit den Schultern. Auch wenn ich mir absolut nicht sicher bin, ob ich heute mit einem Kerl im Bett landen werde, Recht haben sie auf alle Fälle. Ich habe jetzt eine Durststrecke von einem guten halben Jahr und die Zeit wäre mehr als reif.

„Wir werden sehen.", antworte ich nur unbestimmt. Ich werde es nicht darauf anlegen. Aber wenn es passiert, dann passiert es und ich werde nicht traurig darüber sein.

Veronique hat inzwischen auch das Passende für sich gefunden. Sie hat sich, wie Marie, für ein Kleid entschieden. Sie beendet noch ihr Make up, während wir auf das Taxi warten, das Marie vorhin bestellt hat. Mit dem letzten Pinselstrich klingelt es an meiner Tür.
Wir ziehen uns noch unsere Mäntel über und dann kann es losgehen – unsere letzte Partynacht in diesem Jahr. Die muss ein Erfolg werden!

Kapitel 2
Wie alles begann

Warum müssen wir ausgerechnet heute den einzigen Taxifahrer von ganz Paris erwischen, der sich an die Verkehrsregeln hält? Es ist zwar jetzt nicht so, als würde uns irgendetwas drängen, aber wir wollen schon noch etwas von dem Abend beziehungsweise der Nacht haben. Es wäre sehr schade, wenn wir dann nur vier Stunden tanzen könnten. Aber wenn der gute Mann weiter so langsam fährt, werden es wohl noch weniger Stunden werden. Ich wohne sehr zentral, fast mit direktem Blick auf den Eifelturm und unser Lieblingsclub ist vielleicht 10 Kilometer entfernt, aber trotzdem erscheint mir die Fahrt heute ewig. Außerdem dudelt aus dem Radio irgendwelche Musik, bei der ich mich fühle, als würde man mir vom lebendigen Leibe die Haut abziehen.

Erleichtert atmen wir aus, als wir endlich angekommen sind und nach dem Bezahlen aus dem Taxi klettern.

„Himmel, ich hatte die ganze Fahrt über eine Gänsehaut des Grauens." Veronique schüttelt sich, als würde es ihr kalt den Rücken herunter laufen. Aber ich kann sie voll und ganz verstehen. Mir geht es ja nicht anders.

„Gleich haben wir bessere Musik auf den Ohren." Marie deutet auf den Club, vor den sich schon eine beachtliche Schlange gebildet hat. Zitternd und frierend stehen die Gäste in einer mehr oder weniger ordentlichen Schlange vorm Eingang und hoffen darauf, dass die Türsteher sie einlassen.

„Nur gut, dass ich uns noch auf die Gästeliste bekommen habe."

„Ja, aber wenn Jean-Pierre an der Tür steht, würden wir auch so rein kommen." Veronique hatte uns vor gut 2 Jahren den riesigen Hünen ohne Haare vorgestellt. Wenn man Jean-Pierre das erste Mal sieht, kann man es wirklich mit der Angst zu tun bekommen. Aber wenn man ihn dann einmal kennengelernt hat, merkt man schnell, dass seine äußere Erscheinung im krassen Gegensatz zu seinem Charakter steht.

„Mag sein, aber ich will nicht, dass er irgendwie Ärger bekommt."

„Wir ja auch nicht. Zumal er vor drei Wochen Vater geworden ist.", erzählt uns Marie die Neuigkeit. Wir wussten, dass seine Frau Carol schwanger ist, aber nicht, dass der kleine Wonneproppen schon auf der Welt ist.

„Das ist ja toll. Aber ich stelle es mir nicht leicht vor, wenn man in der Nacht arbeiten muss. Und da ist dann noch das Baby, was man eigentlich sehr selten sieht, weil man am Tag schläft." Ich möchte irgendwann auch Kinder haben. Ich bin jetzt nicht gerade sehr konservativ, aber ich möchte erst Mutter werden, wenn ich verheiratet bin. Keine Ahnung, warum ich genau in diesem Punkt so anders denke, als es meinem sonstigen Lebensstil entsprechen würde. Vielleicht liegt das auch an meiner Familie. Meine Eltern haben es ja auch so gemacht. Sie haben erst geheiratet und idealerweise wurde Mom in der Hochzeitsnacht schwanger und genau 9 Monate nach ihrer Heirat wurde Rich geboren. Anderthalb Jahre später kam dann David. Ich bin nicht nur die einzige Tochter und das jüngste Kind, ich bin auch ein totaler Nachzügler. Meine Brüder sind zehn beziehungsweise achteinhalb Jahre älter als ich. Da gestaltet sich die Männersuche schon schwierig. Vor allem kennt ganz Chicago meine Familie. Meine Brüder sind jetzt leider auch nicht so, dass sie mir bei der Männerwahl freie Hand lassen. Vielen jungen Frauen reicht es ja schon, dass ihre Väter immer ihre schützenden Hände über sie haben. Was soll ich da bitte machen? Bei mir sind es gleich drei Männer, die aufpassen wie die Luchse.

Ich merke, wie ich den Halt verliere und ein wenig mit meinen High Heels wegknicke. Vor meinem inneren Auge sehe ich schon, wie ich auf den harten und eiskalten Boden aufschlage. Das würde mir auch recht geschehen. Warum muss ich auch träumen, während ich laufe?
„Sophie!", rufen Marie und Veronique aus einem Mund. Sie schlängeln sich hinter mir an den Wartenden nach vorn und sehen meinen beginnenden Sturz. Wahrscheinlich werden sie nicht rechtzeitig bei mir sein, um meine Bruchlandung zu verhindern.
Kurz bevor ich auf der Nase lande, packen mich zwei Hände an den Schultern und verhindern somit Schlimmeres. Ich habe schon die Umstehenden lachen gehört. Sicherlich haben sie sich schon darauf gefreut, dass sich die hochnäsige Ziege, die an ihnen vorbei stöckelt, auf die Nase legt.
Behutsam werde ich wieder auf die Beine gestellt. Das Adrenalin wird von meinem wild schlagenden Herzen durch meine Adern gepumpt. Ich sehe mich nach meinem Retter um und wäre fast wieder gestrauchelt. Schnell huscht mein Blick über den Mann. Er ist einen halben Kopf größer als ich, was

wohl an meinen hohen Schuhen liegt. Sonst wäre der Größenunterschied noch größer. Unter seinem dicken Mantel scheint er gut gebaut zu sein. Aber das kann ich nur schlecht einschätzen. Sein Gesicht ist markant geschnitten und es zeichnet sich ein gepflegter 3-Tage-Bart ab. Seine Haare scheinen blond zu sein. Am Interessantesten finde ich aber seine Augen. Ihre Farbe bleibt mir verborgen, aber er hat einen sehr intensiven Blick und der mir direkt durch Mark und Bein geht.

„Merci.", bedanke ich mich. Das Französisch kommt bei mir automatisch.

„De rien." Täusche ich mich, oder hat er einen amerikanischen Akzent? Auf alle Fälle ist er kein geborener Franzose.

„Sophie, ist alles in Ordnung?" Marie und Veronique sind bei mir angekommen und verlangen sofort nach meiner Aufmerksamkeit. Dabei hätte ich mich gern noch etwas mehr mit meinem Retter beschäftigt. Zumal er sehr attraktiv ist.

„Ja danke. Ich wurde ja vor Schlimmerem bewahrt." Ich will ihnen meinen Retter zeigen, aber er ist nirgends mehr zu sehen. Hab ich ihn mir nur eingebildet? Aber das kann nicht sein, denn sonst würde ich ja jetzt auf dem Asphalt kleben, wie ein alter Kaugummi. Suchend drehe ich mich um die eigene Achse, kann ihn aber nicht mehr entdecken. Schade. Enttäuscht lasse ich die Schultern hängen.

„Du hattest echt noch mal Glück gehabt. Wollen wir weiter?" Noch im Sprechen schiebt uns Veronique weiter in Richtung Eingang.

„Bon jour, ich habe euch ja lange nicht mehr hier gesehen." Tatsächlich steht heute Jean-Pierre an der Tür. Überschwänglich springe ich ihm in die Arme und drücke ihn an mich.

„Herzlichen Glückwunsch, Papa!"

„Danke, danke." Er wird doch tatsächlich ein bisschen rot.

„Erzähl, wie ist es so?" Ich bin heute ja gar nicht neugierig.

„Naja, es ist schon nicht einfach. Aber wir bekommen das hin." Jean-Pierre kratzt sich den massigen Nacken.

„Das denke ich doch auch. Du und Carol seid ein Team."

„Genau. Zumal heute mein letzter Tag an der Tür ist."

„Wirklich? Oh Mann, da haben wir ja Glück, dass wir dich noch einmal sehen. Was machst du denn dann?"

„Ich bin jetzt fertig mit dem Studium und ab Januar dann in einer Kanzlei angestellt." Stimmt, das hatte ich ja ganz vergessen. Er hat sich mit dem Türsteherjob das Studium finanziert.

„Da bist jetzt also ein richtiger Anwalt? Na an die Anzüge musst du dich ja nicht mehr gewöhnen."

„Nein, das muss ich nicht mehr." Dröhnend lacht er. Dass durch unser kleines Gespräch gerade Einlassstopp ist, interessiert uns nicht im Geringsten.

„Ich wünsche dir auf alle Fälle alles gut!" Wieder drücke ich ihn an mich. Ein kleines bisschen erinnere ich mich auch an meine beiden Brüder.

„Danke, aber ich sollte heute noch ein bisschen arbeiten." Jean-Pierre deutet auf die murrende Menge. „Steht ihr auf der Liste?"

„Ja, ich hatte vor ungefähr zwei Stunden angerufen und uns drei Hübschen drauf setzen lassen."

„Na dann schauen wir mal." Er angelt nach einem Klemmbrett, welches auf einem schlichten weißen Bistrotisch etwas abseits liegt.

„Sophie Borough...", murmelt er vor sich hin, während er mit den Augen die Gästeliste absucht. „Ah ja, da seid ihr ja. Dann viel Spaß." Jede von uns bekommt noch ein Wangenküsschen von ihm und dann öffnet er uns das Absperrband, durch welches gern auch die andern Wartenden gelangen würden. Wahrscheinlich werden sie aber an Jean-Pierre und seinen Kollegen scheitern.

Das schummrig orangene Licht des Clubs umfängt uns. Nur die Garderobe bildet mit ihrer hellen Beleuchtung einen Gegenpunkt. Wir geben unsere Mäntel ab und machen uns auf den Weg in Richtung Dancefloor.
Die hohen Säulen, welche dem Raum einen historischen Touch geben, sind dunkelrot beleuchtet. Die Wände an sich sind schwarz.
Die Tanzfläche ist schon sehr gut gefüllt und die Menschen bewegen sich im Takt der dröhnenden Bässe, während das Licht über ihre Körper zuckt und sie teilweise etwas grotesk aussehen lässt.
Auch an der Bar, welche fast die komplette linke Wand einnimmt, drängen sich die Menschen dicht an dicht.
Wir schlängeln uns durch die Massen und halten auf den VIP-Bereich zu. Dort begrüßt uns einer von Jean-Pieres Kollegen. Ich muss ihm schon ins Ohr brüllen, damit er meinen Namen versteht und auch er muss schreien, damit ich verstehe, welcher der wenigen Tische unserer ist.
Erfreut stellen wir fest, dass wir den Tisch ganz hinten haben. Da müssen wir uns zwar auch ein wenig durchkämpfen, wenn wir zur Tanzfläche wollen, aber wir sind unter uns. Wir können den ganzen Club übersehen und können uns auch halbwegs gut unterhalten.
Kaum haben wir uns gesetzt, da ist auch schon die erste Kellnerin da. Sie schaut etwas missmutig drein. Wahrscheinlich weil wir nur eine kleine Frauengruppe sind. Mit Männern kann die Gute einfach mehr Geld machen.
„Hallo, kann ich euch etwas bringen?", versucht sie ihren Job so freundlich wie möglich zu machen.
„Eine Magnumflasche Champagner.", bestelle ich gleich. Marie und Veronique machen große Augen. Die Kellnerin

schaut mich abschätzend an. Vielleicht will sie ergründen, ob ich mir den Schampus auch wirklich leisten kann.

„Wer soll das denn bitte trinken?", fragt Marie, kaum dass die Kellnerin weg ist.

„Na wir!" Ich lege meine Arme um die Schultern meiner Freundinnen und ziehe sie in eine Umarmung.

„Die willst wohl, dass wir morgen einen Kater haben?"

„Und? Wir haben doch frei und du hast selber gesagt, das wird unser letzter gemeinsamer Abend bis Januar, wenn nicht sogar noch später, sein und dass wir den genießen sollten."

„Du denkst aber dran, dass unser Budget etwas eng gesteckt ist?" Veronique schielt mir gerunzelter Stirn auf ihre Tasche.

„Klar weiß ich das. Aber mach dir da mal keine Gedanken. Ich lade euch heute Abend ein. Da müsst ihr keine komischen Typen aufreißen, damit sie euch eure Drinks bezahlen.", ziehe ich die Beiden auf und ernte sofort Knüffe in meine Seiten.

Der Korken fliegt mit einem lauten Knall von der Flasche und ein kleiner Schwall Champagner ergießt sich auf den Tisch. Augenblicklich ziehen wir die Blicke der anderen VIP Gäste auf uns. Die sollen mal nicht so gucken. Viele von denen benehmen sich hier weitaus schlimmer.

Lachend stoßen wir auf unseren Abend an.

„Und? Schon was Heißes entdeckt?" Marie beugt sich nach vorn, um nach unten auf die Tanzfläche zu schauen.

„Ja, vorhin." Der Alkohol lockert meine Zunge.

„Erzähl!" Meine Freundinnen sehen mich gespannt an. Kurz beobachte ich fasziniert ihre Gesichter, welche von den bunten zuckenden Lichtern immer wieder angeleuchtet werden.

„Vorm Club, als ich gestolpert bin. Habt ihr ihn gesehen?"

„Ich hab bemerkt, dass dich jemand gehalten hat, aber wie er aussah, kann ich jetzt nicht beurteilen." Marie zuckt entschuldigend mit den Schultern.

„Ich hab ihn auch nicht richtig gesehen."

„Mädels, ich sag euch. Er ist eine echte Sahneschnitte. Auf einer Skala von eins bis zehn ist er eine zwanzig.", schwärme ich.

„Warum sitzt du dann noch hier rum? Schnapp ihn dir!" Veronique gibt mir einen Schubs, damit ich aufstehe.

„Da gibt es aber das Problem, dass er dann auf einmal weg war."

„Dann such ihn. Es war ja vorm Club und da liegt es doch nahe, dass er heute Abend auch hier ist." In gewisser Weise muss ich Marie Recht geben. Es könnte gut sein, dass er hier irgendwo ist.

„Ok, ich dreh mal eine Runde und schau, ob ich ihn entdecken kann." Ich trinke den letzten Schluck aus meinem Glas.

Unten hat sich die Anzahl der Gäste inzwischen gefühlt verdoppelt. Oh Mann, wie soll ich ihn denn so finden? Wenn er überhaupt hier ist. Vielleicht ist er nur durch Zufall vorhin vorbei gegangen.
Die Tanzfläche ist auch von hohen angeleuchteten Säulen eingefasst. Diese werden gern von Pärchen genutzt, um sich beim Fummeln anzulehnen.
Ich schlängle mich durch die Tanzenden und halte nach meinem sexy Retter Ausschau. Leider kann ich ihn nirgends entdecken. Es sind einfach zu viele Menschen hier.
Immer wieder drehe ich mich suchend im Kreis, bin dabei aber so dumm, weiter zu laufen und da sehe ich auch schon wieder etwas auf mich zukommen. Nur ist es dieses Mal nicht kalter Asphaltboden, sondern eine der Tanzflächensäulen.

Ich versuche zu stoppen, aber meine High Heels finden das nicht so toll und gehorchen mir nicht. Mir bleibt nur noch übrig die Hände zu heben, um so meinen Zusammenstoß mit dem harten Marmor abzufedern.

Ich schließe reflexartig die Augen und mache mich auf den kommenden Schmerz gefasst. Aber nichts geschieht. Stattdessen spüre ich wieder Hände auf meinem Körper. Dieses Mal an meiner Taille. Als ich die Augen öffne, sehe ich, wie sich die Säule von mir entfern beziehungsweise, wie ich mich von ihr entferne.

„Entweder machst du das extra, damit ich dich wieder vor Schmerzen bewahre, oder du bist total ungeschickt.", raunt mir eine tiefe Männerstimme ins Ohr. Gleichzeitig lande ich mit dem Rücken an einer breiten Brust und so wie es sich anfühlt, ist die wirklich gut trainiert.

„Ähm…" Was soll ich sagen, wenn ich mich nicht daran erinnern kann, was eben zu mir gesagt wurde? Aber da fällt es mir wieder ein und ein kleines Wörtchen leuchtet dabei förmlich auf – *wieder*.

So schnell wie es die Umstehenden und meine Füße zulassen, drehe ich mich um und sehe genau in das Gesicht meines sexy Retters. Wieder haben seine Augen diesen intensiven Blick.

„Also? Machst du es extra, oder bist du so tollpatschig?" Mit erhobenen Augenbrauen sieht er mich an. Schlagfertige Antwort! Ich brauche eine schlagfertige Antwort und zwar sofort! Leider ist mein Kopf wie leer. Was ist mit mir los? Es ist ja schon schlimm genug, dass meine Knie immer noch zittern und mein Magen sich auch komisch anfühlt, da muss mein Kopf ja nicht auch noch gegen mich spielen.

„Wenn du nicht auf solch hohen Schuhen laufen kannst, dann solltest…" Moment mal! Spricht er gerade englisch mit mir?

„Du bist Amerikaner?", fahre ich ihm erstaunt dazwischen. Dass er mich gerade mehr oder weniger beleidigt hat, lasse ich ihm mal durchgehen. Immerhin hat er mich zweimal gerettet.

„Ähm… Ja." Damit scheine ich ihn etwas aus dem Konzept gebracht zu haben.

„Hi, ich bin Sophie." Meine alte Selbstsicherheit kommt zurück. Leider ist mir auf seine Frage noch nichts Passendes eingefallen. Also lenke ich ihn lieber davon ab.

„Hallo Sophie, ich bin Kyle." Er reicht mir seine Hand und lächelt auf eine sehr verführerische Art und Weise. Als sich unsere Fingerspitzen berühren ist es wie ein Stromschlag. Fast hätte ich vor Schreck meine Hand weg gezogen. Nur nebenbei registriere ich, dass sich seine andere immer noch auf meiner Taille befindet.

„Tanzen?" Kyle deutet mit seinem Kopf in Richtung Tanzfläche, die wirklich sehr gut besucht ist. Das verspricht, dass wir uns körperlich sehr nah kommen werden. Was ja nicht unbedingt etwas schlechtes sein muss, denn meine Mitte pocht eh schon vor Verlangen. Und wie hatte Marie gesagt? Der Abend muss genutzt und genossen werden und genau das werde ich jetzt tun! Ich lächle ihn an und ziehe ihn hinter mir her zur Tanzfläche.

Auf dem Weg zur Tanzfläche gucke ich nach oben zu unserem Tisch. Wie erwartet lehnen Marie und Veronique über der Brüstung und beobachten mich. Ich mache mit dem Kopf eine kurze Bewegung in Richtung Kyle. Sofort bekomme ich vier hoch erhobene Daumen. Damit habe ich auch von meinen Freundinnen die Bestätigung, dass Kyle mindestens eine zwanzig ist.

Ich werfe einen schnellen Blick über die Schulter. Einmal, um zu sehen, ob er den kurzen Austausch mit meinen Mädels bemerkt hat und einmal, um nachzusehen, ob er noch hinter mir ist. Der kalte Lufthauch der Klimaanlage erfasst mich. Er lässt mich plötzlich frösteln, weht mir aber auch einen Duft entgegen, der sofort meinen Magen zum Flattern und meine Mitte zum Pochen bringt. Es ist eine Mischung aus frisch gewaschener Wäsche und gutem Aftershave. Es kommt mir seltsamerweise bekannt vor. Aber von woher? Wenige Augenblicke später habe ich die Antwort auf diese Frage.

Kyle und ich sind auf der Tanzfläche angekommen. Er legt seine Hände auf meine Hüften und zieht mich zu sich heran. Meine Nase kommt seinem Hemd sehr nahe und ich kann es jetzt nur zu deutlich riechen. Oh Mann, das ist eine echt verführerische Mischung. So simpel und doch so wirksam. Das Pochen in meiner Mitte ist nun nicht mehr nur dumpf, sondern sehr fordernd. Etwas unruhig trete ich von einem Fuß auf den Anderen.

Tief einatmend beginne ich, meine Hüften im Takt der Musik zu kreisen. Mit geschlossenen Augen schmiege ich mich an Kyle. Er kommt meinen Bewegungen entgegen und folgt ihnen. Er scheint ein guter Tänzer zu sein.

Unsere Unterleiber berühren sich immer wieder und ich spüre, wie es sich in seiner Hose zu regen beginnt. Ihn lässt unser Tanz also auch nicht kalt.

Meine Hände streichen über seinen Oberkörper. Durch den dünnen weißen Stoff fühle ich gut definierte Muskeln. Dafür muss er einem regelmäßigen Training nachgehen, denn so ein Körper kommt nicht von ungefähr.

„Woher kommst du eigentlich? Das du keine Französin bist, habe ich ja schon gemerkt." Er kommt mir belm Sprechen so nah, dass seine Lippen die empfindliche Haut an meinem Hals streifen. Eine Gänsehaut, welche nicht von schlechten Eltern ist, breitet sich auf meinem Körper aus. Ich merke, wie sich meine Brustwarzen aufrichten und gegen den Stoff meines BHs drücken und sich daran reiben. Vor meinem inneren Auge entsteht ein Bild, wie wir uns nackt durch die Laken rollen. Meine Haut beginnt zu prickeln. Wie wird es sein, wenn seine

warmen Hände mich erkunden, nur um dann das Gleiche noch einmal mit den Lippen zu machen? Himmel, ich sollte das lieber nicht weiter denken. Mein Atem kommt jetzt schon schnell und abgehackt und dabei sind das nur Gedanken. Nicht, dass ich ihm nach ein paar Minuten schon die Klamotten vom Leib reiße. Ich kenne ihn jetzt seit gefühlten fünf Sekunden und bin schon total angeturnt. Er ist doch ein völlig Fremder!
Dennoch ich will ihn und das am besten jetzt sofort. Aber zu diesem Spiel gehören immer noch zwei und ich habe keine Ahnung, ob er interessiert ist. Ich habe zwar nur zu deutlich die Beule in seiner Hose gespürt, aber das heißt ja noch lange nicht, dass er auch mit mir ins Bett will.

Während ich so darüber nachgrüble, bekomme ich einen schmerzhaften Stoß in den Rücken und werde fest gegen Kyle gedrückt. Sein Unterleib verdeutlicht mir wieder, dass bei ihm einiges in Aufruhr ist. Als ich meinen Kopf hebe, begegnen sich unsere Blicke und bleiben ineinander verfangen. Keiner von uns scheint in der Lage zu sein, den Blick als Erster zu lösen. Aber vielleicht wollen wir das auch nicht. Ich zumindest habe gerade keinerlei Ambitionen dazu.
Kyles Hände beginnen damit, über meine Seiten nach oben zu streichen. Dabei streifen seine Daumen wie rein zufällig die Unterseiten meiner Brüste. Ich muss tief Luft holen, um ein erregtes Zittern zu unterdrücken.
„Du scheinst nicht gern auf Fragen zu antworten, richtig?" Verdammt! Ich war so in meinen Gedanken gefangen, dass ich ihm nicht geantwortet habe.
„Ich komme aus Chicago."
„Chicago? Wirklich?" Er blickt mich so ungläubig an, dass ich es nicht richtig einordnen kann.

„Ja… Chicago." Aufmerksam sehe ich ihn an. Aber der Ausdruck ist verschwunden und einem strahlendem Lächeln gewichen.

„Da reist man das erste Mal nach Paris und trifft in der ersten Nacht eine wunderschöne Frau, die auch noch aus Chicago kommt."

„Das bedeutet jetzt was?"

„Dass ich ein Glückspilz bin.", raunt Kyle mir ins Ohr und wieder streifen seine Lippen meine Haut. Die Stelle beginnt sofort zu prickeln. Ich will mehr davon.

Der Griff meiner Hände um seine beachtlichen Oberarme hat sich verstärkt. Schnell lockere ich ihn wieder. Dafür schicke ich sie auf eine kleine Erkundungstour. Ich spüre die Wärme, die von seinem Körper ausgeht und die Muskelstränge unter seiner Haut. Das kurze Haar in seinem Nacken kitzelt meine Fingerspitzen. Aus einem inneren Impuls heraus ziehe ich seinen Kopf zu mir herunter und küsse ihn.

Als sich unsere Lippen berühren ist es, als würden tausend kleine Sterne explodieren. In meinem Bauch starten unzählige Schmetterlinge ihren Frühlingsflug.

Kyles Lippen sind weich, aber auch irgendwo hart und fordernd. Ich öffne meine und unsere Zungenspitzen treffen das erste Mal aufeinander. Oh Gott, er schmeckt so gut. Ich will mehr davon!

Sie erkunden einander, tanzen miteinander und treiben ein mehr als erotisches Spiel.

Erneut steigen in mir die Bilder auf, wie es sein könnte, wenn wir uns durch ein Bett rollen. Dass seine Hände wieder über meinen Körper streichen, macht es nicht besser. Es fühlt sich an, als würde er meine Haut in Brand setzen. Unser Kuss wird immer intensiver und fordernder. Unsere Unterleiber reiben sich aneinander. Wir sollten wirklich von hier verschwinden und uns ein etwas privateres Plätzchen suchen. Denn wenn

wir so weiter machen, treiben wir es noch hier auf der Tanzfläche. Ich stehe lichterloh in Flammen und sämtliche Muskeln in meinem Unterleib ziehen sich vor Verlangen zusammen.
Kyle löst seinen Mund von meinem und haucht lauter kleine Küsschen auf mein Kinn, meine Wange und meinen Hals. Ich kann ein Stöhnen kaum noch unterdrücken. Es ist zwar unwahrscheinlich, dass es jemand bei der lauten Musik hören könnte, aber riskieren will ich es nicht unbedingt.
Sanft nimmt er mein Ohrläppchen zwischen seine Zähne und knabbert daran. Ich kann nicht anders, ich muss einfach aufstöhnen, um dem Druck in meinem Inneren wenigstens ein kleines Ventil zu geben. Plötzlich lässt er von meinem Ohr ab.
„Willst du was trinken?" Was???
Ich bin scharf auf ihn und wenn ich die Beule in seiner Hose richtig deute, dann er auch auf mich und er fragt, ob ich etwas trinken will? Das ist das Letzte, woran ich momentan denke! Verwirrt über diesen plötzlichen Stimmungsumschwung nicke ich. In gewisser Weise hat es auf mich auch wie eine kalte Dusche gewirkt.
Kyle schiebt seine Finger zwischen meine und wir gehen gemeinsam zu Bar. Wobei ich mich immer noch frage, was das soll.
„Was willst du trinken?", fragt mich Kyle und wieder steigt mir sein betörender Duft in die Nase. Meine Knie beginnen zu wackeln. Es ist ein bisschen, als hätte ich Pudding in den Beinen.
Am liebsten würde ich ihm ins Gesicht schreien, dass ich verdammt noch mal nichts zu trinken möchte, sondern ihn direkt in mein Bett zerren will. Aber ich habe eine gute Erziehung genossen und ganz dunkel kann ich mich an selbige erinnern. Darum antworte ich ihm auch artig auf seine Frage.
„Ich nehme eine Cola." Alkohol wäre jetzt keine gute Idee. Fragend hebt Kyle eine Augenbraue, als wolle er mich fragen,

ob das mein Ernst sei. Entschuldigend zucke ich mit den Achseln und nicke kurz. Ich muss ihm ja nicht gleich auf die Nase binden, dass ich heute schon einiges intus habe. Das spüre ich jetzt, wo meine Erregung etwas abgekühlt ist, nur zu deutlich. Ich habe das Gefühl, als würde sich der ganze Club um mich drehen.

Kyle reicht mir ein großes Glas voll kühler Cola. Ich unterdrücke den Drang, es mir gegen Stirn und Wangen zu drücken. Mit einem Bier in der Hand dreht er sich erneut zu mir um und lächelnd stoßen wir miteinander an. Die Cola rinnt erfrischend meinen Rachen hinunter, aber der Effekt ist nur von kurzer Dauer.

Wieder schauen wir uns in die Augen und rasch beugt er sich zu mir herunter und drückt seine Lippe auf meine. Ich kann das Bier schmecken. Seufzend öffne ich meinen Mund und Kyle nutzt die Gelegenheit, um mir sanft in die Unterlippe zu beißen. Sofort schießt das Verlangen wieder durch meinen Körper und lässt meine Mitte pochen.

Meine Zunge geht auf Wanderschaft und fordert seine zu einem kleinen Kampf heraus, bei dem es keinen Sieger und auch keinen Verlierer geben kann. Sie umspielen und streicheln sich. Die kleinen Sterne explodieren erneut. Ich berausche mich an seinem Geschmack und ziehe seinen Duft tief in meine Lungen. Mein Körper giert danach, als wäre es eine Droge.

Der grobe Stoff seiner Jeans kratzt an meinen Beinen. Ich lege meine Hand in seinen Nacken, um ihn in Position zu halten.

Wieder spüre ich, wie sich seine Zähne in meine Unterlippe graben. Ich kann das Stöhnen einfach nicht unterdrücken. Ich brenne einfach zu sehr vor Lust.

Kyles Mund streift über meinen Kiefer zum Hals. Er knabbert mal hier und mal dort leicht an mir und jedes Mal durchläuft mich ein Schauer. Das Zittern meiner Knie wird immer stärker. Meine Hand in seinem Nacken dient jetzt eher dazu, mich aufrecht zu halten. Er ändert seine Strategie und küsst meinen Hals hinauf und hinab. Oh Mann, ich wusste gar nicht, dass es so erregend sein kann, wenn ein Mann mich da küsst. Vielleicht ist es auch nur bei ihm so. Denn so langsam aber sicher muss ich mir eingestehen, dass Kyle eine überaus anziehende Wirkung auf mich hat. So etwas hatte ich bisher noch nicht erlebt.

Verloren stöhne ich immer wieder auf. Meine freie Hand streicht über seinen Rücken. Aber der Stoff stört. Ich will seine Haut auf meiner spüren und das lieber jetzt als später. Meine Finger gleiten weiter nach unten und erreichen schließlich seinen Hintern. Er fühlt sich fest und wohlgeformt unter meinen Fingerspitzen an. Sein warmer Atem weht schnell und unregelmäßig gegen meine Haut. Kurz kneife ich ihn, genau wie er es vor wenigen Augenblicken bei mir getan hat. Kyle hält stockend die Luft an, um ihn wenige Sekunden später wieder auszustoßen. Oh ja, ihm geht es nicht sehr viel anders als mir.

Ich beschließe etwas kühner zu werden und auszutesten, ob mein Eindruck stimmt, oder nicht. Mit einer einzigen fließenden Bewegung lasse ich meine Finger unter sein Hemd gleiten. Wie erhofft trägt er darunter nichts weiter. Endlich kann ich seine Haut spüren. Zwar ist es nur ein kleines Stückchen, aber immer noch besser als gar nichts. Mit den Fingerspitzen fahre ich die Kontur seiner Bauchmuskulatur nach.

Abrupt und ohne jegliche Vorahnung lässt Kyle von meinem Hals ab und tritt einen Schritt zurück. NEIN!!! Die ganze Zeit über sind wir zwischen irgendwelchen Leuten eingequetscht und jetzt stehen wir nahezu allein hier rum. Das kann doch nicht wahr sein! Nicht schon wieder!

Kyle kommt einen kleinen Schritt zurück auf mich zu. Dabei umspielt ein unwiderstehliches Lächeln seine Lippen. Sein

Blick gleitet über meinen Körper. Was er kann, kann ich schon lange. Genauso schamlos wie er, beginne ich ihn zu mustern. Als ich zurück bei seinen Augen bin, versuche ich ihm mit meinem Blick zu verstehen zu geben, dass ich ihn will.

„Lass uns von hier verschwinden." Er spricht gerade so laut, dass ich ihn verstehen kann. Das ist gar nicht so leicht, wenn die Bässe der Musik die Luft zum Vibrieren bringt.

Trotz meiner High Heels muss ich mich auf die Zehenspitzen stellen, um seinen Hals bequem zu erreichen. Ganz sacht lasse ich meine Lippen über seine Haut gleiten. Hm... er schmeckt so gut. Ich spüre sein Stöhnen mehr, als das ich es höre. Ich beginne sacht an ihm zu knabbern.

Kyle legt seine Hand in meinen Rücken und drückt mich fest gegen sich. Fast schon wollüstig reibt er sich an mir und deutet ab und zu einen Stoß an. Kleine Lustschauer durchlaufen mich und ich sehne mich danach, dass das Feuer meiner Leidenschaft gestillt wird.

„Ich muss nur noch meinen Freundinnen Bescheid geben, dann können wir los." Wozu lange reden, wenn wir beide doch wissen, wie der Abend für uns enden wird.

„Gut, wir treffen uns draußen." Nach einem letzten leidenschaftlichen Kuss dreht er sich um und verschwindet in der Menge.

Ich schlängle mich wieder durch die Tanzenden in den VIP Bereich. Aber als ich an unserem Tisch ankomme, ist er verwaist. Marie und Veronique sind nicht zu entdecken. Wahrscheinlich vergnügen sie sich gerade irgendwo. Nur gut, dass es Handys gibt.

*Hey ihr Süßen,
ich werde jetzt meinen heißen Retter abschleppen. Denkt dran, der Abend geht heute auf mich, also lasst es ordentlich krachen. Wir sprechen uns dann morgen.
Bye Sophie*

So schnell, wie es mir möglich ist, quetsche ich mich in Richtung Ausgang. An der Kasse lege ich meine Kreditarte vor, mit dem Hinweis, dass die Getränke unseres Tisches auch über diese Karte abzurechnen sind.
Fast hätte ich, vor lauter Vorfreude auf das Kommende, meine Jacke vergessen. Nur der kalte Lufthauch, der mir vom Ausgang her entgegen weht, erinnert mich daran, dass wir Winter haben.
„Ist die Party für dich schon zu Ende?" Jean-Pierre sieht mich erstaunt an, als ich an ihm vorbei stöckel und dabei versuche nicht auf dem glatten Boden auszurutschen.
„Lass es mich so sagen, sie fängt gerade erst an." Ich wackle vielsagend mit den Augen. Während ich nach Kyle Ausschau halte, winke ich Jean-Pierre zum Abschied zu. Ich muss mir unbedingt von Marie seine Handynummer geben lassen.
„Bereit?" Kyle taucht so plötzlich vor mir auf, dass ich vor Schreck zusammenzucke. Ich presse mir meine Hand auf das wild schlagende Herz.
„Würde ich sonst hier in der Kälte stehen?"
„Wahrscheinlich nicht. Komm, wir müssen noch ein bisschen fahren, bis wir in meinem Hotel sind."
„Wir können auch zu mir." Das war gerade mal wieder ein klassischer Fall von 'Der Mund ist schneller als das Gehirn'. Aber es macht mir nicht aus. Zumindest jetzt noch nicht. Morgen könnte ich mich eventuell für meine Schamlosigkeit schämen. Aber das ist morgen und im Moment zählt für mich nur das Jetzt. Hätte mich Rich heute Abend erlebt, er würde

mit Dad einen Pakt schließen und mich bis in alle Ewigkeiten wegsperren. Wie heißt es so schön? Was er nicht weiß, macht ihn nicht heiß. Ich werde es ihm kaum auf die Nase binden.

„Ok, wenn es näher ist."

Ich winke nach einem Taxi und während wir warten, ziehe ich ihn mir zu einem schnellen Kuss herunter. Ich kann davon nicht genug bekommen.

Der Taxifahrer schaut uns nicht gerade begeistert an, als wir einsteigen. Er wird sich sicherlich denken können, was gleich hier drin abgehen wird.

Hastig nenne ich ihm meine Adresse, um mich dann wieder Kyle und seinem göttlichen Mund zu widmen. Während wir unser Zungen tanzen lassen, erforsche ich schon einmal seinen Oberkörper weiter. Die Bauchmuskeln durfte ich ja vorhin ertasten. Jetzt will ich wissen, was er noch zu bieten hat.

Kyle stöhnt leise unter meinen Berührungen auf. Holla, die Brustmuskeln sind echt nicht von schlechten Eltern. Leider stoppt sein Hemd meine Erkundungstour und ich wende mich anderen Gefilden zu.

Mutig lasse ich meine Finger über die Ausbuchtung seiner Jeans gleiten. Sein Griff in meinem Rücken wird fester. Er hat seine Hände unter mein Oberteil geschoben und mich sacht gestreichelt. Aber das wird jetzt auch fordernder. Im Schutz der Dunkelheit und meiner Kleidung streichen seine Daumen an den Seiten meiner Brüste entlang.

Zitternd hole ich Luft. Das Ausatmen verwandelt sich in ein Stöhnen, als er über meine Brustwarzen streichelt. Wie er es unter meinen BH geschafft hat, ist mir ein Rätsel. Das muss ich jetzt aber nicht lösen. Meine Brüste prickeln unter seinen Handflächen.

So gut seine Jeans es zulässt, umfasse ich seine Erektion und bewege meine Hand leicht auf und ab.

„Lass es lieber sein, oder wir werden hier im Taxi Sex haben. Ich weiß ja nicht, wie du das siehst, aber ich stehe nicht wirklich darauf, wenn mir jemand dabei zusieht, wie ich eine Frau dazu bringe, dass sie vor Wonne schreit." Seine Stimme ist so wunderbar tief und es schwingt das Versprechen auf guten Sex darin mit. Männer reden in dieser Hinsicht zwar oft ziemlichen Stuss, aber Kyle glaube ich sofort, dass er im Bett einiges zu bieten hat.

Da Sex in der Öffentlichkeit auch nicht zu meinen Vorlieben gehört, nehme ich meine Hand aus seinem Schritt und schiebe sie wieder unter sein Hemd.

Als das Taxi hält und der Fahrer uns verärgert mitteilt, dass wir am Ziel sind, müssen wir uns wohl oder übel voneinander lösen. Kyle bezahlt unsere Fahrt und hastig klettern wir aus dem Auto. Der Fahrer ist sicherlich erleichtert, dass wir es nicht auf seiner Rückbank getrieben haben. Ich wühle in meiner Handtasche und versuche den Schlüssel zu finden. Das ist nur nicht so leicht, wie gedacht, denn Kyle knabbert wieder an meinem Hals und schickt damit Stromstöße der Lust durch meinen Körper.

Als ich endlich den Schlüssel gefunden habe, zittern meine Hände so sehr, dass ich Schwierigkeiten habe, ihn ins Schloss zu befördern. Ob das an der Kälte, oder meiner Erregung liegt, kann ich nicht beurteilen.

Irgendwie gelingt es mir dann doch und wir stolpern in den Flur. Wild knutschend arbeiten wir uns durch das Treppenhaus nach oben. Da ich in einem renovierten Altbau wohne gibt es keinen Aufzug. Da nutzen wir die Stufen halt als kleines Vorspielt. Wobei wir beide keines mehr nötig hätten.

Kyle presst mich mit seinem ganzen Körper gegen meine Wohnungstür. Seine Hände und sein Mund sind nicht mehr sanft, sondern fast schon grob fordernd. Aber es gefällt mir und ich gehe ja auch nicht gerade zimperlich mit ihm um.

Wie wir es in meine Wohnung geschafft haben, ist mir schleierhaft. Aber auf alle Fälle sind wir drin und die Tür fällt mit einem lauten Knall ins Schloss. Jetzt, in der Abgeschiedenheit meiner Wohnung gibt es für uns kein Halten mehr.

Kapitel 3
One Night Stand

Wieder und wieder berausche ich mich an seinen Küssen. Er kann das verdammt gut. Wäre es eine olympische Disziplin, würde Kyle definitiv der Goldmedaillengewinner sein.

Unsere Zungen nehmen ihren Tanz wieder auf. Währenddessen fliegen unsere Mäntel in hohem Bogen auf den Fußboden. Selbst beim Ausziehen der Schuhe lösen wir nicht unsere Lippen voneinander.

Uns ist klar, warum wir hier sind. Da ich nicht unbedingt Sex im Flur haben will, löse ich meine Lippen dann doch von seinen. Kyle gibt einen protestierenden Laut von sich. Ich sehe ihm in die Augen und kann endlich deren Farbe erkennen. Sie sind grün, mit einem kleinen goldenen Kranz um der Iris.

Wortlos greife ich nach seiner Hand und führe ihn in mein Schlafzimmer.

Unsere Münder treffen sich wieder. Oh Gott, diese Lippen! Ich spüre, wie seine Hände über meinen Körper wandern und eine kribbelnde Spur hinterlassen.

Im Raum ist es dunkel, aber ich will ihn sehen. Also angle ich nach dem Lichtschalter des Nachtlichtes auf meinem Nachttischschrank und schalte es ein. Schon besser.

Meine Hände fahren über seine Schultern und über die Rippen, hinab zum Saum seines Hemdes.

Ich kralle meine Finger in den weichen Stoff und ziehe es ihm über den Kopf. Zumindest versuche ich es. Denn an seinem Kinn ist Schluss.

„Warte." Kyle öffnet zwei Knöpfe und schon kann ich es ihm ausziehen. Mir stockt der Atem. Sein Körper ist schier perfekt. Die Haut ist wie von der Sonne geküsst braun. Eine kleine blonde Haarspur verläuft von seinem Bauchnabel in Richtung Süden und verschwindet im Bund seiner Jeans. Bewundernd lasse ich meine Hand über seine nackte Brust streichen. Ich kann einfach nicht meinen Blick von ihm nehmen. Die Muskeln sind gut definiert, aber nicht so, dass es übertrieben aufgepumpt wirkt.

Zitternd stoße ich den angehaltenen Atem aus. Auch Kyle atmet abgehackt. Ich lecke mir über die Lippen und ziehe die Spur des Haarpfeils nach unten. Mit einem kleinen Lächeln quittiere ich das Zittern seiner Muskeln unter meinen Fingerspitzen. Kyle legt den Kopf in den Nacken und stöhnt auf. Das ist wie Musik in meinen Ohren und heizt meine eigene Erregung weiter an.

Meine Lippen finden seine Brust. Ich will ihn jetzt einfach schmecken. Sacht streicht meine Zungenspitze über seine Haut. Mein Weg führt mich immer weiter in Richtung seines Hosenbundes. Bevor ich an meinem Ziel ankomme, packt er meine Schultern und zieht mich wieder nach oben. Kaum stehe ich wieder aufrecht, presst er stürmisch seine Lippen auf meine. Er drängt seine Zunge in meinen Mund und ich lasse mich von seinem wilden Kuss davontragen. Immer wieder stöhne ich auf.

Seine Finger streichen über meinen Rücken. Endlich beginnt er damit, mir mein Oberteil auszuziehen. Die Muskeln in meinem Unterleib ziehen sich zusammen. Mein Atem geht immer schneller und abgehackter.

Mit einer einzigen fließenden Bewegung zieht er mir das Top über den Kopf. Kurz hält Kyle inne, um mich zu betrachten.

Nur gut, dass ich auf Veronique und Marie gehört habe und meine schwarze Spitzenunterwäsche angezogen habe.

Kyle streicht von meinem Steiß über meine Wirbelsäule nach oben. Leise raschelt es, als er mein Top fallen lässt. Ohne mich aus den Augen zu lassen, öffnet er Knopf und Reißverschluss der Hose. Wenige kurze Augenblicke später stehe ich nur noch in Tanga und BH vor ihm.

Kyle tritt einen Schritt zurück und lässt seinen Blick ganz langsam über meinen Körper gleiten. Mit dem Zeigefinger zeichnet er den Ansatz meiner Brüste nach. Die Brustwarzen richten sich noch mehr auf und drücken durch die zarte Spitze. Er beugt den Kopf und legt seine Lippen um darum. Durch den Stoff hindurch liebkost er sie und ich muss mich an seinen Schultern festhalten, um nicht auf den Boden zu sinken. Meine Knie zittern unkontrolliert und ich bin gefangen. Jeder Muskel in meinem Unterleib zieht sich zusammen und ich spüre, dass mein Orgasmus nicht mehr lange auf sich warten lässt.
Er verwöhnt mich mit seinem Mund, seiner Zunge und den Zähnen. Die Gänsehaut verschwindet gar nicht mehr von meinem Körper.
Auch seine Hände sind nicht untätig. Er streichelt mich und dabei verschwindet auch mein BH. Keuchend atme ich ein und aus. Ich kralle mich in seinen Schultern fest. Meine Fingernägel hinterlassen sicherlich halbmondförmige Male.
Kyle wandert mit seinen Lippen weiter, von meinen Bauch wieder nach oben zu meinem Mund. Vorsichtig löst er meine Frisur und die Haare fallen mir über die Schultern. Die Spitzen kitzeln den Ansatz meiner Brüste. Er wühlt sich in die Wogen und zieht meinen Kopf nach hinten. Mein Hals ist ihm schutzlos dargeboten. Kurz haucht er einen Kuss auf meine Kehle, um mich dann wieder freizugeben.

Heiß legen sich seine Handflächen auf meine Brüste. Stöhnend beuge ich mich ihm entgegen. Stumm bettle ich nach mehr und nach Erlösung.

Um ein bisschen mehr Gleichberechtigung zu schaffen, öffne ich Kyles Jeans. Meine Geduld ist langsam erschöpft. Ich will ihn endlich zwischen meinen Schenkeln haben, ihn endlich richtig spüren. Ein kleines Lächeln umspielt seine Lippen, als er seine Hand in meinen Tanga gleiten lässt. Mir stockt der Atem, als er sofort meine Klitoris findet und sie langsam und geschickt reibt. Er treibt mich der Erlösung immer näher. Aber als ich kurz davor stehe, zieht er seine Hand wieder weg.

Frustriert stöhne ich auf. Sein Lächeln verwandelt sich in ein Grinsen. Der Schuft! Er hat es genau geplant. Gespielt empört sehe ich ihn an.

„Nicht schmollen, ich machen es wieder gut.", raunt er an meinem Ohr. Na da werde ich nicht nein sagen.

Das Licht zeichnet sanft die Konturen seiner Rückenmuskulatur nach, als er sich bückt, um etwas aus seiner Hosentasche zu kramen. Ich nehme an, dass es sich um ein Kondom handelt. Denn das werden wir zweifelsfrei brauchen. Ich hätte auch noch meinen Vorrat im Nachtschrank, aber es ist schön, wenn auch der Mann an die Verhütung denkt.

Um nicht weiter stehen zu müssen, packe ich Kyles Hüften und lasse mich mit ihm auf mein Bett fallen. Wie erhofft landet er direkt auf mir. Durch den verringerten Stoff zwischen uns, kann ich seine Erektion jetzt noch besser spüren.

Meine Nägel kratzen sacht über seinen Rücken. Genau wie bei mir, wird auch sein Körper von einem feinen Schweißfilm bedeckt.

Wieder widmet er sich meinen Brustwarzen. Erst die eine und dann die andere. Dabei saugt er sie sacht in seinen Mund und lässt seine Zunge mit ihnen spielen. Kleine und große Lustblitze schießen durch mich hindurch. Sie sammeln sich alle in meiner Mitte. Mein Tanga ist schon lange durchnässt. Er bringt mich fast um den Verstand, als er sacht an den harten Kieseln knabbert.

Langsam beginnt er damit, sich nach unten vorzuarbeiten. Es scheint, als wolle Kyle jeden einzelnen Millimeter meines Körpers erkunden. Dabei ist er äußert gründlich und zeigt mir ein paar erogene Stellen auf, von denen ich noch keine Ahnung hatte. Seine Hand ist seinem Mund schon vorausgeeilt und ist damit beschäftigt mich meines Tangas zu entledigen. Vorsichtig, um ihn nicht ausversehen zu treffen, winkle ich meine Beine an, damit es ein bisschen schneller geht.

Ströme der Lust durchrauschen meinen Körper, als ich die Stoppeln seines Bartes an der Innenseite meines Oberschenkels spüre. Wie der Flügelschlag eines Schmetterlings trifft seine Zunge auf meine pochende Mitte. Ich schließe fest meine Augen und genieße es. Laut stöhne ich auf. Aber er lässt mich einfach nicht springen. Eins ums andere Mal bringt er mich direkt an den Rand, nur darf ich den letzten entscheidenden Schritt nicht gehen.

Langsam und bedächtig lässt er seine Zunge in mich gleiten.

„Oh Gott!", stöhne ich auf. Das fühlt sich so gut an.

„Kyle würde vollkommen reichen." Ertönt es plötzlich neben meinem Ohr.

„Nicht schon wieder.", rufe ich frustriert aus. Warum tut er das? Ich will endlich meinen verdammten Orgasmus haben!

„Soll ich aufhören und gehen?"

„Nein, aber du kannst das nicht mit mir machen!"

„Du meinst, ich soll dich nicht weiter verwöhnen?"

„Nein, das auch nicht." Himmel, ich will jetzt nicht diskutieren.

„Was denn dann?"

„Lass mich endlich kommen." Meine Stimme ist fast schon flehend.

„Gleich." Es ist nur ein leises Flüstern, aber doch so laut, dass ich es verstehen kann.

„Na das will ich auch hoffen.", murmle ich vor mich hin.

Das Laken klebt unangenehm an meinen Rücken. Ich rutsche ein bisschen hin und her, um es wieder zu lockern.

Kyles Mund findet wieder meinen und er küsst mich in Grund und Boden. Heiß umspielt seine Zunge meine. Verlangend biege ich mich ihm entgegen und von neuem baut sich in mir eine Welle der Lust auf. Meine Hände wandern über seinen Rücken und krallen sich in seine festen Hinterbacken. Ich höre ihn stöhnen und spüre die Vibration, die seinen Körper durchläuft. Ich will ihn genauso an den Rand des Wahnsinns treiben, wie er es mit mir die ganze Zeit über getan hat.

Bestimmt stemme ich mich gegen ihn und bringe ihn so dazu, sich auf den Rücken zu legen. Mein Mund gleitet über seinen Körper, während meine Finger seine Härte finden und sie umschließen. Sacht gleitend massiere ich ihn und bringe in zum Stöhnen. Mit dem Daumen streiche ich über seine Eichel. Stockend hält er die Luft an, um sie genauso zitternd wieder auszustoßen. Meine andere Hand tastet nach dem kleinen Kondompäckchen. Ich hatte es vorhin hier irgendwo gesehen. Nachdem ich es gefunden habe, reiße ich die silberne Packung auf. Wenige Handgriffe später habe ich es Kyle übergerollt.

„Jetzt bin ich wieder dran." Ehe ich richtig weiß, wie mir passiert, bin ich diejenige, die wieder auf dem Rücken liegt und Kyle ist über mir.

„Jetzt lasse ich dich fliegen." Er bringt sich zwischen meinen Beinen in Position und dringt langsam in mich ein. Ich heiße ihn willkommen. Erleichtert keuche ich auf.

Kyle gibt mir einen Moment, bis ich mich an seine Größe gewöhnt habe. Mit geschmeidigen Bewegungen beginnt er sich zu bewegen.

Ich winkle meine Beine etwas an, um ihn noch besser spüren zu können. Unser Atem geht immer schneller und abgehackter.
Er löst seinen Mund von meinem und schaut mir in die Augen. Seine Pupillen sind geweitet und unsere Blicke sind ineinander verschlungen.
Ich kralle meine Finger in das feste Fleisch seines Hinterns und treibe ihn so weiter an. Die Bewegungen werden schneller und kraftvoller. Ich stöhne auf. Er beißt mir ins Ohrläppchen und zieht leicht daran. Es ist um mich geschehen. Fest presse ich meine Schenkel um seine Hüften und werde von meinem Orgasmus überrollt.
Kurz nach mir spüre ich, wie Kyle erschaudert und sich noch einmal tief in mir vergräbt. Keuchend bricht er auf mir zusammen.
Sein Gewicht drückt mir die Luft aus den Lungen. Dennoch genieße ich seinen Körper auf meinem.
Versuchsweise hebe ich meinen Arm. Ich schaffe es, die Hand auf seiner Schulter abzulegen, welche sich schnell hebt und senkt. Durch den Schweiß rutscht sie aber wieder ab und landet dumpf auf der Matratze. Kyle haucht mir einen sanften Kuss auf das Schlüsselbein, ehe er sich aus mir zurückzieht und sich neben mich legt.

Keuchend und immer noch nicht klar bei Verstand liegen wir beide nebeneinander in meinem Bett. Kyle scheint mehr Energie als ich zu haben, denn er schafft es, sich auf die Seite zu rollen und mich von oben herab anzusehen.
Sacht umkreist sein Finger meine rechte Brust. Er zieht dabei Kreise, die immer enger werden, bis er bei der Brustwarze angekommen ist. Er zwirbelt sie zwischen Daumen und Zeigefinger. Himmel, ich hatte gerade erst einen Orgasmus und schon wieder schickt er die Lust auf Reisen durch meinen Körper. Ich lasse meine Hand an ihm herab wandern und

spiele mit seinen Bauchmuskeln. Mit den Fingerspitzen fahre ich ihre Konturen nach. Sein Atem beschleunigt sich wieder. Lächelnd sehe ich zu ihm auf. Unsere Blicke begegnen sich.

„Bereit für Runde Zwei?"

Ich nicke kurz und verliere mich erneut im Strudel der Lust.

Kapitel 4
Erwachen

Blinzelnd räkle ich mich im Sonnenlicht eines neuen Tages. Augenblicklich zucke ich zusammen. Oha, wir haben es letzte Nacht ein kleines bisschen übertrieben. Ich bin ganz schön wund. Aber ich weiß woher ich es habe. Ein breites Grinsen breitet sich auf meinem Gesicht aus. Ich fühle mich wie eine Katze, die gerade eine ganze Schüssel voll Sahne ausgeschleckt hat.

Erinnerungen an die letzte Nacht steigen auf und meine Bewegungen werden unruhiger. Ich spüre, wie ich langsam feucht werde. Oh ja, es war sehr heiß. Kyle war unersättlich. Wir haben seinen Kondomvorrat komplett aufgebraucht. Wenn er nicht gerade einsatzfähig war, dann hat er mich mit seinen Fingern, seinem Mund und seiner Zunge verwöhnt.

Ich drehe mich um, um ihn zu wecken. Wir sind erst eigeschlafen, als die Sonne bereits im Osten aufging. Wir waren total erschöpft, aber auch sehr befriedigt.

Tastend sucht meine Hand seinen warmen Körper, aber ich spüre nur ein lauwarmes Laken. Ein Verdacht keimt in mir. Vorsichtig, da mich die Sonne blendet, öffne ich meine Augen. Tatsächlich, die Bettseite neben mir ist leer.

Eigentlich hätte ich mich jetzt erleichtert fühlen müssen, oder? Aber ich bin es nicht. Mein Herz ist nach unten gerutscht, nur um dann wieder nach oben zu schnellen. Es klopft hart und schmerzvoll in meiner Brust. In meinem Magen bildet sich komischerweise ein Knoten.
Ich stehe auf und ziehe den Bademantel an, der an der Zimmertür hängt. Vielleicht ist er nicht weg. Kyle könnt genauso gut unter der Dusche stehen. Er wäre nicht mein erster One Night Stand, der am nächsten Morgen noch schnell mein Badezimmer benutzt.
One Night Stand – es tut weh, das zu denken. Ich will nicht, dass es nur für eine Nacht war. Meine Hand liegt schon auf der Türklinke, als ich auf den Boden sehe. Es liegen Kleidungsstücke herum, aber nur meine. Von seinen Klamotten ist nicht ein kleiner Fetzen zu sehen. Wenn hier nicht noch die silbernen Verpackungen der Kondome herumliegen würden, könnte man meinen, ich hätte alles nur geträumt.
Mein Herz, das sich selber so gut belügen kann, rutscht wieder eine Etage tiefer. Einen Moment lang konnte ich mir einreden, dass er doch noch nicht weg ist.
Resigniert lasse ich die Schultern hängen. Was ist denn nur mit mir los? Ich hatte doch sonst nie ein Problem damit, mich eine Nacht lang zu vergnügen und ihm am nächsten Morgen auf Nimmer Wiedersehen zu sagen.
Ich öffne meine Schlafzimmertür und genau in dem Moment höre ich, wie meine Wohnungstür ins Schloss fällt. Auf einmal steigt Wut in mir auf. Ich fühle mich verletzt und verraten. Wie ein Feigling stielt er sich einfach davon.
Ich bin schon auf halben Weg zur Wohnungstür, um ihm hinterher zu laufen und die Leviten zu lesen, da fällt mir ein, dass ich nur einen Bademantel trage. Schnell eile ich zum Küchenfenster. Es ist das Einzige, durch das man runter auf die

Straße sehen kann. Unten vor dem Haus steht ein Taxi, in welches Kyle gerade steigt.

Ich stützte mich auf der Arbeitsplatte ab und lasse den Kopf hängen. Meine Hand stößt gegen die Champagnergläser von gestern Abend.
Meine Nase beginnt zu kribbeln und meine Augen jucken. NEIN! NEIN! NEIN! Das ist jetzt nicht wahr! Ein Gefühl der Panik macht sich in mir breit. Im Schnelldurchlauf strömen die Bilder und Empfindungen unserer ersten Begegnung und unsere Kusses auf mich ein. Das kann ich jetzt echt nicht gebrauchen und schon gar nicht so unerwartet. Die Erkenntnis trifft mich wie ein eiskalter Regenschauer. Ich habe mich doch tatsächlich auf den ersten Blick in diesen Idioten verliebt. Panik steigt in mir auf. Ich stehe kurz vor meinen Abschlussprüfungen und danach ziehe ich wieder nach Chicago. Mein Vater und meine Brüder haben irgendwie einen Radar dafür, wenn ich mich zu einem Mann hingezogen fühle. Ich habe absolut keine Lust auf ihre Verhöre, Bevormundungen und was ihnen sonst noch so einfällt. Ich liebe sie wirklich über alles, aber dieser Zug ihrer Charaktere ist alles andere als angenehm.
Auf jeden Fall darf ich mich jetzt nicht von meinen Gefühlen überrennen lassen. Entschlossen presse ich meine Lippen fest zusammen. Ich muss mich nur ein paar Tage ablenken und dann ist alles wieder beim Alten. Am besten fange ich gleich damit an.

Bis auf ein feuchtes Badetuch auf dem Handtuchtrockner scheint alles wie immer zu sein. Es gibt noch nicht einmal Nebenschwaden oder einen angelaufenen Spiegel. Ich spüre, wie meine Gedanken schon wieder beginnen abzuschweifen. Mein einem lauten Knall schließe ich das angekippte Fenster.

So sperre ich nicht nur die Kälte aus, sondern hoffentlich auch meine rasenden Gedanken.

„Ahhhh!", schreie ich laut auf, als mich das eisige Wasser so unvorbereitet trifft. Ich hatte mich auf eine schöne, warme Dusche gefasst gemacht und jetzt das. Hastig drehe ich den Temperaturregler in den roten Bereich.

Wasserdampf breitet sich langsam, aber stetig im ganzen Raum aus. Auch wenn mir das heiße Wasser auf der Haut brennt, drehe ich es nicht kälter. Es hilft mir, den Kopf von diesen erdrückenden Gedanken frei zu halten. Wie konnte mir das nur passieren? Es gibt so viele Menschen auf der Welt, die wunderbar verdrängen können, dass sie sich verliebt haben. Ich muss natürlich zu denen gehören, denen es klar ist. Verdammter Mist.

Nach 20 Minuten muss ich dann doch einsehen, dass es jetzt besser wär, wenn ich meine Dauerberieselung beenden würde. Meine Haut wird es mir auf alle Fälle danken. Selbst ohne hinsehen weiß ich, dass ich krebsrot bin. Außerdem sind meine Handflächen schon ganz schrumpelig.

Das Badetuch ist kuschelig und weich. Schützend ziehe ich es eng um meinen Körper. Für einen kleinen Augenblick gebe ich mich der Vorstellung hin, dass es mir hilft, meine Gefühle auszusperren. Aber ich muss diese schützende Hülle fallen lassen. Denn sie ist unangenehm feucht geworden. Ich habe keine große Lust, mir irgendwelche Klamotten anzuziehen, also schlüpfe ich wieder in meinen Bademantel.

Was mache ich nun? Ich stehe mitten im Wohnzimmer und überlege fieberhaft, was ich mit meinem freien Tag jetzt anfange. Eigentlich wollte ich mit Marie und Veronique telefonieren, aber ich habe keine Lust ihnen zu erzählen, was passiert ist und wie ich mich gerade fühle.

Es ist komisch, je mehr ich versuche, nicht an Kyle und meine Gefühle für ihn zu denken, desto mehr denke ich daran. Es ist zum aus der Haut fahren.

In meiner Ratlosigkeit streife ich durch meine Wohnung. Wobei ich das Schlafzimmer tunlichst meide. In der Küche sehe ich wieder die Gläser. Soll ich, oder soll ich nicht? Ach, was soll's! Ich nehme mir eine Flasche Champagner aus dem Kühlschrank und ein sauberes Glas aus dem Schrank. Schlimmer kann mein Tag ja nicht werden. Vielleicht hilft mir der Alkohol etwas und wenn es nur für ein paar Stunden ist.

Ich mache es mir auf der Couch bequem und öffne die Flasche. Der Korken fliegt durch die Luft und verfehlt das Fenster nur um Haaresbreite. Ich lasse ihn auch erst einmal liegen. Wegräumen kann ich den später immer noch.

Herrlich kühl rinnt der Champagner meine Kehle herunter. Dem ersten Schluck folgen der Zweite und der Dritte und ganz schnell ist das Glas leer. Bevor ich weiter darüber nachdenken kann, habe ich es mir erneut gefüllt.

Nebenbei zappe ich lustlos durch die Fernsehsender. Ich bin wie in einer Art Trance und erschrecke richtig, als plötzlich mein Telefon klingelt. Ohne auf das Display zu sehen gehe ich ran, was ich nur einen Augenblick später wieder bereue.

„Ja?" Ups, ist meiner Stimme da etwa die halbe Flasche Champagner anzuhören?

„Sophie, ich bin's Rich." Oh oh.

„Hi, wie geht es dir?" Bloß schnell ablenken, egal weswegen er anruft.

„Eher sollte wohl ich dich fragen, wie es dir geht. Was ist los, Schwesterchen?", fragt er mich äußerst misstrauisch.

„Nichts." Hoffentlich war das jetzt nicht zu schnell geantwortet.

„Komm, spuck es aus. Mit dir ist etwas."

„Es ist nichts, ich bin nur müde." Bitte nimm mir diese kleine Notlüge ab. Wobei, es stimmt ja. Ich bin müde, weil ich die ganze Nacht gevögelt habe. Aber deswegen klingt meine Stimme nicht so komisch. Das muss Rich ja nicht wissen.

„Harte Schicht gehabt?"

„Ja." Lieber kurz und knapp antworten. Nicht dass ich unbedacht etwas ausplaudere, woraus er mir dann einen Strick dreht.

„Wie lange musstest du denn arbeiten."

„Bis sieben." Ich beiße mir auf die Zunge. Soviel zur Thematik nicht etwas ausplaudern, worauf Richard mich festnageln kann.

„Aha und warum bist du dann so müde? Es ist bei dir kurz nach zwei Uhr Nachmittags und laut deiner letzten Mail hast du heute frei und da kann ich mir das gerade nicht vorstellen." Und schon fängt er an den Strick zu zwirbeln.

„Was kannst du dir daran nicht vorstellen?", frage ich ihn gereizt.

„Du hattest genug Zeit zum Schlafen."

„Hatte ich nicht." Und schon wieder bin ich über einen seiner Stolpersteine gefallen. Ich kenne diesen Mann nun schon mein gesamtes Leben und weiß, wie er tickt und wie er trickst. Trotzdem trete ich immer wieder in die kleinen Fallen, die er so geschickt in einem Gespräch auslegen kann, egal wie sehr ich auch aufpasse. Mitunter kann das ganz schön schmerzhaft werden.

„Warum nicht?"

„Rich, muss das jetzt sein?"

„Ja, muss es. Also Sophie rück mit der Sprache raus." Seine Stimme ist bestimmt und duldet keinen Widerspruch. Ich muss jetzt den schmalen Grat zwischen Wahrheit, Lüge und Beruhigung meines Bruders finden.

„Ich war gestern noch weg. Zufrieden?"

„Hm.", antwortet er mir brummend. Das kann jetzt alles bedeuten.

„Wie geht es dir? Das hatte ich dich vorhin schon gefragt, aber keine Antwort bekommen." Ich versuche jetzt einfach mal den Spieß umzudrehen.

„Gut." Danke für die umfangreiche Antwort.

„Warum rufst du an?" Ich will Rich so schnell wie möglich loswerden. Zumal der Sprudel aus meinem Champagner verschwindet.

„Entschuldige, dass ich meine kleine Schwester anrufe, um mich mit ihr zu unterhalten und zu erfahren, wie es ihr so geht. Zumal Weihnachten kurz vor der Tür steht und ich weiß, wie sehr du das Fest magst und vielleicht ein bisschen sentimental wirst, da du dieses Jahr nicht bei uns sein kannst." Damit haut er mich jetzt echt um. Er benimmt sich manchmal wie die sprichwörtliche Axt im Walde und dann kann er wieder so einfühlsam sein.

„Danke. Es stimmt schon, ich vermisse euch wahnsinnig und jetzt so vor Weihnachten ist es besonders schlimm.", stimme ich ihm zu. Warum soll ich mit der Wahrheit hinterm Berg halten?

„Wir vermissen dich auch Kleines. Es ist ja nur in diesem Jahr so und im Frühsommer bist du wieder bei uns." Ich spüre, wie die Tränen aufsteigen. Nicht mehr lange und dann habe ich wieder meine Familie jeden Tag um mich.

„Grüßt du alle von mir?"

„Natürlich, das ist doch keine Frage."

„Danke."

„Ich würde mich gern noch mit dir unterhalten, aber ich muss runter ins Studio." Innerlich atme ich auf.

„Ich versteh das. Mach dir einen schönen Tag."

„Werde ich haben. Ruh dich aus Kleines. Die nächste Zeit wird noch sehr anstrengend für dich werden."

„Bye Rich."

„Bye.", murmle ich leise und lege auf. Das halbvolle Glas Champagner trinke ich in einem Zug leer. Einmal aus

Erleichterung, dass ich das Gespräch so gut über die Runden gebracht habe und einmal zur Beruhigung. Denn ich vermisse sie alle einfach schrecklich.

Als ich mir die zweite Flasche aus dem Kühlschrank hole, dreht sich meine Wohnung schon etwas um mich herum. Auch mein Kopf fühlt sich seltsam leicht an, so als würde er nicht ganz zu meinem Körper gehören.
Leider hat der Alkoholkonsum die unschöne Nebenwirkung, dass meine Gefühle für Kyle wieder hervorbrechen. Der Schmerz überrennt mich und ich kann die Tränen nun nicht mehr zurückdrängen. Leicht lallend heule ich vor mich hin. Das Fernsehprogramm habe ich schon lange vergessen und es interessiert mich auch nicht, was da gerade läuft. Auch das Zeitgefühl ist mir irgendwo abhandengekommen. Egal, solange wie ich morgen früh im Restaurant zum Dienstantritt auf der Matte stehe, ist es in Ordnung.
Nach der ersten Heulattacke überkommt mich der Heißhunger. Leider ist in meinem Kühlschrank nicht viel drin. Trotzdem stopfe ich alles in mich rein, was ich jetzt nicht erst noch irgendwie zubereiten muss. Über den Geschmack kann ich nicht viel sagen, dafür bin ich zu beschwipst. Nebenbei finde ich auch noch die letzte Flasche Champagner. Nachdem die Oliven, die eingelegten Peperoni, der Käse und die spanische Salami alle sind, wanke ich wieder zurück ins Wohnzimmer. Das Geradeausgehen kann ich für heute vergessen. Es macht mir auch nichts aus, dass ich so betrunken bin. Es muss heute einfach mal sein. Außergewöhnliche Umstände erfordern außergewöhnliche Maßnahmen.
Schon nach einem halben Glas merke ich, dass es ein großer Fehler war, die dritte Flasche zu öffnen. Das Karussell meiner Wohnung dreht sich immer schneller. Auch mein Magen scheint die wilde Kombination aus wüstem

Durcheinanderessen und zu viel Alkohol nicht zu mögen. Von einem Moment auf den nächsten wird mir speiübel.
Umständlich stehe ich auf und muss kurz still stehen, damit ich nicht gleich umkippe. Das ist kein einfaches Unterfangen, denn die Welt um mich herum dreht sich immer schneller.
Irgendwie muss ich es ins Schlafzimmer schaffen und wenn ich da auf allen Vieren hin krieche.

Auf meinem kurvigen Weg ins Bett richte ich so machen Schaden an. Unter anderem reiße ich das kleine Tischchen um, das direkt neben der Schlafzimmertür steht. Der weiße Metallteller mit den vier Kerzen und den Weihnachtskugeln stürzt klirrend zu Boden.
Mein Bett ist in greifbarer Nähe. Aber bevor ich da ankomme, verfängt sich mein Fuß in den herumliegenden Klamotten und ich falle der Länge nach hin. Der stechende Schmerz in meinem Knie dringt nur schwach durch den Nebel der Volltrunkenheit.
Das Aufraffen dauert dann auch etwas, denn meine Gliedmaßen wollen mir nicht so richtig gehorchen und machen nur das, was sie wollen. Irgendwie schaffe ich es dann doch und kann mich auf das Bett ziehen.
Als ich die Decke über mich ziehe, sind meine Augen schon fast zugefallen. Mein letzter Gedanken gehört dem kommenden Morgen, an dem ich mich ganz gewiss hassen werde.

Kapitel 5
Die sprechende Hose

Irgendetwas rüttelt mich unsanft an der Schulter. Ich versuche danach zu schlagen, verfehle es aber, denn es rüttelt schon wieder an mir.
Aua, mein Kopf fühlt sich an, als wolle er jeden Moment in unzählige Einzelteile zerspringen. Ich habe auch einen wirklich widerwärtigen Geschmack im Mund. Als wäre da drinnen vor sehr langer Zeit etwas verstorben. Meine Zunge klebt am Gaumen fest.
Versuchsweise hebe ich ein Augenlid und klappe es gleich wieder zu. Wer oder was hier bei mir ist, hat die Frechheit besessen die Deckenlampe anzuschalten. Das gleißende Licht vervielfältigt den Schmerz in meinem Kopf. Da ist es besser, wenn ich die Helligkeit aussperre und noch ein bisschen schlafe. Wenigstens scheint mein Magen mit der ganzen Situation gut zurecht zu kommen.

Wieder werde ich an der Schulter gerüttelt. Irgendwelche Worte werden gesagt, die ich nicht verstehe. Es ist mir jetzt auch zu anstrengend, mich darauf zu konzentrieren. Ich warte einfach ab, bis es verschwunden ist.
Ich fühle mich hundeelend. Leider kann ich es nicht sagen, ob es an meinem übermäßigen Alkoholkonsum liegt, oder an der Tatsache, dass Kyle mich so verletzt hat.
Mein Magen will es sich jetzt doch noch mal überlegen und beginnt Loopings zudrehen. Schwach frage ich mich, wie ich jetzt ins Badezimmer kommen soll. Es ist ja schon schlimm genug, dass mir schwindlig ist, aber dass meine Glieder auch

noch so bleischwer sind, setzt dem Ganzen noch die Krone auf.
Unsanft werde ich erneut gerüttelt und es wird etwas gesagt. Schwach und nicht unbedingt deutlich dringen die Worte zu mir durch.
„Sophie! Verdammt komm zu dir!" Was ist das? Ich liege auf dem Bauch und mein linker Arm baumelt vom Bett herunter. Ich hebe noch einmal versuchsweise ein Augenlid. Es strengt sehr an, aber ich kann etwas erkennen, das mich an eine Jeans erinnert. Wie kommt eine Hose in meine Wohnung? Ich will sie fragen, was zum Teufel sie hier macht und dass sie wieder verschwinden soll! Ich habe einen mordsmäßigen Kater und will doch nur in Ruhe sterben. Aber ich bekomme meine Zunge nicht vom Gaumen gelöst.
Wieder rüttelt die Hose an mir herum und schreit mich an.
„Sophie! Was zur Hölle hast du nur gemacht!?" Wieso schreit sie mich an? Weiß sie denn nicht, dass mein Kopf gleich platzt und dass das eine riesige Sauerei geben würde? Die Hose müsste dann alles ganz alleine weg machen. Dann kommt mir aber in den Sinn, dass sie ja keine Hände hat und ich fange an unkontrolliert zu kichern. Sie stößt einen sehr unfeinen und unschönen Fluch aus.
Jetzt werde ich schon wieder an den Schultern gepackt. Nur, dass ich jetzt umgedreht und aufgerichtet werde. Genau über dem Bett hängt die leuchtende Deckenlampe und sie brennt mir gnadenlos die Augen aus den Höhlen. Hastig mache ich sie wieder zu.
Ich werde am Rücken und in den Kniekehlen gepackt. Wie macht die Hose das nur? Wieder muss ich kichern. Lasse es aber gleich wieder, denn meinen Kopfschmerzen bekommt das gar nicht gut. Ich merke, wie ich mich vom Bett weg bewege. Seit wann kann ich fliegen? Oh Mann, das muss ein echtes Teufelszeug gewesen sein, das ich gestern in mich rein geschüttet habe. Ich schwebe also auf und davon. Dabei fällt

mir auf, dass ich darin echt noch Übung brauche. Denn ich schaukle hin und her. Das bekommt meinem Magen gar nicht gut.

Plötzlich bin ich im Badezimmer. Zum Glück ist es hier nicht so hell und ich kann es vorsichtig wagen, meine Augen zu öffnen.

Über dem Waschbecken leuchten die Spots, aber selbst das ist mir zu hell. Wieso will jedes Licht meine Augen verbrennen? Was habe ich denen getan?
Irgendwie lande ich und stehe auf meinen wackeligen zwei Beinen. Etwas fummelt an mir herum. Ein kalter Lufthauch trifft meinen Hintern. Bin ich nackt? Wieder will ich zu kichern anfangen. Zum Glück fällt mir ein, dass das weh tut und ich lasse es gleich bleiben.
Die Hose, woher auch immer sie Arme hat, schiebt mich in die Dusche und ich stolpere über meine eigenen Füße. Warum soll ich duschen? Ich war doch erst und bin noch nicht wieder dreckig. Ich beginne mich gegen die Hose zu wehren. Aber noch ehe ich mit meinen herum wirbelnden Händen etwas treffen kann, werden meine Handgelenke fest gepackt.

„Verdammt Sophie! Was soll der Scheiß!?" Die Hose hört sich irgendwie wütend an und ihre Stimme kommt mir seltsam bekannt vor.
Ganz plötzlich trifft mich kaltes Wasser. Mein Herz bleibt stehen und ich schreie auf.

„Heilige Scheiße!" Meine Stimme ist schrill und laut. Ich versuche der Kälte auszuweichen, aber ich kann nicht. Mit unnachgiebiger Härte werde ich unter dem Duschkopf gehalten. Die Luft wird aus meinen Lungen gedrückt. Ich komme mir vor wie ein Fisch auf dem Trockenen, der verzweifelt nach Luft schnappt.

Allmählich verschwindet der Nebel aus meinem Kopf. Ich öffne meine Augen, umsehen zu können, wer mir das gerade antut. Tja, ich hätte sie zulassen sollen. Denn mein Herz, das gerade wieder seinen Dienst aufgenommen hat, bleibt schon wieder stehen. Dieses Mal aber vor Schreck. Direkt vor mir, fast Nase an Nase, steht mein Bruder.

„Richard.", krächze ich entsetzt. So schnell wie es mir möglich ist, grabe ich in meiner Erinnerung nach. Habe ich ihn etwa im Suff angerufen?

„Ja, ich.", bekomme ich eisig zur Antwort. Die Temperatur des Wassers sinkt noch einmal um ein paar Grad. Ich erwarte fast, dass jeden Moment Eiswürfel aus dem Duschkopf fallen.

Rich steht mit mir unter der Dusche. Nur, dass er weit genug vom Wasser entfernt ist und nur seine Arme nass werden. Seine Jeans und das schwarze T-Shirt haben nur ein paar Spritzer abbekommen.

Ich kann an seinem Hals die Adern erkennen, die vor unterdrückter Wut pulsieren. Mir wird klar, dass ich nackt bin. Himmel ist das peinlich. Was soll das? Wut kocht in mir hoch.

„Lass mich verdammt noch mal los und verschwinde aus meinem Badezimmer!", schreie ich ihn an. Dank der kalten Dusche ist mein Kopf weitestgehend nebelfrei. Auch die Kopfschmerzen haben sich in ein dumpfes Pochen gewandelt. Wütend starren wir uns an.

„Falls es dir entgangen sein sollte, ICH BIN NACKT UND ICH WILL NICHT, DAS MEIN BRUDER MICH SO SIEHT! VERSCHWINDE!", kreische ich hysterisch. Rich presst seine Lippen zusammen, lässt mich dann aber los und dreht das Wasser ab. Sofort ist mir wärmer. Er verlässt die enge Kabine, kommt aber wenige Augenblicke später mit einem Badetuch wieder. Fürsorglich wickelt er mich darin ein.

„Ich warte im Wohnzimmer auf dich. Wenn du in fünf Minuten nicht aus dem Bad raus bist, komme ich dich holen und da ist es mir scheißegal, ob du nackt oder angezogen bist. Hast du mich verstanden?", presst er hervor, während er das Badetuch an meinem Rücken feststeckt. Ich nicke stumm.

Nach einem letzten, wütenden Blick dreht er sich um und verlässt das Badzimmer.

Erst als die Tür ins Schloss gefallen ist, trete ich langsam aus der Dusche heraus.

Scheiße, Richard ist hier! Was will er hier? Mir kommt mein Schlafzimmer in den Sinn. Dunkel kann ich mich auch daran erinnern, dass ich das kleine Tischchen im Wohnzimmer umgeworfen habe. Wie soll ich ihm das ganze Chaos erklären? Dass ich betrunken war, kann ich nicht abstreiten. Etwas anderes würde er mir eh nicht glauben. Aber er wird sicherlich nach einem warum fragen. Was soll ich ihm da sagen? Die Wahrheit ganz sicher nicht. Fragen über Fragen und keine einzige davon kann ich beantworten.

Eine Duftmischung aus frisch gewaschener Wäsche und Aftershave weht mir um die Nase. Mein Magen zieht sich sofort zusammen. Schniefend hole ich Luft. Meine Augen sind zwar durch das Saufgelage eh gerötet, aber wenn ich jetzt anfangen würde zu weinen, dann würde ich auch so schnell nicht wieder aufhören.

Ich starre meinen Bademantel an, der vor mir auf den Fliesen liegt. Das kann doch nicht sein!? Doch kann es, denn immerhin hat mein ganzer Körper nach ihm gerochen, als ich nach unserer Nacht aufgestanden bin. Dabei fällt mir ein, dass ich unbedingt meine Bettwäsche wechseln muss. Keine einzige Minute werde ich mehr darin verbringen. Am besten wäre, ich würde sie gleich verbrennen. Denn er hat die ganze Nacht darin verbracht. Standhaft weigere ich mich, seinen Namen auch nur zu denken. Es würde einfach zu sehr wehtun.

Ich schiebe mir die nassen Strähnen aus dem Gesicht und binde sie ungekämmt mit einem Haarband zusammen. Auch das Abtrocknen lasse ich sein. Denn durch meine Grübelei habe ich die fünf Minuten so gut wie aufgebraucht und habe jetzt keine Zeit mehr dafür.

Seufzend ergebe ich mich in mein Schicksal und gehe ins Wohnzimmer.

Meine nackten Füße tapsen über den alten Parkettboden. Am Rande registriere ich, dass das Chaos verschwunden ist. Da ich keine Heinzelmännchen habe, wird es wohl mein großer Bruder gewesen sein.

Wie ein eingesperrter Tiger läuft er vor der großen Glasfront hin und her. Als Rich mich bemerkt, bleibt er stehen, stützt die Hände in die Hüften und starrt mich wütend und auch ein bisschen besorgt an. Ich senke nur den Blick und schlurfe zur Couch rüber.

Ich stütze den Kopf auf die Hände und stöhne gequält auf. Schweigend setzt sich Rich neben mich und zieht mir sanft die Hände vom Gesicht. Entschuldigend sehe ich ihn an.

„Hier. Nimm." In der linken Hand hält er eine Schmerztablette und in der Rechten ein Glas mit kühlem Wasser. Am Glas hat sich Kondenswasser gebildet und läuft langsam daran herunter. Ich nehme ihm dankend beides aus der Hand. Ohne viel nachzudenken stecke ich mit die Tablette in den Mund und trinke das Wasser in einem Zug leer.

„Es tut mir leid.", murmle ich leise vor mich hin.

„Kleines, was soll das alles?" Die Resignation ist ihm anzuhören.

„Warum bist du hier?", antworte ich mit einer Gegenfrage. Ich will es ihm nicht erklären müssen.

„Ich habe mir um dich Sorgen gemacht."

„Warum?" Bitte, bitte, bitte lass mich ihn nicht betrunken angerufen haben!

„Du warst so traurig am Telefon, weil du Weihnachten nicht mit uns verbringen kannst und da wollte ich dich überraschen und ein bisschen aufmuntern. Aber statt meiner lebenslustigen Schwester treffe ich ein komatöses Etwas an."

„Ich hatte dir doch gesagt dass alles in Ordnung ist."

„Sophie, wenn ich das richtig deute, dann hast du drei Flaschen Champagner intus gehabt. Es ist nicht deine Art sich sinnlos zu besaufen. Also was ist los?"
Ich nehme seine Hand und sehe ihm in die Augen.

„Rich, du bist mein Bruder und ich liebe dich über alles, aber es gibt Dinge, über die kann ich nicht mit dir reden. Ich muss damit allein fertig werden." Erneut steigen mir Tränen in die Augen. Richard sieht mich besorgt an. Seine ganze Wut ist verschwunden.

„Hey, nicht weinen. Bitte sag mir doch, was los ist." Sanft streichelt er mir über die Wange. Ich schüttle abwehrend den Kopf. Ich kann es ihm einfach nicht sagen. Er atmet tief durch.

„Was hat das in deinem Schlafzimmer zu bedeuten?" Höre ich da wieder einen Anflug von Wut?

„Ich weiß nicht, was du meinst." Es ist vielleicht nicht die beste Art der Verteidigung, aber mit meinem verkaterten Kopf bekomme ich gerade nichts Besseres hin, als mich dumm zu stellen, obwohl ich ganz genau weiß, was er meint.

„Sophie, verkauf mich nicht für dumm. Du wirst ja wohl kaum Wasserbomben gebastelt haben. Ich nehme mal auch an, dass du nicht plötzlich den unwiderstehlichen Drang verspürt hast, mit Luftballons zu spielen. Also, was hat das zu bedeuten?" Er ist wieder wütend. Aufgebracht fährt er sich mit den Händen durch das Haar.

„Du weißt doch ganz genau, was es bedeutet. Tu nicht so, als wärst du ein Heiliger. Du hast doch auch schon fast jede Frau in Chicago flach gelegt. Mal ganz zu schweigen von den Betten, durch die du bei deinen Geschäftsreisen turnst!", fauche ich zurück. Sein Beschützerinstinkt geht mal wieder mit ihm durch.

„Wie heißt er?"

„Sag mal, hast du noch alle Tassen im Schrank? Ich bin alt genug um zu wählen, zu saufen und ob es dir passt oder nicht, bin ich alt genug um Sex zu haben. Es geht dich nichts an, mit wem, wo oder wie ich es treibe!" Ich bin maßlos wütend auf ihn. Ich springe auf und laufe im Wohnzimmer auf und ab.

„Wie… heißt… er?", Rich spricht jede Silbe extra betont aus und er wird nicht eher Ruhe geben, bis er die Informationen hat, die er haben will. Bloß gut, dass ich es gerade nur mit einem meiner Brüder aufnehmen muss. Denn wäre David jetzt noch mit hier, würde er Richard in nichts nachstehen.

„Kyle." Ich habe aufgegeben. Dank des zu viel an Alkohol bin ich heute alles andere als in Streitverfassung. Der Schmerz raubt mir so viel Kraft, da kann ich nicht auch noch gegen Rich ankämpfen.

„Kyle und weiter?"

„Ich weiß es nicht." Ich zucke nur mit den Schultern

„DU WEISST ES NICHT?" Er ist aufgesprungen und schreit mich dabei an.

„Ja verdammt. Ich weiß es nicht. Rich, es war nur ein One Night Stand." Ich versuche meine Stimme möglichst gleichgültig klingen zu lassen. Er packt mich an den Schultern, schüttelt mich leicht und zieht mich dann in seine Arme. Ich drücke mich fest an ihn und atme seinen Duft ein, der mich tröstend einlullt.

„Was soll ich nur mit dir machen, Kleines?"

„Schön, dass du da bist." Vor ein paar Minuten habe ich mir noch gewünscht, dass er verschwindet. Jetzt bin ich froh, dass er da ist. Auch wenn ich ihm nicht sagen kann, was mit mir los ist, so ist es doch tröstlich, dass er da ist und mich in den Arm nimmt. Sanft streichelt mir Rich über den Kopf. Das hat er schon getan, als ich noch ein kleines Mädchen war und mir wehgetan hatte. Oder wenn ich mir eingebildet hatte, dass in meinem Schrank ein Monster wohnen würde, bin ich immer zu Richard gerannt. Er hat mich dann in den Arm genommen und über den Kopf gestreichelt.

„Auch wenn mich dein Anblick und das Chaos unendlich wütend machen und glaub mir, ich bin es immer noch, finde ich es auch schön dich zu sehen."
„Wie lange bleibst du?"
„Leider nicht allzu lange. Ich habe morgen Aufnahmen in New York und da muss ich dabei sein."
„Wann geht dein Flieger?"
„Wenn ich es ihm sage. Ich bin mit dem Firmenjet hier. Aber in zwei Stunden muss ich wieder los." Ich schiele auf die Uhr des Blue Ray Players. Gegen 13.00 Uhr muss er also wieder los. Ich muss ja dann auch zur Arbeit. Auch wenn ich mich alles andere als danach fühle. Aber wer abends saufen kann, der kann am nächsten Tag auch arbeiten gehen.
Richard ist den ganzen weiten Weg von Chicago nach Paris geflogen, nur um mich zu sehen. Eine Welle der Liebe erfasst mich.
„Du bist der beste Bruder, den sich ein Mädchen wünschen kann. Ich hab dich lieb."
„Ach, jetzt bist du plötzlich wieder ein kleines Mädchen?"
Ich lächle ihn entschuldigend an.

Die zwei Stunden sind viel zu schnell vorüber. Wir haben viel geredet. Hauptsächlich über zu Hause und meine Arbeit hier in Paris. Zum Glück hat er nicht noch einmal versucht, irgendwelche Informationen aus mir heraus zu quetschen.
Ich stehe im Türrahmen der Wohnungstür und drücke Richard noch einmal ganz fest an mich. Ich gebe ihm einen Kuss auf die Wange. Sie fühlt sich kratzig an meinen Lippen an.
„Bye Rich."
„Bye Kleines." Damit löst er sich von mir, dreht sich um und geht. Ich schließe sacht die Tür und lege, für einen kurzen Augenblick, meinen Kopf gegen das kühle Holz.
In der Küche lehne ich mich ein bisschen aus dem geöffneten Fenster. Unten steht ein schwarzer Mietwagen. Richard blickt

noch einmal zu mir hoch und winkt mir kurz zum Abschied zu. Ich erwidere den Gruß und wünsche ihm im Stillen eine gute Heimreise.

Als das Auto weg ist, führt mich mein Weg zurück ins Wohnzimmer. Ich hocke mich auf die Couch und ziehe meine Knie schützend an meinen Körper. Plötzlich fühle ich mich wieder so allein. Vielleicht sollte ich mich doch für heute krank melden.

Der Anruf ist schnell erledigt und da meine Stimme rau und unnatürlich klingt, muss ich mich noch nicht einmal groß verstellen. Dann endlich kann ich meinen Tränen freien Lauf lassen.

Kapitel 6
Bittere Erkenntnis

Gegenwart

Ich fühle mich, als wäre ich in einem schlechten Film. Alles um mich herum bewegt sich in Zeitlupe, während mein Herz nur so rast. Meine Hände sind schweißnass und das Atmen funktioniert nicht richtig.

All die Gefühle und Erinnerungen, die ich in den letzten 9 Monaten mehr oder weniger erfolgreich verdrängt habe, stürzen auf mich ein. Es ist eine nicht enden wollende Sintflut an Bildern.

Ich kann meinen Blick nicht von der Szene abwenden. Je länger ich die Zwei beobachte, desto sicherer werde ich mir, dass es sich tatsächlich um Kyle handelt und er scheint Lisa zu kennen.

Fieberhaft beginne ich zu überlegen, was ich jetzt machen soll. Ich könnte mich umdrehen und so schnell wie möglich verschwinden. Aber wie erkläre ich das, sollten Lisa und Kyle mich entdecken?

Ich könnte aber auch...

„Sophie! Hallo, da bist du ja endlich." Lisa nimmt mir die Entscheidung ab. Oder anders gesagt, sie lässt mir keine Wahl mehr. Denn sie hat mich entdeckt und kommt auf mich zu. Ihre schwarzen Haare hat sie heute zu einem schlichten Pferdeschwanz gebunden.

Noch ehe ich richtig reagieren kann, hat sich mich zur Begrüßung umarmt.

Mit weit aufgerissenen Augen starre ich Kyle an, der die ganze Szenerie ungerührt beobachtet. Mechanisch lege ich meine Arme um Lisa und drücke sie kurz an mich. Wenn ich dachte, dass es schon schmerzhaft ist, ihn wiederzusehen, so weiß ich jetzt, dass es noch eine Steigerung gibt. Er sieht mich an, als wäre ich eine Fremde. Nicht das kleinste Zeichen des Erkennens ist in seinem Gesicht zu sehen. Damit habe ich noch einmal die Bestätigung. Über all die letzten Monate habe ich mir immer und immer wieder gesagt, dass ich für Kyle nur ein belangloser One Night Stand war. Mein Herz war da anderer Meinung. Es hoffte inständig darauf, dass es anders ist. Dass er an mich denkt und sich fragt, wie es mir geht. Jetzt sieht mein Herz, dass es sich selber belogen hat. Er erkennt mich ja noch nicht einmal und ich habe mich seit Paris nicht verändert.

Seit etwas mehr als zwei Monaten bin ich jetzt wieder zu Hause in Chicago. Leider konnte ich meiner Familie nicht verbergen, dass ich mich verändert hatte, dass etwas nicht mit mir stimmt. Richard hat es ja schon in Paris erlebt und ich habe die schlimme Befürchtung, dass er näher an der

Wahrheit dran ist, als er vielleicht selber vermutet. David und unsere Eltern haben auch mehrmals versucht aus mir heraus zu bekommen, was denn los ist. Aber ich will und kann immer noch nicht darüber reden. Es fällt ihnen sicherlich nicht gerade leicht, das zu akzeptieren, aber sie tun es.

„Wie geht's dir?" Lisas Stimme reißt mich aus meinen Gedanken. Leicht verwirrt sehe ich sie an. Ich versuche den Umstand zu ignorieren, dass ich Kyle die ganze Zeit über angestarrt habe. Mehr blamieren kann ich mich eh nicht. Was gibt es schon Peinlicheres als nach Monaten einem seiner One Night Stands zu begegnen? Das wirft bei mir auch die Frage auf, wie viele er schon hatte. Ich werde ganz sicher nicht die Erste gewesen sein und sicherlich auch nicht die Letzte.

„Sophie?" Verdammt, ich bin schon wieder abgeschweift.

„Ja?"

„Alles in Ordnung mit dir?"

„Ja, alles bestens." Ich zwinge mich dazu Lisa anzusehen. Ich weiß nicht wie, aber ich schaffe es, meine Stimme möglichst normal klingen zu lassen.

„Sicher?" Sie scheint mir nicht zu glauben. Tja, würde ich ja selber auch nicht.

„Wollen wir?" Ich möchte mit ihr zu einem der freien Tische gehen, aber sie hält mich auf.

„Warte, ich will dir noch jemanden vorstellen." Schnell fasst sie meinen Arm und zieht mich zu Kyle hinüber. Ich will hier weg!

„Das ist Kyle Wallace. Wir haben zusammen in New York studiert.", beginnt sie zu erklären. „Wir hatten nicht dieselbe Studienrichtung. Für Modedesign ist er eindeutig zu hetero. Er ist Betriebswirtschaftler. Kyle, das ist Sophie. Sie ist die kleine Schwester meines Freundes." Ich bete inständig, dass der Boden sich auftun möge und mich verschluckt. Was habe ich Schlimmes verbrochen, dass man mir das antut? Es tut so weh, ihn zu sehen.

„Hi. Freut mich dich kennenzulernen." Freundlich lächelnd reicht er mir seine Hand. Mein Herz krampft sich weiter zusammen.

„Hallo.", krächze ich. Wie gern hätte ich jetzt meiner Stimme einen kühlen Ton gegeben.

„Was haltet ihr davon…", beginnt Kyle, wird aber von Lisas Klingelton unterbrochen.

„Bin gleich wieder da." Damit ist sie auch schon verschwunden und lässt mich mit dem Mann allein, den ich liebe und dafür hasse, dass es ihm nicht genauso geht.

Hilfesuchend sehe ich mich um. Vielleicht kenne ich ja jemanden, dem ich schnell mal Hallo sagen muss. Leider ist keiner meiner Freunde oder Bekannten da. Wäre auch ein Wunder gewesen, wenn ich einen von ihnen hier angetroffen hätte. Das ist eindeutig nicht deren Stil.

Im Augenwinkel sehe ich die Toiletten und sie erscheinen mir wie ein rettender Hafen.

„Du entschuldigst mich?" Ich lasse ihm nicht die Zeit, mir zu antworten.

Erleichtert atme ich auf als die Tür der Damentoilette zufällt. Ich suche mir eine der leeren Kabinen aus und setze mich auf den geschlossenen Toilettendeckel. Die ganze Situation überfordert mich total. Ich glaube, ich könnte jetzt ewig hier hocken und grübeln. Aber es würde nichts dabei heraus kommen.

Seufzend richte ich mich ein wenig auf. Was mache ich hier eigentlich? Das bin doch nicht wirklich ich. Wo ist mein Selbstbewusstsein hin? Es kann doch nicht sein, dass Kyle mich wieder so aus der Bahn wirft. Er hat nicht das Recht dazu! Je mehr ich mich in diese kleine Triade hinein steigere, desto selbstsicherer werde ich nun. Was er kann, kann ich schon lange.

Ich springe auf und stoße die Toilettentür so stürmisch auf, dass sie mit einem Knall anschlägt. Erschrocken dreht sich eine Frau in meinem Alter um und mustert mich misstrauisch. Sie denkt wahrscheinlich ich will sie ausrauben. Irgendwie gibt mir das auch ein wenig Auftrieb.

Ich wasche mir gründlich die Hände. Dabei betrachte ich mich ausgiebig im Spiegel. In meinen Augen ist noch dieser verletzte Zug, der schon so viele Monate darin liegt. Der muss jetzt so schnell wie möglich weg. Ich atme ein paar Mal tief durch und gehe dann zurück.

Als ich zurückkehre, ist auch Lisa mit ihrem Telefonat fertig. Sie und Kyle sind in ihr Gespräch vertieft und scheinen nicht zu bemerken, dass ich mich ihnen nähere. Auch wenn es nicht meine Art ist, kann ich nicht anders. Ich muss die beiden einfach belauschen.

„... Sophie kenne ich jetzt seit zwei Monaten."

„Hast du nicht erzählt, du wärst mit ihrem Bruder schon ein Jahr zusammen?"

„Das stimmt auch. Aber sie war lange Zeit in Paris und ist erst vor acht Wochen wiedergekommen."

„Achso."

„Warum fragst du?"

„Nur so. Ihr Freund hat die lange Trennung ausgehalten?"

Was zum Geier fragt er da Lisa?

„Sie hat keinen Freund."

„Nicht? Interessant..." Ich werde aus diesem Mann echt nicht schlau. Hat er jetzt plötzlich seine Meinung geändert oder will er noch einmal sein Glück versuchen, ob er mich nicht noch einmal ins Bett bekommt? Tja, da wird er auf Granit beißen. Es gibt Fehler im Leben, die macht man nicht ein zweites Mal.

„Na endlich! Da bist du ja wieder. Wir dachten schon, du wärst verloren gegangen." Sie haben mich entdeckt. Kurz huscht mein Blick über ihre Gesichter. Es wäre ziemlich peinlich, wenn sie mich beim Lauschen erwischt hätten. Aber ich kann keine Anzeichen dafür entdecken.

„Du weißt ja, dass es ein bisschen dauern kann, bis man sei Make up aufgefrischt hat." Ich versuche eine fröhliche und unbeschwerte Miene aufzusetzen. Im ersten Moment will es mir nicht so recht gelingen, aber dann denke ich daran, was ich mir eben selber auf der Toilette geschworen hatte. Schon lassen sich die Mundwinkel etwas leichter heben. Auch wenn mein Herz noch immer hart und schnell in meiner Brust schlägt.

„Nimm es uns nicht übel..." Ich tue so, als wüsste ich Kyles Namen nicht mehr „... Carter, aber Lisa und ich haben heute noch etwas vor." Meine Stimme klingt etwas abweisender als beabsichtigt. Was soll es. Ich werde ihn nie wieder sehen – hoffentlich.

„Ich heiße Kyle." Seine Stimme ist ein klein wenig tiefer und schneidender geworden. Es scheint ihm etwas auszumachen, dass ich augenscheinlich seinen Namen vergessen habe. Ich verbiete meinem Herzen weiter darüber nachzudenken. Denn es würde seinen kleinen Satz und den Tonfall bis ins kleinste Detail auseinander nehmen. Am Ende wäre ich dann wieder an dem Punkt, an dem ich schon am Tag nach unserer Nacht gewesen bin.

„Du, Sophie..." Mein Kopf ruckt zu Lisa herum. Auch wenn ich sie noch nicht so lange kenne, so weiß ich doch, was dieser Ton zu bedeuten hat. Immerhin kam das schon mehrmals vor.

„Lass mich raten, das vorhin am Telefon war mein lieber Herr Bruder, der Sehnsucht nach dir hat und du kannst es ihm nicht abschlagen?"

„Ähm..." Ihre Wangen färben sich leicht rosa. Da habe ich wohl genau ins Schwarze getroffen. Oh Mann, die beiden sind echt wie frisch verliebte Teenager. Sie können kaum die Hände von einander lassen.

„Schon gut, dann fahr ich wieder nach Hause und mach einen Couchabend."

„Das musst du nicht! Kyle hat angeboten, meinen Platz einzunehmen." Lisa strahlt mich an, als hätte sie die Lösung zu allen Problemen der Welt gefunden. Ich finde es ja rührend, dass sie mich den Abend nicht allein verbringen lassen will. Aber mit *ihm* werde ich ganz bestimmt keine Zeit verbringen. Leider kann ich ihr das so nicht sagen. Fieberhaft suche ich nach einer passenden Ausrede. Nur fällt mir keine ein.

„Schön, dass du damit einverstanden bist. Ich muss dann los, Rich wartet auf mich." Lisa deutet mein Schweigen völlig falsch.

„Wir sehen uns." Schnell drückt sie mir ein Abschiedsküsschen auf die Wange, umarmt Kyle und schon ist sie durch die Menge nach draußen verschwunden. Wenigstens muss ich nicht mehr die Freundliche spielen.
Mein Lächeln verschwindet von meinem Gesicht und ich schiebe meine Handtasche entschlossen etwas höher auf meine Schulter.
Ohne Kyle eines weiteren Blickes zu würdigen will ich das Restaurant verlassen. Lisa dürfte schon weg sein und damit ist die Gefahr relativ gering, dass sie mich dabei sieht, wie ich nach Hause fahre.

„Sophie! Warte!", ruft er mir hinterher, aber ich ignoriere ihn. Ich habe nichts mehr mit ihm zu tun. Ich bin eine starke und unabhängige Frau und lasse mich bestimmt nicht von einem Mann herunter ziehen, der in Frauen ein reines Sexobjekt sieht.

„Verdammt, jetzt warte doch mal kurz!" Irgendwie schafft er es, nach meinem Arm zu greifen und so meinen Abgang zu stoppen.

Sauer schaue ich erst auf seine Hand an meinem Arm und dann in sein Gesicht.

„Lass mich los.", presse ich zwischen zusammengepressten Zähnen hervor.

„Entschuldige." Als hätte er sich verbrannt, lässt Kyle mich los. Ich nutze die Gelegenheit und schiebe mich weiter auf den Ausgang zu. Aber er folgt mir wieder und ruft meinen Namen. Die Leute drehen sich schon um und wollen neugierig wissen, was da vor sich geht.

Draußen auf der Straße holt er mich dann wieder ein. Ich habe schon auf den Schlüssel gedrückt, damit sich die Türen entriegeln. Aber ich schaffe es nicht, einzusteigen. Denn Kyle schlägt die Fahrertür, die ich gerade geöffnet habe, zu. Er stützt seine muskulösen Arme links und rechts neben mir an der Karosserie ab. Ich bin zwischen ihm und meinem Auto gefangen.

Ich will schon protestieren, da bedeutet mir Kyle, ruhig zu sein. Warum ich seiner stummen Aufforderung nachkomme, kann ich nicht sagen. Seit jener Nacht in Paris reagiere ich sowieso völlig irrational.

„Wieso rennst du weg, wenn wir doch heute Abend zusammen die Stadt unsicher machen wollen?"

Seine Worte machen mich für einen Augenblick wirklich sprachlos. Hat er wirklich gedacht, dass ich noch irgendwo hin gehe?

„Mit dir mache ich gar nichts unsicher!", gifte ich zurück. Das gute an dieser Situation ist, dass es meine Wut anfacht und das ist ein wunderbar starkes Gefühl, das alle anderen für kurze Zeit unterdrückt.

Kyle zuckt kurz zusammen und legt seinen Kopf etwas schief.

„Habe ich etwas falsch gemacht?" Hat er das jetzt tatsächlich gefragt?

„Ob du was falsch gemacht hast? Du dreimal dämlicher Hornochse!" Ich versuche ihn mit meiner Handtasche zu schlagen. Leider ist mein Radius sehr eingeschränkt. Ich habe ihn damit überrumpelt. Auch wenn ich Kyle nicht richtig treffen konnte, schreckt er dennoch kurz zurück. Im nächsten Moment versucht er aber, mir Einhalt zu gebieten.

„Stopp! Hör auf! Verdammt, was soll das?" Er schreit mich wütend an, während ich weiter meine Handtasche durch die Luft wirble. Einige der Nachtschwärmer bleiben stehen und schauen sich unsere kleine Auseinandersetzung an. Es interessiert mich nicht, dass nicht gerade wenige den Kopf über uns schütteln. Ich will doch nur mein Herz und meine Würde zurück. Denn beides hat mir Kyle vor neun Monaten gestohlen.

Er bekommt meine Handgelenke zu fassen. Ich gehe zwar regelmäßig ins Fitnessstudio, aber gegen seine trainierten Muskeln kann ich nichts aussetzen.

„Sag mal, was ist denn plötzlich in dich gefahren? Ich habe dich vor nicht einmal fünf Minuten kennengelernt und kaum sind wir unter uns, gehst du wie eine Furie auf mich los. Könntest du also bitte die Güte besitzen und mir erklären, was hier los ist?", schreit er mich an. Mit großen Augen blinzle ich ihn an. Mir fehlt gerade der Zusammenhang. Er hält mich auf meinem Weg nach draußen auf und schlägt mir die Autotür vor der Nase zu und jetzt behauptet er, ich würde auf ihn losgehen? Genauer kann ich darüber aber nicht nachdenken. Denn seine Wut stachelt meine eigene noch weiter an und es ist so, als hätte ich einen roten Schleier vor den Augen.

„Was hier los ist!? Wenn du elender, feiger Hund das selber nicht mehr weißt, dann kann ich dir auch nicht weiter helfen!" Ich weiß nicht, wie ich es schaffe, aber ich reiße mich von ihm los und schupse ihn gleichzeitig von mir weg. Kyle stolpert ein paar Schritte rückwärts und ich nutze den kurzen Moment, um meine Autotür aufzureißen und hineinzuspringen. Mit zitternden Fingern drücke ich die Zentralverriegelung.

Auf das, was außerhalb meines Wagens passiert, habe ich kein Auge mehr. Ich nehme mir noch nicht einmal die Zeit durchzuatmen. Nach ein paar vergeblichen Versuchen steckt der Schlüssel im Schloss und ich kann endlich den Motor starten.

Ohne Rücksicht auf den fließenden Verkehr parke ich aus. Dabei ernte ich ein wütendes Gehupe.
Ich fühle mich, als hätte ich einen Marathon hinter mir und rase blind die Straße entlang, biege die nächste rechts ab und donnere auf den Parkplatz, der am Ende der Straße ist.
Ich komme quer in zwei Parkbuchten zum Stehen. Ich lege meine Hände oben auf das Lenkrad und darauf meine Stirn. Gequält schließe ich meine Augen und lasse den Tränen freien Lauf.
Schluchzend liege ich halb auf dem Lenkrad und selbst als keine Tränen mehr kommen, werde ich von Krämpfen geschüttelt.
Als ich meinen Kopf wieder hebe, habe ich keine Ahnung, wie spät es ist. Im Prinzip ist es ja auch egal. Aus meiner Handtasche krame ich die Abschminktücher hervor. Die habe ich mir gestern gekauft und vergessen, aus der Tasche zu nehmen – zum Glück.
Im Halbdunkel der Straßenlaterne beseitige ich die Spuren meiner Heulattacke. Als ich mich überzeugt habe, dass ich halbwegs normal aussehe, mache ich mich auf den Heimweg.

Ich stelle den Wagen in der Einfahrt meines Elternhauses ab. Eigentlich wollte ich mir nach Paris eine eigene Wohnung nehmen. Aber diese möchte ich dann selber finanzieren und so lange ich noch nicht genau weiß, was ich als nächstes machen möchte, brauch ich an etwas Eigenes nicht denken.
Der Kies knirscht unter meinen High Heels. Ich ziehe die Schuhe vor der Haustür aus. Leise öffne ich sie und lausche in

das Innere. Aus dem Wohnzimmer höre ich den Fernseher und die leisen Stimmen meiner Eltern.
Ich habe wenig Lust, ihnen jetzt zu begegnen. Mit den High Heels in der Hand schließe ich die Tür und schleiche mich auf Zehenspitzen die Treppe nach oben in mein Zimmer.
Kurz lehne ich mich gegen die geschlossene Tür. Plötzlich muss ich gähnen. Diese ganze Begegnung war unendlich anstrengend.
Ich schlüpfe aus meinen Klamotten und lasse sie an Ort und Stelle liegen. Eine heiße Dusche und dann ab ins Bett. Das wäre jetzt genau das Richtige.

Ich wische den Dunst vom Spiegel, um mich betrachten zu können. Das Handtuch habe ich etwas zu locker um meinen Körper geschlungen. Es ist gerade dabei, sich selbstständig zu machen. Da ich allein in meinem Badezimmer bin, stört es mich nicht sonderlich.
Mein Gesicht ist vom vielen Weinen aufgedunsen und durch das heiße Wasser der Dusche ist es noch rot verfärbt.
Seufzend bürste ich mein nasses Haar durch und flechte es zu einem Zopf. Wenn ich es offen lassen würde, hätte ich morgen früh ein großes Problem. Denn sie würden heillos verknoten.
Im Kleiderschrank finde ich eine alte Jogginghose von David und Richards College T-Shirt. Ich schlüpfe in die Sachen und danach gleich unter meine tröstende Bettdecke.
Vor meinen geschlossenen Augen läuft noch einmal der Abend ab. Mein letzter Gedanke des Tages gilt der Hoffnung, Kyle so schnell nicht wieder zu sehen.

Kapitel 7
Ich will nicht mit dir reden…

Sanft streichelt seine Hand über meinen Rücken. Seine Finger zeichnen jeden einzelnen Knochen meiner Rippenbögen nach. Ab und zu haucht er mir einen Kuss auf die Stelle zwischen meinen Schulterblättern.
Jedes Mal, wenn ich seine Lippen auf meiner Haut spüre, durchläuft mich ein wohliger Schauer. Ich seufze genießerisch auf.
Ich liege auf dem Bauch, wunderbar müde von einer äußerst leidenschaftlichen Nacht. Plötzlich spüre ich ihn über mir. Fühle seinen Körper an meinem. Seine Lippen gleiten meine Wirbelsäule hinab, immer tiefer und tiefer. Sofort reagiere ich darauf und die Muskeln in meinem Unterleib ziehen sich zusammen. Mein Atem stockt, als er meine Beine sanft auseinander schiebt und seine Zunge sanft mit meiner Klitoris spielt.
„Kyle!", stöhne ich seinen Namen. Er packt mich an den Hüften und hebt mich an, so dass ich nun vor ihm knie, wobei mein Oberkörper weiter auf dem Bett ruht.
Seine Zunge gleitet zärtlich in mich hinein.
„Oh Gott." Mein Stöhnen wird immer lauter. Ich merke, wie er lächelt.
„Es reicht, wenn du mich Kyle nennst." Sein Atem weht kühlend über meine feuchte und heiße Weiblichkeit.
Meine Hüften beginnen unkontrolliert zu zucken. Wieder schlüpft seine Zunge in mich hinein und wieder heraus. Ich bin

kurz davor, in tausende Scherben zu zerspringen. Aber dann ist er weg.

„Noch nicht.", flüstert er mir rau ins Ohr. Kyle schiebt mein Haar zur Seite und knabbert leicht an meiner Schulter. Er will mich echt quälen. Seine Finger wandern von meinen Hüften, meine Oberschenkel hinab, bis zu meinen Knien. Dort verweilen sie ein wenig und gleiten dann wieder hinauf. Ganz langsam, Stück für Stück, immer weiter, bis er einen Finger in mich gleiten lässt. Wieder stöhne ich hemmungslos auf. Er entzieht mir seinen Finger. Aber nur, um gleich darauf tief in mich einzudringen.

„Ah!", schreie ich auf. Langsam beginnt, Kyle sich zu bewegen. Ich merke seinen abgehackten Atem dicht neben meinem Ohr. Sein Gewicht drückt mich tiefer in die Matratze. Irgendwie schaffe ich es, ihm meinem Hintern entgegen zu schieben. Seine Bewegungen werden schneller und intensiver.

Ohne dass ich es habe kommen sehen, springe ich über die Klippe. Ich bin gefangen in meinem Orgasmus und nehme nichts mehr um mich herum wahr.

Als ich wieder klar denken kann, liege ich schon neben Kyle und mein Kopf ruht an seiner Schulter. Die Müdigkeit übermannt mich und mir fallen die Augen zu. Ich reiße sie aber sofort wieder auf. Denn ich will diesen kostbaren Moment mit Kyle genießen und nichts verpassen.

Aber plötzlich ist er nicht mehr da. Ich liege allein in meinem Bett. Oh Nein! Er hat es schon wieder getan. Er hat mich wieder verlassen. Ich springe auf und renne zur Tür. Ich drehe den Knauf, aber er bewegt sich nicht. Panik erfasst mich und ich rüttle stärker daran. Dennoch bleibt die Schlafzimmertür geschlossen.

„KYLE!", schreie ich panisch und hämmere gegen das unnachgiebige Holz.

Schweißgebadet liege ich in meinem Bett. Es ist dunkel. Meine Hand zittert, als ich nach dem Schalter meiner Nachttischlampe taste. Kurz blendet mich das Licht, ich heiße es aber willkommen. Alles zieht sich in mir zusammen. Mein Herz pocht wild in meiner Brust und das Atmen fällt mir schwer.

Ich setze mich etwas auf, schlinge die Arme um mich und wiege mich nach vorn und wieder zurück, ganz so, als würde man ein kleines Kind trösten. Wie gern würde ich jetzt zu Richard gehen, damit er mich in seine Arme nimmt und mir versichert, dass alles wieder gut werden würde. So würde er das Monster meines Traumes verjagen. Aber ich kann nicht zu ihm. Ich kann ihn ja noch nicht einmal anrufen. Denn sofort würde er wissen wollen, was los wäre und ich habe das Gefühl, dass er sich nicht mit einer Ausrede abspeisen lassen würde. Ich müsste ihm die Wahrheit erzählen und er würde ausrasten.

Das T-Shirt klebt mir am Leib. Plötzlich fühle ich mich so gefangen. Ich bekomme immer schlechter Luft und verfalle in Panik und zerre an dem Baumwollstoff. Aber ich bekomme es nicht ausgezogen. Hektisch stehe ich auf, stolpere über meine High Heels und falle der Länge nach hin. Ich habe das Gefühl, jeden Moment zu ersticken, wenn ich nicht gleich das T-Shirt ausziehe. Also rapple mich auf und renne zum Schreibtisch. Zum Glück liegt die Schere gut sichtbar darauf. Ich setze sie am Halsausschnitt an und schiebe sie gewaltsam durch den Stoff. Die Fetzen zerre ich mir vom Körper und atme erleichtert auf. Ich lasse mich zu Boden sinken und kugle mich in der Embryonalstellung zusammen. Nur schwach nehme ich wahr, dass ich mir beim Sturz das Knie aufgeschürft habe.

Die Tränen beginnen zu fließen. Aufgebracht wische ich sie mir von den Wangen. Ich will nicht mehr dieses emotionale Wrack sein. Ich fühle mich wie eine tickende Zeitbombe, die in den unpassendsten Momenten hoch geht. Ich will wieder die alte, fröhliche Sophie sein. Ich muss einfach einen Weg finden, wie ich mit diesen unerwünschten Gefühlen umgehen kann.

Wieder und wieder überlege ich und am Ende fasse ich den Entschluss, dass es das Beste wäre, wenn ich die Gefühle für Kyle in den hintersten Winkel meiner Seele sperre und den Schlüssel weit von mir schmeiße. Es wird harte Arbeit werden, aber lieber so, als immer wieder unkontrolliert in Tränen auszubrechen.

Ich fange damit an, dass ich vom Boden aufstehe und ins Bad gehe. Das Deckenlicht lasse ich aus und schalte nur die Spots über dem Spiegel ein. So erbärmlich wie jetzt sah ich noch nie aus. Ich spritze mir kaltes Wasser ins Gesicht und nehme dann die Bürste zur Hand. Es ist zwar ein wenig ungewöhnlich, sich mitten in der Nacht die Haare zu entfitzen, aber irgendwann muss ich es ja tun. Nach Ziepen und Zerren habe ich alle Knoten heraus und kann es zu einem ordentlichen Zopf flechten.

Streng blicke ich mir selber im Spiegel entgegen.

„So, Sophie Borough, es ist an der Zeit, wieder die Alte zu werden. Also Kopf hoch und einen Kyle Wallace und die Nacht in Paris gibt es ab dem jetzigen Zeitpunkt nicht mehr. Wenn du ihm begegnest, dann wirst du ihn mit reservierter Höflichkeit behandeln und mehr nicht." Ich nicke mir selber zu und gehe zurück ins Schlafzimmer. Ein Blick auf die Uhr verrät mir, dass es kurz nach zwei Uhr morgens ist.

Ich wühle in meinem Kleiderschrank und halte zufrieden ein grünes Negligé hoch. Die alte Jogginghose pfeffere ich in eine Ecke. Ich werde mich von ihm nicht unterkriegen lassen. Die alte Sophie Borough ist zurück und zwar besser als jemals zuvor.

Im Schneidersitz setze ich mich auf mein Bett und atme tief ein und aus. Dieses bewusste Atmen habe ich in einem Jogakurs gelernt und es hilft mir im Moment erstaunlich gut, meine innere Mitte zu finden und die Gefühle für Kyle wegzusperren.

Leider gibt es jetzt ein anderes Problem – ich bin hellwach. Ich gehe hinaus auf den Balkon. Der kühle Nachtwind umspielt meine nackten Arme und Beine. Ich fröstle zwar ein wenig, bleibe aber trotzdem draußen stehen. Denn ich kann von hier oben unseren ganzen Garten überblicken. Moms liebevoll gehegten Pflanzen und der Teich mit dem Wasserfall und der Brücke. In der Ferne kann ich die Lichter von Chicago sehen. Ein wenig schade ist, dass ich den Lake Michigan von meinem Zimmer aus nicht sehen kann. David und Richard haben es da besser. Deren Wohnungen haben einen direkten Seeblick. Vielleicht habe ich diesen kleinen Luxus auch bald.

Tief atme ich den leichten Duft der Rosen ein. Es ist schön, wieder zu Hause zu sein. Das gibt mir ein Gefühl der Sicherheit und dass mir hier nichts und niemand etwas anhaben kann. Es ist so, als würden die dicken Mauern des Hauses mich beschützen.

Mir wird immer kälter. Aus dem Frösteln ist inzwischen ein richtiges Zittern geworden. Wohl oder übel muss ich wieder rein gehen. Aber ich lasse die Balkontür ein wenig geöffnet, dass die Düfte und Geräusche der Nacht hinein können.

Ich stelle den Laptop auf den Schreibtisch. Wenn ich schon nicht mehr schlafen kann, dann kann ich mich jetzt auch genauso gut um meine berufliche Zukunft kümmern. So lehrreich meine Zeit in Paris war, sie wird mir hier zu Hause eher wenig nützen. Es sei denn, ich will als Köchin arbeiten. Aber selbst da müsste ich von ganz unten anfangen. Dazu habe ich eigentlich keine Lust. Dennoch will ich das Gelernte nicht ungenutzt lassen. Als erstes fällt mir da ein eigener Laden ein. Aber ich bin erst 21 und fühle mich noch nicht bereit dazu, so viel Verantwortung zu übernehmen. Wenn ich ganz ehrlich bin, muss ich mir eingestehen, dass ich Angst habe. Wahnsinnig viel Angst. Richard und David sind zwar einige Jahre älter als ich, aber sie sind dennoch so erfolgreich. Rich mit seiner eigenen Plattenfirma und David als Manager. Ich will ihnen nicht nachstehen müssen. Was unsere jeweiligen Karrieren betrifft, gab es nie einen Konkurrenzkampf unter uns Drei. Aber es würde mir gar nicht gefallen, wenn ich scheitern würde. Darum warte ich lieber etwas ab, bevor ich mir den Traum der Selbständigkeit erfülle. Mom und Dad würden es auch gern sehen, wenn ich ein Studium anstreben würde. Sie haben es mir zwar nie direkt gesagt und sie haben mich immer in meinen Vorhaben unterstützt, aber ich weiß dass sie es sich wünschen würden und wenn es nur als ein mögliches zweites Standbein sein würde. Man weiß nie, was mal kommen wird. Lieber auf alle Eventualitäten vorbereitet sein, als dann das Nachsehen zu haben. Aber ist ein Studium das Richtige für mich? Für meine Brüder war es das. In der Schule war ich ganz gut, ohne viel lernen zu müssen. Aber habe ich wirklich das Durchhaltevermögen? Zum Teufel, Ja! Denn schließlich bin ich Sophie Borough und ich habe bis jetzt immer alles erreicht, was ich wollte. Also klinke ich mich auf der Website University of Chicago ein und schaue, was sie zu bieten hat.

Leise klopft es an meine Zimmertür. Erstaunt hebe ich den Kopf und noch erstaunter bin ich, als ich bemerke, dass es inzwischen hell geworden ist.
„Ja?"
Die Tür öffnet sich einen Spalt breit und Dad steckt seinen Kopf hinein.
„Guten Morgen Spätzchen. Darf ich reinkommen?"
„Klar."
Er schiebt seinen großen Körper zu mir ins Zimmer. Wenn man meinen Vater sieht, dann weiß man, woher David und Richard ihre Körpergröße her haben. Sie sind schon sehr imposante Männer.

Der vertraute Daddygeruch steigt mir in die Nase.

„Ich war gerade unten im Garten und habe gesehen, dass bei dir schon Licht brennt und da habe ich mir gedacht, ich frage dich mal, ob du mit deinem alten Herrn frühstücken möchtest?" Er tritt hinter mich und drückt mir einen Kuss auf den Scheitel. Neugierig schaut er auf den Bildschirm meines Laptops.

„Da gibt es nur ein kleines Problem. Du bist nicht alt, Dad. Aber ich würde trotzdem gern mit dir frühstücken." Ich hebe meine Hand und lege sie ihm auf den Unterarm.

„Was machst du denn Schönes?"

„Tja, das weiß ich selber noch nicht so genau. Jetzt, wo ich aus Paris zurück bin, dachte ich, ich schau mal, was ich aus meiner Zukunft machen kann."

„Ich dachte, das wüsstest du schon, oder warum warst du so lange weg?"

„Ich war in Paris um zu lernen und das habe ich getan, das kannst du mir glauben und ich würde das gern anwenden. Ich würde irgendwann gerne einmal eine eigene Patisserie haben. Aber um das realisieren zu können, bräuchte ich gewisse Kenntnisse in Wirtschaft. Also habe ich mich auf der Internetseite der Universität von Chicago informiert, was es dafür Möglichkeiten gibt." Mein Vater schaut mich erstaunt, aber erfreut an.

„Du könntest David fragen, ob er dir etwas beibringt. Immerhin hat er Betriebswirtschaft studiert."

„Das mag sein, aber ich will es mir selber erarbeiten. David arbeitet eh schon viel zu viel, da will ich ihn nicht auch noch damit belasten."

„Für was auch immer du dich entscheiden magst, deine Mutter und ich stehen voll und ganz hinter dir. Aber denk daran. Was du beginnst musst du auch beenden."

„Ich hab dich lieb Dad. Wollen wir frühstücken?" Ich habe einen riesen Hunger.

„Ich habe dich auch lieb Spätzchen. Aber zieh dir lieber etwas an, bevor du nach unten kommst." Ein liebevolles Lächeln umspielt seine Lippen. Ich runzle die Stirn und schaue an mir herunter. Ups, ich habe ja noch das kurze Ding an.
„Okay Dad, mach ich. Bis gleich."
Er drückt mir noch einmal einen Kuss auf den Scheitel und verlässt dann mein Zimmer. Ich will mich gerade von meinem Schreibtischstuhl erheben, als mein Laptop ein leises Ping von sich gibt – ich habe eine E-Mail bekommen.
Ich klicke auf das Programm und schon öffnet sich die E-Mail und mein Herz rutscht mir in die Kniekehlen. Aber ich habe mir etwas geschworen und es ist an der Zeit es auch umzusetzen. Hastig überfliege ich die Mail.

Sophie, wir müssen reden.
Es geht um Paris.
Kyle

Ach, ist es dem Herrn wieder eingefallen. Tja, zu spät. Woher zum Teufel hat er meine Email Adresse? Hastig tippe ich eine Antwort.

Ich dachte, ich hätte mich gestern schon deutlich ausgedrückt. Aber ich sage es dir gern noch einmal: Nein, das müssen wir nicht!

Ich kaue an meiner Unterlippe und ärgere mich über mein verräterisches Herz. Es schlägt vor Aufregung bis zum Hals. Habe ich mir nicht erst letzte Nacht geschworen, nie mehr diese Gefühle für diesen Mann zu haben!? Wieso bin ich in letzter Zeit so verdammt inkonsequent? Ich muss unbedingt sofort damit aufhören.
Ich starre auf meinen Laptop. Warte auf das Ping und mein Herz schlägt vor Aufregung. Wird er sich melden? Da kommt

das erhoffte Geräusch und schon hüpft es wieder in meiner Brust. Hallo, Sophie an Herz! Der Typ hat uns benutzt und jetzt verrätst du mich so schamlos?

Sophie, bitte! Wir sollten klären, was in Paris passiert ist oder warum du mit deiner Handtasche auf mich losgegangen bist und mich beschimpft hast.

Meine Antwort darauf folgt sofort.

Ich will nicht mit dir reden. Das was in Paris ist, bleibt auch in Paris. Es war zwar nicht die feine englische Art, am nächsten Morgen abzuhauen ohne ein Wort zu sagen, aber das war es dann auch schon.

Er soll ja nicht auf die Idee kommen, dass es für mich in irgendeiner Art und Weise mehr bedeutet hat.
Eigentlich hatte ich meinem Vater versprochen, mit ihm zu frühstücken. Aber ich kann mich nicht losreißen. Es ist wie eine Sucht, auf die nächste Mail von Kyle zu warten.

Das war es also für dich? Einfach ein One Night Stand? Ich will das nicht mit dir per Mail klären, sondern von Angesicht zu Angesicht. Es tut mir leid, dass ich einfach gegangen bin, ohne etwas zu sagen. Aber du sahst so süß und niedlich aus, wie du da geschlafen hast. Ich wollte dich nicht wecken. Aber ich hatte meine Gründe, warum ich gegangen bin. Können wir uns bitte treffen? Ort und Zeit bestimmst du.

Er hatte also seine Gründe!? Ich habe auch meine Gründe.

Ja Kyle, genau das war es für mich. Nicht mehr und nicht weniger. Du warst nicht mein erster One Night Stand und ganz sicher auch nicht der Letzte. Also mach dir keinen Kopf.

Was für eine glatte Lüge. Es stimmt zwar, dass er nicht mein erster One Night Stand war. Aber der erste, in den ich mich Hals über Kopf verliebt habe. Mein hinterlistiges Herz scheint ihn immer noch zu mögen, wenn es ihn nicht gar liebt. Aber ich höre lieber auf meinen Kopf und der sagt ganz laut: 'Vergiss ihn!'
Neben dem Laptop liegt mein Handy und beginnt fröhlich 'Girls just wanna have fun' zu singen. Im Display erscheint eine mir unbekannte Nummer und von unten höre ich Dad rufen.
Ich kann mir denken, wer der Anrufer ist und wieder frage ich mich, woher er meine Nummer hat. „Lisa?!"
Ich rufe meinem Vater zu, dass ich gleich bei ihm bin und starre mein Handy an, das jetzt im Rhythmus des Vibrationsalarms über den Schreibtisch tanzt.
Soll ich ran gehen oder nicht? Mein Herz schreit 'JA', mein Kopf 'NEIN'. Auf wen soll ich hören?

Kapitel 8
... aber leider muss ich es doch

Langsam strecke ich meine Hand nach dem Handy aus. Ich lasse meine Finger kurz darüber schweben, balle sie zur Faust und ziehe sie dann wieder zurück. Wie soll ich mich entscheiden?
Was ist, wenn es tatsächlich Kyle ist? Ich schließe kurz die Augen und atme tief ein und wieder aus. Schließlich greife ich doch nach dem Telefon und nehme den Anruf an.

„Hallo?" Aufgeregt halte ich den Atem an. Ist er es, oder ist er es nicht?
Alles, was ich zu hören bekomme, ist ein Freizeichen. Enttäuschung macht sich in mir breit. Mein dämliches Herz scheint doch stärker als mein Kopf zu sein. Mist!
Ich drücke auf den Bildschirm um aufzulegen und wende mich wieder dem Laptop zu. Gerade als ich dabei bin, ihn herunter zu fahren, macht er noch einmal Ping. Eine neue Mail von Kyle?
Schnell logge ich mich in mein Mailprogramm ein und siehe da – eine neue Nachricht von ihm.

Wenn du das so siehst haben wir wirklich nichts mehr zu besprechen.
Keine Angst, du wirst nichts mehr von mir hören. Ich habe es kapiert.
Kyle

Mein Herz blutet und wieder steigen Tränen in mir auf. Entschlossen schlucke ich sie herunter. Gut so. Je weniger Kontakt wir zueinander haben, desto besser. Es ist genau das, was ich haben wollte. Aber warum fühle ich mich dann so mies? Ich habe so dermaßen die Nase voll davon. Ich kann ihm nicht klein beigeben. Er hat mich tief verletzt, auch wenn er es vielleicht nicht beabsichtigt hatte. Ich möchte gern, dass er weiß, dass er mir so wehgetan hat. Auf der anderen Seite soll er es aber nicht wissen. Mal wieder stehe ich vor einer schwierigen Entscheidung. Jetzt habe ich keine Lust darüber nachzudenken. Das dauernde Grübeln ist mitunter sehr anstrengend. Außerdem habe ich letzte Nacht beschlossen, dass ich mein Leben wieder in den Griff bekommen will. Dazu kommt noch, dass ich ein Leben habe, das sich nicht um Kyle Wallace dreht.
Ich klappe den Laptop zu und ziehe mir schnell ein gelbes Sommerkleid an. Dad hat schon lange genug auf mich warten müssen.

Im Flur vor meinem Zimmer duftet es schon herrlich nach Kaffee, Eiern und gebratenem Speck. Mein Magen knurrt vor Verlangen. Auf dem Weg nach unten komme ich an der Tür zu Richards altem Zimmer vorbei. Ihr Anblick ruft mir seinen Besuch in Paris in den Sinn und in welchem Zustand er mich da angetroffen hatte. Ich muss ihm unbedingt dafür danken, dass er die Geschichte für sich behalten hat. Denn hätte er gegenüber unseren Eltern oder David etwas gesagt, dann hätten sie mich schon längst darauf angesprochen. Diese Überlegung beschert mir noch eine andere Eingebung – Kyle kennt Lisa. Was ist, wenn er sich ihr gegenüber verquatscht? Ich glaube zwar nicht, dass sie mit der Information hausieren gehen würde. Aber sie würde es garantiert Rich gegenüber erwähnen. Vielleicht wäre es das Beste, wenn ich Kyle bitten würde, die ganze Paris-Geschichte für sich zu behalten. Das würde aber bedeuten, dass ich den Kontakt zu ihm suchen muss. Verdammt!

Auf halben Weg zur Küche kann ich schon Dads Gesang hören. Er ist nicht gerade der beste Sänger, eher der Schlechteste aller Zeiten, aber es macht ihm Spaß. Darum lassen wir es meistens über uns ergehen. Oft verziehen wir, hinter seinem Rücken, gequält die Gesichter, wenn er eine seiner Sinatra Nummern zum Besten gibt.

Ich bleibe in der Küchentür stehen und lehne mich mit der Schulter an den Rahmen. Seit ich denken kann, ist es dieselbe Küche, mit denselben, hellbraunen Schränken, der Kochinsel und der Frühstücksecke im hellen Erker.

Mom kocht leidenschaftlich gerne. Das muss ich wohl von ihr geerbt haben. Leider lässt ihr das Modelabel nicht immer die nötige Freizeit dazu. Aber wenn sie Zeit hat, dann verwöhnt sie uns mit den tollsten Leckereien. Wir hatten mal eine Köchin gehabt, die nur für ein paar Wochen hier war. Sie hatte zuerst David bezirzt und als er nicht anbiss, hatte sie sich Richard zugewendet. Bei meinen Brüdern stand sie auf verlorenem Posten, genau wie so viele andere Frauen da draußen, einschließlich dem Großteil meiner Freundinnen.

Bevor David und Richard Molly und Lisa kennengelernt hatten, waren sie ja keine Jungs von Traurigkeit. Sie hatten alles mitgenommen, was bei drei nicht auf den Bäumen war und halbwegs ihrem Niveau entsprach. Aber dann sind sie ihren Freundinnen begegnet und das Blatt wendete sich komplett. Heute haben sie nur noch Augen für diese beiden Frauen.

Dad steht am Herd und versucht, Rühreier zu machen. Ich gehe zu ihm und werfe einen skeptischen Blick in die Pfanne. Mein Vater mag viel können, aber Singen und Kochen gehören eindeutig nicht dazu. Meine Brüder stehen unserem Vater darin in nichts nach. Wenn man jemanden vergiften will, dann sollte man die Borough Männer an den Herd lassen.

„Dad, was machst du da?", frage ich ihn vorwurfsvoll.

„Ich mache uns wirklich vorzügliches Frühstück mit Rühreiern, Speck und French Toast.", erklärt er mir im Brustton der Überzeugung. Die Eier brutzeln vertrocknet vor sich hin. Der Speck ist nicht mehr als solcher zu erkennen. Er sieht eher aus, als würde Dad Holzkohle braten und die French Toasts sind zum Glück noch nicht in der Pfanne.

„Sag mal, wen willst du damit vergiften? Sieht aus als wärst du in einer Hexenküche zu Gange."

„Ich will doch niemanden vergiften! Was meinst du mit Hexenküche?" Vorwurfsvoll sieht er mich an.

„Naja, wenn ich mir das alles hier ansehe. Überall sind Spritzer und Flecken. Die Marinade für die Toast sollte gelb sein und nicht so undefiniert rot. Außerdem wirst du einen guten Zauber brauchen, wenn Mom nach unten kommt und das alles sieht."

Bei der Erwähnung meiner Mutter wird er blass, sehr blass sogar. Es gibt drei Dinge die Mom auf den Tod nicht ausstehen kann – wenn jemand ihre Blumen zertrampelt, etwas gegen ihre Familie sagt und wenn es in der Küche aussieht, als hätte eine Bombe eingeschlagen. Leider sieht es bei Dads Kochversuchen immer so aus.

Ich könnte ihn jetzt noch ein bisschen quälen, aber heute will ich mal nicht so sein und habe Erbarmen mit ihm.

„Ich mache das Frühstück und du fängst schon einmal mit dem Schrubben an. Ich mache gleich noch eine Portion für Mom mit. Du solltest darum beten, dass sie erst runter kommt, wenn du alles wieder sauber hast, oder dass sie den Dreck nicht sieht. Aber auf letzteres würde ich an deiner Stelle nicht spekulieren."

Ich schiebe ihn mit der Hüfte zur Seite und drücke ihm einen Lappen in die Hand. Dann mache ich mich daran, sein ungenießbares Frühstück zu entsorgen. Dad quittiert das mit einem grimmigen Blick in meine Richtung. Der Mann hat absolut kein Zeitmanagement beim Kochen.

Flink schlage ich drei Eier in eine Schüssel und verquirle sie mit braunem Zucker und Vanillemark. Noch ein Schluck Milch dazu und schon können die Weißbrotscheiben in ihr süßes Bad.

Dad beginnt hinter mir zu summen, während ich die Pfannen auf den Herd stelle und in kürzester Zeit ein genießbares Frühstück zaubere.

Gerade als er die letzten Spitzer weggewischt hat, betritt Mom die Küche. Verdutzt bleibt sie stehen und sieht uns an.

„Guten Morgen. Ihr macht schon Frühstück? Ich dachte ich wäre heute Morgen die Erste." Sie muss noch sehr verschlafen sein. Das ganze Haus riecht nach Gebratenem und Verbranntem. Mein Blick huscht zu meinem Vater hinüber, der ein erleichtertes Gesicht macht. Er hat es gerade so geschafft sein ganzes Chaos zu beseitigen.

Mom kommt zu uns herüber und gibt Dad einen Kuss. Sie turteln leicht miteinander, wie sie das schon immer jeden Morgen machen. Dabei sind sie schon seit 30 Jahren verheiratet.

Sie kommt zu mir und schlingt ihre Arme um meine Taille. Neugierig späht sie mir über die Schulter.

„Morgen Spätzchen. Was machst du uns Feines?"

Ich blicke flüchtig zu Dad, der mich flehend ansieht. Ganz nach dem Motto 'Bitte sag jetzt nichts von vorhin'.

„Ach, nur French Toast, Rühreier und Speck." Ich spüre sein erleichtertes Ausatmen mehr, als das ich es hören kann.

„Mmh, das sieht lecker aus. Ist der Kaffee schon fertig?"

„Ja, Dad hat schon welchen gemacht. Setzt euch doch schon einmal, dann können wir gleich essen." Ich packe jedem von uns einen Teller voll und bringe sie hinüber zum Tisch. Meine Eltern haben sich gesetzt und drei Tassen mit dampfendem Kaffee auf den Tisch gestellt. Ich setzte mich zu ihnen und schweigend beginnen wir, zu essen.

„Ich habe vorhin mit David telefoniert. Er und Molly lassen euch grüßen.", wirft Mom in den ruhigen Raum.

„Danke, wie gefällt es ihnen auf Hawaii?", frage ich zwischen zwei Bissen Rührei.

„Gut, sie liegen den ganzen Tag faul in der Sonne." Das wage ich zu bezweifeln. So wie David immer seine Freundin ansieht, werden sie sich wohl eher die ganze Zeit durch die Laken rollen.

„Das haben sie sich auch verdient. Sie arbeiten viel zu viel."

„Ja, vor allem dein Bruder. Ich hoffe ja, dass er mal ein bisschen kürzer tritt. Auf die Dauer ist der Stress nicht gut."

„Hm, spätestens wenn er Vater wird." Kaum habe ich es ausgesprochen, rucken Moms und Dads Köpfe nach oben und sehen mich aufmerksam an. „Das soll jetzt aber nicht heißen, dass Molly schwanger ist.", rudere ich sofort zurück. David ist fast dreißig und Rich einunddreißig und unsere Eltern sind der Meinung, dass es langsam an der Zeit ist, dass sie eigene Kinder in die Welt setzten. Sie wären fantastische Väter und mit Molly und Lisa hätten sie die passenden Frauen dazu.

„Schade.", murmelt Mom und Dad stimmt ihr nickend zu.

„Haben sie gesagt, wann sie zurück sein werden?", ändere ich das Thema.

„Sie wollen Ende dieser Woche zurück sein. David wollte sich noch einmal melden und uns den genauen Tag und die Uhrzeit nennen."

„Fein, dann kannst du sie auch gleich zum Essen einladen. Wir haben in letzter Zeit so selten unsere Kinder bei uns."

„Danke Dad und was bin ich da?", frage ich ihn gespielt empört.

„Du bist unser kleines Spätzchen und wir sind natürlich sehr glücklich darüber, dich wieder bei uns zu haben. Aber am schönsten ist es doch immer, wenn ihr alle da seid. Deine Mutter und ich mögen Molly und Lisa sehr." Jetzt wird er richtig sentimental.

„Das ist eine gute Idee. Da können wir gleich den ehemaligen Kommilitonen von Lisa und Molly einladen. Er ist doch erst vor kurzem hier her gezogen und kennt noch niemanden. Da könntest du, Sophie, ihn doch ein wenig unter deine Fittiche nehmen und ihm ein paar deiner Freunde vorstellen. Wie heißt er gleich noch einmal? John?" Hat meine Mutter gerade den Verstand verloren? Ich spüre, dass ich blass werde und meine Gesichtszüge zu entgleisen drohen. Ich soll einen ganzen Abend lang mit Kyle verbringen und es würde kein Entrinnen für mich geben? Auch wenn sie seinen Namen nicht genannt hat, sagt mir mein Gefühl, dass es nur er sein kann, von dem gerade die Rede ist.

„Lisa hat mir mal gesagt wie er heißt. Aber ich weiß es auch nicht mehr. John war es definitiv nicht." Jetzt überlegt mein Vater auch noch mit.

„Kyle.", murmle ich leise und starre auf mein Frühstück. Der Appetit ist mir komplett vergangen.

„Bist du sicher Spätzchen?" Mom sieht mich an, als würde sie sich ernsthaft darüber wundern, dass ich seinen Namen kenne.

„Ja, ich bin mir sicher." Ich lege meine Gabel hin und stehe auf.

„Sophie, ist alles in Ordnung?"

„Ja Mom, alles Bestens. Ich habe einfach keinen Hunger.", antworte ich lahm.

„Bist du wirklich sicher, dass alles mit dir in Ordnung ist? Gestern bist du so zeitig von deiner Verabredung mit Lisa nach

Hause gekommen und jetzt frühstückst du nicht richtig."
Meine Mutter sieht mich besorgt an.

„Es ist für mich einfach noch zu früh, um etwas zu essen. Ich mache mir später dann noch einmal etwas Kleines."

„Versprochen?"

„Ja, versprochen." Ich rolle mit den Augen. In solchen Momenten behandelt sie mich immer wie ein kleines Kind. Ich gebe ihr einen Kuss auf die Wange. Dad drücke ich leicht die Schulter, da er schon begonnen hat, die Morgenzeitung zu studieren. Ich will ihn nicht dabei stören.

Wieder in meinem Zimmer greife ich nach meinem Handy. Als erstes muss ich Richard anrufen und dann Kyle, auch wenn es mir noch so sehr davor graut.
Schnell wähle ich die Nummer meines großen Bruders. Hoffentlich ist er momentan nicht zu beschäftigt, sich mit Molly zu verausgaben. Schon nach dem zweiten Klingeln nimmt er ab.

„Borough!", blafft er mich an, kaum dass er das Gespräch angenommen hat.

„Hier auch, aber das ich noch lange kein Grund, mich gleich durchs Telefon zu zerren."

„Sophie, tut mir leid. Es ist gerade ungünstig." Er hört sich erschöpft an. Sofort mache ich mir Sorgen. Genauso wie David arbeitet auch Rich viel zu viel.

„Ich will dich nicht lange stören. Ist bei dir und Lisa alles in Ordnung, du hörst dich so müde an."

„Bei uns ist alles in Ordnung. Ich habe letzte Nacht nicht viel geschlafen und bis eben in einem Meeting gesessen. Was gibt es denn?" Da haben er und Lisa es wohl richtig krachen lassen.

„Ich wollte dir nur danke sagen."

„Danke, wofür?"

„Für Paris. Dass du zu mir gekommen bist, dass du nur mäßig ausgeflippt bist wegen meiner Champagner Orgie und dafür, dass du Mom und Dad nichts gesagt hast."

„Nichts zu danken. Ich dachte mir, dass es dir vielleicht lieber wäre, wenn sie es nicht wissen und ich glaube, für die Gesundheit unserer Eltern ist es besser so. Außerdem hast du mehr als nur eine Champagner Orgie gefeiert, wenn ich mich recht an den Boden deines Schlafzimmers erinnere." Ich spüre, wie ich rot werde. Selbst jetzt, Monate danach, ist es mir noch peinlich, wenn ich daran zurück denke, in welchem Zustand er mich und meinen Fußboden vorgefunden hat.

„Hast du es David erzählt?"

„Nein, habe ich nicht. Auch wenn er mal der größte Schürzenjäger von Chicago war, so ist er auch dein Bruder und er wäre dann auch zu dir nach Paris gekommen, hätte dir die Hölle heiß gemacht und dich für die nächsten 20 Jahre weggesperrt."

„Du hast genauso den Röcken hinterher gejagt, wie er."

„Mag sein.", gibt er grummelnd zurück. Seit er mit Lisa zusammen ist, wird er nicht gern daran erinnert, dass er mal einen eher leichten Lebensstil bevorzugt hatte.

„Aber bist du dir sicher, dass wir beide den gleichen David meinen? Ich hätte eher gedacht, dass er mir auf die Schulter klopft und dann 'Willkommen im Club' oder so etwas Ähnliches sagt."

„Glaub mir Kleines, er liebt dich genauso wie wir anderen auch. Falls es dir noch nicht aufgefallen sein sollte, er hat jeden der Jungs in die Mangel genommen, die mit dir ausgehen wollten."

„Da verwechselst du jetzt wirklich etwas. Das waren du und Dad. David hat sich meistens herausgehalten.", sage ich ungläubig.

„Na dann träum ruhig weiter. Sie mussten alle durch die Borough-Inquisition. Nur, dass es David hinter deinem Rücken gemacht hat.", schnaubt Richard.

David! Wenn er wieder da ist, werde ich ihn mir vorknöpfen. Ich bin gerade richtig sauer auf meinen Bruder.

„Das werde ich mit ihm ausdiskutieren."

Rich lacht schallend und ich muss das Telefon ein wenig von meinem Ohr weg halten, denn sonst würde ich taub werden.

„Mach das und erzähl mir dann, ob er es überlebt hat. Willst du mir nicht endlich sagen, wer genau der Typ war, mit dem du in Paris die Nacht verbracht hast?" Ich verdrehe die Augen. Kann er nicht endlich Ruhe geben?

„Nein, das will ich nicht. Aber woher willst du wissen, ob es nur einer war?"

„Mehrere? Aber ich hoffe doch, nicht gleichzeitig!?" Er holt scharf Luft.

„Richard!" Ich bin entsetzt. Was denkt denn er, was für ein Flittchen ich bin? Ich mag mich damals wie eins benommen haben und ich zahle immer noch einen äußerst horrenden Preis dafür, aber so bin ich nun wirklich nicht.

„Du kannst immer noch keiner Scherze erkennen, selbst wenn sie dir auf der Nase herum tanzen. Du kannst beruhigt sein – es war nur einer.", versuche ich Rich zu beruhigen. Manchmal muss man ihn einfach ein bisschen ärgern. Immerhin macht er es mit mir ja auch oft genug.

„Und sein Name ist?" Er hört sich schon etwas ruhiger an, dennoch kann er es nicht lassen, zu bohren.

„Wie oft soll ich dir noch sagen, dass ich dir seinen vollständigen Namen nicht verraten werde. Du kennst seinen Vornamen, das muss reichen."

„Kleines, ich würde gern noch weiter mit dir streiten, aber das müssen wir auf ein anderes Mal verschieben. Ich muss ins Studio."

„Ich will nicht mit dir streiten, zumindest nicht im Moment. Aber wir können es gerne vertagen. Ich hab dich lieb."

„Ich dich auch, Sophie. Grüß Mom und Dad von mir."

„Mach ich. Bye.", verabschiede ich mich.

Die Hochstimmung, die ich bei diesem Gespräch verspürt habe, verfliegt so schnell, wie sie gekommen ist.

Meine Hände werden schweißnass und mein Puls beschleunigt sich wieder. Jetzt muss ich Kyle anrufen. Ich habe nur keine Ahnung, wie genau ich es sagen soll. Im Moment bezweifle ich

sogar, dass ich überhaupt ein vernünftiges Wort über die Lippen bringen kann.
Kühn und selbstbewusst auf Mails zu antworten, ist eine Sache. Das Ganze auch am Telefon zu machen, ist etwas völlig anderes.
Mit zitternden Fingern suche ich den letzten verpassten Anruf heraus und drücke auf 'Rückruf'. Hoffentlich geht er auch ran.

Gespannt halte ich den Atem an. Die einzelnen Rufzeichen erscheinen mir unendlich lang.
„Was willst du?", fragt mich eine frostige Stimme. Ich höre sofort, dass es Kyle ist. Entweder hat er meine Nummer in seinem Telefonbuch gespeichert, oder er kennt sie auswendig. Mein Gefühl sagt mir, dass er ganz genau weiß, dass ich es bin, die ihn anruft.
„Wir müssen reden.", sage ich leise. Die Selbstsicherheit, mit der ich noch die Emails geschrieben habe, ist komplett verschwunden. In einer gewissen Art und Weise schüchtert er mich ein.
„Wie kommst du denn darauf? Ich habe dir vor nicht einmal einer Stunde eine Mail geschickt, in der ich dich um ein Gespräch unter vier Augen gebeten habe und du hast abgelehnt. Jetzt rufst du mich an und ich soll springen, weil du der Meinung bist, es wäre an der Zeit, dass wir reden?" Er klingt richtig wütend und bei seinem harschen Ton sinke ich immer weiter in mich zusammen.
„Ich will ja auch nicht mit dir reden, aber meine Eltern sind der Meinung, es wäre eine gute Idee, dass sie David, Molly, Lisa und Rich mal wieder zum Essen einladen könnten. Und da du erst nach Chicago gezogen bist, wollen sie dich ebenfalls einladen, damit ich dich kennenlerne und dich meinen Freunden vorstellen kann. Aber das kannst du gleich vergessen. Ich will nur nicht, dass es bei besagtem Essen peinlich werden könnte und du dich verquatscht und darum wollte ich mit dir reden." Ich merke, wie Wut in mir aufsteigt. Irgendwie habe ich es geschafft, mich ein kleines bisschen in

Rage zu reden. Daran muss ich mich unbedingt festhalten, damit ich nicht einknicke. Immerhin will ich hier die unabhängige und aufgeklärte Frau spielen, die Sex und Gefühle ganz einfach trennen kann.

„Warum sollten deine Eltern mich zum Essen einladen?" Genau das habe ich mich auch schon gefragt. Lisa und Molly haben ja nur mit ihm zusammen studiert und sind nicht mit Kyle verwandt. Die einleuchtendste Erklärung, die ich mir überlegt habe, ist, dass Lisa und Molly für meine Eltern schon zu uns gehören und damit wird Kyle als Freund der Familie angesehen.

Ich erkläre ihm hastig den Sachverhalt.

„Keine Sorge, ich werde ganz bestimmt nicht zum Essen zu euch kommen. Außerdem muss ich deine Freunde nicht kennenlernen. Ich habe genug eigene. Es wird dich zwar nicht interessieren, aber ich komme von hier." Er klingt ein wenig… ich weiß auch nicht so recht. Irgendetwas in seiner Stimme lässt mich aufhorchen. Ist es Resignation, das Wissen über einen Verlust oder etwas vollkommen anderes? Dazu kommt noch, dass er mir eben gestanden hat, dass ihm die Stadt ganz und gar nicht fremd ist. Diese neue Information muss ich erst einmal verdauen, gehe aber nicht darauf ein. Immerhin bin ich die unnahbare Feme Fatal, der es gerade alles andere als leicht fällt diese Fassade aufrecht zu erhalten.

„Gut, aber gnade dir Gott, du verquatscht dich bei Lisa und Molly."

„Auch wenn ich zu meinen beiden besten Freundinnen ein sehr gutes Verhältnis habe, müssen sie noch lange nicht wissen, mit wem ich ins Bett gehe oder gegangen bin."

Ins Bett gehe? Hat er eine Freundin? Sofort schlägt das hässliche Monster namens Eifersucht seine Krallen in mein Herz und hält es mit unnachgiebiger Klaue fest.

„Ich mein' ja nur.", murmle ich kleinlaut.

„War's das?" Er hört sich sehr abweisend an. Ich kann ihn sogar verstehen. Erst schreibe ich ihm, dass ich nichts mehr mit ihm zu tun haben will und dann rufe ich ihn an.

„Ja.", antworte ich ihm schlicht.

„Gut." Kaum hat er es ausgesprochen, hat er auch schon aufgelegt. Ich starre mein Handy an und frage mich, was da gerade passiert ist. Wieso war er so wütend? Mal ganz davon abgesehen, dass ich erst keinen Kontakt haben will und dann angekrochen komme, war es für ihn doch nur ein One Night Stand. Oder verwechsle ich jetzt Wut mit Genervt sein? Ich bin so verwirrt, wie noch nie. Aber das ändert jetzt auch nichts an der Situation. Was passiert ist, ist passiert und ich muss zusehen, wie ich in Zukunft damit umgehe.

Die Tage ziehen sich dahin und ich kann die ganze Zeit über nur an Kyle denken. Seit ich ihn so unerwartet wieder gesehen habe, ist es wieder besonders schlimm. Ich versuche zwar, mich abzulenken, aber leider klappt das nur selten. Was ich mit meiner Zukunft anfange, weiß ich auch noch nicht so richtig. Ich denke mal, dass ich Wirtschaft studieren werde, aber zu 100 Prozent habe ich mich noch nicht entschieden.
Heute ist Freitag. David und Molly kommen aus ihrem Urlaub zurück. Dad wird sie vom Flughafen abholen. Morgen Abend kommen sie dann, genauso wie Rich und Lisa, zum Abendessen. Über die Freundinnen meiner Brüder wurde auch Kyle eingeladen. Aber bis jetzt habe ich nichts darüber gehört, ob er auch tatsächlich kommt. Ich selber bin in zwei Teile zerrissen, ob ich ihn sehen will, oder nicht. Am besten wäre es, ich lasse den Abend auf mich zukommen. Am Ende würde ich mich nur selber verrückt machen. Dennoch kann ich es kaum noch aushalten. Die Ungewissheit macht mich noch verrückt.

Eine sehr unangenehme Unruhe hat mich erfasst. Immer wenn ich etwas begonnen habe, muss ich nach 5 Minuten wieder aufhören. Denn ich kann mich auf nichts konzentrieren. Seufzend lege ich das Studienangebot der Universität von Chicago zur Seite und stehe auf.
Ich gehe auf den Balkon und sehe der Sonne dabei zu, wie sie hinter den Wolkenkratzern verschwindet. Wieder einmal frage

ich mich, wie ich in den ganzen Schlamassel hinein geraten bin und was viel wichtiger ist, wie ich wieder heraus komme. Es könnte vielleicht helfen, wenn ich mal mit jemanden darüber reden würde. Aber mit wem? Meine Chicagoer Freundinnen brauche ich gar nicht erst fragen. Die haben ganz andere Dinge im Kopf. Rich, dem ich sonst alles anvertrauen kann, geht auch nicht. Er würde Kyle den Kopf abreißen, ihn aufspießen und dann Mitten in Chicago ausstellen – als Warnung an alle Männer da draußen, die Finger von seiner kleinen Schwester zu lassen. David kann ich auch ausschließen. Auch wenn er mein Bruder ist und ich ihn abgöttisch liebe, war unser Verhältnis nie so innig, wie das zu Richard.

Lisa und Molly kann ich genauso ausschließen. Sie kennen Kyle zu gut. Außerdem bin ich mir noch nicht wirklich sicher, ob sie dicht halten würden. Ich will nicht, dass sie mit den Informationen direkt zu meinen Brüdern laufen.

Kurz denke ich auch an Veronique und Marie. Aber nach der Nacht mit Kyle hatte ich mich total zurückgezogen und den beiden damit arg vor den Kopf gestoßen. Inzwischen tut mir mein Verhalten leid, aber ich konnte damals nicht anders.

Also muss ich mir wohl oder übel selber helfen. Schließlich habe ich mir die Suppe selber eingebrockt, also muss ich sie auch selbst wieder auslöffeln.

Die Haustür wird mit einem Höllenlärm ins Schloss geschmissen und wenige Augenblicke später tönt Davids tiefe Stimme durch das Haus.

„Hallo! Ich bin wieder da." Gleich darauf höre ich auch schon meine Mutter kreischen. Bestimmt hat sie sich gerade in seine Arme geschmissen und drückt ihren erwachsenen Sohn an sich, als wäre er 50 Jahre lang verschollen gewesen.

Bei mir macht sie das auch immer so, wenn ich mal länger von zu Hause weg war.

Ich seufze und mache mich auf den Weg nach unten.

Wie ich es schon geahnt hatte, steht David unten im Flur und hält unsere Mutter im Arm. Dad hat sich schon verkrümelt. Er

kennt die Prozedere zur Genüge und weiß, dass seine Frau noch eine ganze Weile brauchen wird.
Als ich am Treppenabsatz ankomme, hebt David den Kopf und grinst mich an. Aber sein Lächeln erstirbt, als er mich näher betrachtet. Er macht sich von Mom los, die sich verstohlen über die Augen wischt und kommt zu mir hinüber. Da ich auf der untersten Stufe stehe muss ich meinen Kopf nicht so weit in den Nacken legen, um ihm in die Augen zu sehen.
Wortlos nimmt er mich in den Arm und drückt mich einfach an sich. Ganz so, als würde er spüren, dass ich ein bisschen Trost ganz gut gebrauchen könnte.
Ich erwidere seine Umarmung mit der gleichen Intensität. David löst sich ein bisschen von mir und sieht mich fragend an.
„Was ist los, Sophie?" Gott, bin ich so leicht zu durchschauen?
„Was machst du eigentlich hier? Solltest du nicht bei deiner Freundin oder in deiner Wohnung sein? Immerhin bist du gerade erst aus dem Urlaub zurück gekommen.", versuche ich ihn ziemlich lahm abzulenken.
„Molly will erst einmal ein bisschen Zeit für sich. In meiner Wohnung bin ich eh alleine, da kann ich genauso gut euch besuchen. Aber was viel wichtiger ist – hör auf abzulenken und beantworte mir meine Frage." Manchmal kann er genauso hartnäckig wie Richard sein. Ich spähe an seiner muskulösen Schulter vorbei. Mom beobachtet uns und erwidert kurz meinen bittenden Blick. Dann verlässt sie wortlos den Flur und lässt uns alleine. David sieht ihr ebenfalls hinterher, wendet sich dann aber wieder mir zu. Mir gefurchter Stirn betrachtet er mich.
„Und?"
„Nichts und." Ich versuche so normal wie möglich zu klingen. Aber anscheinend hat es nicht besonders geklappt, denn mein Bruder bohrt weiter.
„Mach mir nichts vor. Du siehst grauenhaft aus." David klingt ziemlich besorgt und es wundert mich. Er hat mir nie gezeigt, dass er sich irgendwelche Sorgen um mich macht. Ich

kenne ihn wütend, lachend, scherzend, glücklich, albern, flirtend, aber besorgt habe ich ihn noch nie erlebt. Mein Gott, ich weiß sogar, wie er ist, wenn er gerade Sex hatte, was so gut wie jedes Wochenende vorkam. Seit er seine eigene Wohnung am Lake Shore Drive hat, ist es weniger geworden. Durch Molly scheint er wirklich die Monogamie für sich entdeckt zu haben.

„Danke für das Kompliment. Verzeih mir, wenn ich es dir nicht zurückgeben kann, aber du siehst einfach zu gut aus.", antworte ich ihm schnippisch.

„Wie war euer Urlaub?", versuche ich erneut ihn abzulenken.

Ein verträumtes Lächeln umspielt seine Lippen. So gut also. Aber so schnell wie es gekommen ist, ist es auch wieder verschwunden.

„Lenk nicht ab. Ich will wissen, was los ist."

Ich seufze hörbar auf. Wenn er wüsste, wie gern ich es ihm erzählen würde. Aber ich kann es nun einmal nicht. Sicherlich hat er Kyle, durch Molly, auch schon kennengelernt.

„Gibst du Ruhe, wenn ich dir sage, dass ich es dir nicht sagen kann?", frage ich David resigniert.

„Nein. Weiß Rich es schon?"

„Nein, weiß er nicht."

„Hat er dich in letzter Zeit mal gesehen? Und was sagen Mom und Dad zu deinem Zustand?"

„Nein hat er nicht und unsere Eltern haben gar nichts gesagt. Also ich weiß echt nicht, was du hast!" Diese ständige Ausfragerei macht mich echt wütend.

„Sophie, du bist blass. Deine Augen sind gerötet. Deine Haare haben ihren Glanz verloren und du hast Augenringe, die echt verdammt dunkel sind." Die Furchen auf seiner Stirn vertiefen sich.

Zu meiner Schande muss ich zugeben, dass ich ihm so eine Beobachtungsgabe gar nicht zugetraut hätte.

„David, bitte lass es gut sein. Ich komm klar.", sage ich leise zu ihm.

Er seufzt hörbar auf und drückt mich wieder an sich. Seine dunklen Bartstoppeln kratzen an meiner Schläfe.

„Ich muss übrigens noch ein Hühnchen mit dir rupfen.", wechsle ich das Thema.

Seine Augenbrauen sind bei meinen Worten in die Höhe geschnellt und er sieht mich erstaunt an.

„Ich habe gehört, dass du dich schon vor langer Zeit der Borough-Inquisition angeschlossen hast." Gespannt warte ich auf seine Erklärung. Er weiß genau, genauso wie Dad und Richard, wie sehr ich es hasse, wenn die Männer verhört werden, die den Mut hatten, mit mir ausgehen zu wollen. Es ist schon schwer genug, an vernünftige Dates zu kommen, wenn man erwähnt, dass man Borough heißt. Denn dann kommen sie unweigerlich auf meine Eltern, David oder Richard und sie sind so eingeschüchtert, dass sie mich lieber gleich gar nicht fragen, ob ich mit ihnen ausgehen will.

„Ich bin dein Bruder.", erklärt er schlicht, als wäre es so klar wie Kloßbrühe, dass es zu seiner Aufgabe gehört, die Freunde der kleinen Schwester zu verhören.

„Ja und? Stand das in deiner Stellenbeschreibung?", frage ich ihn wütend.

„Sophie, wir lieben dich alle und wir wollen nicht, dass dir wehgetan wird. Deshalb müssen wir doch prüfen, ob die Kerle was taugen und deiner Wert sind, oder nicht." Wie kann ich bei so einer Erklärung noch wütend bleiben? Wie sie alle Drei wohl reagieren würden, wenn sie wüssten, dass mir einer bereits wehgetan hat? Ich schmiege mich an ihn und atme seinen Geruch ein. Ich weiß auch nicht, aber er riecht immer ein bisschen nach Büro und einfach David.

„Ich lasse es dir dieses Mal noch einmal durchgehen. Aber sollte ich bemerken, dass auch nur einer von euch wieder seine Show mit den Männern meiner Wahl abzieht, dann gnade euch Gott!" Ich funkle ihn wütend an. Ich muss meine Drohung nicht weiter ausführen. David weiß auch so ganz genau, dass ich es ernst meine.

Auf den Lippen meine Bruders breitet sich ein freches Grinsen aus und ich atme resigniert aus. Schlagartig weiß ich, dass sie es nie lassen werden. Sie werden ab jetzt vielleicht ein bisschen raffinierter vorgehen, denn David wird die anderen beiden unter Garantie warnen, aber ich werde mich wohl in mein Schicksal fügen müssen.
Ich gebe meinen Bruder wieder frei und boxe ihm gegen die trainierte Brust, um meiner Entschlossenheit Nachdruck zu verleihen. Er muss ja nicht wissen, dass ich weiß, dass sie es nie lassen werden.
Gespielt verzieht er sein Gesicht und reibt sich die Stelle, an der ich ihn getroffen habe.

In der Nacht von Freitag auf Samstag schlafe ich so gut wie gar nicht. Was, seit meinem Widersehen mit Kyle, fast schon zum Dauerzustand geworden ist. Aber in der Nacht war es besonders schlimm. Immer, wenn ich meine Augen geschlossen habe, sah ich sein Gesicht.
Auch den Tag über bin ich fahrig und nervös. Noch immer weiß ich nicht, ob er ebenfalls zum Dinner kommen wird.
Mom und Dad haben mich immer wieder prüfend angesehen, wenn ich ihnen mal wieder keine Antwort gegeben habe. Am Ende haben sie sich dann nur angesehen und mit den Achseln gezuckt. Wahrscheinlich denken sie, dass ich nun vollkommen durchgeknallt bin.
Am Abend beginne ich damit, mein persönliches Beautyprogramm durchzuziehen. Die Routine hilft mir ein ganz kleines bisschen dabei, etwas ruhiger zu werden. Außerdem will ich heiß und verführerisch aussehen, sollte Kyle wirklich kommen. In mir ist die Idee heran gereift, dass ich mich an ihm rächen möchte. Ich weiß, dass das ein sehr kindisches Verhalten ist. Aber was soll ich machen? Einen genauen Plan habe ich noch nicht. Also beginne ich damit, ihm zu zeigen, was er hätte haben können und es weggeworfen hat.

Ich genieße mein Schaumbad und nehme mir die Zeit, mich gründlich zu enthaaren. Das warme Wasser umspielt meinen Körper und entspannt die Muskeln wunderbar. Erst jetzt merke ich, wie verspannt ich eigentlich bin. Was ja auch kein Wunder ist, bei all dem emotionalen Stress, dem ich derzeit ausgesetzt bin.
Leider kann ich nicht für ewig in der Wanne bleiben. Sonst würde ich irgendwann wie eine verschrumpelte Rosine aussehen.
Für meine Haare und das Make up nehme ich mir auch die nötige Zeit. Ich föhne meine Mähne, damit sie mehr Volumen bekommt. Auf das Hereindrehen von Locken verzichte ich.
Ich schminke mich mit ruhiger und routinierter Hand. Die Wimpern tusche ich, bis sie schön lang sind und schwarz schimmern. Auf die Lippen betone ich mit einem leichten Hauch von Rosé. Ich will ja wie eine verführerische Femme fatale aussehen und nicht wie ein billiges Pornosternchen.
Aus meinem Kleiderschrank hole ich die schwarze Spitzenunterwäsche und ein türkisfarbenes Kleid. Auch wenn Kyle die Unterwäsche nie zu Gesicht bekommen wird, wird sie mir zu einer gehörigen Portion Selbstbewusstsein verhelfen. Ich schlüpfe in die Sachen. Das Kleid umspielt meinen Körper in einer leichten A-Linie. Schnell noch die passenden Pumps an die Füße.
Auf halbem Weg zur Tür fallen mir noch die Ohrringe ein. Schnell gehe ich zu meinem Schmuckkästchen, welches auf einem kleinen Tischchen neben der Balkontür steht und hole sie hervor. Vorsichtig stecke ich sie mir durch die Ohrlöcher. Die Diamanten, welche als kleine Blumen in einer senkrechten Reihe gearbeitet sind, klopfen sacht gegen meinen Hals, wenn ich mich bewege.
Da ich jetzt wirklich alles am Körper habe, was ich wollte, mache ich mich auf den Weg nach unten ins Wohnzimmer.

Ich biege gerade um die Kurve der geschwungenen Treppe, als es an der Tür klingelt. Mein Herz setzt einen Schlag aus, um

dann zum Zerspringen schnell weiter zu schlagen. Ist er da, oder nicht?
Mom eilt herbei und öffnet die Tür. Aber davor stehen, Hand in Hand, Richard und Lisa. Enttäuscht atme ich aus. Im Moment wünsche ich mir wirklich, dass er kommen wird.
Mein Bruder trägt wie üblich eine legere Jeans, T-Shirt und Sakko. Lisa ein wundervolles rotes Kleid, welches ihre Kurven perfekt betont. Wenn ich mich nicht ganz täusche, dann entstammt es Moms neuster Kollektion.
Unsere Mutter umarmt die beiden lang und innig. Ich klappere ein paar Stufen nach unten und ziehe damit die Aufmerksamkeit der Drei auf mich.
Mit gerunzelter Stirn sieht mich Rich an. Fragend neigt er den Kopf zu Seite. Was ich gut verstehen kann. Denn für ein normales Familienessen bin ich ganz schön aufgebrezelt.
Richard will gerade den Mund aufmachen, um etwas zu sagen, als es erneut klingelt. Das werden dann wohl David und Molly sein. Kurzerhand dreht sich mein Bruder um und öffnet die Tür.
Erneut schlägt mir das Herz bis zum Hals. Leider steht Rich im Weg und ich kann nicht erkennen, wer vor der Tür steht.
Gespannt verharre ich auf meiner Stufe und rufe ihm im Geiste zu, dass er einen Schritt zur Seite gehen soll, damit ich etwas sehen kann.
Endlich macht er es und Molly, gefolgt von David, betreten den Flur. Wieder macht sich Enttäuschung in mir breit und ich sacke in mich zusammen. Ich hebe den Blick und bemerke, dass Rich immer noch die Haustür offen hält. Hat sich Kyle etwa doch dazu entschlossen, zum Dinner zu kommen? Sofort richte ich mich wieder kerzengerade auf. Mein Herz führt einen kleinen Freudentanz auf und mein Kopf hasst es dafür abgrundtief.

Plötzlich blende ich alles um mich herum aus. Ich sehe nur noch Kyle, der eben mein Elternhaus betritt. Noch ehe er die anderen begrüßt hat, hebt er den Kopf und unsere Blicke begegnen sich. Mir stockt der Atem. Er sieht wieder zum Niederknien gut aus. Die Jeans sitzt tief auf den schmalen Hüften. Unter dem weißen T-Shirt zeichnen sich seine Muskeln ab. Auf seinen Wangen liegt der Schatten eines Bartes. Seine grünen Augen nehmen mich völlig gefangen und ich kann nicht aufhören, ihn anzustarren. Dann sind sie wieder da! Die Gefühle, das Knistern, die Anziehung. Es ist genauso wie damals, im Club in Paris im Dezember.

Kapitel 9
Aussprache

Seine Augen weiten sich und das strahlende Grün darin wird schlagartig dunkler. Mein gesamter Körper verspannt sich. Ich fühle mich, als hätte ich einen Stock im Rücken.
Lisa fällt Kyle um den Hals und drückt ihn fest an sich. Unverändert sieht er mich an. Im Augenwinkel bemerke ich, wie Richard kurz die Stirn kräuselt. Sie glättet sich aber schnell wieder. Wenn mich sein Anblick nicht so fesseln würde, wäre ich amüsiert. Ich habe meinen Bruder noch nie eifersüchtig gesehen.
Langsam gehe ich die letzte Stufe nach unten. Mit der linken Hand halte ich mich am Treppengeländer fest, um auch ja nicht zu stolpern und womöglich dann auch noch auf der Nase zu landen. Noch einmal atme ich tief durch. Egal was kommt, ich muss meine Fassade aufrecht halten. Nicht auszudenken, wenn Richard oder David bemerken würden, dass Kyle der Auslöser für meinen Zustand ist. Die beiden sind nicht die Feinfühligsten, leider haben sie aber genau in Bezug auf mich und mein Liebesleben ganz feine Antennen.

Mit einem Lächeln, das aufgesetzter und falscher nicht sein kann, begrüße ich Molly. Sie greift hinter sich und packt Kyles Arm.

„Darf ich dir Kyle vorstellen? Wir haben zusammen studiert.", stellt sie ihn mir vor und wackelt dabei bedeutungsvoll mit den Augenbrauen. Oha, sie wird sich hoffentlich nicht in den Kopf gesetzt haben, mich mit ihm zu verkuppeln.

Ich will ihn nicht ansehen. Denn ein Blick würde ausreichen, um mich schwach werden zu lassen. Aber wenn ich es nicht tue, dann würden die anderen Verdacht schöpfen und meine Brüder gucken mich eh schon so komisch an und ich will wirklich niemanden einem Anlass geben. Also hebe ich meinen Blick und sehe in sein unbewegtes Gesicht. Kein Lächeln. Nicht die kleinste Gefühlsregung kann ich in seinen schönen Zügen ausmachen.

Zaghaft lächle ich ihn an, aber von Kyle kommt nichts zurück.

„Wir kennen uns bereits.", sagt er zu Molly, ohne sie dabei anzusehen. Er streckt mir seine Hand entgegen und ich ergreife sie. Seine Haut ist wundervoll warm.

„Hallo Sophie.", begrüßt er mich leise.

„Hallo Kyle.", antworte ich ihm fast schon flüsternd. Ich habe keine Ahnung ob er mich verstanden hat.

Ich starre auf unsere Hände. Seine gebräunte und meine helle. Es ist ein bisschen wie Yin und Yang. Als ich meinen Blick wieder hebe, begegne ich erneut seinem. Wieder verschmilzt alles um mich herum. Die Stimmen der anderen werden immer leiser und ich sehe nur noch ihn. Die Wärme seiner Hand überträgt sich auf meinen Körper.

Ich spüre eine Berührung an meiner Schulter und werde aus meinem tranceähnlichen Zustand gerissen. Langsam drehe ich den Kopf und sehe direkt in Davids Gesicht. In diesem Moment lässt Kyle meine Hand los und wendet sich ab. Sofort fühle ich mich irgendwie alleine. Sehnsuchtsvoll sehe ich ihm hinterher, wie er Rich und Lisa ins Wohnzimmer folgt. Leise seufze ich auf. Das kann ja ein Abend werden.

Ich wende mich meinem Bruder zu. Seine Stirn liegt, wie gestern schon, in tiefen Furchen. Ich lächle ihn an, um ihn von einem möglichen Verdacht abzulenken und umarme ihn.

„Hallo David."

„Hallo Sophie. Du siehst heute Abend fabelhaft aus.", murmelt er an meinem Haar.

„Danke. Ich habe dir doch gesagt, dass alles in Ordnung ist." Er sieht mich zweifelnd an.

„Na wenn du meinst. Mich kannst du damit vielleicht hinhalten. Aber nicht Richard. Er hat das Gleiche gesehen, wie ich." Ich starre David an. Das kann nicht sein!

„Bitte sag nichts.", flehe ich ihn leise an. Erleichterung durchströmt mich, als er nach kurzem Zögern nickt.

„Lisa!", rufe ich scheinbar fröhlich, als sie aus dem Wohnzimmer zurückkommt. Wahrscheinlich soll sie nachsehen, wo wir bleiben.

„Sophie!", ruft sie genauso fröhlich zurück. Nur dass es bei ihr echt ist. Sie strahlt förmlich von Innen. Sie liebt meinen Bruder von ganzem Herzen und ist total verrückt nach ihm. Ich nehme sie in die Arme. Immerhin habe ich sie vorhin nicht begrüßt. Zu sehr hatte mich Kyle in seinen Bann gezogen.

Lisa und Richard sind wie zwei Magnete. Sie ziehen sich einander an. Ständig sieht der Eine sich nach dem Anderen um. Immer wieder suchen sie den gegenseitigen Körperkontakt. Darum kommt er jetzt auch in den Flur, um nach seiner Liebsten zu sehen. Er geht direkt zu Lisa und zieht sie an sich. Er flüstert ihr etwas ins Ohr. Verwirrt sieht sie ihn an. Aber dann nickt sie stumm, kommt wieder zu mir zurück und nimmt mich erneut in den Arm.

„Was auch immer du angestellt hast – viel Glück.", flüstert sie nah an meinem Ohr und dann ist sie weg. So schnell kann ich gar nicht gucken, wie sie im Wohnzimmer verschwindet.

Mit einem mulmigen Gefühl beobachte ich Richard dabei, wie er sich mir nähert.

„Hi Rich." Gespannt halte ich den Atem an. David hat ja schon etwas angedeutet, aber ich bin mir dennoch unsicher, was mein Bruder von mir will. Bei ihm weiß man manchmal nicht so genau, was für eine Laus ihm nun wieder über die Leber gelaufen ist.

„Hallo Sophie." Plötzlich ist er sehr distanziert. Gern würde ich diese Lücken zwischen uns überbrücken. Aber ich bin wie versteinert.

„Wollen wir zu den Anderen gehen?" Ich habe das Gefühl, dass es besser wäre, wenn ich jetzt nicht mit ihm alleine wäre.

„Gleich. Aber erst möchte ich mit dir reden." Seine Stimme ist kühl Oh, Oh!

Ich recke mein Kinn in die Luft. Sein Verhalten macht mich wütend. Das Spiel, welches er gerade versucht zu spielen, kann ich genauso gut wie er.

„Ich höre.", antworte ich ihm kühl.

„Du kennst also Kyle?" Ahnt Rich etwas, oder ist das nur der Vorbote der Borough-Inquisition?

„Ja, Lisa hat ihn mir vor ein paar Tagen vorgestellt. Eigentlich wollte ich ja mit ihr einen netten Mädelsabend verbringen. Aber da du ja Sehnsucht nach deiner Freundin hattest, hat sie Kyle gebeten ihren Platz einzunehmen."

„Verarsch mich nicht!", presst er zwischen zusammengebissenen Zähnen hervor.

„Du kannst gerne Lisa fragen, wenn du mir nicht glaubst." Ich sehe hochmütig zu ihm empor.

„Sie hat es mir schon erzählt. Du kannst vielleicht die anderen damit täuschen, mich aber nicht. Versuche also nicht mir weiß zu machen, dass du ihn erst vor ein paar Tagen kennengelernt hast. Solche Blicke tauscht man nicht aus, wenn man nur mal eben miteinander Essen geht und vielleicht noch ein wenig durch die Clubs zieht."

„Ich weiß nicht, was du meinst."

Richard schließt kurz die Augen, als versuche er, sich zu sammeln. Als er sie wieder öffnet ist ihre Regenbogenhaut dunkel – dunkel vor unterdrückter Wut.

„Du weißt ganz genau, was ich meine, also spar dir die Mühe, mich hinzuhalten. Er ist der Mistkerl, der dir das in Paris angetan hat." Ich reiße vor Schreck die Augen auf.

„Ist das so offensichtlich?", frag ich ihn, bevor ich genauer darüber nachdenken kann.

„Er ist es also." Ich hatte es ihm indirekt bestätigt. Rich ballt die Hände zu festen Fäusten. „Dafür wird er büßen."

Er will gerade ins Wohnzimmer stürmen, aber ich bekomme gerade noch rechtzeitig seinen Arm zu fassen. Erstaunt blickt er mich an.

„Lass es. Bitte.", flehe ich heute schon zum zweiten Mal. Richard dreht sich ganz zu mir um und starrt mich an.

„Hast du den Verstand verloren!?" Vielleicht sollte das eine Frage sein, aber es klingt eher nach einer Feststellung. Gequält schließe ich die Augen und hoffe darauf, dass mein großer Bruder so vernünftig ist und auf mich hört.

„Rich ich…" Weiter komme ich nicht, denn er fällt mir ins Wort.

„Wieso hast du nicht mit mir geredet?" Er klingt nicht mehr wütend, sondern eher verletzt. Das war nicht meine Absicht. Ich überbücke die Distanz zwischen uns und lege meine Hände auf seine Oberarme.

„Richard, ich liebe dich von ganzem Herzen. Aber das ist mein Kampf. Da muss ich alleine durch." Flehend blicke ich ihn an und sehe in seinen Augen, dass sein Widerstand langsam kleiner wird.

„Warum hast du nicht mit mir geredet?", fragt er mich erneut. Das scheint ihn wirklich getroffen zu haben. Ich lege meine Arme um seine Taille und drücke mich an ihn. Nach kurzem Zögern erwidert er meine Umarmung.

„Du bist mein großer Bruder. Wie hättest du wohl reagiert, wenn ich dir damals in Paris alles erzählt hätte?"

„Ich hätte den Mistkerl so lange gesucht, bis ich in gefunden hätte und dann hätte ich ihm den Kopf abgerissen." Ich muss unwillkürlich lächeln. Das ist mein Bruder.

„Du hast dir gerade selber die Antwort auf deine Frage gegeben."

„Deswegen? Ich dachte du vertraust mir nicht mehr." Seine Stimme ist voller Schmerz. Erstaunt sehe ich zu ihm hoch. Um seinen Mund liegt ein gequälter Zug.

„Ich vertraue dir nach wie vor. Aber ich muss mit den Geschehnissen erst einmal selber fertig werden. Oder besser gesagt, versuche ich es gerade. Kyle hat mir wehgetan – keine Frage – aber ich muss den Weg alleine finden."

Stumm drückt er mich fester an sich. Ich spüre und höre seinen Herzschlag. Das Geräusch hat etwas sehr Tröstendes an sich.

„Darf ich dich um eine Kleinigkeit bitten?", breche ich unser Schweigen.

„Klar. Du weißt doch, dass ich alles für dich machen würde." Sanft streichelt Rich über meinen Rücken.

Eine Welle der Zuneigung erfasst mich und ich kann es gar nicht glauben, was für ein Glück ich mit meinen tollen Brüdern habe.

„Kann ich dich anrufen, wenn ich jemanden zum Reden brauche?"

„Kleines, das weißt du doch."

„Es gäbe da noch etwas."

„Das wäre?"

„Halt dich raus, okay? Ich will mit dir über die ganze Sache reden können. Aber ich möchte keine Angst haben müssen, dass du nach jedem Gespräch gleich losziehst, um Kyle zu suchen, damit du ihn lynchen kannst."

„Das ist eine ganze Menge, die du da von mir verlangst. Das weißt du hoffentlich?" Ich nicke, zur Bestätigung, an seiner Brust. „Also gut. Aber ich habe auch einige Bedingungen." Ich versteife mich in seinen Armen. „Erstens – verschone mich mit allzu vielen Details. Ich weiß, dass du eine wunderschöne, junge Frau bist und nicht das Leben einer Nonne führst. Aber ich will nicht wissen, was bei dir im Bett abläuft. Zweitens –

sollte der Mistkerl dir irgendwann wieder wehtun, dann wird er für alles büßen."

„Ich denke, damit kann ich leben. Aber er hat einen Namen und ja, du hast Recht, Kyle ist ein Mistkerl. Dennoch kann er nichts für meinen Liebeskummer."

Ich winde mich aus seiner Umarmung und drücke ihm einen dankenden Kuss auf die Wange. Mein Lipgloss erzeugt ein kleines Mal, welches ich kurzerhand mir meinem Daumen weg wische.

„Ich hab dich lieb und du weißt gar nicht, wie glücklich ich darüber bin, dass ich dich als Bruder habe." Ich greife nach seiner Hand. „Komm, wir gehen endlich zu den Anderen. Die fragen sich sicherlich schon, wo wir bleiben und denk daran – halt dich zurück!" Ich ziehe ihn einfach hinter mir her und Rich verdreht genervt die Augen.

Im Wohnzimmer werden wir bereits erwartet. Mom ist schon wieder in der Küche und schaut ob alles in Ordnung ist. Dad drückt uns jeweils ein Glas mit köstlich prickelndem Champagner in die Hand.

Warnend stoße ich Rich meinen Ellenbogen in die Seite. Denn ich habe gesehen, wie er Kyle einen äußerst kalten Blick zugeworfen hat. Ich weiß selber nicht so genau, warum ich Richard daran hindere, ihm eins auszuwischen. Aber ich vermute ganz stark, dass es mit meinen Gefühlen für ihn zusammenhängt. Wer tut dem Menschen absichtlich weh, den man liebt?

Mein Bruder schaut kurz zu mir und gibt mir zu verstehen, dass er sich zurück halten wird. Leider beruhigt mich das nicht im Geringsten. Rich neigt manchmal zu etwas überstürzten Entscheidungen. Vor allem, wenn er wütend ist.

Er setzt sich zu seiner Lisa, welche sich angeregt mit Molly unterhält, auf die Couch. David und unser Vater unterhalten sich ebenfalls. Wahrscheinlich geht es wieder um die neusten Entwicklungen in der Telekommunikationsbranche.

Kyle steht an der Terrassentür und starrt etwas verloren in sein Glas. Meine Füße setzen sich plötzlich in Bewegung. Irgendetwas an seinem Anblick lässt mich meine gefassten Vorsätze vergessen.

Er bemerkt mich nicht und so habe ich kurz die Gelegenheit, ihn ein bisschen zu betrachten. Seine Stirn ist gefurcht. Er scheint über etwas intensiv nachzudenken.

„Hi.", sage ich leise. Ich hasse mich gerade selber etwas. Er tut mir weh und ich nehme mir so fest vor, dass ich ihm die kalte Schulter zu zeigen und keine halbe Stunde später knicke ich vollkommen ein. Wo ist nur meine Konsequenz hin? Kaum taucht Kyle bei uns auf, verschwindet sie winkend auf Nimmerwiedersehen.

Die Muskeln in meinem Unterleib ziehen sich vor Verlangen zusammen, als ich seinen Geruch wahrnehme. Ich liebe diese Mischung aus Aftershave und frischer Wäsche. Aber noch besser riecht er, wenn dazu noch der Duft von Sex, Leidenschaft und hemmungslosem Verlangen kommen.

Langsam hebt Kyle den Blick und sieht mich an. Nur hat er jetzt keine unbewegte Miene aufgesetzt, sondern hat die Stirn tief gefurcht. Aber er sagt nichts und das Schweigen zwischen uns wird fast unerträglich.

„Soll ich wieder gehen?" Etwas Besseres ist mir nicht eingefallen. Im Prinzip ist es auch egal, was ich sage, Hauptsache diese Stille zwischen uns wird gebrochen.

„Nein.", antwortet er mir schlicht und mein Herz macht einen erfreuten Satz. Er will mich bei sich haben – zumindest rede ich mir das gerade ein.

„Aber du bist anscheinend nicht an einer Konversation interessiert." Mein Herz hat seine Schlagzahl wieder verdreifacht. Hoffentlich kann er es nicht hören. In meinen Ohren dröhnt laut der schnelle Rhythmus.

Kyles Anblick rührt etwas in mir. Er sieht so verloren und irgendwie innerlich zerrissen aus. Ich gebe einem plötzlichem Impuls nach und lege meine Hand auf seinen Arm. Die Berührung schickt Stromstöße durch meinen Körper.

Erschrocken sehe ich ihn an. Ich bin unfähig meine Hand zurückzuziehen, oder meinen Blick zu senken. Seine Augen ziehen mich magisch an. Sie sind von einem dunklen Grün und die Pupillen sind geweitet.

„Hast du das auch gespürt?", frage ich ihn atemlos, ohne wirklich über meine Worte nachzudenken. Langsam nickt Kyle.

„Wir sollten wirklich miteinander reden."

„Aber ich will nicht.", werfe ich leise ein.

„Bitte Sophie." In seiner Stimme liegt ein flehender Unterton. Ich schüttle den Kopf. Dabei schlagen meine Ohrringe sacht gegen meinen Hals.

„Bitte. Ich würde dir gerne das in Paris erklären. Außerdem bist du mir auch noch eine Erklärung schuldig." Mein Herz und mein Kopf beginnen sofort eine Schlacht darum, wem ich folgen soll.

„Ich weiß nicht, was ich dir erklären sollte.", versuche ich Zeit zu schinden.

„Naja, du bist auf offener Straße mit deiner Handtasche auf mich losgegangen, als hätte ich gerade versucht, dich auszurauben."

„Okay, du bekommst 5 Minuten und keine Sekunde mehr." Mein Herz hat mal wieder den Sieg davon getragen.

„Danke. Wenn es möglich ist, nicht hier. Hier sind zu viele Ohren. Gibt es einen Ort, an dem wir kurz ungestört reden können?"

„Der Garten."

„Gut, lass uns gehen." Meine Hände beginnen vor Nervosität zu zittern und auch meine Knie zucken unkontrolliert. Ich muss bewusst Ein- und Ausatmen um nicht zu hyperventilieren.

Wir haben es fast unbemerkt bis zur Wohnzimmertür geschafft, als Mom den Raum betritt und alle an den Esstisch ruft. Wir sehen uns an und ich zucke kurz mit den Schultern. Kyle beugt sich ein wenig zu mir herunter.

„Dann halt nach dem Essen. Aber wir werden reden – heute!", raunt er mir zu. Dann drängt er sich an mir vorbei und folgt meiner Mutter ins Esszimmer.

Als ich mich wieder in Bewegung setze, bemerke ich drei Augenpaare, die mich anstarren und dann in Richtung Kyles Rücken Pfeile abschießen. Die Borough-Inquisition hat sich zusammengefunden.

„Richard, du hast mir etwas versprochen." Ich verwende ganz bewusst seinen vollen Vornamen, um meine Warnung zu unterstreichen.

„Ich weiß. Aber ich habe dir nicht versprochen, dass ich ihn nicht verhören werden." Stumm verständigt er sich mit Dad und David und wie auf Kommando marschieren alle Drei los. Mist, warum habe ich Richard nicht auch noch dieses Versprechen abgeknöpft?

Auch wenn ich noch weit davon entfernt bin, Kyle zu vergeben und zu vergessen, so will ich nicht, dass er der geballten Überheblichkeit der Borough-Männer ausgeliefert ist. Irgendwie muss ich ihn warnen.

Schnell folge ich ihnen. Alle haben bereits am Tisch Platz genommen, so dass für mich nur noch der Platz zwischen Kyle und Richard übrig bleibt.

Wie soll ich etwas essen können, wenn ich so nah bei ihm sitze? Meine Hände sind schweißnass. Leider kann ich sie nicht an meinem Kleid abwischen. Denn das würde dunkle Flecken geben. Langsam setze ich mich zwischen die beiden Männer.

Möglichst unauffällig schiele ich zu Kyle hinüber. Er scheint das blassblaue Blumenmuster des Tellers sehr interessant zu finden. Richard wirft uns nicht gerade erfreute Blicke zu. Aber was kann ich dafür? Ich würde auch lieber auf einem anderen Stuhl sitzen.

„So meine Lieben, wir können essen." Mom kommt mit einem großen Tablett, beladen mit der Vorspeise, in den Raum. Auch wenn man uns zur High Society von Chicago zählt, sind wir ganz normale Leute. Wir sehen uns nicht als etwas Besseres an.

Ich starre auf meinen Teller und habe absolut keinen Hunger. Rich stößt mir den Ellenbogen in die Rippen. Entschuldigend lächle ich ihn an. Er zeigt aber nur auf meine Gabel und fordert mich stumm zum Essen auf.
Das Carpaccio sieht wirklich lecker aus und wäre alles normal, würde ich es mit Freuden essen. Dennoch kann ich gerade nicht. Ich bin einfach zu nervös.
Tief durchatmend hebe ich den Blick, da ich das Gefühl habe, beobachtet zu werden. Tja, ganz so ist es nicht, aber ich sitze durchaus im Fokus.
„Mitchell, David und Richard." Mom muss nur ihre Namen nennen und sofort sind sie wieder mit ihrem Essen beschäftigt, anstatt Kyle mit Blicken zu töten. Im Stillen danke ich ihr dafür. Seit ich denken kann, hat sie ihre Männer voll im Griff.

Die Unterhaltung am Tisch plätschert so dahin, aber ich kann mich nicht so richtig darauf konzentrieren. In meinem Kopf bin ich mit dem bevorstehenden Gespräch beschäftigt. Ich versuche, mir einen Plan zurecht zu legen. Ich muss es schaffen, nicht wie eine verliebte glupschäugige Kuh aus der Wäsche zu gucken. Außerdem wollte ich die Unnahbare spielen.
Immer wieder dringen kleine Gesprächsfetzen zu mir durch. David erzählt Rich von seinem Urlaub. Molly und Kate diskutieren die zu erwartenden Herbsttrends. Mom und Dad sind selig, da ihre ganze Rasselbande am Tisch sitzt.
Kyle und ich sind die Einzigen, die über die gesamte Dauer des Dinners kein einziges Wort gesprochen haben. Es scheint aber auch niemanden besonders aufgefallen zu sein. Ich bin mehr oder weniger damit beschäftigt, zu essen. Ich bekomme zwar nicht wirklich mit, was ich da kaue, aber ich tue es wenigstens. Ab und zu schiele ich zu meinem Sitznachbarn hinüber. Meistens sieht er im gleichen Moment wie ich hoch und unsere Blicke begegnen sich. Jedes einzelne Mal durchläuft mich ein Schauer und meine Haut beginnt zu kribbeln.

Endlich wird der Kaffee serviert. Erleichtert nehme ich einen großen Schluck. Denn das bedeutet, dass das Dinner fast zu Ende ist und damit auch meine Grübelei darüber, was Kyle mir gleich sagen wird.

Ich helfe Mom noch schnell beim Abräumen und Einsortieren des Geschirrspülers, während die anderen schon wieder im Wohnzimmer sind, um den Abend gemütlich ausklingen zu lassen.

„Ist alles in Ordnung?", fragt mich Mom, während ich die Löffel in den Besteckkorb stecke.

„Ja. Könnt ihr bitte alle damit aufhören?"

„Womit denn?"

„Mich immer zu fragen, ob alles in Ordnung ist. Mit der Zeit nervt es ganz schön."

„Entschuldige."

„Schon gut.", winke ich ab.

„Danke für deine Hilfe. Den Rest schaffe ich allein." Sie gibt mir einen Kuss auf die Wange und schickt mich dann zurück ins Wohnzimmer.

Wieder stehe ich etwas unbeholfen im Türrahmen. Soll ich zu Kyle gehen oder einfach hier stehen bleiben, bis er auf mich aufmerksam wird? Kurz flackert in meinem Kopf die Idee auf, zu verschwinden. Diese löst sich aber schnell in Luft auf, als Kyle mich entdeckt und auf mich zukommt. Sein Glas, mit der bronzenen Flüssigkeit, stellt er im Vorrübergehen auf den Couchtisch.

„Wollen wir?" Ich nicke und drehe direkt auf dem Absatz um. Auf direktem Weg gehe ich nach draußen in den Garten.

Er ist direkt hinter mir. Seine Schritte lassen den Kies des Weges knirschen. Ich führe ihn an das hintere Ende. Mit vor der Brust verschränkten Armen drehe ich mich um. Der Gartenzaun ist keine zwei Zentimeter hinter meinem Rücken.

Sanftes Plätschern weht vom Teich her zu uns hinüber.

Kyle bleibt stehen, die Hände tief in den Hosentaschen vergraben und sieht mich einfach nur an. Meine Nervosität

steigt weiter. Eigentlich fühle ich mich hier immer ganz wohl, aber im Moment möchte ich nur weg rennen.
Ich kann nicht anders, als ihn einfach zu betrachten. Der sachte Wind spielt mit seinem Haar. Ein paar Strähnen fallen ihm in die Stirn.
„Gut, rede.", fordere ich ihn auf. Verärgert stelle ich fest, dass meine Stimme zittert. Ich trete von einem Fuß auf den anderen. Ich muss irgendwie meine Anspannung abbauen und meine Unsicherheit überspielen.
Kyle kommt auf mich zu, so dass er nun direkt vor mir steht. Meine Nase berührt fast seine Brust. Ich starre einfach nur darauf. Ich muss mich nicht anstrengen, um mir vorzustellen, wie es unter seinem T-Shirt aussieht.
Unwillkürlich nehme ich seinen Atemrhythmus an. Einatmen und Ausatmen. Heben und senken. Was wird als Nächstes kommen?

Langsam hebe ich den Blick und sehe ihn an. Seine Augen sind noch eine Spur dunkler geworden.
Kyle hebt seine Arme und legt die Hände ganz sanft um mein Gesicht. Ich bin außer Stande, irgendetwas dagegen zu tun. Seine Daumen streichen sacht über meine Wangen und zeichnen die Konturen meiner Lippen nach. Die anderen Finger ruhen hinter meinen Ohren und spielen sanft mit meinem Nacken.
Erst jetzt wird mir klar, wie sehr ich seine Berührungen vermisst habe. Wir hatten zwar nur eine Nacht zusammen, aber plötzlich ist mir, als würden wir uns schon eine halbe Ewigkeit lang kennen.
Ich schließe meine Augen und ein wohliger Schauer durchläuft meinen Körper. Leise seufze ich auf. Als ich sie wieder öffne, ist sein Gesicht direkt vor meinem. Unsere Nasenspitzen berühren sich ganz leicht. Eine seiner Haarsträhnen hängt ihm im Auge. Ich hebe die Hand und streiche sie ihm aus der Stirn. Als ich ihn berühre, ist er es nun, der die Augen schließt. Zitternd atmet er ein und aus. Seine Lider bewegen sich

wieder nach oben und ich kann in seinen Augen das Verlangen erkennen.

„Ich würde dich so gerne küssen. Aber wenn ich es jetzt tue, bevor wir miteinander geredet haben, wirst du mich entweder entmannen oder wir reißen uns gegenseitig die Kleider vom Leib. Egal was von beiden zutrifft, eines wäre klar, wir würden keinen einzigen Schritt weiter kommen und die Sache würde immer noch zwischen uns stehen." Während er spricht kann ich seinen Atem riechen. Ich kann den Duft nicht definieren. Aber ich will auf jeden Fall mehr davon. Ich fühle mich wie berauscht.

Aus großen Augen starre ich ihn an und versuche, das Gehörte zu verarbeiten. Warum sagt er das, wenn ich für ihn doch nur eine One Night Stand war? Seinen Spaß hat er doch schon gehabt.
Kyle drückt mir einen keuschen Kuss auf die Stirn und lässt mich los. Plötzlich ist mir eiskalt und ich fange an, zu zittern. Um mich zu wärmen, lege ich fest meine Arme um mich. Eben noch wurde ich von einem hellen und wärmenden Licht erfüllt und jetzt ist es wieder kalt und dunkel.
Kyle hat sich umgedreht und steht mit dem Rücken zu mir. Er fährt sich mit beiden Händen durch die blonden Haare. Sie sind nun noch zerzauster als vorher. Manche Strähnen stehen regelrecht von seinem Kopf ab. Auch wenn ich nur seinen Rücken sehe, finde ich ihn ungemein sexy. Es erinnert mich daran, wie er nach dem Sex aussah.
Die muskulösen Schultern spannen sich unter seinem Shirt an. Ich werfe einen schnellen Blick auf seinen knackigen Hintern in der tief sitzenden Jeans. Gerade rechtzeitig schaue ich wieder hoch, um seinen angespannten Bizeps zu sehen, als er sich erneut durch die Haare fährt. Mein Mund wird trocken.
Bei der Bewegung ist das Shirt etwas nach oben gerutscht und gibt den Blick auf den Bund seiner schwarzen Boxershorts frei. Auch kann ich ein kleines Stück gebräunten Rücken erkennen. Mir wird schlagartig heiß und meine Atmung beschleunigt

sich. Himmel, er wirkt wie eine Droge auf mich. Ich kann einfach nicht genug von ihm bekommen.

„Ich kann mich noch sehr gut an den Moment erinnern, als ich dich das erste Mal gesehen habe.", spricht er mit leiser Stimme. Ich bin gerade dabei mir wieder seinen Hintern anzusehen. Seine Worte reißen mich von dessen Anblick los.

„Ich auch. Das war vor dem Club. Ich wäre fast hingefallen und du hast mich im letzten Moment aufgefangen." Auf einmal will ich es geklärt haben. Was bringen mir all die Wut und verletzte Gefühle? Rein gar nichts. Also können wir auch reinen Tisch machen und danach werde ich dann weiter sehen.

„Nein. Ich habe dich das erste Mal gesehen, als du mit deinen Freundinnen aus dem Taxi ausgestiegen bist. Ein paar Freunde und ich waren gerade auf dem Weg zum Eingang, als ihr direkt vor uns gehalten habt. Du hattest weder nach links noch nach rechts geschaut, sondern einfach die Tür des Taxis aufgerissen und ich wäre fast hinein gerannt. Ich war in dem Moment richtig wütend. Aber dann bist du ausgestiegen und du hast mich einfach umgehauen. Ich fühlte mich, als hätte mir jemand einen heftigen Schwinger verpasst." Heilige Scheiße! „Dein Anblick haut mich immer noch um.", fügt er flüsternd hinzu. Vielleicht war es nicht unbedingt für meine Ohren bestimmt, aber ich habe es trotzdem gehört und es bringt meinen eisernen Entschluss zum Schmelzen. Mein Herz jubelt fröhlich vor sich hin und mein Kopf fragt sich, was das dann am nächsten Morgen sollte.

„Du bist dann gestolpert und ich habe dich aufgefangen. Ein paar Leute haben sich dann zwischen uns durch gedrängelt und als sie weg waren, warst du es auch. Ihr ward im Club verschwunden. Drinnen habe ich dann nach dir Ausschau gehalten. Du hast im VIP-Bereich gesessen und das Licht zauberte lauter kleine, bunte Punkte auf deine Haut. Da wusste ich, dass ich dich irgendwie ansprechen muss. Ich hatte nie ein Problem damit, auf Frauen zuzugehen. Aber bei dir war

mein Kopf wie leer gefegt. Ich hatte gehofft, dass du mal zu mir rüber sehen würdest. Ich war enttäuscht, als du überall hingesehen hast, nur nicht zu mir. Ich habe mich als einen Idioten beschimpft. Warum sollte eine so unbeschreibliche sexy Frau auf einen durchschnittlichen Typen wie mich abfahren? Ich habe mir dann eingeredet, dass du sicherlich einen Freund hast. Frauen wie du bleiben nie lange alleine."
Aus seinen Worten spricht seine Enttäuschung von damals, oder ist sie nun allgegenwärtig?

„Du bist kein Durchschnittstyp. Als ich dich das erste Mal sah, blieb mir das Herz stehen. Ich war wie gelähmt. Aber ich konnte mich nicht bei dir für deine Hilfe bedanken. Denn plötzlich warst du weg." Ich will ehrlich zu ihm sein. Das muss ich sogar. Es gibt nur zwei Möglichkeiten. Entweder wird mich diese Ehrlichkeit in einen noch tieferen Abgrund stürzen, oder mich auf Wolke sieben katapultieren.

Kyle hat mir immer noch den Rücken zugedreht. Ich würde ihn gern berühren. Würde gern die Arme um ihn schlingen und die Wange an sein breites Kreuz schmiegen. Aber ich unterdrücke den Drang. Es scheint ihm leichter zu fallen, mit mir darüber zu reden, wenn wir einander nicht in die Augen sehen.

„Ich hatte dich die ganze Zeit über im Auge. Ständig habe ich in der Menge nach dir gesucht. Ich hatte dich dann, nicht weit von mir, entdeckt. Du warst gerade auf dem Weg zur Tanzfläche und hattest dich suchend umgesehen. Ich nahm an, dass du deinen Freund suchen würdest. Du hast die ganze Zeit in der Gegend herum geguckt und bist genau auf mich zugekommen. Ich stand neben einem dieser Pfeiler und den schienst du nicht auf dem Schirm gehabt zu haben. Bevor ich richtig darüber nachdenken konnte, habe ich dich am Arm festgehalten, damit du nicht gegen den Beton läufst." Er schöpft hörbar Luft.

„Ich hatte dich gesucht und den Pfeiler tatsächlich nicht bemerkt. Gerade, als ich wieder nach vorn sah, hatte ich das Ding bemerkt und hatte mich schon auf den Aufprall gefasst gemacht. Aber da war dann plötzlich eine Hand, die mich festgehalten hatte. Ich habe dann gesehen, dass du es warst. In dem Moment war ich das glücklichste Mädchen im ganzen Club." Auch mir fällt es leichter zu sprechen, wenn ich ihn nicht direkt anschaue. Ein Lächeln huscht über mein Gesicht, als ich mich an dieses spezielle Gefühl erinnere.

„Ich konnte mein Glück gar nicht fassen. Du standst so nah. Ich konnte sogar dein Parfum riechen." Es ist zwar sehr schön zu erfahren, was er im Club empfand. Aber ich will endlich wissen, warum er damals so schnell gegangen ist.

„Kyle, warum bist du am nächsten Morgen ohne ein Wort verschwunden?"

„Als ich wach wurde, lagst du in meinen Armen. Dein schöner Körper eng an meinen gekuschelt und du sahst einfach wunderschön aus. Ich hätte dir ewig beim Schlafen zusehen können. Auf einmal klingelte mein Handy. Ich wollte nicht, dass du wach wirst und bin zum Telefonieren in dein Wohnzimmer gegangen. Es war mein bester Kumpel Bryan. Wir kennen und schon seit dem Kindergarten und haben immer die gleichen Schulen besucht. Er war auch mit im Club. Anscheinend hatte er ein paar Drinks zu viel und hat sich mit irgendeinem Typen geprügelt, weil Bryan dessen Freundin angegraben hatte. Es wurde die Polizei gerufen und er wurde verhaftet. Bei der Prügelei hatte er sein Portemonnaie samt Ausweis und Kreditkarten verloren. Also rief er mich an, dass ich bei der Polizei bezeugen kann, dass die Angaben zu seiner Person richtig wären und um die Kaution zu stellen."

„Und du konntest mich nicht wecken, oder mir einfach auf einem Zettel eine Verabschiedung kritzeln? Ich kam mir so verdammt verarscht vor.", sage ich eisig. Ich kann es nicht glauben. Das soll der Grund gewesen sein?
Kyle wirbelt zu mir herum.

„Ich wollte dich nicht wecken! Sind wir mal ehrlich. Es war eine verdammt anstrengende Nacht. Auf die Idee, dir einen Zettel zu schreiben und meine Handynummer dazulassen, bin ich in dem Moment nicht gekommen. Ich war so wütend auf Bryan. Ich wollte nicht weg. Es ist mir erst eingefallen, als ich längst schon wieder im Hotel war und da war es zu spät." Flehend sieht er mich an.

„Warum war es zu spät?"

„Ich wusste deinen vollen Namen nicht und hatte keine Ahnung, wie die Straße hieß, in der du gewohnt hast. Ich habe bei dem Taxiunternehmen angerufen, das mich zur Polizei gebracht hatte. Aber sie wollten es mir nicht sagen."

Wieder kämpfen Kopf und Herz miteinander. Dieses Mal entscheide ich, wer gewinnen wird. Rigoros beende ich den Streit. Schicke das Hirn auf die Strafbank und lasse mein Herz gewinnen.
Ich hebe die Hand und lege sie an Kyles Wange. Ich spüre die Bartstoppeln auf meiner Haut und genieße das leicht kratzige Gefühl.

„Für mich brach am nächsten Morgen eine Welt zusammen." Vor Schreck weiten sich seine Augen und er zieht mich in seine Arme. Tief atme ich seinen Geruch ein. Ich spüre den Herzschlag unter meiner Wange.

„Ich habe eine ganze Weile gebraucht, um die Nacht mit dir zu verdrängen. Ich wollte vergessen, wollte sie ungeschehen machen. Ich habe mir eingeredet, dass alles wieder gut werden würde. Aber dann habe ich dich in dem Restaurant gesehen und alles kam wieder hoch. Ich fühlte mich plötzlich so verraten. Du standst da, das blühende Leben, schön wie ein griechischer Gott und ich bin nur ein Schatten meiner selbst. Das hat mich so wütend gemacht. Dann hast du keinerlei Anstalten gemacht, mir zu verstehen zu geben, dass du mich erkannt hast. Da habe ich einfach rot gesehen und bin dann mit meiner Handtasche auf dich losgegangen." Kyle zieht mich noch enger in seiner Umarmung. Endlich schlinge ich meine Arme um ihn. Ich kann richtig seine Anspannung spüren.

„Ich habe dich sofort erkannt. Aber Lisa sollte von Paris nichts wissen. Es war ein Schock, zu erkennen, dass du die kleine Schwester der Freunde meiner besten Freundinnen bist. Ich habe in den ganzen Monaten immer an dich gedacht.

Du bist mir einfach nicht mehr aus dem Kopf gegangen. Ich wusste nicht, wie ich dich finden sollte. Ich kannte ja nur deinen Vornamen. Ich konnte nicht glauben, was für ein Hornochse ich war. Wie kann man so blöd sein und vergessen, seine Nummer zu hinterlassen?" Sein Kinn ruht auf meinem Kopf. Ich könnte ewig so dastehen.

„Sophie, es tut mir leid, dass ich dir das angetan habe. Das wollte ich nicht. Nie im Leben hätte ich gedacht, dass es dir wie mir gehen könnte.", fügt er hinzu.

„Es tut mir leid, dass ich dich mit meiner Handtasche verprügelt habe." Ich spür die Vibrationen seines Lachens.

„Verprügelt ist vielleicht ein bisschen übertrieben. Du hattest mich im ersten Moment überrascht. Du hast so wild um dich geschlagen, dass du mich kaum getroffen hattest." Ich muss auch ein bisschen grinsen.

„Ich muss ganz schön durchgeknallt ausgesehen haben."

„Ja, aber wunderschön."

Ich boxe ihn in die Rippen. Er zuckt nicht einmal anstandshalber zusammen.

„Küsst du mich jetzt endlich?" Ich fühle mich befreit und leicht.

„Sag mir erst, ob du mir verzeihst." Wieder schaut er mich flehend an.

„Ja." Kaum sind die Worte ausgesprochen, sind all meine Zweifel verschwunden. Ich habe ihm verziehen.

Kyle nimmt sein Kinn von meinem Kopf und sieht mir ganz tief in die Augen. Die Luft ist wie elektrisch geladen. Ganz langsam senkt er den Kopf und meine Lider beginnen zu flattern.

Als seine Lippen die meinen berühren, werden alle leeren Stellen in meinem Inneren wieder ausgefüllt und die kleine, warme Sonne strahlt wieder.

Sein Kuss ist sanft. Ein Seufzer entschlüpft mir. Ich öffne leicht meine Lippen und lasse meine Zunge hindurch schlüpfen. Sie streicht sanft über seinen Mund. Kyle kommt mir entgegen und die Spitzen berühren sich. Meine Atmung

beschleunigt sich und auch seine Brust hebt und senkt sich deutlich schneller. Das Knistern in der Luft wird immer stärker. Kyles Arme legen sich enger um mich und ich drücke meine Hüften gegen ihn. So kann ich seine Erektion an meinem Bauch spüren.
Mein Hirn quittiert den Dienst und ich lasse mich einfach von meinen Gefühlen leiten. Unsere Zungen umschlingen einander und führen einen wilden Tanz auf. Meine Hände wandern zu seinem Hintern.
Ganz plötzlich unterbricht er den Kuss.
„Warte. Nicht hier.", stößt er atemlos hervor. Verwirrt sehe ich ihn an. Fast habe ich ein Déjà vu.
Kyles Augen sind vor Leidenschaft verhangen. Er streicht über meinen Rücken. Seine Finger gleiten auf und ab.
„Das hatte ich nicht geplant." Entschuldigend sieht er mich an.
„Klär mich auf.", fordere ich. Kyle bringt seinen Mund ganz nah an mein Ohr. Sacht knabbert er daran.
„Ich habe leider nichts dabei und dafür könnte ich mich gerade in den Arsch treten.", murmelt er. Ist das sein Ernst?
„Soll ich dir in den Arsch treten?", frage ich ihn scherzend. Von meiner sexuellen Frustration soll er nichts wissen. Ich spüre, wie er lächelt.
„Wenn du ran kommst."
„Wollen wir wetten?"
„Mit dir jederzeit."
„Aber leider haben wir keine Zeit mehr. Wir sind schon viel zu lange weg und die anderen werden sich schon fragen, wohin wir verschwunden sind. Du wirst es mir büßen müssen, dass du mich erst scharf machst und dann im Regen stehen lässt." Gespielt böse sehe ich ihn an. Ich fühle mich so erleichtert, dass auch meine alte Schlagfertigkeit und Unbefangenheit zurückgekehrt ist.
„Okay. Na los, schöne Frau." Er grinst mich jungenhaft an.

Es ist still und friedlich im Garten. Die Grillen zirpen ein Konzert, welches ab und zu von den Fröschen im Teich unterbrochen wird.

Wir sind gerade über die Brücke gegangen, als ich ihn am Arm packe und aufhalte.

„Kyle, warte. Ich muss dir noch etwas sagen." In der Dunkelheit kann ich sein Gesicht nicht erkennen. „Nimm dich vor Dad, Richard und David in Acht. Sie werden versuchen, dich zwischen die Finger zu bekommen und dann werden sie dich in die Mangel nehmen."

„In Ordnung. Ich werde die Augen offen halten." Er wendet sich schon zum Gehen, aber ich stoppe ihn erneut.

„Das war noch nicht alles. Rich weiß im Großen und Ganzen Bescheid. Ich dachte, du solltest das vielleicht wissen." Kyle brummt nur kurz etwas, das ich nicht verstehe. Ich möchte aber nicht genauer nachfragen.

Auf dem Weg zum Haus nehme ich seine Hand und verflechte unsere Finger miteinander. Ich lasse sie aber los, als wir rein gehen.

Kapitel 10
Gebrochenes
Versprechen

So leise wie nur möglich öffne ich die Terrassentür zum Esszimmer. Zuerst lasse ich Kyle hindurch schlüpfen. Es ist ziemlich dunkel. Nur die großen Kugelleuchten auf der Terrasse werfen etwas Licht in den Raum. Lautes Gelächter dringt aus dem Wohnzimmer zu uns.

Kyle bleibt neben der antiken Anrichte stehen und wartet auf mich. Das wäre schon mal geschafft. Jetzt müssen wir nur noch halbwegs unbemerkt ins Wohnzimmer kommen.
Wir stehen uns in der Dunkelheit gegenüber und ich hebe meine Hand. Ich lasse sie über seine Brust wandern.
Da ich nicht viel sehen kann, konzentriere ich mich auf meinen Tastsinn. Ich spüre die Form seiner Muskeln unter meinen Fingern. Sie vibrieren leicht. Kyle steht völlig still. Ich strecke mich ein wenig nach oben und hauche ihm einen Kuss auf den Mund.
Unsere Lippen berühren sich nur ganz sacht, aber sofort ziehen sich die Muskeln in meinem Unterleib vor Verlangen zusammen. Kyle legt eine Hand an meine Wange und sein Daumen liebkost die kleine Stelle hinter meinem Ohr. Ich seufze auf. Er drückt seinen Mund fester auf meinen und unsere Atemzüge werden schneller.
Unsere Zungen berühren sich, liebkosen sich einander. Schnell wird der Kuss tiefer und fester. Wir schlingen die Arme umeinander. Dieser Mann hat eine Wirkung auf mich! Meine Herren!
Ich spüre wieder diese verräterische Beule an meinem Bauch. Am liebsten würde ich ihm hier und jetzt die Kleider vom Leib reißen und meine Zunge über seinen Körper wandern lassen. Aber nur einen Raum weiter sitzen meine Eltern, meine übervorsichtigen Brüder, sowie Lisa und Molly.
Keuchend lösen wir uns voneinander.
„Wow.", stößt er hervor.
„Wow." Stimme ich ihm zu. Ich löse mich von ihm und versuche, mich zu sammeln. Hoffentlich sieht man mir nicht an, was gerade passiert ist. Mit den Händen streiche ich mein Kleid glatt und gehe an ihm vorbei ins Wohnzimmer. Kyle ist dicht hinter mir.

Das Licht im Wohnzimmer blendet mich ein wenig und ich muss blinzeln. David kommt zu mir und zieht mich am Arm in eine Ecke des Raumes. Mit gerunzelter Stirn starre ich ihn an.

Was will er? Ich sehe mich nach Kyle um und sehe gleichzeitig Dads und Richards Blicke. Mir wird klar, dass das ein abgekartetes Spiel ist.

David soll mich aus dem Weg räumen, während sich Dad und Rich Kyle schnappen. Mist!

In Gedanken flehe ich Kyle an, zu mir zu sehen. Aber er unterhält sich mit Mom. Aber zum Glück schaut meine Mutter zu mir und ich werfe ihr einen Blick zu, der ihr hoffentlich sagt, dass sie die Borough-Inquisition stoppen soll.

Zum Glück versteht sie meine stummen Blicke. Denn sie schaut hastig zu meinem Vater und zu meinem Bruder. Sofort verdüstert sich ihr Gesicht. Ha, da habt ihrs! Mom ist eindeutig auf meiner Seite.

Sie packt Kyle am Arm und dirigiert ihn zur Couch, auf der Lisa und Molly sitzen. Lächelnd setzt er sich zu ihnen und wirft mir einen Blick zu, der nur so vor unterdrückter Leidenschaft lodert. Damit haut er mich fast aus den High Heels. Ich lächle ihn an und ernte von Richard einen mehr oder weniger finsteren Blick. Lachend strecke ich ihm die Zunge raus. Was zur Folge hat, dass sein Blick noch düsterer wird.

Kyle ist erst einmal gerettet und er unterhält sich angeregt mit seinen besten Freundinnen und Mom. Dad und Rich stecken sofort die Köpfe zusammen. Wahrscheinlich hecken sie schon den nächsten Plan aus, wie sie ihn in die Mangel nehmen können.

Jetzt kann ich mich David zuwenden. Er hat mich hinter einer von Moms Palmen geschoben und blickt düster über meinen Kopf hinweg. Stumm verständigt er sich mit seinen beide Verbündeten. Erst jetzt, nach all den Jahren, wird mir richtig klar, dass sie dieses Spiel schon immer mit mir und ihren armen Opfern gespielt haben. Ich kann nicht fassen, dass ich so verdammt blind war. Ich habe all die Jahre gedacht, dass es David egal ist, was in diesem Bereich meines Lebens so abgeht. Insgeheim war ich auch immer froh darüber. Wenigstens einer meiner engsten Familienmitglieder war vernünftig. Aber da hatte ich mich gründliche getäuscht. Er ist kein Deut besser als Dad und Richard.

Wütend hole ich aus und schlage ihm gegen den Oberarm. Er zuckt zusammen und schaut schnell zu mir. Ich funkle ihn aufgebracht an.

„Was?", fragt er mit einer Unschuldsmiene, die er seit seiner Kindheit ausgiebig geübt hat.

„Reiß dich zusammen!", presse ich zwischen zusammengebissenen Zähnen hervor.

„Ich will doch nur kurz mit dir reden."

Ich werfe genervt die Arme in die Luft.

„Herrgott nochmal! Wieso will jeder heute mit mir reden?"

„Was ist zwischen Kyle und dir?" Er blickt mich eindringlich an.

„Es geht dich nichts an!", fauche ich.

„Mich nichts angehen? Da hast du dich aber geschnitten. Es geht mich sehr wohl etwas an."

„Du hörst dich wie Richard an. Dich hat es doch sonst nicht interessiert, mit welchen Typen ich mich treffe!" Ich werde immer wütender und muss mich sehr zusammenreißen, dass ich ihn nicht aus vollem Halse anschreie. David schnaubt wütend.

„Ich habe mich immer dafür interessiert, mit wem du ausgehst. Du hast es nur nie gemerkt oder wolltest es nie merken. Schließlich bin ich nicht Richard!" Überrascht blinzle ich ihn an. Seine braunen Augen sprühen Funken vor Wut.

„Wie meinst du das, du bist nicht Richard?" Ertappt schaut er mich an. Anscheinend ist ihm etwas heraus gerutscht, was Ich nicht hätte wissen sollen. David schließt kurz die Augen.

„Dein Verhältnis zu Rich war schon immer etwas Besonderes. Schon von deiner Geburt an. Am Anfang war ich sehr eifersüchtig auf ihn. Ich wollte das auch. Mit der Zeit habe ich mich einfach damit abgefunden, dass er dein Lieblingsbruder ist und ich nur einfach David bin." Schlagartig ist meine Wut verraucht.

„Das wusste ich nicht.", flüstere ich.

„Das wusste niemand, zumindest bis zu diesem Moment."
Ich schlinge meine Arme um ihn. Ich fühle mich schuldig und es tut mir wahnsinnig leid. Wenn ich doch nur eine kleine Ahnung davon gehabt hätte. Ich habe ihn nicht wissentlich verletzt, aber es fühlt sich nicht so an. Er ist mein Bruder und ich liebe ihn.

„Oh David! Ich liebe dich doch auch. Ich hatte immer ein bisschen das Gefühl, dass du dich nicht so wirklich für mich interessierst."

„Ich hab dich auch lieb und ich habe mich immer dafür interessiert, was du tust. Aber wahrscheinlich habe ich es nicht so offen gezeigt wie unser Bruder." Er drückt mich fest an sich. Himmel, was für ein Abend. Ich fühl mich, als würde ich eine Dauerfahrt mit der Achterbahn machen.

„Jetzt weiß ich es und da kann ich dich ab jetzt auch mit meinem Kram nerven. Aber trotz allem, lass Kyle in Ruhe."

„Kann ich nicht."

„Warum?"

„Erstens – du bist meine Schwester, Zweitens – er ist der Kerl, der dir ans Höschen will und Drittens – Er ist der beste Freund meiner Freundin." Er wedelt mit drei erhobenen Fingern vor meinem Gesicht herum.

„Gut, ich verstehe dein Dilemma. Aber lass mich was klar stellen. Erstens – es ist mein Höschen und wenn ich will das er ran kommt, dann entscheide ich das und nicht ihr. Zweitens – habt ihr mir alle möglichen dreckigen Tricks beigebracht, mit denen ich mich zur Wehr setzen kann."

„Gute Argumente. Dennoch wird er keinen leichten Stand bei uns haben."

„Ihr könnt ihn ja ein bisschen quälen, aber erst beim ersten Date, okay?"

„Gut, schließen wir einen Kompromiss. Er muss nur durch die abgespeckte Version der Borough-Inquisition und ab da lassen wir ihn dann in Ruhe. Es sei denn, er verbockt es mit dir. Dann muss er leiden."

„Gut." Wir reichen uns die Hände und schließen damit unseren Pakt.

Kurz drückt mich David noch einmal an sich und verschwindet dann zu seinen Verbündeten. Wahrscheinlich um ihnen von unseren Verhandlungen zu berichten. Ich bleibe noch kurz in meinem Versteck hinter der Palme und beobachte das Szenario. Ich kann genau an den Gesichtern von Dad und Richard ablesen, dass sie von den Neuigkeiten nicht wirklich begeistert sind. Hektisch reden sie auf David ein. Aber er zuckt nur mit den Schultern und deutet auf mich. Sofort durchbohrt mich Richards wütender Blick. Mit verschränkten Armen stehe ich da, den Rücken durchgedrückt und erwidere seinen Blick mit erhobenem Kinn. Ich glaube nicht, dass Rich Dad etwas von Paris erzählt hat. Denn sonst wäre Kyle schon längst nicht mehr im Haus. David ahnt vielleicht etwas, aber genaueres weiß er nicht. Hoffentlich hält Rich weiterhin dicht. Nicht dass er irgendwann auf die Idee kommt, es ihnen zu sagen, nur um mich dazu zu bringen, das zu machen, was er gern möchte.

Ich habe mich gerade wieder hinter der Palme hervor geschält, als Lisa mit zwei Champagnergläsern auftaucht. Sie reicht mir eines davon. Gierig nehme ich einen Schluck.

„Na, wie war der Abend mit Kyle?" Sie kann die Neugier in ihrer Stimme nicht verbergen. Mist! Was sage ich ihr nur? Ich kann Lisa ja unmöglich sagen, dass ich ihn mit meiner Handtasche verprügeln wollte. Ich weiß ja auch nicht, was Kyle erzählt hat. Ihn kann aber jetzt unmöglich fragen. Er sitzt, immer noch von Mom und Molly beschützt, auf der Couch. Mein Blick wandert zu ihm, während ich überlege, was ich ihr wohl sagen soll. Wieder begegnet Kyles Blick dem meinem und wieder vergesse ich alles um mich herum. Ein verführerisches Lächeln umspielt seine Lippen und er prostet mir mit seinem Glas zu. Ich erwidere den Gruß und reiße mich von seinem Anblick los. Lisa steht grinsend vor mir.

„Okay, sag nichts. Manchmal sagen Blicke mehr als tausend Worte." Puh, Schwein gehabt.

„Wie läuft es bei Richard und dir? Ihr seht sehr glücklich zusammen aus. Ich muss dir nicht danken. Du tust ihm sehr gut." Ich drücke sie an mich. Als ich sie wieder los lasse, zeigt sich eine feine Röte auf ihren Wangen.

„Ähm... Danke. Er macht mich auch sehr glücklich." Immer wenn Lisa von Richard redet, strahlen ihre Augen. Am liebsten würde ich ihr noch einmal um den Hals fallen. Aber ich lasse es lieber. Schon meine erste Umarmung hat sie verlegen gemacht. Obwohl das eher nicht so ihre Art ist.

„Lisa, kannst du mir einen riesen Gefallen tun?" Ich ringe meine Hände. Aber was bleibt mir anderes übrig, als härtere Geschütze aufzufahren?

„Klar, was kann ich für dich tun?" In der Hinsicht ist sie wie mein Bruder. Egal mit was man kommt, sie hilft einem immer.

„Könntest du eventuell Richard in Schach halten?" Verwirrt sieht sie mich an, aber dann dämmert es langsam bei ihr.

„Wegen Kyle?" Ich nicke heftig.

„Ja, versteh mich bitte nicht falsch, ich liebe meinen Bruder. Aber er und sein verdammter Beschützerinstinkt! Er, David und Dad haben bis jetzt jeden meiner potentiellen Freunde in die Mangel genommen. Ich rede nicht von einem harmlosen Gespräch, sondern eher von der Sorte Polizeiverhör. Ich wäre dir auf ewig dankbar, wenn du ihn davon abhalten könntest.", flehe ich sie förmlich an.

„Das könnte schwierig werden. Du kennst deinen Bruder. Wenn er sich etwas in den Kopf gesetzt hat, dann kann man ihn nur schwer wieder davon abbringen." Sie sieht mich ein bisschen zweifelnd an.

„Bitte Lisa! Wenn es einer schafft, dann du.", rede ich auf sie ein.

„Also gut. Ich werde es versuchen. Aber versprechen kann ich nichts. Da sind aber immer noch dein Vater und David, was ist mit denen?"

Guter Einwand. Ich muss sie alle drei davon abhalten und nicht nur den kreativen Kopf der Bande.

„Ich werde noch mit Mom und Molly reden. Sie werden sich um die beiden kümmern."

„Ich denke mal auch. Molly muss ja nur mit den Wimpern zucken und schon ist ihr David verfallen."

„Ja, genau wie Richard bei dir."

„Genau so sieht es aus." Sie wirft mir ein kokettes Lächeln zu. „Wir haben alle heute Abend die Blicke zwischen dir und Kyle gesehen. Am Anfang dachte ich noch, dass das nix wird. Aber dann seid ihr ja verschwunden und was auch immer ihr getrieben habt, es scheint euch auch ein ganzen Stück näher gebracht zu haben. Ihr seid jetzt nicht mehr so distanziert zueinander."

„Hm..." Ich spüre, wie ich rot werde. „Ich werde besser gleich mit Molly reden. So wie ich sie und David kenne, werden sie sicher bald aufbrechen. Sie können ja jetzt schon kaum die Finger von einander lassen." Wir sehen beide zu Molly hinüber, hinter die gerade mein Bruder getreten ist. Sacht streichen seine Fingerspitzen über ihr Schlüsselbein und ihren Nacken.

„Denen möchte man mal wieder gern zurufen, dass sie sich ein Zimmer nehmen sollen.", murmelt Lisa neben mir.

„Ja, genau wie euch beiden auch."

„So schlimm?" Mit großen Auge sieht sie mich an, was mich zum Kichern bringt.

„Ihr seid nicht ganz so offensichtlich. Aber wirklich diskret seid ihr auch nicht." Ich trinke den letzten Schluck aus meinem Glas und will zu Kyle gehen, als ich bemerke, dass das Wohnzimmer bis auf Lisa und mich leer ist. Die waren doch eben noch da.

„Oh nein!", entfährt es mir Sie werden doch nicht... Oder?

„Lisa, weißt du wo sie alle hin sind?"

„Nein, tut mir leid." Sie zuckt entschuldigend mit der Schulter.

Ich stürme aus dem Wohnzimmer und renne in die Küche. Aber es ist alles dunkel und weit und breit ist niemand zu sehen. Als nächstes flitze ich in die Bibliothek. Aber auch hier ist niemand. Wo sind die alle?

Mein nächstes Ziel ist der Salon. Ich sehe Licht unter der Tür hindurch scheinen. Ich haste darauf zu und reiße die Tür schwungvoll auf. Aber da sind nur Molly und Mom.

„Wo sind Dad, David, Richard und Kyle?", frage ich atemlos. Mein Herz schlägt mir bis zum Hals. Meine Mutter wird blass und schaut mich entsetzt an.

„Oh Spätzchen, ich weiß es nicht."

Ich renne aus dem Salon heraus.

„Es tut mir leid." Höre ich sie noch von weitem rufen. Sie ist ja auch nur ein Mensch. Ich hätte sie besser im Auge behalten sollen. Aber ich war so in mein Gespräch mit Lisa vertieft, dass ich nicht mitbekommen habe, wie sie sich Kyle gekrallt haben. Als ich über den Flur renne, höre ich das Geklapper von Stöckelschuhen hinter mir. Als ich mich umdrehe, sehe ich Lisa.

„Hast du sie gefunden?", frage ich sie atemlos. Leider schüttelt sie mit dem Kopf. Kurz darauf stoßen auch Mom und Molly zu uns.

„Wo sind sie hin?" Die Wut nimmt langsam Besitz von mir und lässt meine Stimme gepresst erscheinen. Ich blicke sie an. Dann kommt mir der erleuchtende Einfall.

„Dads Arbeitszimmer!", stoße ich hervor und renne sofort wieder los.

Ich sehe mich nicht danach um, ob sie mir folgen.

Das Arbeitszimmer meines Vaters liegt auf der anderen Seite des Hauses und ich muss einmal quer durch alle möglichen Zimmer des Erdgeschosses. Zum Glück hat das Arbeitszimmer einen eigenen Gartenzugang. Darum wähle ich den schnelleren Weg. Hoffentlich ist seine Terrassentür nicht abgeschlossen.

Dank meiner schicken High Heels ist meine Geschwindigkeit arg eingeschränkt. Also schleudere ich sie kurzerhand von den Füßen und renne barfuß weiter.
Ich schlüpfe durch die Terrassentür des Wohnzimmers und haste über die Steinplatten zum anderen Ende des Hauses.
Dort angekommen begrüßt mich auch schon ein Lichtschein Keuchend komme ich zum Stillstand und pirsche mich heran.
Ihnen sollen vor Schreck die Herzen stehen bleiben, wenn ich herein platze.
Ich kann sehen, dass die Terrassentür einen Spalt breit geöffnet ist. Die Vorhänge aber sind geschlossen. Sehr gut. Das Gemurmel von mehreren männlichen Stimmen dringt zu mir nach draußen.

„Also, Wallace, was wollen Sie von meiner Tochter?" Höre ich Dads eisige Stimme. Ich bleibe wie angewurzelt stehen. Wieder einmal bin ich in einer Zwickmühle. Renne ich jetzt rein und mache dem ganzen Unsinn ein Ende, oder bleibe ich noch eine Weile hier stehen, um zu erfahren was Kyle auf diese Frage antwortet?

Was schadet es schon, wenn ich ein bisschen lausche? Ich kann ja dann immer noch eingreifen, wenn es zu heftig wird. Also schleiche ich mich noch ein bisschen näher ran.

„Entschuldigen Sie Sir, aber das geht nur Sophie und mich etwas an." Kyles Tonfall kann ich nicht so richtig deuten.
Unweigerlich muss ich grinsen. Bloß nicht einschüchtern lassen. Ich spähe durch den kleinen Spalt des Vorhanges und kann genau Dads Schreibtisch sehen. Auf dem Sideboard dahinter stehen silberne Bilderrahmen in unterschiedlichen Größen. Sie beherbergen einen Teil unserer Familienfotos. Darüber hängt das gleiche Familienbild, wie ich es in Paris über der Couch hatte. Vielleicht hängt es auch immer noch da. Ich weiß es nicht. Denn gleich nach meiner Rückkehr habe ich Richard die Schlüssel für die Wohnung zurückgegeben. Er hat darauf gepocht, dass er die Wohnung für mich gekauft hätte und dass man ein Geschenk nicht einfach zurückgibt. Aber ich

habe meinen Standpunkt verteidigt und er musste klein bei geben. Das hat ihm zwar nicht gefallen, aber es war mir egal. Wenn ich schon so eine tolle Wohnung besitzen soll, dann nur wenn ich sie mir selber gekauft habe.

Dad sitzt hinter seinem Schreibtisch, flankiert von meinen Brüdern. Alle Drei gucken grimmig drein und haben die Arme vor der Brust verschränkt. Der arme Kyle steht, ohne jegliche Unterstützung, davor. Dad hat sein Bankergesicht aufgesetzt, das er auch immer an den Tag legt, wenn einer seiner Kunden mit ihm über die Höhe der Kreditzinsen und Tilgungen verhandelt.

„Sophie gehört zu uns und wir beschützen jedes Mitglied unserer Familie. Von daher haben wir ein Recht darauf, zu erfahren, was du Sophie gegenüber im Schilde führst.", meldet sich Richard zu Wort. Auch seine Stimme kann man an Kälte nicht mehr übertreffen. Leider kann ich Kyles Gesicht nicht sehen. Aber seine Schultern machen einen ziemlich angespannten Eindruck. Ich hoffe für ihn, dass er das nach vorne nicht zur Schau stellt. Denn sie werden ihn nur dann respektieren wenn er sich nicht einschüchtern lässt und ihnen zeigt dass er mit ihnen auf einer Stufe steht.

„Das ist sehr lobenswert, Rich. Auch ich würde alles für meine Familie tun." Kyles Stimme ist ebenfalls kalt. Kalt aber höflich.

„Dann kannst du ja sicher unsere Beweggründe verstehen.", erwidert Richard.

„Um ehrlich zu sein, nein."

Richs Augenbrauen schnellen in die Höhe. Das ist aber auch seine einzige Regung. Dad und David schauen sich nur an.

„Könnten Sie uns das dann bitte näher erläutern?", bringt sich Dad wieder in das Gespräch ein.

„Wie ich schon sagte, würde ich alles für meine Familie tun. Aber ich habe vor meiner Schwester zumindest so viel Respekt, dass ich mich nicht in ihre Lebensführung einmische."

Uh, wenn das mal keine Fehler war. Die Aussage war sehr gewagt. Aber ich habe so erfahren, dass er eine Schwester hat. Richard, Dad und David holen gleichzeitig empört Luft.

„Wir respektieren Sophie. Sind aber nicht blind für ihre Fehler und ihr Händchen für Männer war noch nie das Glücklichste.", meldet sich David das erste Mal zu Wort. Dieses Mal schnappe ich nach Luft. Wie können sie es wagen!?

„Ich denke, Sophie kann ganz gut allein entscheiden, mit welchen Männern sie sich verabredet. Sie ist einfach zu clever, um die falsche Wahl zu treffen.", verteidigt mich Kyle. Ich muss mir fest auf die Fingerknöchel beißen, um nicht laut aufzujubeln.

„Was wollen Sie mit ihrer Zukunft anfangen?", ändert Dad abrupt das Thema.

„Ich habe Betriebswirtschaft studiert und werde im nächsten Monat in der Firma meines Vaters mitarbeiten."

„Und wie heißt die Firma Ihres Vaters?" Das würde mich auch interessieren.

„'Chicago Car Style' oder kurz 'CCS'." Der Firmenname sagt selbst mir etwas und ich habe mit Autos nicht wirklich so viel am Hut. Aber meine Brüder sind in dem Laden Stammkunden. Für gutbetuchte Autonarren ist es das Mekka des Luxustunings.

„Was wirst du da genau tun?"

„David, das weißt du ganz genau. Das Thema hatten wir erst beim Essen an dem Abend, bevor du mit Molly in den Urlaub geflogen bist. Ich werde mich in die komplette Unternehmensstruktur einarbeiten. Immerhin werde ich den Laden eventuell mal übernehmen."

„Eventuell?"

„Ja! Meine Fresse! Ich hab dir erzählt, dass ich vielleicht etwas Eigenes aufziehen will. Ich will nicht ständig im Schatten meines erfolgreichen Vaters stehen."

„Du willst also mit unserer Schwester ausgehen und weißt nicht, wie deine Zukunft aussehen soll?" Gott Richard!

„Nein, ich will nicht mit ihr ausgehen.", erwidert Kyle schlicht. Dieses Mal schnellen bei allen drei die Augenbrauen hoch und mir bleibt das Herz stehen.

„Du willst sie also doch nur ins Bett zerren!", presst David zwischen zusammengebissenen Zähnen hervor. Wie er mich ins Bett bekommt weiß er doch schon.

„Das habe ich nicht gesagt." Kyle bleibt kühl und sachlich. Jetzt komm endlich zum Punkt! Ich sterbe hier draußen gerade tausend Tode – wieder einmal.

„Was ist es dann? Ihren Treuhandfond kannst du vergessen, wenn es das ist, was du willst." Dafür könnte ich Richard erdolchen. Das würde Lisa zwar nicht passen, aber da muss sie durch.

„Ich will nicht ihr Geld. Sophie gehört einer sehr reichen Familie an, das ist mir klar. Der eine Bruder ist ein bekannter Musikproduzent, der andere ein gefeierter Manager. Die Mutter eine Design-Koryphäe und der Vater einer der fairsten Banker. Meine Familie mag vielleicht nicht so viel Geld haben, wie eure, aber es reicht aus, um mir und meiner Schwester ein finanziell sorgenfreies Leben zu garantieren."

David fährt sich durch die braunen Haare.

„Was willst du dann von ihr?"

„Ich will mit ihr zusammen sein – wenn sie es auch will. Aber das ist Sophies Entscheidung und nicht eure. Also, egal was ihr sagen werdet, es wird das passieren, was Sophie und ich für uns entscheiden."

Ich recke meine Fäuste in die Luft und führe ein kleines Freudentänzchen auf. Er will mit mir zusammen sein!

Ich drehe mich gerade um die eigene Achse, als mir erneut das Herz stehen bleibt – dieses Mal vor Schreck. Fast hätte ich sogar aufgeschrien. Aber Molly kann mir gerade noch den Mund zu halten.

Ohne dass ich es gemerkt hatte, haben sich Molly, Lisa und Mom angeschlichen. Kein Wunder, dass ich sie nicht gehört habe. Immerhin war ich mit Lauschen beschäftigt.

„Na, wie schlägt er sich?", raunt sie mir ins Ohr. Mom und Lisa haben sie anscheinend aufgeklärt. Ich zeige ihr zwei erhobene Daumen und grinse wie ein Honigkuchenpferd.

„Wollen wir den armen Kyle retten oder willst du noch weiter spionieren?", fragt mich Mom flüsternd.

„Retten. Er hat genug geschwitzt."

Ich versuche mich wieder an meine Wut zu erinnern, was mir nicht gerade schwer fällt. Ich reiße die Terrassentür auf und stürme in den hell erleuchteten Raum. Alle vier Männer zucken erschrocken zusammen.

„Himmel Sophie! Willst du uns umbringen?", stöhnt David und presst sich theatralisch die Hand aufs Herz.

„Euch Drei ja!" Ich deute mit dem Zeigefinger auf das hinterhältige Pack. Wütend funkle ich jeden einzelnen an. Dann drehe ich mich um und schenke Kyle ein strahlendes Lächeln. Ganz darauf bedacht das die Borough-Inquisition es auch sieht. Prompt erwidert er es und ich schmelze dahin.

„Entschuldige die späte Rettung." Ich gehe zu ihm und lege meine Lippen auf seine. Kyle legt die Arme um mich und zieht mich näher an sich heran. Hinter uns höre ich scharfes Luftholen.

„Kein Problem.", sagt er und lächelt mich an. Ich drehe mich in seinen Armen. Alle Drei starren auf die Terrassentür. Da stehen Mom, Molly und Lisa. Die Freundinnen meiner Brüder sehen eher ein bisschen belustigt als sauer aus. Aber Mom guckt, als wäre sie die Apokalyptische Reiterin in Person.

Ich muss mich sehr anstrengen, um nicht zu lachen. Das haben sie aber auch verdient. Doch zuerst bin ich dran und wenn ich mit ihnen fertig bin, darf Mom sie sich vorknöpfen.

„Würdet ihr uns bitte entschuldigen, aber ich habe etwas mit meinem Vater und meinen Brüdern unter acht Augen zu klären."

Mom wirft jedem noch einmal einen bitterbösen Blick zu, bevor sie mit Lisa und Molly wieder raus geht. Kyle, in dessen

Armen ich immer noch bin, drückt mir einen Kuss auf die Schläfe und folgt ihnen.

Betont ruhig gehe ich zur Terrassentür und schließe sie. Dann positioniere ich mich wieder mitten im Raum.

„Wie könnt ihr es wagen!", sage ich gefährlich leise. Wieder ziehen alle Drei ihre Augenbrauen in die Höhe.

„Wir machen unseren Job.", erklärt David kühl.

„Ihr macht also euren Job? Hm?", presse ich hervor. Sie nicken.

„IHR MACHT ALSO EUREN VERDAMMTEN JOB!? ICH KANN EUCH SAGEN WAS EURER SCHEISS JOB IST! IHR HABT EUCH AUS MEINEM LIEBESLEBEN HERAUS ZU HALTEN!!!", brülle ich sie an. Dad und David zucken zusammen. Das sind sie nicht von mir gewöhnt. Rich verzieht jedoch keine Miene. Schon zu oft haben wir Zwei uns angeschrien.

„Wir beschützen dich, Sophie.", meint er beherrscht.

„IHR BESCHÜTZT MICH? DAS KÖNNT IHR EUCH IN DIE HAARE SCHMIEREN! ICH HABE EUCH SCHON OFT GENUG GESAGT, DASS ES EUCH NICHTS ANGEHT! ODER MISCHE ICH MICH IN EUER LIEBESLEBEN EIN? RICHARD? DAVID?"

Ganz leicht schütteln meine Brüder die Köpfe.

„Aber du bist unsere kleine Schwester.", versucht David zu erklären. Dad sitzt nur stumm da.

„ICH SCHEISS DARAUF, EURE KLEINE SCHWESTR ZU SEIN! ICH SAGE ES JETZT EIN ALLER LETZTES MAL. ICH BIN VERDAMMTE EINUNDZWANZIG! ICH BIN ALT GENUG EIGENE ENTSCHEIDUNGEN ZU TREFFEN! KÖNNT IHR DAS AKZEPTIEREN?"

„Nein."

„NEIN!? GUT, WIE IHR WOLLT. IHR LASST MIR KEINE ANDERE WAHL, ALS MIR EINE EIGENE WOHNUNG ZU SUCHEN! DA HABE ICH WENIGSTENS MEINE RUHE VOR EUCH!" Ich brülle mich immer mehr in Rage.

In allen drei Gesichtern kann ich das pure Entsetzen erkennen. Damit hat keiner von ihnen gerechnet.

„Sophie, das ich doch kein Grund, gleich ausziehen zu wollen." Seit ich den Raum betreten habe, ist es das erste Mal, dass sich mein Vater zu Wort meldet.

„Dad, ihr erdrückt mich." Ich versuche betont ruhig zu sprechen. Aber die Wut lässt meine Stimme zittern und durch das Schreien ist sie kratzig.

Richard kommt hinter dem Schreibtisch hervor und geht auf mich zu. Abwehrend hebe ich meine Hände und weiche ein paar Schritte zurück. Abrupt bleibt er stehen und schaut drein, als hätte ich ihm eben eine Ohrfeige verpasst.

„Sophie.", sagt er leise meinen Namen.

„Es tut mir leid, aber ich kann nicht." Er lässt den Kopf hängen.

„Ihr habt mich heute verraten und äußerst tief verletzt. Ich kann es einfach nicht fassen, dass ihr das getan habt."

„Aber du hast uns doch grünes Licht gegeben.", wendet David ein.

„Mag sein, aber wir hatten eine Abmachung. Ich habe euch das Okay gegeben und zwar für das erste Date. Da wir heute Abend ganz bestimmt nicht verabredet waren, habt ihr mich schlicht und ergreifend hintergangen. Ihr habt mein Vertrauen zu euch in den Grundfesten erschüttert."

„Für was braucht ihr schon noch ein erstes Date?", fragt mich Rich so leise, dass nur ich es hören kann. Mir entweicht jegliche Farbe aus dem Gesicht.

„Wenn du nur noch ein weiteres Wort sagst, dann schwöre ich dir, werde ich nie wieder auch nur ein Sterbenswörtchen mit dir reden.", presse ich leise hervor. Nun wird er bleich und starrt mich erschrocken an. Ohne meinen Vater und meine Brüder anzusehen, verlasse ich das Arbeitszimmer.

Draußen im Garten erwarten mich Mom, Kyle, Lisa und Molly. Meine Mutter will mich in den Arm nehmen, aber ich hebe abwehrend die Hände. Ich will jetzt nicht berührt werden.

„Bitte nicht! Sie gehören dir, Mom.", stoße ich hervor. Ich zittere plötzlich am ganzen Körper. Ich muss hier weg. Lisa schaut mich erschrocken und mit weit aufgerissenen Augen an.

„Lisa, Molly, könnt ihr Rich und David trösten. Das werden sie nötig haben. Aber bitte sagt ihnen nicht, dass ich euch darum gebeten habe. Mom, kümmerst du dich um Dad?" Molly und Lisa nicken stumm.

„Na klar Spätzchen. Aber erst wenn ich mit ihnen fertig bin. Das, was sie sich heute Abend geleistet haben, ist die Höhe." Damit dreht sie sich um und geht in Dads Arbeitszimmer.

„Können wir hier bitte verschwinden? Ich muss raus.", wende ich mich an Kyle. Er kommt auf mich zu und hebt die Arme. Aber bevor er mich berührt, sieht er mich fragend an.

„Darf ich?" Ich nicke stumm. Schnell umarmt er mich.

„Wir haben da nur ein kleines Problem. Ich bin mit Molly und David hier. Also habe ich keinen eigenen Wagen und eine Wohnung habe ich auch noch nicht.", flüstert er an meinem Haar. „Ich bezweifle, dass du jetzt meinen Eltern, oder meiner Schwester begegnen möchtest."

„Nein, nicht wirklich. Mein Mercedes steht in der Garage und Hotels gibt es in Chicago genug."

Ich schäle mich aus seiner Umarmung und drücke kurz Molly und Lisa. Hand in Hand gehe ich mit Kyle ins Haus. In der Ferne können wir Mom brüllen hören.

Im Flur lasse ich seine Hand los.

„Ich bin gleich wieder da. Ich muss nur noch schnell ein paar Dinge holen." Er drückt mir einen Kuss auf die Lippen und ich renne hoch in mein Zimmer.

Hastig zerre ich meine alte Reisetasche unter dem Bett hervor und schmeiße wahllos Klamotten hinein. Aus dem Bad hole ich noch einige Kosmetikartikel und werfe sie zu meinen Sachen.

Mit der vollen Reisentasche, dem Laptop und meiner Handtasche eile ich wieder nach unten.

Kyle wartet auf mich und hält mir meine High Heels entgegen.

„Ich dachte mir, dass du die vielleicht gebrauchen könntest." Er nimmt mir die Tasche und den Laptop ab und ich ihm die Schuhe. Schnell schlüpfe ich hinein und eile voran in Richtung Garage.

Dank der Bewegungsmelder ist sie sofort hell erleuchtet, kaum dass wir durch die Verbindungstür getreten sind. Von fünf Stellplätzen sind drei belegt. Die zwei Freien haben mal David und Richard gehört.
Kyle stößt einen leisen Pfiff aus, als er unsere Autos sieht. Ich nehme mal an, dass es bewundernd sein soll.
Ich krame in der Handtasche nach dem Schlüssel. Als ich ihn gefunden habe, reiche ich ihn Kyle. Erstaunt hebt er eine Augenbraue.
„Ich bin zu müde zum Fahren. Kannst du das übernehmen?", beantworte ich seine stumme Frage.
Er nimmt die Schlüssel an sich und öffnet den Wagen. Während er mein Gepäck im Kofferraum verstaut, lasse ich mich auf den Beifahrersitz fallen. Ich fühle mich jetzt richtig erledigt und möchte nur noch schlafen. Kyle gleitet elegant auf den Fahrersitz.
„Alles in Ordnung?" Seine Stimme hallt sanft in mir wieder.
„Nein. Können wir los?"
„Gern. Und wohin soll es gehen?"
„Zum 'Four Seasons'."
Ich wühle im Handschuhfach und öffne mit der Fernbedienung das Garagentor. Leise surrend gleitet es nach oben.
Wir schnallen uns an und als er den Motor startet, huscht ein kleines Lächeln über sein Gesicht. Jungs bleiben doch immer Jungs.
Langsam steuert er den Wagen auf die Einfahrt. Gerade als wir an der Haustür vorbei rollen, öffnet sie sich und Richard, gefolgt von David und Dad, stürzt heraus.
Ich beachte sie nicht. Müde lehne ich meinen Kopf gegen die Scheibe und sehe den Laternen beim Vorbeiziehen zu, als wir in Richtung des 'Four Seasons' fahren.

Kapitel 11
Flucht

Ich schließe meine Augen und kann gar nicht so richtig realisieren, was gerade geschehen ist. Es ist alles so surreal. Die Handtasche auf meinem Schoß halte ich fest umklammert. Dadurch kann ich spüren, dass mein Handy in ihrem Inneren vibriert. Ich kann mir denken, wer das ist. Trotzdem hole ich es hervor. Im Display erscheint Richards Nummer – genau wie ich es mir gedacht habe. Entschlossen drücke ich den roten Hörer. Augenblicklich verstummt es. Aber nur, um gleich darauf wieder zu vibrieren – es ist Mom. Ist sie es wirklich oder hat jemand anderes ihr Handy genommen? Ich gehe ran.

„Mom?", frage ich vorsichtig. Ich bin bereit, sofort das Gespräch zu unterbrechen, wenn sie es doch nicht sein sollte.

„Spätzchen. Geht es dir gut?" Erleichtert atme ich aus. Es ist tatsächlich meine Mutter.

„Nicht wirklich. Bist du allein?"

„Ja, ich habe mich im Atelier eingeschlossen." Sie spricht leise. So als wolle sie nicht gehört werden. Vermutlich, damit wir kurz ungestört reden können. Meine Brüder oder Dad hätten ihr schon längst das Telefon abgeknöpft, wenn sie sich mit ihnen in einem Raum befinden würde. Ich will mit diesen Verrätern nicht reden.

„Wie geht es Dad, Richard und David?"

„Sie können es nicht fassen. Dein Vater sitzt sprachlos im Wohnzimmer auf der Couch und starrt die Wand an. David ist zusammen mit Molly im Garten und wird von ihr beruhigt und gleichzeitig ein wenig aufgebaut. Tja und Richard..." Sie macht eine kleine Pause „... nun ja – er tobt. Lisa ist zwar bei ihm, lässt ihn aber erst einmal seinen Unmut in die Welt brüllen, bevor sie ihm die Leviten lesen wird. Haben sie dich schon angerufen?"

„Ja, Richard hat es versucht. Ich bin aber nicht ran gegangen."

„Ach Spätzchen. Es tut mir so leid. Aber sie lieben dich – vergiss das bitte nicht. Sie wollten immer nur dein Bestes."

Ich schließe meinen Augen, um die aufsteigenden Tränen zurück zu drängen. In meinem Hals bildet sich ein fester und hartnäckiger Knoten.

„Ich weiß Mom. Aber wir hatten einen Deal und sie haben sich nicht daran gehalten.", sage ich matt. Ich habe keine Kraft mehr, mich darüber aufzuregen.

„Willst du mir davon erzählen? Du musst verstehen, ich stehe zwischen den Stühlen. Grundsätzlich bin ich erst einmal auf deiner Seite. Sie haben sich daneben benommen, keine Frage, aber wie ich schon gesagt habe, sie lieben dich abgöttisch und haben es bestimmt nicht böse gemeint. Ich versuche jetzt halt die Wogen zu glätten, so gut ich kann."

Soll ich es ihr erzählen? Oder doch lieber lassen? Immerhin sitzt Kyle direkt neben mir. Aber wenn ich will, dass es etwas zwischen uns wird, dann sollte man nicht unbedingt mit einer Lüge beginnen.

„Ich wusste, dass sie Kyle heute Abend schon in die Mangel nehmen wollten. Aber ich hatte mit David ausgehandelt, dass sie ihn sich erst bei unserem ersten Date vorknöpfen dürfen und dann auch nur mit einer abgespeckten Version ihres Fragenkataloges." Kyles Kopf schnellt zu mir herum. Er sieht mich fragend an. Ich hebe eine Hand, um ihm zu signalisieren, dass ich es Ihm gleich erklären werde, wenn ich mit dem Telefonat fertig bin.

„Das habe ich nicht gewusst. Aber immerhin habe ich jetzt einen Ansatz. Vielleicht kann ich ihnen so deinen Standunkt erklären." Durch das Handy höre ich, wie die große zweiflüglige Schwingtür des Ateliers geöffnet wird.

„Ist das Sophie?", dringt Richards Stimme an mein Ohr.

„Ja, aber sie will nicht mit dir reden. Also geh wieder raus.", fordert sie ihn bestimmt auf. Vor meinem inneren Auge sehe ich Mom, der strenge Bob ist etwas zerzaust, wie sie sie energisch, mit ausgestrecktem Zeigefinger auf die Tür zeigt. Ich sehe auch Christian, der gut fünfzig Zentimeter größer als sie ist, ihrer Anweisung Folge leistet.

„Okay Spätzchen. Wir sind wieder unter uns."

„Sie haben mich heute hintergangen und ich bin unbeschreiblich wütend. Ich brauche jetzt erst einmal Abstand."

„Wo fährst du hin?"

„Kyle bringt mich ins 'Four Seasons'."

„Wie lange wirst du weg sein?"

„Keine Ahnung. Auf alle Fälle aber ein paar Tage. Aber bitte behalte es für dich. Es wird zwar nicht lange dauern und sie werden wissen, wo ich bin, aber ich hoffe, dass es eine Weile dauern wird. So habe ich ein bisschen Ruhe und kann meine nächsten Schritte überdenken." Ich fahre mit der Hand durch die Haare und stütze dann den Ellenbogen am Fensterrahmen ab.

Mom atmet tief ein und hält die Luft an, bevor sie sie mit einmal ausstößt.

„Wirst du wirklich ausziehen?"

„Ehrlich gesagt? Ich weiß es nicht." Wenn ich mir eine eigene Wohnung nehmen würde, würde ich auch meine Mutter damit treffen. Aber es würde ja nicht das Ende der Welt bedeuten. Meine Brüder haben schließlich auch ihr eigenes Reich.

„Überlege es dir gut, Spätzchen. Ich werde jetzt wieder zu deinem Vater gehen und ihn ein bisschen trösten. Von allen drei hat ihn deine Reaktion am meisten getroffen. Immerhin bist du seine kleine Prinzessin."

„Nur, dass ich nicht mehr klein bin."

„Ich weiß. Wir haben dich lieb."

„Ich euch auch. Bye Mom."

„Bye."

Nachdem ich aufgelegt habe starre ich einfach nur aus dem Fenster. Die Straßenlaternen ziehen an mir vorbei. Langsam hält der Wagen an einer roten Ampel. Sanft greift Kyle nach meiner Hand. Ich sehe ihn an.

„Es tut mir leid.", flüstere ich. Im Wageninneren herrscht ein schummriges Licht und ich kann ihn nicht richtig sehen. Als er lächelt blitzen seine Zähne auf.

„Was tut dir leid?" Sein Daumen malt Kreise auf meinen Handrücken. Es ist nur eine kleine Berührung, aber sie ist unglaublich tröstend.

„Dass ich dich ihnen ausliefern wollte." Ich wende meinen Blick ab und sehe wieder aus dem Fenster.

„Ich kann deinen Vater und dein Brüder gut verstehen und danke."

„Danke? Wofür?" Erstaunt sehe ich ihn an.

„Du hast mich heute da herausgeholt. Ich habe immer noch deinen Anblick vor Augen. Du kamst rein gestürmt, hast uns allen fast einen Herzinfarkt beschert und sahst einfach wunderschön aus. Deine Augen haben vor Wut geblitzt und deine Wangen waren gerötet. Am liebsten hätte ich dich dort, im Arbeitszimmer deines Vaters, an mich gezogen, dir die Kleider vom Körper gerissen und mich in dir vergraben."

Himmel! Seine Worte haben den direkten Weg in meinen Unterleib gefunden. Unruhig rutsche ich auf dem Beifahrersitz hin und her. Das Leder klebt ein wenig an meinen Oberschenkeln.

„Mein zweiter Dank ist dafür, dass du ausgehandelt hast, dass ich nur eine abgespeckte Version der... Wie hast du es genannt?... Borough-Inquisition zu spüren bekomme." Die Ampel schaltet auf grün und Kyle fährt weiter. Auf der Straße sieht man die Partygänger, die von einem Club zum nächsten ziehen.

„Du bist mir nicht böse?", frage ich vorsichtig.

„Nein. Warum sollte ich? Ich habe es dir zwar noch nicht erzählt, aber ich habe auch eine kleine Schwester. Ich kann sie also verstehen."

„Wie heißt denn deine Schwester?" Ich bin froh, über etwas anderes reden können.

„Kerry. Sie ist 19 und hat dieses Semester mit ihrem Studium begonnen. Sie hat eine eigene Wohnung in der Campusnähe. Bei ihr wohne ich auch im Moment, bis ich etwas Eigenes gefunden habe."

„Wo wohnen deine Eltern?"

„Sie haben ein Haus am Stadtrand."

„Und da hat deine Schwester eine eigene Wohnung?"

„Ja. Es war ihr zu weit, jeden Morgen durch die halbe Stadt zu fahren, um zu ihren Vorlesungen zu kommen. Also hat sie Mom und Dad so lange bekniet, bis sie nachgegeben haben und sie ihren Willen bekommen hat. Du hast mir meine Frage nicht beantwortet."

„Welche?" In der letzten Stunde ist so viel auf mich eingeströmt, da kann das schon mal passieren, dass ich etwas nicht mitgeschnitten habe.

„Weshalb ich dir böse sein sollte."

„Achso… Naja, immerhin wollte ich dich dem ganzen Zirkus aussetzen."

„Sophie… mach dir mal darüber keinen Kopf und sei mit ihnen ein bisschen nachsichtiger."

„Heute nicht mehr. Vielleicht morgen."

„Müde?" Seine Stimme ist sanft und lullt mich auch ein wenig ein, so dass mir die Lider zu fallen wollen.

„Die letzten Tage waren ein bisschen anstrengend."

„War es ein großer Schock für dich, als wir uns plötzlich wiedergesehen haben?", fragt er ernst.

„Ja, das war es definitiv. Und du?"

„Ich dachte erst, ich würde träumen. Als ich dann realisierte, dass es wirklich du warst, fühlte ich mich wie der glücklichste Mann der Welt. Aber du warst nicht wirklich froh über unser Widersehen, stimmt´s?"

„Nein, ich dachte, ich wäre nur eine One Night Stand für dich gewesen."

„Warst du nicht bzw. bist du nicht. Nach deiner Mail, war ich…" Er lässt offen, wie er sich gefühlt hat. Aber toll wird es nicht gewesen sein, sonst würde er nicht so durchatmen müssen.

„Ich wollte dir wehtun und du solltest nicht wissen, wie weh du mir getan hast.", flüstere ich.

„Das hast du geschafft. Aber ich bin froh darüber, dass wir heute Abend doch noch geredet haben."

„Ich auch." Schweigend fahren wir weiter.

Kaum haben wir am Eingang des 'Four Seasons' gehalten, eilt auch schon ein eifriger Page herbei und öffnet mir die Beifahrertür. Der Motor läuft noch, da ist Kyle schon ausgestiegen. Er läuft um den Mercedes herum und schubst den armen Jungen, der nur seinen Job macht, zur Seite.

„Ich mach das schon. Kümmern Sie sich um das Gepäck im Kofferraum." Der Page nickt nur kurz und schnappt sich meine Reisetasche und den Laptop.

Kyle beugt sich zu mir herunter und hält mir hilfsbereit die Hand hin. Ich ergreife sie und lasse mir von ihm aus dem Wagen helfen. Sofort legt er seinen Arm um meine Taille.

Direkt neben dem Hoteleingang stehen noch weitere Pagen, die darauf warten, dass sie etwas zu tun bekommen. Im Moment sind sie damit beschäftigt, meinen Wagen sehnsuchtsvoll anzustarren. Mir fällt Kyles Gesicht ein, als er den Motor startete. In einem Punkt sind doch fast alle Männer gleich. Wenn es um Autos geht, werden sie wieder zu ganz kleinen Jungs, die gerade ihr Lieblingsspielzeug entdeckt haben.

Page eins ist gerade damit beschäftigt, meine unförmige Reisetasche aus dem Kofferraum zu hieven, da kommt auch schon Page zwei angerannt. Die beiden haben eine kleine Diskussion. Woraufhin Page zwei jetzt meine Sachen nimmt und Page eins in meinen Mercedes einsteigen darf. Anscheinend wollte Page zwei den Wagen parken. Ich kann mir ein kleines Lächeln nicht verkneifen.

Arm in Arm betreten wir die mondäne Eingangshalle. Es ist sehr ruhig in dem hohen Raum. Nur ein paar wenige Gäste sitzen in den gemütlichen Ledersesseln und unterhalten sich leise. Manche lesen aber auch Zeitung oder ein Buch.
Meine Absätze klappern auf dem Boden des Foyers, als wir auf den Empfangstresen zugehen.
Erst als wir ganz nah davor stehen, löst Kyle seinen Arm von mir.
Die Empfangsdame mittleren Alters, mit dem adretten Kostüm und dem Dutt, wird bei Kyles Anblick sofort rot. Ihr Blick wird schmachtend. Das Monster Eifersucht kommt und am liebsten würde ich ihr die Augen auskratzen.
„Guten Abend, Sir. Was kann ich für Sie tun?" Ihre Stimme klingt, als hätte sie ihm gerade einen Blow Job angeboten. Mich hat sie noch nicht registriert.
Kyle lächelt sie höflich an, wendet sich dann aber mir zu. Sofort wird es breiter und verführerischer.
Die Empfangsdame, deren Namensschild sie als Andrea ausweist, zwinkert verwirrt und scheint jetzt erst zu merken, dass da zwei Personen an ihrem Tresen stehen und nicht nur ein gut aussehender Mann. Ich lächle sie triumphierend an. Ja, das ist meiner.
„Wir würden gern ein paar Tage hier verbringen. Hoffentlich haben Sie noch ein Zimmer frei." Kyle sieht mich erstaunt an.
„Wir?", flüstert er mir ins Ohr.
„Wenn du willst."
Andrea tippt irgendetwas in ihren Computer ein und runzelt die Stirn.
„Leider haben wir nur noch unsere Lake-view Executive Suite frei. Der Preis liegt bei 595 Dollar pro Nacht."
„Gut, die nehmen wir." Ich wende mich ab, um die Kreditkarte aus meiner Tasche zu holen. Aber Kyle hält mich davon ab. Und reicht der Andrea seine. Ich ziehe meine Augenbrauen in die Höhe.

Andrea nimmt ihm lächelnd das Stück schwarzes Plastik ab und tippt wieder etwas in den Computer. Es kommt mir wie eine Ewigkeit vor, bis sie damit fertig ist. Endlich reicht sie Kyle die Schlüsselkarte und winkt einen Gepäckpagen heran. Sie nennt ihm die Zimmernummer.

„Folgen Sie mir bitte.", wendet er sich an uns. Schweigend gehen wir hinter ihm her.

Vor unserem Zimmer angekommen, nimmt er Kyle die Karte ab und öffnet die Tür zu unserer Suite. Er will schon ansetzen, um uns alles zu erklären. Aber ich drücke ihm schnell ein Trinkgeld in die Hand, damit er schnell verschwindet.

Kyle steht am Fenster im Wohnzimmer und schaut auf den Lake Michigan hinab. Ich trete zu ihm.

„Was sollte das mit der Kreditkarte? Knapp 600 Dollar die Nacht ist kein Pappenstiel." Seine Miene ist verschlossen, als er mich ansieht.

„Keine Sorgen. Ich kann es mir leisten."

„Das habe ich nicht gemeint. Aber ich bin von zu Hause abgehauen um ein paar Tage im Hotel zu verbringen und nicht du."

„Ja, das schon. Aber ich fühle mich besser, wenn ich zahle. Zumal du mich ja gebeten hast hier zu bleiben." Entschlossen presst er die Lippen zusammen.

„Ich will mich nicht mit dir streiten.", sage ich leise und streiche über seinen Rücken.

„Ich mich mit dir auch nicht." Er dreht sich zu mir um, so dass wir jetzt von Angesicht zu Angesicht stehen.

Zärtlich streicht er mit dem Handrücken über meine Wange. Sofort reagiert mein Unterleib darauf. Ich will ihn – sofort. Verlangend küsse ich ihn und er erwidert den Kuss mit der gleichen Intensität.

„Sophie.", murmelt er an meinem Mund. Er umschließt meine rechte Brust. Sofort richten sich die Brustwarzen auf und drücken sich ihm verlangend entgegen.

Ich lasse meine Hände unter sein Shirt gleiten. Sie streichen über seine nackte Haut. Kyle lässt kurz von mir ab, um sein Oberteil auszuziehen. Achtlos wirft er es zur Seite.
Seine grünen Augen sind ganz dunkel vor Verlangen. Gierig sauge ich seinen Anblick in mich ein.
Ohne ihn aus den Augen zu lassen, öffne ich den Verschluss meines Kleides und lasse es zu Boden rauschen. Möglichst grazil steige ich heraus. Ich habe jetzt nur noch meine Unterwäsche und die High Heels am Körper. Seine Atmung kommt ins Stocken.
Bloß gut, dass ich mich für die sexy Dessous entschieden habe. Auch wenn ich heute Nachmittag noch der festen Überzeugung war, dass Kyle sie nie zu Gesicht bekommen würde. So sehr kann man sich täuschen.
„Ich mag es, wenn dein Haar offen ist." Seine Finger gleiten durch die braunen Wellen. Die Spitzen kitzeln an meinem Brustansatz.
Ich überbücke die Distanz zwischen uns und greife nach dem Bund seiner Jeans. Kyles Erektion zeichnet sich nur zu deutlich ab. Ich öffne den Knopf und streife sie ihm nach unten. Dabei presse ich meine Hände kurz, aber fest auf seinen Hintern. Schnell zieht er sich Sneakers und Socken aus, damit er die Hose loswird. Nun steht er in seiner fast nackten Pracht vor mir. Bewundernd lasse ich meinen Blick über ihn gleiten.
Kyle greift nach den Verschluss meines BHs. Mit einem kundigen Griff lässt er ihn aufschnappen.
Unsere Lippen prallen aufeinander. Die Wärme seines Körpers heizt mir noch weiter ein.
Seine Finger gleiten über meinen Rücken zu meinem Po und hinterlassen eine Gänsehaut. Sanft massiert er meine Kehrseite. Verlangend stöhne ich auf.
Vorsichtig umschließe ich ihn. Es kommt mir wie ein Traum vor. Er steht wirklich vor mir und liebkost mich und gibt mir das Gefühl, wunderschön zu sein.
Lustvoll stöhnt Kyle auf. Angestachelt durch diesen Laut umfasse ich ihn fester und bewege meine Hand auf und ab.

Seine Atmung wird schneller und abgehackter. Allein dieses Geräusch reicht aus, um mich noch mehr anzuturnen.
Plötzlich packt er mein Handgelenk und zieht meine Hand von seiner Erektion weg. Ich sehe ihn an und Kyle schüttelt nur sacht den Kopf. Habe ich etwas falsch gemacht? Dann schelte ich mich eine Idiotin. Er ist ein Mann und wenn er durch meine Hand kommt, dann war es das mit dem Spaß.
Da befasse ich mich jetzt halt mit anderen Teilen seines Körpers. Aber bevor ich dazu komme, spüre ich seine Hand an meinem Schoß. Er liebkost meine Weiblichkeit durch den Stoff.
Ich muss mich an seinen Oberarmen festhalten, um nicht in die Knie zu gehen. Hilflos und verloren stöhne ich auf. Unerbittlich reibt er mich, neckt mich. Währenddessen knabbert Kyle an meinem Hals. Seine freie Hand befasst sich mit meiner Brust und irgendwie schafft er es, mich bei all dem aufrecht zu halten.
„Kyle.", stöhne ich seine Namen, als mich der Orgasmus überrollt.
Zitternd lehne ich mich an ihn und seine starken Arme halten mich umschlungen, während ich versuche, wieder in die Wirklichkeit zurück zu kommen.
Zärtlich hebt er mich hoch und trägt mich in das angrenzende Schlafzimmer. Mit mir in den Armen legt er sich auf das große Bett.
Ich liege auf dem Rücken, die Haare wie einen Fächer um meinen Kopf ausgebreitet. Die Matratze gibt nach, als sich Kyle ein wenig bequemer hinlegt. Er streichelt meinen Bauch und entfacht das Feuer der Lust von neuem.
Genießerisch schließe ich die Augen. Aber ich will auch mal das Kommando übernehmen. Ich drücke meine Hand gegen seine Brust und bedeute ihm, dass er sich auf den Rücken legen soll. Meine Lippen liegen auf seinen. Ich kann ihn schmecken, berausche mich an seinem Duft und Geschmack.
„Warte hier auf mich.", flüstere ich an seinem Mund.

Schnell löse ich mich von ihm und hüpfe aus dem Bett, ehe er nach mir greifen kann. Lächelnd sehe ich auf ihn hinab. Ich nehme mir einen Moment, um seinen wundervollen Körper zu betrachten. Als Mutter Natur Kyle schuf, hatte sie ein äußerst glückliches Händchen.
Ich flitze in das Wohnzimmer zurück. Unterwegs schlüpfe ich aus den High Heels und meinem Höschen.

Warum habe ich so viel unnötigen Kram in der Handtasche? Nie findet man das, was man gerade so dringend braucht. Da! Ich habe sie!
Schnell gehe ich zurück zu Kyle. Er liegt ausgestreckt auf dem Bett, die Hände im Nacken und die Knöchel über Kreuz. Lächelnd sieht er mich an und mustert mich von oben bis unten. Genauso wie ich es bei ihm mache. Auch er hat seine Boxershorts ausgezogen. Sie liegt als kleines Knäul neben dem Bett.
Meine Brustwarzen reagieren auf seinen gierigen Blick. Sie richten sich sofort noch mehr auf. Ich stehe lichterloh in Flammen.
Breit grinsend hebe ich die Hand und halte ihm eine neue Packung Kondome hin. Er richtet sich etwas auf und nimmt sie mir ab, um sie gleich darauf auf den Nachtschrank zu werfen. Auffordernd hält er mir seine Hand hin. Nur zu gerne komme ich dem nach und lege mich zu ihm.
Kyle packt mich an der Hüfte und presst sich verlangend an mich. Leidenschaftlich kämpfen unsere Zungen um die Vorherrschaft. Keiner will nachgeben.
Seine Lippen gleiten an meinem Körper hinab. Ich biege meinen Rücken im Hohlkreuz, um ihn mehr Angriffsfläche zu bieten. Dieses Gefühl, wie er federleichte Küsse auf meine Haut haucht, ist einfach unbeschreiblich schön. Es lässt die Schmetterlinge in meinem Magen wild umher flattern.
Sanft saugt er meine Brustwarze in seinen Mund und beginnt daran zu knabbern. Mit der Zunge umkreist er sie spielerisch

und schickt Lustblitze in meinen Unterleib. Ein neuer Orgasmus droht mich zu überrollen.

„Jetzt bin ich dran.", raune ich ihm zu.
Ohne Widerstand lässt er sich nach hinten fallen und genießt meine Aufmerksamkeit. Ich lasse meine Lippen an ihm herab wandern. Ich kann seinen Herzschlang fühlen. Meine Brüste streifen seine Erektion. Das entlockt uns ein tiefes Stöhnen. Eigentlich hatte ich vor, es länger auszukosten, aber das Kribbeln in meinem Schoß ist unerträglich geworden. Ich will ihn endlich in mir spüren. Ich fummle ein silbernes Päckchen aus der Kondompackung. und öffne es und lasse es unbeachtet auf den Fußboden fallen.
Ich richte mich auf und sitze jetzt auf seinen Oberschenkeln. Kyle packt meine Hüften und hält mich an Ort und Stelle. Es ist eigentlich völlig unnötig. Denn ich wäre jetzt bestimmt nicht abgehauen. Quälend langsam rolle ich ihm das Kondom über sein bestes Stück. Er presst fest die Lippen aufeinander, um sich zusammenzureißen. Als alles richtig sitzt, robbe ich etwas nach oben. Sein Blick ist immer noch auf mich gerichtet. Wir sehen uns tief in die Augen, während ich mein Becken nach unten bewege und ihn tief in mir aufnehme.

Ich schließe meine Augen, um mich voll den Gefühlen hingeben zu können. Vorsichtig bewege ich mich vor und zurück und auch mal auf und ab. Es macht mich an, uns beide ein wenig mit einem langsamen Tempo zu quälen. Ich bilde mir ein, dass die Erlösung dann umso schöner ist. Ich nehme seine Hände von meinen Hüften und verschränke unsere Finger miteinander. Bedächtig steigere ich das Tempo. Der Schweiß tritt mir aus jeder Pore meines Körpers. Unkontrolliert stöhne ich auf.
Kyle richtet seinen Oberkörper auf und unsere Münder treffen sich. Haltsuchend kralle ich mich in seinem Nacken fest. Ich kann seine Leidenschaft förmlich schmecken. Er kommt mir jetzt bei jeder Bewegung entgegen. So dringt er immer und

immer wieder tief in mich ein und trifft genau den richtigen Punkt, um mich um den Verstand zu bringen. Unsere Körper reiben sich aneinander. Ich spüre, wie sich der Orgasmus aufbaut und die Muskeln in meinem Unterleib ziehen sich zusammen.
Unsere Zungen spielen ein wildes Spiel. Seine Hände sind wieder an meinen Hüften. Er hält sie fest, um schneller und härter in mich zu stoßen.
Wir werden beide gleichzeitig von einem verschlingenden Orgasmus erfasst und stöhnen auf. Die Welt um uns herum verschwindet.
Keuchend und eng umschlungen liegen wir auf dem Bett. Die Tagesdecke ist total zerwühlt. Nur ganz langsam kommen wir in das Hier und Jetzt zurück.
Ich muss herzhaft gähnen und lege mir schnell die Hand vor den Mund. Kyle streicht mir über den Rücken.
„Komm, wir schlafen." Er dreht mich auf die Seite und kuschelt sich von hinten an mich heran. Es ist schön, seinen Körper so nah an meinem zu spüren – Haut an Haut.
Wohlig seufze ich auf und schlafe auch fast augenblicklich ein.

Ich erwache weil mir kalt ist. Geblendet blinzle ich in die Morgensonne, die durch das große Fenster scheint. Ich taste nach Kyle, kann ihn aber nicht finden. Panik erfasst mich und ich drehe mich um. Das Bett neben mir ist leer.
Ich ziehe die Knie an und lege den Kopf darauf. In mir ist nur Leere. Wie konnte ich nur so dumm sein und auf seine Masche ein zweites Mal herein fallen?
Ich ziehe die Decke enger um mich, aber sie kann die Kälte nicht stoppen, welche mir durch Mark und Bein geht. Meine Augen brennen, aber ich gestatte den Tränen nicht zu fließen. Ich streiche über das zerwühlte Laken. Es ist noch warm. Also kann er noch nicht allzu lange fort sein. Wut kocht in mir hoch. Dieses elende Mistschwein! Dafür wird er büßen. Egal wie, aber er muss bezahlen.

Ich habe wegen ihm meinen Vater und meine Brüder angebrüllt und höchstwahrscheinlich auch tief verletzt.

Ich klettere aus dem Bett und wickle mich in die Bettdecke ein, um meine Blöße zu bedecken. Ich spüre die rauen Fasern des Bettvorlegers unter meinen Füßen.

Als erstes brauche ich mein Handy. Ich habe ja jetzt seine Nummer und wenn er abheben sollte, kann ich ihn gleich am Telefon zur Schnecke machen und meiner Wut ein erstes Ventil geben. Danach hetze ich ihm David und Richard auf den Hals. Sie werden ganz bestimmt keine Gnade haben.

Ich tapse in das Wohnzimmer. Dabei verheddern sich meine Füße in etwas und ich falle der Länge nach hin. Leider halten meine Hände noch immer die Decke fest und so kann ich den Aufprall nicht mehr rechtzeitig abfangen. So ein Mist aber auch. Meine Nase kommt auf dem Boden auf und sofort schießt mir der Schmerz direkt in den Kopf. Die Tränen fließen nun doch. Es tut verdammt weh. Ich richte mich auf und befühle vorsichtig mein Gesicht. Es schmerzt, aber es scheint alles ganz zu sein. Ich habe noch nicht einmal Nasenbluten.

Umständlich rapple ich mich auf und versuche, meine Füße zu befreien. Aber es will nicht so richtig klappen. Also muss ich meine Hände zu Hilfe nehmen. Ich schlage die Bettdecke zurück und starre ungläubig auf meinen Knöchel. Das Bein einer Jeans hat sich darum gewickelt. Wie kann das sein? Ich hatte gestern doch ein Kleid an. Plötzlich dämmert es mir und die Erkenntnis schlägt mir mitten ins Gesicht – das ist Kyles Jeans! Er hatte gestern eine dunkelblaue an. Schnell sehe ich mich im Raum um. Unter meinem zerknitterten Kleid lugt die Spitze eines Turnschuhs hervor und nicht weit davon entfernt liegt auch der zweite. Halb auf einer Zimmerpflanze hängend befindet sich sein Shirt. Da ich mal annehme, dass er nicht splitterfasernackt aus dem Zimmer spaziert ist, muss er hier noch irgendwo sein.

Mein Herz schlägt mir bis zum Hals und das Adrenalin schießt mir durch die Adern. So schnell wie möglich stehe ich

auf. Die rutschende Bettdecke muss ich wieder in Position zerren, dann beginne ich meine Suche. Weit weg kann er nicht sein. So eine Hotelsuite ist ja auch nicht unbedingt riesig. Das Wohnzimmer und Schlafzimmer kann ich sofort ausschließen. Also bleiben noch Bad und Arbeitszimmer. Wobei ich letzteres auch sofort ausschließe. Was sollte er nackt dort?
Sein wunderbarer Körper kommt mir wieder in den Sinn und sofort beginnt es zwischen meinen Schenkeln zu pochen. Wie er wohl bei Tageslicht im Adamskostüm aussieht? Bisher habe ich ihn ja nur in gedämpften, fast schummrigen Licht bewundern dürfen.
Wo genau befindet sich jetzt das Badezimmer? Vom Wohnbereich gehen drei Türen ab. Eine hinaus auf den Hotelflur, eine ins Schlafzimmer und Nummer Drei führt ins Arbeitszimmer. Das weiß ich aber auch nur, weil sie offen steht. Dunkel kann ich mich an eine zweite Tür im Schlafzimmer erinnern. Dorthin gehe ich nun.
Schon von weitem kann ich das Rauschen einer Dusche hören. Erleichterung durchströmt mich. Gleichzeitig frage ich mich aber auch, wie ich das vorhin überhören konnte. Wahrscheinlich war ich mal wieder so sehr in meiner eigenen Welt gefangen, dass ich die wesentlichen Dinge nicht mitbekommen habe.

So leise wie möglich öffne ich die Tür zum Badezimmer. Dichte Nebelschwaden begrüßen mich. Kyle scheint jemand zu sein, der gerne heiß duscht. Ich lasse die Decke fallen und trete weiter in den großzügigen Raum hinein.
Er steht, mit dem Rücken zu mir, unter der Dusche. Je näher ich trete, desto mehr Details kann ich erkennen. So sehe ich zum Beispiel die Wassertropfen, die sich auf seiner Haut gebildet haben. Ich verspüre das Bedürfnis sie ihm abzulecken. Die Dusche ist von moderner Bauart und so gibt es keine Türen, die geöffnet werden müssen. Die Glaswände sind versetzt angebracht und ich muss nur zwischen ihnen hindurch schlüpfen.

Ich stelle mich ganz dicht hinter Kyle. Das Wasser, welches auf seinen Nacken und die Schultern prasselt, spritzt mir ins Gesicht. Ich schlinge meine Arme um seine Taille und verschränke meine Finger vor seinem Bauch. Die Härchen des Haarpfeils, der von seinem Bauchnabel nach unten verläuft, kitzeln mich an meinem Handgelenk. Vertraut schmiege ich meine Wange an die Stelle zwischen den Schulterblättern. Für einen kurzen Moment versteift sich sein ganzer Körper, ehe er sich wieder entspannt.

Kyle dreht sich um und legt die Hände an meine Wange. Kleine Wassertröpfchen hängen an seinen Wimpern. Die blonden Haare sind dunkel vor Nässe und kleben ihm am Kopf. Ein paar Strähnen hängen ihm in die Augen. Sanft streiche ich sie zurück. Vielleicht sollte er mal über einen Friseurbesuch nachdenken.

Ich stelle mich auf die Zehenspitzen und gebe ihm einen vorsichtigen Kuss auf die Lippen.

„Guten Morgen, schöner Mann." Woher diese Bezeichnung kommt, weiß ich nicht. Aber sie erscheint mir passend. Auch wenn mein Mund mal wieder schneller als mein Kopf war. Denn eigentlich sind wir noch ein bisschen davon entfernt uns mit Kosenamen anzusprechen.

„Guten Morgen, schöne Frau." Er zieht mich in seine Arme und drückt mich eng an sich. In dieser innigen Umarmung stehen wir einige Augenblicke und genießen den Körperkontakt zum jeweils anderen.

Inzwischen ist der kleine Kyle auch aufgewacht und drängt sich gegen meinen Bauch. Kyle streichelt mir über den Rücken und trotz des heißen Wassers bekomme ich eine Gänsehaut. Ich drehe den Kopf ein wenig und drücke meine Lippen auf seine nackte Brust. Unter meinen Lippen spüre ich, wie er erschaudert. Schön, wenn es ihm genauso geht wie mir. Der Duft von Duschgel steigt mir in die Nase. Er hat sich also schon gewaschen.

Kyle löst eine Hand von meinem Rücken und greift hinter sich. Dann ist auch die zweite Hand weg und er geht einen Schritt zurück. Ich hätte ihn gern nah bei mir, aber so kann ich ihn wenigstens besser anstarren.

Er nimmt den Duschkopf aus der Halterung und fährt mit dem wunderbar heißen Wasser an meinem Körper entlang. Er steckt ihn zurück an seinen Platz und drückt etwas Duschgel auf seine Hand. Sanft beginnt er, mich zu massieren. Seine großen Hände streichen über meine Schultern und die Arme herunter und wieder hinauf. Jetzt habe ich am ganzen Körper eine Gänsehaut. Dann widmet er sich meinen Brüsten. Die Brustwarzen sind schon längst hart und recken sich willig seinen Händen entgegen. Unablässig lässt er seine Finger über die Rundungen wandern. Ich stöhne immer und immer wieder auf.

Kyle nimmt eine Brustwarze zwischen Daumen und Zeigefinger und zupft leicht an ihr. Den Widerhall spüre ich in meinem Unterleib. Mein Stöhnen wird lauter und unbefangener. Ich muss mich an seiner nassen Schulter festhalten, um nicht auf den Boden der Dusche zu sinken. Ich werfe den Kopf in den Nacken und schreie vor Lust auf.

Kyle widmet sich derweil meinem Bauch. Sanft spielt er mit meinem Bauchnabel. Als auch der genug Duschgel abbekommen hat, kniet er sich vor mich und seift meine Beine ein. Zärtlich hebt er meinen Fuß an und wäscht jeden Zeh einzeln. So wie er am rechten Bein hinab gewandet ist, so wandert er am linken wieder hinauf.

Mein Atem kommt stockend und stoßweise. Geblendet blinzle ich zu ihm auf. Frech grinst er zu mir herunter und in seinen Augen kann ich den Schalk sehen. Was hat er vor?

Kyle löst sich von mir und seine Hände gleiten über die Wölbung meines Hinterns über die Hüften nach vorn. Flinke Finger finden meine empfindliche Mitte, die nach seinen Berührungen giert. Erneut schreie ich vor Lust auf. Ganz langsam gleiten sie an meiner Weiblichkeit vor und zurück. Meine Hüften beginnen, ein Eigenleben zu entwickeln und zucken in einem unruhigen Takt.

Haltsuchend will ich nach der Stange des Duschkopfes greifen, aber da ist keine. Zum Glück kann ich mich an den kühlen Fliesen abstützen, um nicht zusammenzubrechen. Ich will auf keinen Fall, dass er aufhört.
Kyle packt mein linkes Bein und legt es sich um die Schulter, so dass ich jetzt nur noch auf einem Bein stehe. Ich presse meine Hände gegen die Fliesen und Duschwand, um mehr Halt zubekommen.
Statt seiner Finger fühle ich nun seinen Mund. Die weiche Zunge umspielt meine Klitoris. Schnappend hole ich Luft. Die Lust durchläuft mich wie Feuerstürme. Meine Hüften zucken schneller. Da packt er mich an selbiger und hält sie fest, ohne seine süße Folter zu unterbrechen. Seine Zunge bahnt sich ihren Weg von meiner Klitoris nach hinten. Ich spüre seinen Atem auf meiner Vagina und werde fast verrückt vor Lust.
Langsam dringt seine Zunge in mich ein und gleitet gleich darauf wieder hinaus, nur um sofort wieder einzudringen. Ohne Vorwarnung komme ich zum Orgasmus. Ich zittere am ganzen Körper und als ich zu Boden sinke, fängt Kyle mich auf. Erschöpft lasse ich mich gegen seine Brust fallen.
„Heilige Scheiße." Da ist alles, was ich sagen kann. Auch wenn ich es nicht sehen kann, weiß ich ganz genau, dass er grinst.
Es dauert eine Weile, bis ich aus den Untiefen meines Orgasmus wieder an die Oberfläche klettere. Das war das erste Mal, dass ich zugelassen habe, dass mich ein Mann auf diese Art befriedigt. Ich muss zugeben, dass ich jetzt schon nicht genug davon bekommen kann, wenn Kyle mich so verwöhnt. Ich habe zwar keine anderen Vergleichsmöglichkeiten, aber ich bezweifle, dass es da noch eine Steigerung gibt.

Ich klettere von seinem Schoß. An dem selbstgefälligen Ausdruck auf seinem Gesicht kann ich erkennen, dass er mehr als zufrieden mit sich und seiner eben erbrachten Leistung ist. Ich packe seinen Penis und schlagartig verdunkeln sich seine

Augen. Langsam senke ich meinen Kopf, wobei meine Haare wie ein Schleier nach vorn fallen. Vorsichtig hauche ich den ersten Kuss auf seine Eichel und genieße es, wie Kyle überrascht aufkeucht. Ich bin selber von meiner Kühnheit überrascht, aber ich will ihm das gleiche Vergnügen bereiten, wie er mir. Also öffne ich meinen Mund und senke meinen Kopf weiter hinab. Kyle packt mich an den Schultern und keucht meinen Namen. Gierig erkunde ich seinen Penis. Sei es nun mit den Lippen oder der Zunge. Meine Zähne lasse ich lieber aus dem Spiel. Er fühlt sich hart und gleichzeitig seidenweich an. Ich nehme ihn fester in den Mund und bewege meinen Kopf auf und ab, wobei ich gleichzeig an ihm sauge.

„Himmel!", entfährt es ihm. Ich beschleunige meine Bewegungen und intensiviere das Saugen. Ich merke unter meinen Handflächen, wie seine Oberschenkelmuskeln zu zittern beginnen. Mutig lasse ich meine Zunge um seine Eichel kreisen.

„Sophie, halt! Ich komme gleich!", keucht er. Ich halte in meinen Bemühungen nicht inne und fahre unverändert fort. Sein Atem ist genauso abgehackt wie meiner wenige Augenblicke zuvor. Ich spüre eine warme und salzige Flüssigkeit in meinem Mund und gleichzeitig stöhnt Kyle auf. Ich löse meinen Mund von ihm und schlucke. Eine zweite Premiere heute.

Kyle kippt nach vorn und stützt sich auf seinen Knien ab. Ich knie auf dem Grund der Dusche. Sein Kopf ruht an meiner Schulter, während er versucht, wieder zu Atem zu kommen. Es dauert eine Weile, bis er mich fragend ansieht. Grinsend zucke ich mit den Schultern.

Da wir beide genug durchgeweicht sind, verlassen wir die Dusche. Gegenseitig trocknen wir uns mit den großen, flauschigen Hotelbadetüchern ab. Ganz der Gentleman hält Kyle mir den Bademantel hin, damit ich hinein schlüpfen kann.

Das Schöne an Luxushotels ist, dass man immer auch frische Zahnbürsten findet. Ich habe zwar meine eigene mit, bin aber jetzt zu faul sie aus meiner Tasche zu holen. In stillem Einvernehmen putzen wir unsere Zähne.

Ich lasse mich in den Sessel im Wohnzimmer fallen und greife nach der Karte des Zimmerservices.
„Was willst du zum Frühstück?", frage ich Kyle. Er sammelt gerade unsere verstreuten Klamotten ein.
„Ich nehme ein Omelette und Kaffee." Er setzte sich in den Sessel mir gegenüber. Das Bein legt er über die Armlehne und ich betrachte fasziniert die feuchten Haare an seinem Unterschenkel. Irgendwie erregt mich der Anblick.
„Was nimmst du?"
„Eier Benedikt und Kaffee.", murmle ich gedankenverloren. Da ich nicht reagiere, nimmt er das Telefon zur Hand und bestellt an der Rezeption unser Frühstück.
Während des Wartens werfe ich einen Blick auf mein Handy. Ich habe mehrere Anrufe in Abwesenheit. Ich scrolle mich durch die Liste – zehn von David, vier von Dad, jeweils zwei von Molly und Lisa und ganze 26 von Richard. Heilige Scheiße. Aber ich werde auf keinen Fall zurückrufen. Da widme ich mich lieber den Nachrichten. Die erste ist von David.

Sophie,
wo bist du?
David

Ich beachte sie nicht weiter und lese die Zweite.

Was soll das Sophie? Geh ans Telefon!

Richard hat den Ton aufgelegt, den er immer hat, wenn ich nicht nach seiner Pfeife tanze. Nummer Drei ist natürlich auch von ihm.

> *Verdammt, geh an dein Scheiß Telefon!*

Er wird ja immer netter.

> *Sophie,*
> *bitte geh an dein Handy. Wir müssen reden.*

Vielleicht hatte ihm da Lisa schon ins Gewissen geredet. Ich kenne meinen Bruder gut genug, um seine jeweiligen Stimmungen aus seinen Nachrichten heraus zu lesen. Auch wenn es so scheinen mag, das Ganze lässt mich nicht kalt.
Ich muss schwer schlucken und tief durchatmen, um nicht in Tränen auszubrechen. Eine Nachricht habe ich noch vor mir und diese ist von Dad.

> *Spätzchen,*
> *wo bist du? Ich hoffe es geht dir gut. Ich weiß, dass deine Mom es weiß. Aber sie will es mir nicht verraten. Bitte komm nach Hause. Ich habe dich lieb.*
> *Dad*

Bei seiner Nachricht zieht sich mein Herz am meisten zusammen. Ich will ihnen nicht wehtun, bin aber auch immer noch sehr wütend auf sie und nicht wirklich in der Lage, mit ihnen zu sprechen.
Kyle sieht mich besorgt an. Gezwungen lächle ich zurück. Sie sollen zwar nicht wissen, wo ich bin, aber ich will ihnen wenigstens Bescheid geben, dass es mir, den Umständen entsprechend, gut geht.
Ich tippe gerade an alle eine Nachricht, als es an der Tür klopft.
Kyle will aufspringen, um zu öffnen. Aber ich bin schneller.
„Bleib sitzen. Das ist bestimmet nur der Zimmerservice mit unserem Frühstück. Bei den Kalorien, die wir schon verbrannt haben, können wir das jetzt gut gebrauchen."

Ich öffne die Tür und statt des Zimmerservices steht mein Bruder davor.

Ich bin wirklich überrascht. Ich habe schon damit gerechnet, dass einer von ihnen mich finden wird. Aber nicht so schnell.
Im ersten Moment kommt die Wut von gestern Abend wieder hoch. Richard steht vor mir und trägt einen eigenartigen Gesichtsausdruck zu Schau. Er sieht ein wenig zerknirscht aus, aber seine Augen blitzen vor unterdrückter Wut.
„Was willst du?", frage ich eisig.
„Ich komme, um dich nach Hause zu holen. Da wo du hin gehörst.", antwortet er mir bestimmt.
Ohne dass es einer von uns gemerkt hat, ist Kyle zu uns getreten. Besitzergreifend legt er einen Arm um meine Taille und zieht mich an sich.
„Das hast du nicht zu bestimmen." Selbst Kyles Stimme ist kalt.
Richard verschränkt die Arme vor der Brust und macht nicht gerade den Eindruck, als wolle er wieder verschwinden.
„Das geht dich nichts an, Wallace." Mir läuft ein kalter Schauer über den Rücken. Dank Richard ist die Raumtemperatur um ein paar Grad gesunken. Missbilligend mustert er die Bademäntel.
„Ich glaube, es ist besser, du gehst wieder. Du weißt ja nun wo ich bin und kannst es den anderen sagen."
„Einen Dreck werde ich! Zieh dich an und dann bring ich dich nach Hause.", blafft mich mein Bruder an. Seine Wut ist unverhohlen. Er drängt sich an uns vorbei ins Zimmer. Kyle will sich Rich in den Weg stellen, ich halte ihn dann aber auf. Sacht lege ich meine Hand auf seinen Arm, um ihn zu beruhigen. Auch er ist auf 180. Sein ganzer Körper ist angespannt. Jeden Moment bereit zuzuschlagen.
„Komm doch rein.", murmle ich sarkastisch.
Ich schließe die Tür und drehe mich um. Kyle steht dabei, wie ein Bodyguard, neben mir. Auch Richard hat sich uns wieder

zugewendet. Die Arme immer noch vor der Brust verschränkt. Er lässt Kyle keinen einzigen Augenblick aus den Augen.

„Pack deine Sachen!", blafft er mich wieder an. Meine Wut nimmt an Intensität zu.

„Nein.", sage ich bestimmt. Das bringt das Fass bei Rich zum Überlaufen. Er kommt auf mich zu und will mich am Arm packen. Aber er hat die Rechnung ohne Kyle gemacht. Er springt dazwischen und schiebt mich hinter sich, so dass er zwischen uns steht.

„Fass sie an, Borough und ich bin geneigt zu vergessen, dass du ihr Bruder bist." Kyles Stimme ist drohend leise. Ich bin ein bisschen erschrocken. Es ist toll, dass er mich verteidigen will, aber Rich würde mir nie im Leben etwas antun. Leider kennt Kyle ihn nicht so gut wie ich ihn.

Die beiden funkeln sich wütend an. Wenn ich jetzt nicht gleich dazwischen gehe, fangen sie womöglich noch an sich zu prügeln.

Resolut versuche ich, mich zwischen sie zu quetschen. Ich bin ja nun auch nicht klein mit meinen 1,70. Aber sowohl Kyle, als auch Richard sind noch einmal einen guten Kopf größer und definitiv muskulöser. Keiner von ihnen beachtet mich. Ich quetsche und schiebe, drücke meine Hände gegen sie. Endlich bewegen sie sich ein kleines bisschen voneinander weg.

„Wenn ihr euch prügeln wollt, geht auf die Straße! Aber seid gewiss, dass ich dann mit keinem von euch jemals auch nur wieder ein Wort sprechen werde!" Genauso gut hätte ich mit einer Wand reden können. Frustriert hole ich Luft. Dann kommt mir des Rätsels Lösung. Was in einer Sitcom klappt, kann ja hier vielleicht auch funktionieren. Entschlossen stelle ich mich auf die Zehenspitzen und greife mir von jedem ein Ohr und drehe so fest daran, wie ich nur kann. Kyle und Richard schreien auf. Wahrscheinlich eher vor Überraschung, als vor Schmerz. Aber das ist erst einmal egal. Hauptsache ich erziele die erhoffte Wirkung.

Ich ziehe sie an ihren Ohren auf meine Höhe herunter. Wütend funkle ich erst Kyle und dann Richard an. Dank meiner kleinen, aber feinen Attacke habe ich nun ihre ungeteilte Aufmerksamkeit. Innerlich grinse ich vor mich hin. Aber ich zeige es ihnen nicht. Denn dann würden sie sofort wieder Oberwasser bekommen.

„Hier wird sich nicht geprügelt. Habe ich mich klar und deutlich ausgedrückt?"

„Verdammt, Sophie, lass mich los!", jault Richard und wirft mir tödliche Blicke zu. Ich drehe noch einmal heftig an seinem Ohr und er knurrt mich an.

„Habe ich mich klar und deutlich ausgedrückt?", frage ich noch einmal. Dies Mal aber langsam und deutlich.

„Ja!", gibt er aufgebracht zurück.

Zufrieden mit Richards Antwort wende ich mich Kyle zu. Sein Gesicht ist schmerzverzerrt. Fragend hebe ich die Augenbrauen. Er ist so schlau und nickt schnell. Ich lasse sie los und trete einen Schritt zurück. Beide Männer sehen mit wütend an und reiben ihre misshandelten Ohren. Ich verschränke die Arme.

„Verdammt, ich bin dreiundzwanzig und komme mir vor wie ein kleines Kind. Meine Mutter hat das zuletzt mit mir gemacht, als ich zehn war.", empört sich Kyle.

„Wenn du dich wie ein Kind benimmst, verdienst du auch keine andere Behandlung." Im Augenwinkel sehe ich, wie Richard grinst. „Das Gleiche gilt auch für dich!", kläre ich ihn auf. Mein ausgestreckter Zeigefinger pickt ihn in die Brust. Sofort verschwindet es wieder von seinem Gesicht.

„Richard – Arbeitszimmer! Kyle – Schlafzimmer!" Mein Bruder sieht mich mürrisch an, während Kyle süffisant vor sich hin grinst. Ich kann nicht anders und muss auch ein bisschen lächeln. Richards Miene verdüstert sich noch mehr.

Betont langsam geht Kyle ins Schlafzimmer und wirft mir über die Schulter einen mehr als anzüglichen Blick zu. Mein Lächeln wird breiter und Richard sieht aus, als würde er Steine kauen. Durch die geöffnete Tür kann man das Bett sehen, auf dem unsere Klamotten liegen. Wütend lässt mein Bruder seine

Zähne knirschen. Kyle gibt der Tür einen Tritt und sie knallt ins Schloss.

Ich wende mich Richard zu und deute nur auf das Arbeitszimmer. Widerstrebend setzt er sich in Bewegung. Ich folge ihm. Betont langsam und ruhig schließe ich die Tür. Ich brauch auch ein bisschen Zeit, um mich zu sammeln. In meinem Kopf wirbeln gerade so viele Gedanken herum.
Richard steht mitten im Raum neben der Besprechungsecke. Er ist eindeutig noch aufgebracht, aber auch ein bisschen erleichtert.
„Hast du eigentlich eine Ahnung, wie es Dad geht?"
„Habt ihr eine Ahnung, wie es mir geht?", antworte ich mit einer Gegenfrage.
„Anscheinend nicht schlecht. Du scheinst dich ja die ganze Nacht über vergnügt zu haben."
Ich gehe auf seine offensichtliche Provokation nicht ein.
„Habt ihr eigentlich realisiert, dass ihr mich verraten habt?"
„Sophie, wir lieben dich und wollen nur dein Bestes. Wir sind der Meinung, dass Wallace nicht der Richtige für dich ist.", erklärt er mir in einem sachlichen Tonfall. Ich muss erst einmal tief durchatmen, um ihm nicht sofort an die Gurgel zu springen.
„Ich weiß sehr gut, dass ihr mich liebt. Aber das gibt euch noch lange nicht das Recht, euch in mein Leben einzumischen!"
„Okay, ich gebe zu, es war nicht richtig von uns, uns nicht an die Abmachung mit dir zu halten. Ich entschuldige mich hiermit bei dir – auch im Namen von Dad und David. Aber das ändert nichts an der Tatsache, dass Wallace nicht gut für dich ist."
„KYLE, seine Name ist Kyle.", schreie ich ihn an. „Ich entscheide, wer gut für mich ist und wer nicht. Akzeptiere es oder lass es sein. Aber lebe dann damit, dass ich nur noch mit dir rede, wenn es sich nicht unbedingt vermeiden lässt."

Schlagartig verraucht seine Wut und der Schmerz tritt in seine Augen, den meine Drohung bei ihm hervorruft.

„Sophie, bitte nicht.", fleht er.

„Dann haltet euch an Absprachen und aus meinem Leben heraus."

„Aber das können wir nicht. Du bist doch unsere kleine Sophie." Als er die Anrede aus meiner Kindheit benutzt, muss ich unwillig lächeln. Sie haben mich immer ihre kleine Sophie genannt und das, seit ich denken kann.

Als Richard mein Lächeln bemerkt entspannt er sich ein wenig.

„So kommen wir nicht weiter." Frustriert reibe ich mir die Stirn.

„Ganz deiner Meinung. Aber wir werden uns nicht aus deinem Leben heraus halten."

Frustriert werfe ich meine Arme in die Höhe.

„Okay, dann lass uns einen Kompromiss finden. Aber solltet ihr nur einen Millimeter davon abweichen, dann..." Ich lasse meine Drohung unausgesprochen. Soll er doch rein interpretieren, was er will.

„Mach einen Vorschlag."

„Ich werde euch diese Mal noch einmal verzeihen. Aber ihr werdet Kyle akzeptieren, ihm gegenüber höflich sein und ihr haltet euch aus allem, was mein Liebesleben betrifft, heraus. Ihr schaltet euch erst ein, wenn ich es ausdrücklich sage."

„Du verlangst ziemlich viel und gibst verdammt wenig dafür. Für das Verzeihen bekommst du, dass wir Wallace höflich behandeln."

„Gott Richard, er heißt Kyle!"

„Gut, Kyle. Also?"

„Du vergisst, dass ihr mich schwer gekränkt und enttäuscht habt. Ich biete noch an, dass ihr wieder an meinem Leben teilhaben dürft und ich verspreche, euch in alles mit einzubeziehen wie vorher, nur dass mein Liebesleben ausgeklammert wird."

Nachdenklich streicht sich Richard durch die Haare. Schließlich hält er mir seine Hand hin.

„Deal." Ich ergreife sie.

„Deal." Mein Bruder zieht mich in seine Arme und drückt mich.

„Ich bleibe noch ein paar Tage hier. Ich will warten, bis meine Wut auf euch verschwunden ist. Nicht dass ich noch etwas sage, das mir später leid tut."

„Willst du wirklich von zu Hause ausziehen?"

„Ich weiß es nicht – zumindest noch nicht."

„Es hat Dad heftig getroffen."

„Ich weiß. Mom hat es mir am Telefon erzählt. Aber ich bin einundzwanzig und langsam muss ich anfangen, mein eigenes Leben zu leben. Als du und David in meinen Alter ward, da hattet ihr schon längst eure eigenen Wohnungen und wusstet, was ihr mit eurer Zukunft anfangen wolltet."

„Was willst du denn mit deiner Zukunft anfangen?"

„Naja, ich will irgendwann meinen eigenen Laden. Aber dafür benötige ich erst einmal das nötige Wissen."

„Welches denn?" Es ist schön mit ihm darüber zu reden. Meine Wut schwelt noch in mir, aber es tut gut. Außerdem ist es ein anderes Thema.

„Wirtschaftliches. Ich habe mit Dad schon mal kurz darüber gesprochen. Aber er meinte, ich solle mit David sprechen. Er würde mir dann schon erzählen, wie der Hase so läuft. Aber das wäre dann ja bestenfalls nur Grundwissen."

„Willst du zur Uni?"

„Ich weiß es nicht. In den letzten zwei Tagen ist so viel passiert und ich hatte noch nicht wirklich die Gelegenheit dazu, mir über das Thema Gedanken zu machen."

„Nimm dir die Zeit und melde dich dann bei David. Okay?"

„Ja. Auch wenn ihr euch echt was geleistet habt, habe ich euch lieb." Ich drücke mich an ihn.

„Wie hast du mich so schnell gefunden? Ich hätte frühestens morgen mit deinem Auftauchen gerechnet." Ich spüre die Vibration seines Lachens.

„Es war einfach. Es gab nicht viele Möglichkeiten, wo du sein konntest. Wir haben erst Kyles Schwester und deine

Freunde angerufen. Danach kamen die Hotels dran. Auch wenn du gern einen auf normales Mädchen machst, hast du doch nichts gegen ein bisschen Luxus. Darum kamen zuerst die Sternehotels dran und schon bei Nummer drei gab es den Volltreffer. Es war dann nur noch eine Kleinigkeit, von der Rezeptionistin die Zimmernummer zu bekommen."

„Wann hattest du sie?"

„Hm… ich glaube knapp zwei Stunden nachdem ihr abgehauen seid, hatten wir sie."

„Und trotzdem hast du gewartet und weiter versucht, mich auf dem Handy zu erreichen?"

„Ich wollte dich nicht noch mehr gegen uns aufbringen. Und darum habe ich abgewartet, bis du dich ein bisschen beruhigt hast."

„Danke. Du hast mir eine wunderbare Nacht geschenkt."
Richard versteift sich und ich lache an seiner Brust.

„Findest du das witzig?", fragt er mich kühl.

„Ja.", bringe ich lachend hervor. Ich löse mich aus seiner Umarmung.

„Ich will nicht wissen, dass du…" Er überlegt einen Augenblick „… sexuell aktiv bist.", würgt er schließlich hervor.

„Gewöhn dich daran." Ich streiche ihm über die Wange.

„Jetzt ist es an der Zeit, dass du verschwindest. Es sei denn, du willst Beweise für meine sexuelle Aktivität.", ziehe ich ihn auf.

„Sophie!", warnt er mich gequält.

Leise schließe ich die Tür hinter Richard und lehne mich erschöpft dagegen. Ich dachte immer, ich hätte ein halbwegs aufregendes Leben. Aber nach allem, was in letzter Zeit passiert ist, bin ich der Meinung, dass mein Leben sehr langweilig war und ich will es zurück.
Ich löse mich von der Tür und gehe auf das Schlafzimmer zu. Unterwegs löse ich das Band des Bademantels, ziehe ihn aus und lasse ihn einfach fallen. Das Frühstück ist völlig vergessen. Ich weiß noch nicht einmal ob es uns gebracht wurde.

Ich öffne die Schlafzimmertür und mir gegenüber steht ein nackter Kyle – äußerst bereit für neue sexuelle Aktivitäten.

Kapitel 12
Die Zukunft in die eigene Hand nehmen

Ich bin total erledigt – aber im positiven Sinne. Kyle liegt auf dem Rücken neben mir, die Kissen in den Nacken gestopft und streichelt behutsam über meinen Bauch. Mein Kopf ruht dabei an seiner Schulter und ich lausche seinem Herzschlag. Mit geschlossenen Augen genieße ich seine Streicheleinheiten. Wenn ich es könnte, würde ich jetzt wie eine Katze schnurren.

Verschlafen hebe ich den Kopf und sehe auf Kyle hinunter. Die Sonne geht gerade unter und lässt ihn in einem goldenen Licht erscheinen. Man findet hier selten Hotelsuiten, die Fenster sowohl nach Osten als auch nach Westen haben.

Kyle hat die Augen geschlossen und sieht verdammt zufrieden aus. Nachdenklich mustere ich ihn. Was hat er nur an sich, das mich wie magisch anzieht? Er muss mich nur anlächeln und schon vergesse ich alles, was geschehen war.

Ganz plötzlich schlägt er die Augen auf. Belustigung leuchtet in seinen grünen Augen auf.

„Was?", fragt er mich lächelnd.

„Nichts." Ich kann meinen Mundwinkel nicht daran hindern nach oben zu wandern.

„Was starrst du mich an und grinst dabei?" Mist, er hat mich erwischt. Jetzt heißt es, das Beste daraus zu machen. Also hauche ich ihm einen Kuss auf die nackte Brust.

„Ich starre nicht! Ich habe dich angesehen und grinsen tu ich, weil ich eine Wahnsinnsnacht und einen noch besseren

Tag hinter mir habe. Naja, bis auf das Auftauchen von Richard."

„Da kann ich dir nur zustimmen. Aber das erklärt nicht, warum du mich angesehen hast."

„Du klingst ja fast so, als dürfte ich das nicht. Da du es so genau wissen willst – ich habe mich gefragt, was du an dir hast, das mich so anzieht." Es ist zwar die Wahrheit aber dennoch laufe ich rot an. Vielleicht gerade deswegen.

„Hm… lass mich mal überlegen…" Nachdenklich tippt er sich mit dem Zeigefinger gegen das Kinn. „… Mein unbeschreiblich gutes Aussehen, mein Sexappeal, mein Charme…"

„Eingebildet bist du ja gar nicht.", unterbreche ich ihn lachend. „Du scheinst dich ja für unwiderstehlich zu halten."

„Nein, eigentlich nicht." Von einer Sekunde auf die nächste wird er ernst.

„Was ist?" Ich habe ein ungutes Gefühl. Kyle löst sich von mir und steht auf. Schnappt sich einen der Bademäntel und zieht ihn über. Ich fühle mich nackt und unwohl. Also nehme ich die Bettdecke und wickle mich darin ein. Genauso wie heute Morgen, als ich dachte, er wäre schon wieder verschwunden.

Nachdenklich sieht er zu mir hinüber. Der Bademantel stet ein wenig offen und gibt den Blick auf seine trainierte Brust und seinen Bauch frei.

„Kyle, was ist los?"

Er atmet tief ein, hält die Luft für einige sehr lange Sekunden an und stößt sie wieder aus. Ich schlinge die Decke enger um mich und hoffe, dass sie mir ein Gefühl der Sicherheit gibt. Was ist nur auf einmal mit ihm los? Eben waren wir noch albern und vergnügt und jetzt ist er so… distanziert.

„Wie geht das jetzt mit uns weiter?", fragt er mich zögerlich. Es klingt so, als hätte er Angst davor, was ich jetzt sagen würde.

„Wie willst du denn, dass es weiter geht?" Genau genommen weiß ich es ja schon. Aber er weiß nicht, dass ich heimlich gelauscht habe und gehört habe, was zwischen ihm, meinem Vater und meinen Brüdern besprochen wurde.

„Antwortest du immer mit einer Gegenfrage, wenn du auf die gestellte Frage nicht antworten willst?" Kyle scheint ein bisschen wütend zu sein – zumindest glaube ich das aus seiner Tonlage heraus zu hören. Dabei heißt es doch immer, Frauen wären launenhaft. Ich habe gerade das Gefühl, dass Männer noch viel schlimmer sind.

„Ich habe dich gern, Kyle und würde gern mehr Zeit mit dir verbringen. Vielleicht auch mal außerhalb des Bettes und mit mehr Klamotten am Körper."

Erleichtert sacken seine Schultern nach unten. Er setzte sich auf den Rand des Bettes. Ich robbe ein wenig zu ihm rüber, um den Abstand zwischen uns zu verringern.

Mein Herz schlägt mir bis zum Hals. Was ist, wenn er alles nur so daher gesagt hat und ich mich gerade bis auf die Knochen blamiere?

„Ich würde auch gern mehr Zeit mit dir verbringen. Mit Klamotten ist okay, aber ohne wäre auch nicht schlecht." Kyle beugt sich vor und will mich küssen. Ich biege mich aber zurück und lasse ihn ins Leere laufen. Jetzt ist es an mir launenhaft zu sein.

„Also ist alles, was du von mir willst, Sex?" Ich kann den kühlen Unterton nicht aus meiner Stimme heraus halten. Will es auch gar nicht. Er soll ruhig hören wie ich zu seiner Aussage stehe. Welche Frau würde es nicht übel nehmen, wenn der Mann, den sie liebt, augenscheinlich nur Sex will?

Genervt schließt Kyle die Augen.

„Gott Sophie! Habe ich das etwa gesagt?"

„Nicht direkt. Aber für mich hörte es sich so an."

Er lehnt sich nach vorn und zieht mich in seine starken Arme, noch bevor ich ihm ausweichen kann.

„Ich habe nur gesagt, dass ich gern Zeit mit dir verbringen will, auch wenn wir angezogen sind. Aber du kannst es nicht bestreiten, dass unser Sex bisher immer verdammt gut war."

Brummend stimme ich ihm zu. Kyle will mich küssen, aber auch dieses Mal weiche ich ihm aus. So schnell sind die Wogen nicht geglättet.

„Was ist jetzt schon wieder?" Er ist eindeutig genervt.

„Ich… ach nichts." Schnell küsse ich ihn, um es zu vermeiden, dass Kyle weiter nachhakt. Anfänglich ist unser Kuss noch zärtlich und neckend, wird dann aber schnell hart und fordernd. Mit fahrigen Fingern öffne ich seinen Bademantel und streife ihn ihm vom gestählten Körper.

In meinem Schoß pocht die pure Lust. Es scheint ihm genauso zu gehen, wie mir, denn er drückt mich nach hinten auf das Bett.

Kurz löst er sich von meinen Lippen und rollt sich das letzte Kondom über. Ehe ich bis Drei zählen kann, ist er wieder über mir und dringt in mich ein.

„Ah!", schreie ich auf. Erschrocken hält er inne.

„Zu fest?", fragt er atemlos. Verloren werfe ich den Kopf hin und her.

„Wag' es ja nicht, jetzt aufzuhören.", presse ich hervor. Ich kralle meine Fingernägel in seinen Rücken, als er ein Stück aus mir heraus gleitet und fest und intensiv zustößt. Erneut schreie ich vor Lust auf. Kyles Kopf ist direkt neben meinem und ich kann sein Stöhnen hören. Es macht mich noch wilder. Fest schlinge ich meine Beine um seine Hüfte, um ich noch tiefer in mich aufzunehmen. Es ist so herrlich, ihn so intim zu spüren – seine Kraft, seine Männlichkeit.

Seine Stöße werden immer schneller und auch härter. Ich hätte nie gedacht, dass es mir gefallen könnte, wenn ein Mann mich so ran nimmt. Verloren schreie ich seinen Namen und explodiere in einem alles verschlingenden Orgasmus.

Er stößt noch zwei Mal tief in mich, um dann selber die Erlösung zu finden. Erschöpft sackt er auf mir zusammen. Unsere hastigen Atemzüge vermischen sich miteinander.

Matt hebt er seinen Kopf und lächelt mich entschuldigend an.

„Ich hoffe, ich habe dir nicht wehgetan."

Erschöpft schüttle ich den Kopf, woraufhin er seinen wieder auf die Matratze fallen lässt.

„Gut.", murmelt er leise.

Schweigend und schwer atmend liegen wir da. Sein Gewicht drückt mich nach unten. Ich könnte ewig so daliegen, wenn ich atmen könnte.

„Kyle, ich bekomme keine Luft."
Keine Reaktion.

„Kyle?" Ich stupse ihn in die Rippe, aber ich bekomme nur ein murren.

Ist er etwa auf mir liegend eingeschlafen? Ich versuche ihn von mir herunter zu rollen. Aber er wiegt gute fünfzig Pfund mehr als ich. Außerdem habe ich keine Kraft mehr. Ich müsste mal wieder ins Fitnessstudio gehen.

Ich bohre meinen Zeigefinger zwischen seine Rippen.

„Wassn los?", murmelt er verschlafen an meinem Ohr. Er ist tatsächlich auf mir eingeschlafen. Ich weiß nur nicht, ob ich jetzt empört oder belustigt sein soll.

„Mach dich runter von mir, ich bekomm keine Luft mehr!" Um meiner Forderung Nachdruck zu verleihen, schlage ich ihm aufs Schulterblatt.

Murrend rollt er sich endlich von mir herunter, zieht mich in seine Arme und schläft wieder ein. Na schönen Dank auch. Als er noch auf mir lag war es wenigstens schön warm. Nun friere ich und fange an, zu zittern. Die Decke liegt leider auf dem Boden.

Ich kämpfe mich aus seinen Armen und habe es sogar fast geschafft, als er mich mit einem Ruck wieder an sich zieht. Frustriert puste ich mir eine Strähne aus dem Gesicht. Super, wenn ich weiter so friere bin ich bald erkältet. Also auf ein Neues.

Beim zweiten Versuch klappt es besser. Ich kann mich tatsächlich aus seinen Armen befreien. Den schlafenden Kyle decke ich mit der Bettdecke zu. Mir selber ziehe ich einen

Bademantel über. Leise schleiche ich mich in den Wohnbereich.
Mein Magen knurrt und ich merke, dass ich den ganzen Tag noch nichts gegessen habe. Kurz überlege ich, ob ich Kyle wecken soll, aber er sieht schlafend so friedlich aus. Darum schiebe ich den Einfall beiseite und bestell nur für mich etwas beim Zimmerservice.
Ich trete an das große Panoramafenster und schaue auf den Michigansee hinunter.
Seit ich Kyle kenne, ist mein Leben um einiges turbulenter geworden. Immer wenn ich alleine bin, fange ich an zu grübeln. Ich weiß, dass ich mir über meine Zukunft klar werden muss. Aber ich habe so viel Angst davor, dass ich am liebsten jeden Gedanken daran verbannen möchte. Doch es nützt nichts und ich muss mich dem stellen.
Kyle weiß genau, was er mit seiner Zukunft anfangen will. Meine Brüder haben es auch sehr früh gewusst und haben stets ihre Ziele verfolgt und sie nie aus den Augen verloren. Hätten sie anders gehandelt, dann wären sie jetzt nicht die erfolgreichen Männer, die sie sie heute sind.

Es klopft leise an die Tür und werde aus meinen Gedanken gerissen. Ich öffne dem Zimmerservice und lasse ihn ein. Ein relativ junger Mann schiebt den silbernen Wagen hinein. Unverhohlen lässt er seinen Blick über meinen Körper gleiten. Meine Haare haben immer noch den Orgasmus-Chic und ich trage nichts weiter, als einen Hotelbademantel. Diesen ziehe ich nun etwas enger, um mich vor den verschlingenden Blicken zu retten.
Erleichtert atme ich aus, als er alles auf den Tisch gestellt hat und wieder verschwunden ist. Das ganze Wohnzimmer duftet herrlich nach Spaghetti Carbonara mit Zucchini. Mein Magen verlangt lautstark nach etwas zum Verdauen. Ich gehorche ihm und mache es mir auf der Couch gemütlich. Während im Fernsehen die Wiederholung einer Comedy Serie läuft, schaufle ich die leckeren Nudeln in mich hinein.

„Sophie." Gedämpft höre ich Kyles Stimme. Sie lockt mich aber ich stecke zu tief im Nebel, als dass ich auf sie reagieren kann. Ich spüre seine Arme um meinen Körper und wie er mich hoch hebt. Aber der Schlaf hat mich zu fest im Griff. Erst als ich sanft auf dem Bett abgelegt werde kann ich mich ein wenig in die Wirklichkeit kämpfen.

„Kyle.", murmle ich leise.

„Ich bin da. Schlaf weiter meine Süße." Sanft küsst er mich auf die Wange. Dann spüre ich ihn hinter mir und wie er mich zudeckt. Zufrieden kuschle ich mich an ihn. Wenige Sekunden später schlafe ich schon wieder tief und fest.

Ich bin noch im Halbschlaf, als ich spüre, wie Kyles Hand an meinem Bauch hinab wandert. Sofort reagiert mein Körper und meine Beine öffnen sich bereitwillig, um ihm Einlass zu gewähren. Leise stöhne ich auf und drücke mich an ihn. Ich kann seine Erektion an meinem Po spüren. Kyle bewegt sich ein bisschen und seine zweite Hand schließt sich um meine Brust.

Quälend langsam bewegen sie sich. An Schlaf ist nicht mehr zu denken. Ich stöhne auf. Sein Lächeln kann ich an meinem Ohr spüren. Zärtlich graben sich seine Zähne hinein.

„Guten Morgen, schöne Frau.", raunt er mir zu.

„Guten Morgen, schöner Mann.", keuche ich zwischen meinem Stöhnen.

Erbarmungslos quält er mich weiter. Ich will mich umdrehen, aber er lässt es nicht zu. Meinen Protest erstickt er im Keim, indem er mit seinen Fingern tief in mich eindringt. Keuchend ringe ich um Atem.

„Kyle… Oh Gott… hör auf… nein… hör nicht auf." Ich bin außer Stande, einen klaren Gedanken zu fassen. Seine Finger bewegen sich rein und raus. Wobei sein Daumen über meine Klitoris reibt. Mal hart, mal zärtlich, massiert er meine Brust. Zwirbelt die harten Brustwarzen zwischen seinen Fingern. Noch ehe ich mich versehe, komme ich zum Orgasmus. Mein ganzer Körper bebt. Jeder einzelne Muskel zittert.

Nur mühsam komme ich zu mir. Endlich kann – und darf – ich mich zu Kyle umdrehen. Er sieht am Morgen einfach zum Anbeißen aus. Die Augen, vom Schlaf noch leicht verhangen, das Haar zerzaust und ein sexy Lächeln auf den Lippen. Sein Oberkörper ist frei. Die Bettdecke liegt kurz unterhalb seiner Hüftknochen. Er liegt auf der Seite, den Kopf auf die Hand gestützt und grinst mich an. Ich will ihn zu mir herunter ziehen, aber er entwindet sich meiner Hand. Mit gerunzelter Stirn sehe ich zu ihm auf.

„Ich würde ja gern, was du definitiv merken müsstest. Aber ich muss los." Oh ja, ich habe sehr wohl gemerkt, dass er hart ist.

„Du musst los? Wohin denn?" Diese anderthalb Tage waren wie eine Blase. So als gäbe es nur uns beide und keine Außenwelt.

„Ich muss ins Büro und am Nachmittag habe ich drei Wohnungsbesichtigungen."

„Aha." Ich bin enttäuscht, was dumm und egoistisch ist. Denn ich kann ihn ja nicht für ewig bei mir behalten. Er hat sein Leben und will seine Träume verwirklichen. Er betrachtet mich und sieht mich aufmunternd an. Mit dem Zeigefinger fährt er die Form meiner Lippen nach, bevor er sanft und kurz seine darauf drückt.

„Sehen wir uns heute Abend? Wir könnten was essen gehen."

„Gern. Wann bist du denn mit deinen ganzen Terminen fertig?"

„Ich hole dich um sieben ab. Bist du dann hier im Hotel?"

„Ich denke schon. Wenn nicht, schicke ich dir eine Nachricht. In welches Büro musst du denn?"

„Ich arbeite in der Firma meines Vaters. Irgendwie muss ich ja meine Studiengebühren begleichen."

„Hast du nicht gesagt, dass deine Eltern es sich leisten können? Ich meine dein ganzes Studium, das deiner Schwester, ihre Wohnung und so."

Sein Blick verdüstert sich augenblicklich. Ups, da habe ich wohl einen Nerv getroffen.

„Nur weil meine Eltern Geld haben, muss das noch lange nicht heißen, dass ich mich darauf ausruhe.", blafft er mich an. Im ersten Moment bin ich verwirrt. Aber dann fällt bei mir der Groschen und die Wut steigt in mir hoch.

„Willst du damit sagen, ich würde mich auf dem Geld meiner Eltern ausruhen?", gifte ich ihn an.

„Das habe ich nicht gesagt." Wütend springe ich aus dem Bett und zerre den Bademantel über meine Blöße. „Du hast es vielleicht nicht direkt gesagt, aber ganz sicher gedacht! Nur zu deiner Information, ich ruhe mich keineswegs auf dem Geld meiner Eltern aus!"

„Sophie, ich habe das so nicht gesagt und warum zur Hölle bist du so wütend?"

„Warum? Du sagst mir durch die Blume, dass du der Meinung bist, ich wäre ein verwöhntes Luxusweibchen!", herrsche ich ihn an. In seinen Augen kann ich ganze genau sehen, wie es in ihm kocht. Im nächsten Moment ist auch er aus dem Bett gesprungen und zieht sich seine Hose an. Bei einem Streit will wohl keiner von uns nackt sein.

„Wenn du mir mal zuhören würdest, dann hättest du mitbekommen, dass ich das nicht gesagt habe. Wenn du es nicht kapieren willst, dann kann ich dir auch nicht weiter helfen." Er ist stinksauer.

Während er mich vollmotzt, zieht er sich seine Sachen an. Kyle ist schon auf halben Weg zur Tür, als ich ihm hinterher stapfe. Vielleicht wäre es jetzt besser, wenn ich den Mund halte und mich bei ihm entschuldige. Aber ich bin viel zu aufgebracht. Leider habe ich dann immer die Angewohnheit, alles aus mir heraus zu schreien, was mir gerade in den Kopf kommt.

„Falls es dich interessiert, ich bin nicht ewig in der Weltgeschichte herum gegondelt. Ich war in Paris um zu lernen!"

Kyle wirbelt zu mir herum, seine Augen blitzen vor Wut.

„Ich mag ja in der Weltgeschichte herum gegondelt sein, so wie du es ausdrückst, aber im Gegensatz zu dir sitze ich nicht zu Hause herum und weiß nichts mit meiner Zeit anzufangen! Ich habe wenigstens Ziele und Träume, die ich mir verwirkliche!" Autsch – das war eindeutig ein Schlag unter die Gürtellinie. Verdattert stehe ich mitten im Wohnzimmer einer Suite im 'Four Seasons' und starre blind die Tür an die sich eben laut krachend hinter Kyle geschlossen hat.

Ich fühle mich, als hätte mir jemand die Luft aus den Lungen gepresst. Mit offenem Mund lasse ich mich auf den gepolsterten Hocker fallen.
Ich stütze die Ellenbogen auf den Knien ab und lege die Stirn auf meine Hände. Scheiße, er hat so Recht! Was mache ich schon den ganzen Tag? Ich sitze rum und sehe den Menschen in meiner Umgebung dabei zu, wie sie ihre Träume verwirklichen. Das Schlimmste an der Misere ist aber, dass Kyle nun sauer auf mich ist. Das Ganze habe ich mal wieder richtig toll hinbekommen.
Ich springe auf, um nach meinem Handy zu suchen. Aber dann fällt mir ein, dass er ja ins Büro wollte. Da will ich ihn jetzt nicht dazwischen funken. Es wäre auf keinen Fall förderlich für seine Laune, wenn ich ihn bei der Arbeit störe. Da werde ich wohl oder übel bis heute Abend warten müssen. Bis dahin bleibt mir noch jede Menge Zeit – Zeit zum Nachdenken. Aber dazu habe ich keine Lust. Warum immer nur denken und nicht einfach mal handeln? Ich überlege jetzt schon seit meiner Rückkehr darüber nach, wie es mit mir, in beruflicher Hinsicht, weitergehen soll. Jedes Mal komme Ich dabei am selben Punkt an. Nur meine Angst hindert mich daran, endlich den entscheidenden Schritt zu tun.

Ich greife nach meiner Reisetasche und schleife sie hinter mir her ins Schlafzimmer. Dort wühle ich deren ganzen Inhalt heraus und greife mir wahllos Kleidungsstücke, die ich mir schnell anziehe. Den Blick in den Spiegel vermeide ich, denn

ich gleiche gerade einem zerzausten Papagei. An den Trägern meines neonblauen Tanktops blitzt der grüne BH hervor. An den Füßen habe ich je eine schwarze und eine weiße Socke. Die Röhrenjeans ist rot und meine Turnschuhe pink mit gelben Streifen.
Meine Haare lasse ich ungekämmt und binde sie nur zu einem Pferdeschwanz zusammen.
Entschlossen greife ich mir meine Handtasche, werfe das Handy hinein und gehe aus der Suite. Es ist Zeit zum Handeln.
Auf dem Weg nach unten werde ich öfters schräg angeschaut. Dank der verspiegelten Wände im Fahrstuhl sehe ich auch, warum. Mein Zopf sieht aus als hätte ein Vogel darin genistet. Schnell ziehe ich den Zopfhalter heraus und kämme die Strähnen mit meinen Händen grob durch. Mit flinken Fingern flechte ich einen Zopf. Das ist zwar auch nicht optimal, aber immer noch besser als vorher.
In der Lobby führt mich mein erster Weg direkt zur Rezeption. Jetzt, am späten Vormittag, herrscht ziemlich viel Trubel am Empfangstresen. Es ist ein reges Kommen und Gehen. Ungeduldig tippe ich mit dem Fuß auf dem Boden.
Endlich bin ich an der Reihe und ich sehe direkt in das Gesicht der Frau, die uns an unserem Eincheckabend bedient hatte.
„Guten Morgen, Miss. Was kann ich für sie tun?" Kurz entgleiten ihr die Gesichtszüge als sie mich wieder erkennt. Sie versucht eine professionelle Miene aufzusetzen, schafft es aber nicht ganz.
„Ich habe eine kleine Bitte. Können Sie bitte die Rechnung der Suite 508 auf diese Kreditkarte umbuchen?" Ich schiebe ihr meine schwarze American Express hin. Verwirrt sieht sie mich an.
„Tut mir Leid, Miss. Aber das Zimmer wurde von Mister Wallace gebucht."
„Ja und? Er hat es aber nicht bezogen, sondern ich und ich möchte, dass das Zimmer über meine Kreditkarte läuft.", antworte ich ihr bestimmt. Erneut mustert sie mich von oben bis unten.

„Ich glaube nicht, dass Sie sich das leisten können." Langsam, aber sicher, werde ich sauer. Ich halte meine Kreditkarte hoch.

„Sehen Sie die Farbe der Karte? Das ist schwarz und das bedeutet, dass ich es mir leisten kann.", erkläre ich ihr ungehalten. Da ich ein kleines bisschen lauter geworden bin, schauen uns die umstehenden Leute an. Hastig tritt ein Herr mittleren Alters zu meiner persönlichen Lieblingsempfangsdame und flüstert ihr etwas ins Ohr. Daraufhin läuft sie dunkelrot an und geht ein paar Schritte zur Seite.

„Guten Tag, Miss Borough. Ich hoffe Sie haben einen angenehmen Aufenthalt bei uns. Was kann ich für Sie tun?" Er lächelt mich nett an und ich erwidere es.

„Danke, mir gefällt es sehr gut in Ihrem Haus. Ich würde nur gerne die Rechnung der Suite 508 auf meine Kreditkarte umbuchen."

„Aber natürlich, Miss Borough." Immer noch lächelnd nimmt er meine Karte, tippt etwas in den Computer und wenige Augenblicke reicht er sie mir wieder zurück.

„Bitte sehr, Miss Borough. Kann ich noch etwas für Sie tun?"

„Nein Danke. Das war es erst einmal." Ich stecke meine Karte wieder in meine Tasche und gehe. Aus dem Augenwinkel sehe ich, wie der freundliche Herr der Rezeptionistin einen giftigen Blick zuwirft und sie zu sich in ein Hinterzimmer winkt.

Die Straßen draußen sind wie immer gut gefüllt und es herrscht der übliche, wochentägliche Trubel. Die Sonne strahlt hell und heiß vom Himmel. Ich reiche dem Pagen meine Parkkarte. Als er die Nummer darauf liest, funkeln seine Augen erfreut auf und mit beschwingtem Schritt macht er sich auf, um mein Auto zu holen.

Da mich das Sonnenlicht blendet setze ich meine Sonnenbrille auf. Ich muss nicht lange warten und schon steht mein Mercedes vor mir.

„Ein schöner Wagen, Miss." Höflich hält er mir die Fahrertür auf.

„Ich weiß.", grinse ich ihn an und lasse mich in den weichen Ledersitz fallen. Kaum hat sich die Tür geschlossen, fahre ich auch schon los.

Die Straßen von Chicago sind wie immer vollgestopft mit allen möglichen Fahrzeugen und so komme ich nur mühsam voran. Nach nur zehn Minuten stecke ich endgültig im Stau fest. Frustriert schlage ich auf das Lenkrad ein. So ein Mist! Ich habe, bis heute Abend, noch so viel zu tun.

Oh Gott! Ich schlage mir die flache Hand gegen die Stirn. In drei Tagen hat David Geburtstag und ich habe noch keine Idee, was ich ihm schenken kann. Das habe ich völlig vergessen. Naja, da ich gerade eh im Stau stecke, kann ich mir jetzt auch was für ihn einfallen lassen.

Ich synchronisiere mein Handy mit dem Command Online des Mercedes. Ein bisschen auf dem Display herum gedrückt und schon rufe ich Mom an. Nach dem zweiten Klingeln ist sie auch schon dran.

„Spätzchen! Wie geht es dir?" Sie klingt besorgt.

„Mir geht es gut, danke. Ich rufe an, weil ja Davids Geburtstag vor der Tür steht und ich habe keine Ahnung, was ich ihm schenken soll."

„Du bist dieses Jahr sehr spät dran damit."

„Ich weiß. Aber bei dem ganzen Stress…" Ich werde nicht näher darauf eingehen, was ich genau damit meine.

„Hm… es ist immer schwer etwas passendes für deine Brüder zu finden. Sie haben ja eigentlich schon alles und was sie sich wünschen, kaufen sie sich selber. Da bleibt für uns immer sehr wenig Spielraum."

„Naja, vielleicht könnte ich ihm ja eine Torte machen?" Immerhin war und ist die Patisserie meine Passion.

„Oh Spätzchen, das ist eine wundervolle Idee. Du weißt ja, was für ein Leckermäulchen David ist. Außerdem hat er gefragt, ob er in unserem Garten feiern kann." Sie klingt ehrlich erfreut.

„Da kann ich mich in der Küche austoben und muss keinen großen Transport bei der Planung berücksichtigen. Weißt du wie viele Personen kommen werden?"

„So genau wusste er das noch nicht. Vielleicht 20. Aber höchstens 30. Dass ich das noch erleben darf, dass einer meiner Söhne seinen Geburtstag in unserem Garten feiert. Sonst ziehen sie ja immer um die Häuser und saufen, was das Zeug hält." Ich bin ein bisschen über ihre Wortwahl erschrocken. Auch wenn sie den Nagel voll auf den Kopf trifft.

„Molly hat einen guten Einfluss auf ihn."

„Oh ja. Genauso, wie Lisa auf Richard. Ich sag dir dann Bescheid, wenn ich eine genaue Personenzahl habe."

„Danke Mom."

„Hast du schon mit deinem Vater und deinen Brüdern gesprochen?" Ihr Tonfall ist ernst geworden. Leise seufze ich auf. Eigentlich hätte ich es mir denken können, dass sie nachhaken würde.

„Richard war gestern bei mir im Hotel. Mit Dad und David will ich gleich noch reden."

„Rich war bei dir?" Mom ist richtig überrascht.

„Ähm... Ja. Hat er dir das nicht erzählt?" Ich hatte meinen Mercedes darauf verwettet das er es ihr gesagt hätte.

„Nein."

„Er stand gestern Morgen plötzlich vor der Tür. Wir haben uns angeschrien und uns am Schluss vertragen und geeinigt."

„Ihr habt eure Differenzen schon immer so geklärt. Erst brüllt ihr euch an, als gäbe es kein Morgen mehr und dann herrscht wieder Friede, Freude, Eierkuchen. Aber es ist schön, dass ihr euch ausgesprochen habt." Ich kann sie schniefen hören. Ach, Mommy.

„Mom, ich will noch mit Dad, David und ein paar anderen Leuten telefonieren."

„Ja, ist gut. Bis später."

„Bis dann, Mom." Ich lege auf und atme erst einmal tief durch.

Mein Herz zieht sich immer zusammen, wenn sie weint. Auch wenn es heute Freudentränen waren.
Nachdem ich mich wieder beruhigt habe, rufe ich meinen Vater an.

„Sophie?" Er spricht leise und zögerlich.

„Hi Dad.", sage ich genauso leise.

„Sophie." Er klingt erleichtert.

„Ich glaube es ist an der Zeit zu reden."

„Es tut mir so leid. Ich verspreche dir hoch und heilig, dass ich mich nie wieder einmischen werde. Aber bitte, bitte zieh nicht aus. Bitte!", fleht er.

„Ich werde dir jetzt das Gleiche sagen, wie Richard. Ihr werdet euch ab sofort aus meinem Liebesleben raushalten. Ihr werdet Kyle höflich behandeln und wenn ich es euch ausdrücklich erlaube und auch nur dann, dürft ihr euch in einem gewissen Rahmen einmischen."

„Spätzchen. Bitte sag mir jetzt nur noch, ob du mir verzeihen kannst und bei uns wohnen bleibst." Er klingt erleichtert und gleichzeitig angespannt.

„Ich verzeihe dir. Aber das ist das aller letzte Mal und ja, ich bleibe erst einmal bei euch wohnen."

„Oh Spätzchen." Jetzt ist er richtig erleichtert.

„Dad, tut mir leid, wenn ich dich jetzt aus der Leitung schmeißen muss. Aber ich will noch mit David telefonieren und muss noch ein bisschen was für sein Geburtstagsgeschenk organisieren."

„Ist gut. Aber komm bald nach Hause."

„Ich bleibe noch bis morgen früh im Hotel und dann bin ich wieder bei euch."

„Ich freue mich darauf, dich wieder in die Arme zu schließen. Bis morgen."

„Bye Dad."

Wieder muss ich mich in meinem Sitz zurück lehnen und darauf warten, dass die Flut der Emotionen abebbt.
Ich stehe immer noch an Ort und Stelle und habe mich noch keinen einzigen Millimeter bewegt. Eigentlich könnte man

behaupten, dass ich parke. Hoffentlich schaffe ich alles, was ich mir vorgenommen habe. Seufzend suche ich Davids Nummer heraus. Bei ihm dauert es etwas, bis er ran geht.

„Sophie?" Er spricht fast so leise wie Dad.

„Hi David."

„Redest du wieder mit mir?"

„Sieht ganz danach aus, oder warum sollte ich dich sonst anrufen?"

„Keine Ahnung. Um mir die Hölle heiß zu machen? Oder um mir verbal in den Arsch zu treten?" Das ist typisch David und er zaubert mir damit ein Lächeln auf das Gesicht. Mein Bruder hat immer einen flotten Spruch auf den Lippen.

„Du hörst mir jetzt genau zu. Du und deine Kumpanen haltet euch aus meinem Liebesleben heraus. Das ist jetzt praktisch Sperrgebiet. Ihr werdet Kyle respektieren. Ihr dürft nur dann intervenieren, wenn ich es euch ausdrücklich sage. Verstanden?" Ich hasse es, wenn ich gewisse Dinge mehrmals erzählen muss. In diesem Fall blieb mir aber nichts anderes übrig. Ich hätte ja auch Rich einfach sagen können, dass er es David und Dad berichten soll.

„Aye, Aye, Miss Borough!" Ich kann ihn richtig grinsen hören.

„Gut, dann hätten wir das ja geklärt. Mom hat mir erzählt, du willst deinen Geburtstag im Garten feiern?"

„Genau. Wobei ich dachte, du wüsstest das schon längst."

„Ähm... nein, sorry. Das muss irgendwie an mir vorbei gegangen sein."

„Na bei dem Stress, den du dir gemacht hast."

„Ich..."

„Du denkst immer, ich würde nichts mitbekommen, aber das tue ich. Auch wenn ich meistens meinen Mund halte."

„Wie viele werden denn kommen?"

„Warum?", fragt er mich skeptisch.

„Ich will Mom bei den Vorbereitungen unterstützen." Das ist das Beste, was mir auf die Schnelle eingefallen ist.

„Pech nur, dass ich einen Partyplaner engagiert habe und der wird sich um alles kümmern."

„Aha. Na gut." Mist! Mist! Mist! Der wird sich bestimmt auch um die Geburtstagtorte kümmern und dabei wollte ich die doch machen. Ich werde wohl Mom darauf ansetzen müssen, den Namen des Planers herauszubekommen. Oder ich frage Molly. Genau! Molly wird doch sicher wissen, wen ihr Freund engagiert hat.

„Großer Bruder, ich muss auflegen. Der Verkehr rollt weiter."

„Okay. Bye.", verabschiedet er sich. Endlich komme ich mal ein paar Meter voran. Aber dann stehe ich wieder. Also rufe ich noch Molly an.

„Ja?", meldet sie sich abwesend. Wahrscheinlich habe ich sie gerade bei der Arbeit gestört.

„Hi, hier ist Sophie. Stör ich gerade?"

„Oh Hallo. Nein, tust du nicht." Im Hintergrund rascheln Blätter.

„Das hört sich aber anders an.", bezweifle ich. Arbeitstechnisch ähnelt sie sehr meinem Bruder. Sie ist seit dem Frühjahr in einer Galerie angestellt. Nach ihrem Kunststudium hatte Molly eine kurze Phase der Arbeitslosigkeit.

„Ach was. Ich bereite schon seit heute Morgen die Vernissage für nächste Woche vor. Ich kann mal eine Pause gebrauchen. Hast du mit David gesprochen?"

„Ja, ich hab mit allen Drei geredet. Alles gut soweit. Aber nimm es mir bitte nicht übel, wenn ich das Ganze jetzt nicht noch einmal durchkauen möchte."

„Ist in Ordnung. Warum rufst du dann an?"

„Naja, es geht um Davids Geburtstagsgeschenk."

„Ich bin ganz Ohr."

„Er feiert ja im Garten und da hab ich mir gedacht, ich backe ihm eine Geburtstagtorte."

„Das ist eine tolle Idee. Er hat ja eh schon alles und da passt das."

„Das Problem ist eigentlich, dass er einen Partyplaner engagiert hat und ich wollte dich fragen, ob du weißt, wer es ist. Denn wenn David ein Rundum-sorglos-Paket gebucht hat, dann kümmert sich der Planer auch um die Torte und da möchte ich mich gern mit ihm in Verbindung setzen, um das abzuklären."

„Oh... Ähm... Ja... Warte... Ah... Hier ist es. Er hat einen gewissen James McArthur engagiert."

„McArthur... Der Name sagt mir etwas. Ich werde mich mit ihm in Verbindung setzen und dann sag ich dir Bescheid. Okay?"

„Ja, so machen wir es."

„Fein. Bis dann."

„Wir sehen uns."

Na da bin ich schon mal einen Schritt weiter. Es ist fast so, als würde der Stau merken, dass ich mit meinen Telefonaten soweit durch bin, denn auf einmal läuft der Verkehr wieder fließend. Warum ich jetzt geschlagene 2 Stunden hier rum stand, wird mir wohl niemand sagen können.

Mit wild klopfendem Herzen halte ich vor dem großen Gebäude aus rotem Backstein. Ich wische mir die verschwitzten Hände an der Jeans ab. Das kann ich mir eigentlich sparen, denn sie sind sofort wieder nass. Soll ich es wirklich tun?

Entschlossen öffne ich die Autotür und wie immer werde ich angeglotzt.

Meine Knie zittern als ich die Stufen erklimme. Durch die geöffnete Tür dringen unzählige Stimmen nach draußen. Ich schiebe die Sonnenbrille nach oben in mein Haar, als ich hinein gehe.

Innen begrüßt mich ein Gewirr aus Gängen. Auf meinem Weg zur richtigen Bürotür verlaufe ich mich drei Mal und muss mehrmals jemanden anhalten, um zu fragen, ob ich richtig bin. Inzwischen schlägt mir mein Herz bis zum Hals. Ich klopfe an die schlichte, weiße Holztür.

„Herein!"

Zaghaft öffne ich und betrete ein helles Büro. Hinter einem riesigen Schreibtisch sitzt eine ältere Frau. Ihre grauen Haare sind hoch toupiert. Die Augen sind in einem grellen Blau geschminkt und die Lippen werden von einem kräftigen Rot geziert. Aufmunternd lächelt sie mir entgegen. Beim Näherkommen kann ich erkennen, dass etwas Lippenstift an ihren Schneidezähnen klebt.

Automatisch wische ich mir mit meiner Zunge über die Zähne. Was eigentlich unnötig ist, denn ich bin gänzlich ohne Make up unterwegs.

„Na Schätzchen. Kommen Sie doch näher und setzten Sie sich. Dann erzählen Sie mir was Sie auf dem Herzen haben."

Sie hat eine angenehme Stimme. Ich mag sie auf Anhieb. Das nimmt mir einen Großteil meiner Nervosität und ich lasse mich auf den Stuhl vor ihrem Schreibtisch nieder. Unruhig knete ich meine Finger.

Das Namensschild, welches direkt vor mir an der Schreibtischkante steht, weist sie als Mrs. Williams aus.

„Ich wollte mich darüber informieren, was ich alles benötige, um mich hier zum Studium anzumelden."

„Was wollen Sie denn studieren?" Meine Befangenheit nimmt von Sekunde zu Sekunde mehr ab.

„Betriebswirtschaft."

„Na dann wollen wir mal sehen." Mit flinken Fingern hämmert sie auf die Tastatur ihres Computers ein.

„Wann wollen Sie mit Ihrem Studium, sollten Sie angenommen werden, anfangen?"

„Ähm... zum nächsten Semester?"

„Dann sollten wir uns sputen. Bewerbungsschluss ist am Freitag."

„Das sollte kein Problem sein. Was für Unterlagen muss ich einreichen?"

„Wir benötigen ihre Zeugnisse. Also High School Abschluss und so weiter. Am besten jedes Zeugnis der letzten fünf Jahre. Dann müssen Sie die Formulare ausfüllen. Wenn Sie wollen, können wir das auch gleich zusammen erledigen. Dann müssen Sie nur noch mit Ihren Zeugnissen einen Lebenslauf und ein aktuelles Passfoto einreichen. Falls noch ein Essay oder eine Hausarbeit verlangt wird, würden wir Ihnen das dann in einem separaten Brief mitteilen. Aber meistens kommt gleich das Gespräch."

Gespräch!? Herr im Himmel, hilf! Bei den Vorbereitungen muss mir unbedingt David helfen.

„Sollen wir das Formular gleich zusammen ausfüllen?" Stumm nicke ich. Die Information mit dem Gespräch habe ich noch nicht ganz verdaut.

„Wie ist Ihr voller Name?"

„Sophie Borough."

Mrs. Williams Augen schießen vom Bildschirm zu mir und starren mich an.

„Borough?" Ich nicke.

„Dann sind sie die Schwester von Richard und David Borough?"

„Ja.", erwidere ich skeptisch. Es ist immer verdächtig, wenn die Leute so fragen. Das macht mich argwöhnisch und misstrauisch.

„Gut.", kommt ihr knappe Antwort. Erleichtert stoße ich meinen angehaltenen Atem aus.

Mrs. Williams stellt mir noch eine ganze Reihe andere Fragen. Es dauert fast eine Stunde, bis wir fertig sind. Sie druckt alles noch einmal für mich aus und gibt mir eine Liste, auf der steht, was ich alles einreichen muss.

Als ich zurück zu meinem Auto gehe werfe ich einen Blick auf die Uhr. Himmel, es ist schon fast vier Uhr nachmittags. Wo ist die Zeit hin? Ich beschleunige meinen Schritt. An meinem Mercedes werde ich von den üblichen Gaffern erwartet. Die Neider sind auch nicht weit weg. Wie immer wird hinter vorgehaltener Hand getuschelt und getratscht. Aber ich habe jetzt keine Zeit, um ihnen den verbalen

Stinkefinger zu zeigen. Ich schwinge mich in mein heiß geliebtes Gefährt und düse ab in Richtung 'Four Seasons'.

In der Suite angekommen, durchforste ich meine Klamotten nach etwas Passendem für heute Abend. Wenn ich mich bei Kyle für mein Verhalten entschuldigen will, muss ich auch umwerfend aussehen. Für den Fall, dass er immer noch sauer auf mich ist, kann ich ihn so vielleicht etwas besänftigen. Meine Auswahl an Kleidung ist recht begrenzt. Ich finde dann aber doch noch das Passende für heute Abend. Die beige Hose im Marlene Dietrich Stil und das schwarze Top mit dem tiefen Ausschnitt ist ganz passend. Zum Glück habe ich auch einen Push up BH eingepackt. So kann ich ein umwerfendes Dekolleté zaubern.
Bevor ich mich endgültig in Schale schmeiße, gönne ich mir ein entspannendes Schaumbad.
Eingelullt vom duftenden Wasser, döse ich vor mich hin. Wie Kyle wohl reagieren wird? Ob er überhaupt kommen wird? Ich setze mich kerzengerade auf. Durch den Schwung schwappt das Wasser über den Wannenrand. Aber das kümmert mich jetzt nicht. Ich habe den ganzen Tag noch keinen einzigen Gedanken daran verschwendet, ob er überhaupt kommt.
Schnell wasche ich mich und renne dann zu meinem Handy. Da ich nicht weiß, ob er noch bei seinen Wohnungsbesichtigungen ist, schicke ich ihm eine Nachricht.

Hi Kyle,
bleibt es bei heute Abend? Ich bin noch im Hotel.
Sophie

Da ich keine Ahnung habe, wann er sie lesen wird und ob er überhaupt darauf antworten wird, fahre ich mit meinem Schönheitsprogramm fort. Ich rasiere mir alle relevanten Körperstellen, föhne mein Haar zu sanften, glänzenden Wellen und lege ein dezentes Make up auf.

Pünktlich um fünf vor sieben stehe ich geschniegelt und gestriegelt im Wohnzimmer. Ich könnte vor Nervosität sterben. Denn die Minuten schleichen nur so dahin und ich laufe unruhig auf und ab. Immer wieder schaue ich auf mein Handy, ob er sich nicht doch inzwischen gemeldet hat und ich nur den Nachrichtenton überhört habe. Aber es zeigt mir nichts an.
Sieben Uhr.
Sieben Uhr fünf.
Sieben Uhr zehn.
Sieben Uhr fünfzehn.
Sieben Uhr zwanzig.
Sieben Uhr fünfundzwanzig.
Meine Laune hat ihren Tiefpunkt erreicht. Es ist jetzt gleich 19.30 Uhr und er ist noch nicht da. Also wird er auch nicht mehr kommen. Tränen der Enttäuschung steigen mir in die Augen. Ich lasse die Schultern hängen und schlurfe ins Schlafzimmer, um mir bequemere Sachen anzuziehen.
Ich bin gerade durch die Tür, als es an der Suitetür klopft. Sofort erwachen meine Geister zu neuem Leben und mein Herz pocht schnell in meiner Brust.
Ich haste zur Tür. Ich schließe die Augen und atme tief durch, bevor ich sie öffne.
„Oh mein Gott!"

Ich kann nicht glauben, was ich da sehe. Mein Mund wird schlagartig trocken. Die Wüste Sahara hat im Moment mehr Feuchtigkeit.
Vor mir, auf dem Hotelflur, steht Kyle. Er trägt blank polierte, schwarze Schuhe, einen nachtschwarzen Anzug mit weißem Hemd und Krawatte. In der Hand hält er einen großen Strauß dunkelroter Tulpen – meine Lieblingsblumen.
„Kyle?", flüstere ich atemlos. Ich kann es nicht fassen. Er sieht umwerfend gut aus.
Ein scheues Lächeln bildet sich auf seinen Lippen.

„Darf ich rein kommen?" Wortlos trete ich beiseite und lasse ihn durch. Im Vorbeigehen weht mir der Duft seines Aftershaves entgegen. Er muss sich schon vor einer Weile rasiert haben, denn es hat seinen beißenden Geruch verloren. Es hat sich mit seinem natürlichen Duft vermischt. Prompt werde ich feucht.

In der Anzugshose kommt sein Hintern vorzüglich zur Geltung. Es juckt mir regelrecht in den Fingern, meine Hand auszustrecken und zuzupacken.

Das Jackett umspannt seine breiten Schultern. Wohlig seufze ich auf. Ich merke, dass ich immer noch die geöffnete Tür aufhalte. Schnell schließe ich sie. Als ich mich umdrehe, steht Kyle direkt vor mir. Ich kann seinen warmen Atem auf meinem Gesicht spüren.

„Es tut mir leid." Er spricht leise und kleinlaut. Dabei sieht er mich wie ein kleiner Junge an, der Mamas Lieblingsvase zerdeppert hat. Ich schüttle den Kopf und sofort tritt ein panischer Ausdruck in seine Augen.

„Nein, du musst dich nicht entschuldigen. Es war alles meine Schuld und ich muss mich bei dir entschuldigen.", erkläre ich ihm hastig. Der panische Ausdruck verschwindet und wird durch einen lüsternen ersetzt.

„Du siehst heiß aus.", raunt er mir zu. Das hatte ich ja auch beabsichtigt.

„Du auch.", hauche ich zurück. „Sind die Blumen für mich?" Ich deute auf den Tulpenstrauß. Kyle hebt ihn an und ich muss einen Schritt zurück treten, damit er nicht zwischen uns zerquetscht wird.

„Als Entschuldigung für mein Verhalten heute Morgen." Lächelnd nehme ich ihm die Tulpen ab. Auf der Anrichte steht ein Strauß mit stark duftenden Lilien. Kurzerhand nehme ich sie und werfe sie in den Papierkorb.

„Woher weißt du, dass ich Tulpen mag?", frage ich ihn während ich das Wasser erneuere.

„Ein oder zwei Vögelchen haben es mir gezwitschert." Na da kann ich mir denken, welche es waren – Molly und Lisa.

Die schwere Bleiglasvase kommt mit den dunklen Tulpen viel besser zur Geltung, als mit den weißen Lilien. Schnell kritzle ich der Putzkolonne eine Nachricht, dass sie ja ihre Finger von meinem Strauß lassen sollen und lehne sie gegen die Vase.

Ich spüre, wie Kyle hinter mich tritt. Sanft schiebt er mir das Haar aus dem Nacken und haucht zärtliche Küsse auf die Haut. Ich bekomme am ganzen Körper eine Gänsehaut. In meinem Schritt beginnt es, vor Verlangen zu pochen. Der Mann weiß einfach, welche Knöpfe er bei mir zu drücken hat.

Seine Hände liegen auf meinen Hüften. Sacht dreht er mich um. Meine Arme finden den Weg allein um seinen Hals. Hungrig treffen sich unsere Lippen. Seine weiche Zunge streicht über meine Unterlippe und bettelt um Einlass, den ich ihr gewähre. Zaghaft treffen sich die Zungenspitzen. Die kleine Berührung durchzuckt meinen ganzen Körper.

Leidenschaftlich küssen wir uns und wollen den Morgen vergessen machen. Schwer atmend löse ich mich von ihm.

„Warte, ich muss dir noch etwas sagen." Kyle brummt irgendetwas Unverständliches und wendet sich meinem Hals zu. Himmel! Meine Unterleibsmuskulatur zuckt und zieht sich vor Verlangen zusammen.

Ich stemme meine Hände gegen seine Brust und schiebe ihn von mir fort. Seufzend lässt er den Kopf hängen. Mein Kyle! Sanft streiche ich ihm durch die dichten Haare.

Ich gehe an ihm vorbei zum Tisch und nehme die Uniunterlagen zur Hand. Meine Nervosität steigert sich weiter. Seine Meinung ist mir wichtig.

Scheu drehe ich mich wieder um und halte ihm stumm die Mappe entgegen. Das Logo der University of Chicago prangt darauf. Fragend sieht er mich an, als er danach greift. Unruhig trete ich von einem Fuß auf den anderen. Der Teppich dämpft das Geräusch meiner High Heels.

Kyles Gesichtsausdruck wandelt sich von fragend zu überrascht und dann zu einem freudigen Grinsen.

„Du willst studieren?" Er hört sich ein wenig ungläubig an. Schmollend ziehe ich eine Schnute.

„Ja."

Lachend zieht er mich in seine Arme und küsst mir die Schläfe.

„Oh, meine Sophie."

„Na ja, unser kleiner Streit hat mir endlich die Augen geöffnet und darum – Danke." Ich küsse ihn kurz.

„Das ist toll, Süße." Er hebt die Mappe hoch.

„Ja. Aber ich muss mich damit beeilen. Denn am Freitag ist Bewerbungsschluss."

„Wenn ich dir helfen soll, sag Bescheid."

„Danke. Aber das muss ich alleine schaffen."

„Musst du nicht." Er hat schon Recht. Ich will immer alles alleine schaffen, aber eigentlich muss ich das gar nicht.

„Also gut. Ich versuche es allein und wenn ich es nicht schaffe, dann bitte ich dich um Hilfe. Okay?"

„In Ordnung, meine Süße." Er drückt mich sanft an sich.

„Warum bist du so schick angezogen?" Ich trete einen Schritt zurück und lasse meinen Blick lasziv über seinen Körper wandern.

„Wir waren doch heute Abend verabredet, oder etwa nicht?"

„Ich dachte, du kommst nicht mehr.", sage ich leise.

„Ich steckte im Stau fest und es hat ewig gedauert, bis ich einen Blumenladen gefunden hatte, der diese dunkelroten Tulpen hat."

„Ist zwischen dir und deiner Familie wieder alles in Ordnung?"

„Mit Rich hatte ich mich ja gestern schon ausgesprochen. Mit Dad und David habe ich das heute getan."

„Wirst du wieder bei deinen Eltern einziehen?"

„Ja, erst einmal. Aber wenn es mit dem Studium klappen sollte, dann werde ich mir eine Wohnung in Campusnähe suchen. Wo willst du mit mir hin?", ändere ich abrupt das Thema.

„Lass dich überraschen."

„Oh, ich liebe Überraschungen – aber nur gute."
Zur Antwort bekomme ich ein breites Grinsen und einen Kuss.
„Na los. Schnapp dir deine Jacke."
Ich ziehe mir den kurzen, schwarzen Blazer über und gemeinsam verlassen wir die Suite.

Kyle reicht vor dem Hotel dem Pagen seine Parkkarte und kurze Zeit später fährt ein schwarzer Audi RS5 vor.
„Schicker Wagen.", entschlüpft es mir und Kyle grinst mich breit an.
„Der Gute stand jetzt eine ganze Weile in der Garage. Gestern Morgen ist er endlich hier in Chicago angekommen. Endlich bin ich wieder mobiler. Ich hasse es, mit der U-Bahn fahren zu müssen."
Vor mir steht wieder der kleine Junge, der zärtlich das Dach seines Wagens streichelt. Das Lächeln kann ich mir nicht verkneifen.
Der Page hält mir die Beifahrertür auf, damit ich einsteigen kann.
„Seit wann hast du den Audi?", frage ich Kyle, als wir losgefahren sind.
„Er wird seit April 2010 gebaut und im Mai stand er dann in der Garage bei meinen Eltern. Sie haben ihn mir nachträglich zum Abschluss geschenkt."
„Wie bist du auf einen RS5 gekommen?"
Kyle wirft mir einen erstaunten Blick zu.
„Ich kenne mich ein bisschen mit Autos aus. Falls du es vergessen hast, ich bin mit zwei autoverrückten Brüdern groß geworden."
„Wir waren im Skiurlaub in der Schweiz. Dad und ich hatten einen Männerausflug zum Genfer Autosalon gemacht, während Mom und Kerry sich die Zeit mit Wellness vertrieben haben. Jedenfalls stand er dann da und ich habe mich sofort verliebt. Dad hat es mitbekommen und zum Glück nicht lange gefackelt und einen bestellt."
„Warum konntest du ihn jetzt nicht länger fahren?"

„Ich habe ja auch in New York studiert und als ich nach Europa bin, hab ich ihn dort gelassen und jetzt ist er endlich nach Chicago nachgekommen. Es ist schön, wieder zu Hause zu sein und ich kann ihn endlich wieder fahren."
Ich grinse in mich hinein und lasse Kyle die Fahrt genießen.

Aufgeregt beobachte ich die vorbeiziehende Landschaft. Ich bin gespannt, wohin er mit mir will. Wir fahren schweigend durch die Stadt. Die Sonne geht gerade unter und taucht alles in ein orangenes Licht. Schließlich halten wir auf einem Parkplatz an.
Als ich aussteige, weht mir eine kühle Brise um die Nase. Wir befinden uns am Jackson Park Beach.
„Du willst mit mir zum Strand?"
„Ganz genau."
Er kommt um den Audi herum und schiebt seine Finger zwischen meine. Die Sonne ist fast komplett untergangen. Der Strand ist weitestgehend leer – bis auf einen roten Teppich, der zu einer kleinen Plattform in der Mitte des Strandes führt. Rund herum sind Fackeln in den Sand gesteckt und spenden ein romantisches Licht.
Kyle zieht mich auf das Ensemble zu. Ich kann erkennen, dass auf der Plattform ein Tisch mit zwei Stühlen steht. Fragend sehe ich ihn an.
„Überraschung." Kyle grinst mich schief an.
Ich bin sprachlos. Wann hat er das organisiert? Das ist das Romantischste, was jemals jemand für mich getan hat. Dankbar drücke ich seine Hand.
Wir gehen über den Teppich auf den Tisch zu. Ganz Gentleman zieht er mir den Stuhl zurück.
Auf dem Tisch stehen zwei Gedecke und mehrere Gläser. Kyle nimmt mir gegenüber Platz. Er greift meine Hand. Deutlich zeichnen sie sich auf der weißen Tischdecke ab.
Vom Wasser her weht eine leichte Brise. Die Wellen rauschen leise an den Strand.

Ich sehe meinen Traummann an und wieder schießt mir durch den Kopf, dass er einer griechischen Gottheit gleicht.

Unhörbar tritt ein Kellner an unseren Tisch. Ich zucke vor Schreck zusammen. Woher ist der denn plötzlich gekommen?

„Guten Abend, Miss Borough. Guten Abend, Mister Wallace.", begrüßt er uns, ganz so, als würden wir in einem teuren Restaurant sitzen. Er entzündet die schlanke, weiße Kerze und schenkt uns Rotwein ein. So lautlos wie er gekommen ist, verschwindet er auch wieder. Die Flamme tanzt lustig im Wind hin und her.

„Auf uns Beide." Kyle hebt sein Glas und wir stoßen miteinander an. Der Wein schmeckt einfach köstlich. Er ist lieblich, aber nicht zu süß und schmeckt nach reifen Trauben.

Kaum stehen die Gläser wieder auf dem Tisch, ist der Kellner auch schon wieder da und bringt uns die Vorspeise. Mein Magen knurrt verlangend. Außerdem sieht der Rucola Salat sehr lecker aus. Hoffentlich schmeckt er auch so. Nach dem ersten Bissen habe ich die Gewissheit, dass es so ist.

„Wann hast du das alles organisiert?" Ich bin einfach zu neugierig.

„Als ich heute im Büro war."

„Wow, Hut ab. Es ist einfach herrlich hier."

„Freut mich, dass es dir gefällt."

„Wie liefen deine Termine heute?"

„Die eine Wohnung wäre passend, aber es gibt noch andere Bewerber. Die anderen beiden waren nichts. Ich will jetzt keine riesige Wohnung haben, aber in einem Kleiderschrank will ich nun auch nicht unbedingt leben müssen. Bei der Dritten bestand die beschriebene Wohnung aus einem direkten Blick auf die Mülltonnen einen Supermarktes."

„Ich drück dir die Daumen, dass du das Passende findest."

Die Teller werden abgeräumt und der Hauptgang serviert. In das zarte Rinderfilet könnte ich mich reinlegen.

„Schmeckt's?", fragt mich Kyle, nachdem er mir eine Weile beim Kauen und Genießen zugesehen hat.

Versonnen blicke ich ihn an. Da mein Mund zu voll ist, begnüge ich mich mit einem kurzen Nicken.

„Danke, Kyle." Ich liebe einfach gutes Essen.

„Gern geschehen."

Zum Dessert gibt es eine Panne Cotta mit Himbeeren.

„Willst du noch einen Kaffee?"

„Gern."

Kyle hebt seine Hand und schon stehen zwei Tassen vor uns. Ich habe mich schon verstohlen umgesehen. Aber ich kann nicht entdecken, woher das wunderbare Dinner kommt. Er nimmt meine Hand und streichelt mit seinem Daumen über die Fingerknöchel. Die Haut prickelt unter seiner Berührung. Sein Blick ist so intensiv, dass ich unruhig auf meinen Stuhl hin und her rutsche. Er grinst mich einfach nur an. Anscheinend war das die Reaktion, die er sich erhofft hat.

„Erzähl mir von deiner Kindheit.", fordert er mich auf.

„Da gibt es nicht viel zu erzählen. Eigentlich bin ich recht behütet aufgewachsen. Wenn meine Eltern gerade nicht auf mich aufpassen konnten, haben das Richard und David übernommen."

„Rich ist der Älteste von euch, oder?"

„Genau. Aber David benimmt sich deswegen nicht weniger beschützerisch, wie ich erst vor Kurzen erfahren durfte. Ich hatte nie ein Kindermädchen. Mom und Dad haben mich dazu erzogen, Geld wertzuschätzen. Dennoch bin ich auf einer Privatschule gewesen. Und wie war es bei dir?"

„Hm... Ich wurde geboren, mit 4 wurde ich der große Bruder, bin groß geworden, hab meine Schwester genervt, bin zur Schule gegangen, hab dort Football gespielt, nach der High School bin ich zur Uni und hab Betriebswirtschaft studiert, hab mir dann ein halbes Jahr Auszeit gegönnt und bin herum gereist und jetzt bin ich wieder in meiner Heimatstadt und arbeite in der Firma meines Dads."

„Hast du ein gutes Verhältnis zu deiner Schwester?"

„Eigentlich schon. Als Teenager hat sie mich in den Wahnsinn getrieben. Ständig waren meine Freunde hinter ihr her und ich hatte meine liebe Mühe, das Schlimmste zu verhindern. Du siehst, ich kann deine Brüder wirklich gut verstehen. Es ist nicht leicht, ein großer Bruder zu sein."
„Es ist aber auch nicht leicht, eine kleine Schwester zu sein. Du sagtest deine *waren* hinter ihr her."
„Das sind sie wahrscheinlich immer noch. Aber sie ist 19 und alt genug, ihre eigenen Fehler zu machen. Versteh mich nicht falsch. Ich bin immer für Kerry da, wenn was ist. Aber vieles will ich auch gar nicht wissen. Da hätte ich keine ruhige Minute mehr."
Wir lächeln uns an und sehen uns dabei tief in die Augen. Wieder rutsche ich unruhig herum. Schnell trinken wir unseren Kaffee.
Kyle nimmt meine Hand und im Schein der Fackeln gehen wir zurück zu seinem Auto. Ich versuche mit ihm Schritt zu halten. Was gar nicht so einfach ist, wenn man mit High Heels über Sand läuft.

Der Parkplatz ist inzwischen verwaist. Nur noch Kyles Auto steht allein unter einer Laterne. Er packt mich an der Taille und wirbelt mich herum. Mit seinem Körper presst er mich gegen die kühle Karosserie des Audis. Sofort liegen seine Lippen auf meinen. Gierig plündert seine Zunge meinen Mund. Ich kann seine Hände überall auf meinem Körper spüren. Meine sind aber auch nicht untätig. Kyle drückt sich fest gegen mich und lässt mich seine Erektion spüren. Durch die Anzugshose sogar noch deutlicher, als wenn er eine Jeans tragen würde.
Schwungvoll reißt er die Beifahrertür auf, lässt sich in das weiche schwarze Leder fallen und zieht mich auf seinen Schoß. Lustvoll stöhne ich auf. Die Tür bleibt offen stehen, denn mein linkes Bein ist immer noch außerhalb. Außerdem feuert die Gefahr des Entdeckt Werdens unsere Leidenschaft noch

weiter an. Sein Mund bahnt sich einen Weg zu meinem Ohr. Er hinterlässt eine prickelnde Spur.

Kräftig massieren seine Hände meine Brüste. Ich biege mich nach hinten, so dass ich mit dem Rücken auf dem Armaturenbrett zum Liegen komme. Ich halte mich an seinen angespannten Oberarmen fest.

Ich richte mich etwas auf, um Kyle sein Jackett auszuziehen. Es ist ein wenig umständlich. Im Auto haben wir nicht so den Freiraum. Aber ich schaffe es und schmeiße sie auf die Rückbank. Unser Atem kommt nur noch stoßweise und in einem unregelmäßigen Rhythmus. Immer wieder stöhnt von uns einer auf. Vor allem, als ich mich wieder zurück beuge und meine Weiblichkeit gegen sein Härte drückt.

Kyles Mund attackiert meine Brust. Er zieht mir das Top aus und saugt die harten Brustwarzen durch den feinen Stoff des BHs hindurch in seinen Mund.

Mit fahrigen Fingern löse ich seine Krawatte und die Knöpfe seines Hemdes. Das ist gar nicht so einfach. Denn meine Finger zittern vor Vorfreude.

Sacht bläst er auf meine Brustwarzen. Der kühlende Effekt wird durch den nassen Stoff, der an ihnen klebt, noch verstärkt. Kyle beginnt damit an meiner Hose herum zu nesteln. Verdammt, warum habe ich kein Kleid oder einen Rock angezogen?

Ich klettere von seinem Schoß herunter und aus dem Wagen. Hastig schaue ich mich um, ob wir wirklich alleine sind. Aber es ist keine Menschenseele zu sehen.

Bis auf meinen abgehakten Atem und das Rauschen der Wellen, ist alles ruhig. Schnell öffne ich meine Hose und ziehe sie, zusammen mit meinen Tanga, aus. Die Sachen reiche ich Kyle, damit er sie zu seinem Jackett legen kann.

Ich lasse mich wieder auf seinem Schoß nieder und öffne den Reißverschluss seiner Hose.

Wie ein Kastenteufel springt mir sein Penis entgegen. Hat er keine Boxershorts an? Ist ja jetzt auch egal. Hauptsache das Objekt meiner Begierde ist frei gelegt.

Erregt lasse ich meine Finger über seinen Schaft auf und ab gleiten. Ihm stockt der Atem.
Kyle wühlt ein Kondom aus seiner Hosentasche und reicht es mir. Schnell reiße ich die Verpackung auf und rolle es über seine Erektion. Genussvoll schließt er seine Augen. Er packt mich an der Hüfte und hebt mich ein wenig an. Gleichzeitig rutscht er einen Stück nach unten. Langsam senke ich mich herab und nehme ihn in mir auf. Laut stöhnen wir auf. Ich verharre kurz in der Position und genieße das köstliche Gefühl, ihn so tief in mir zu spüren. Vorsichtig beginne ich, mich zu bewegen. Aber ich werde schnell ungeduldig und schneller. Wir stöhnen beide ungehemmt auf. Ich muss meinen Fuß auf dem Asphalt abstützen, um mich besser auf und ab bewegen zu können.
„Oh Sophie, du fühlst dich so unbeschreiblich gut an.", stößt er stöhnend hervor.
Wir werden immer lauter. Ich schreie schon fast. Ich spüre, wie Kyles Muskeln beginnen, zu zittern. Er steht kurz vor seinem Orgasmus. Er hält sich nur meinetwegen zurück.
„Lass los.", flüstere ich ihm atemlos ins Ohr. Er lässt los, genau im selben Moment wie ich. Gemeinsam springen wir über die Klippe. Ich breche auf ihm zusammen, unfähig mich zu bewegen.

„Ich weiß nicht, ob dir das klar ist. Aber wir hatten gerade hemmungslosen Sex auf einem öffentlichen Parkplatz und die Tür steht immer noch sperrangelweit offen.", brummt er an meinem Haar. Ich spüre den kalten Lufthauch an meinem nackten Hintern. Er lässt mich zittern.
„Komm, wir sollten uns anziehen."
„Mmh…", gebe ich schlaff zurück. Warum muss guter Sex einen immer so müde machen? Kyle schiebt mich von sich herunter und dreht mich dabei, so dass ich auf dem Beifahrersitz lande. Er selber steht neben dem Auto. Das Leder ist weich, warm und duftet nach Sex und Kyle. Ich kann hören, wie er seinen Reißverschluss schließt. Ich sehe nur die

Bewegungen seiner Arme, aber es sieht so aus, als würde er das Hemd zuknöpfen. Er macht sich nicht die Mühe, es wieder in die Hose zu stecken. Kyle lässt es einfach heraus hängen.
Obwohl wir gerade Sex hatten, ziehen sich meine Muskeln schon wieder vor Verlangen zusammen.
Kyle öffnet den Kofferraum, kramt etwas hervor und knallt dann die Klappe wieder zu.
Ich bin total erledigt. Er geht neben mir in die Hocke, ist mir behilflich, mich anzuziehen. Beim Anziehen des Tangas verweilen seine Hände etwas länger in meinem Schritt. Scharf sauge ich die Luft ein. Auf seinem Gesicht breitet sich ein Grinsen aus.
Als ich wieder alles an habe, knallt er die Beifahrertür zu und schwingt sich selber hinter das Lenkrad. Bevor er den Motor startet, gibt er mir einen innigen Kuss. Ich könnte diesen Mann immer und ewig küssen. Leider löst er sich viel zu schnell wieder von mir und lässt den Motor an und wir machen uns auf den Rückweg zum 'Four Season'.

Die Türen des Audis werden wieder vom gleichen Pagen aufgerissen, der sie wenige Stunden zuvor geschlossen hatte. Steifbeinig steige ich aus. So verführerisch, wie sich Sex im Auto auch anhört, wirklich bequem ist es nicht. Es ist eher etwas für die schnellen Nummern.
Kyle kommt um den Wagen herum geschlendert. Das Hemd hängt ihm immer noch über der Hose und in der Hand hält er das Jackett und die Krawatte. Seine freie Linke hält er mir hin. Ich ergreife sie.
„Ich hoffe, dir hat der Abend gefallen?", flüstert er. Der Page steht unschlüssig neben seinem Wagen. Auch hat Kyle noch kein Parkticket.
„Ja, es war wundervoll. Vor allem das Dessert nach dem Dessert war vorzüglich." Anzüglich grinse ich ihn an. Das Auto steht immer noch an Ort und Stelle. Verwirrt sehe ich Kyle an.
„Warum steht dein Wagen noch da?"

„Weil ich keine Ahnung habe, ob der Abend jetzt hier beendet ist, oder nicht." Allmählich dämmert es bei mir.

„Willst du noch mit rauf kommen?" Ich beiße mir leicht auf die Unterlippe und sehe aus halb gesenkten Lidern zu ihm auf. Kyle dreht sie kurz um und gibt dem Pagen ein kurzes Zeichen. Woraufhin dieser in den Audi springt, um ihn endlich zu parken.

Hand in Hand betreten wir das Hotel. Kaum sind wir durch die Türen, als auch schon der ältere Herr von heute Morgen auf uns zukommt. Er sieht sehr aufgeregt und auch ein bisschen aufgelöst aus.

„Miss Borough, gut das sie da sind. Es tut mir außerordentlich leid und wir können uns nicht erklären, wie das passieren konnte." Seine Stimme wird bei jedem Wort eine Oktave höher.

Kapitel 13
Das erste Date mit bösem Ende

Verwirrt sehe ich Kyle an. Aber er scheint auch nicht wirklich schlauer als ich zu sein. Der Hotelangestellte tritt unbehaglich von einem Fuß auf den anderen. Dicke Schweißtropfen laufen an seinen Schläfen hinab.

„Wenn Sie mir jetzt noch erklären würden, was Ihnen Leid tut, wäre ich Ihnen sehr dankbar." Ich bin ein bisschen um seine Gesundheit besorgt. Seine auffällig rote Gesichtsfarbe hat sich ins Grünliche gewandelt.

„In Ihr Zimmer wurde eingebrochen.", stößt er atemlos hervor.

Ich merke, wie meinem Gesicht jegliche Farbe abhandenkommt. Neben mir versteift sich Kyle.

„Eingebrochen? Wie ist das möglich?" Ich bin fassungslos.

„Wurde schon die Polizei verständigt?", wendet sich Kyle an den Rezeptionisten.

„Ja Sir, sie wurde sofort gerufen, als wir den Einbruch bemerkten." Er wischt sich mit einem Tuch über die nasse Stirn. „Die Polizei möchte gern noch wissen, was alles gestohlen wurde. Selbstverständlich wird die Versicherung unseres Hauses für den entstandenen Schaden aufkommen."

„Kann ich das Zimmer sehen?"

„Natürlich Miss Borough. Die Herren der Spurensicherung sind noch vor Ort." Der Hotelangestellte geht uns aus dem Weg.

Während wir mit dem Aufzug nach oben fahren, spricht keiner von uns ein Wort. Krampfhaft umklammere ich Kyles Hand. Ab und zu wirft er mir einen besorgten Blick zu. Wer macht nur so etwas?

Mit einem leisen Kling öffnen sich die Türen. Im Flur ist es ruhig. Aber man kann von weitem die geöffnete Tür zu der Suite erkennen. Mit wild schlagendem Herzen gehe ich darauf zu.

Fassungslos sehe ich in das Innere der gemieteten Räume. Es herrscht ein heilloses Durcheinander. Stühle wurden umgeworfen, die Schubladen der Schränke und Kommoden wurden brutal heraus gezerrt, ihr Inhalt auf den Boden gekippt, um sie dann fallen zu lassen. Die Vase mit meinen schönen Tulpen liegt in Scherben. Der Teppich ist vom Wasser durchtränkt. Die zarten Blüten sind zertrampelt. Meine Hände beginnen zu zittern.

Aus dem Schlafzimmer kommt ein Mann im weißen Schutzanzug. In den Händen hält er eine kleine Metalldose und Pinsel. Er bleibt stehen, als er mich entdeckt.

„Kann ich Ihnen helfen?", fragt er mit freundlicher Stimme. Kyle steht hinter mir und streichelt beruhigend meine Oberarme. Ich kann dem Spurensicherer nicht antworten.

Meine Stimme hat ihren Dienst quittiert. Also übernimmt es Kyle.

„Sie ist Sophie Borough. Das ist ihre Suite." Ich taste nach seiner Hand und halte mich daran fest. Auch wenn die Armhaltung nicht sehr bequem ist.

„Ah. Gut. Ich bin Alan McCormick von der Spurensicherung. Mit dem Wohnbereich und Arbeitszimmer sind wir fertig. Die können Sie betreten und auch Dinge anfassen. Mein Kollege Sam Nichols ist noch mit dem Badezimmer und dem Schlafzimmer beschäftigt. Da dürfen Sie leider noch nicht rein."

„Haben Sie schon etwas Relevantes gefunden?", fragt Kyle ihn.

„Das können wir erst sagen, wenn wir alles Spuren ausgewertet haben. Darum wäre es auch gut, wenn Sie morgen mal auf dem Revier vorbei schauen würden, damit wir Ihre Fingerabdrücke von denen eines möglichen Täters unterscheiden können."

„Können Sie das nicht gleich machen? Dann haben wir es hinter uns." Meine Stimme ist zwar leise. Zum Glück aber wieder da.

„Natürlich, gern. Je eher, desto besser für die Tätersuche." Mr. McCormick verstaut seine Utensilien in einem großen Metallkoffer und sucht alles nötige zusammen, um unsere Fingerabdrücke zu nehmen. Die Prozedur geht sehr schnell. Gerade als wir fertig sind, gesellt sich Mr. Nichols zu uns und erklärt, dass auch Schlafzimmer und Badezimmer betreten werden dürfen. So können wir wenigstens unsere Hände waschen.

Ich fühle mich wie betäubt. Das schlimmste Gefühl ist noch nicht einmal, dass ich beraubt wurde, es ist das Wissen das irgendjemand in meinen Privatsachen herum gewühlt hat. Besorgt zieht mich Kyle in seine Arme.

„Du kannst gern bei mir und meiner Schwester übernachten." Ich bin ihm dankbar für dieses Angebot, schlage es aber aus.

„Danke. Aber nimm es mir bitte nicht übel, wenn ich ablehne. Ich will zu meiner Familie."

„Schon gut. Das verstehe ich."

Ich löse mich aus seiner Umarmung und nehme erst jetzt das ganze Ausmaß der Verwüstung wahr. Zwischen all den Sachen liegt die gesamte Blumenerde verstreut und selbst die Vorhänge wurden halb herunter gerissen.

Ich gehe zum Arbeitszimmer und spähe hinein. Auch hier bietet sich mir das gleiche Bild. Im Schlafzimmer scheint das Chaos am Schlimmsten zu sein. Die Kissen und Decken wurden aufgeschlitzt. Ich mache nur einen Schritt in den Raum und schon wirbeln die Federn auf. Meine Sachen wurden im ganzen Raum verteilt.

Die Badezimmertür steht offen. Der Inhalt meines Kosmetikbeutels wurde ins Waschbecken geschüttet. Der Duft meines Parfums weht uns schwer und süß entgegen. Wahrscheinlich wurde der Flakon zerbrochen.

Mein Blick fällt auf meine High Heels, die ich vor zwei Tagen zum Abendessen getragen habe. Einer der Absätze ist abgebrochen. Der Anblick meines Lieblingsschuhs, der so schändlich misshandelt wurde, entfacht meine Wut.

„Wer auch immer dieses Schwein war, er wird büßen!", quetsche ich hervor. Kyle atmet erleichtert aus.

„Gott sei Dank, bist du wieder die alte Sophie." Ich bücke mich und hebe den Schuh auf.

„Diese kleine Mistmade hat mir meinen Lieblingsschuh ruiniert!", schreie ich und pfeffere den High Heel durchs Zimmer. Krachend prallt er von der Wand ab und fällt zu Boden. Außer mir vor Wut hebe ich wahllos Dinge auf und werfe sie durch die Gegend.

Kyle hat sich im Wohnzimmer in Sicherheit gebracht und wartet darauf, dass ich mich wieder beruhige. Als es wieder ruhig ist, steck er vorsichtig seinen Kopf durch die Tür.

„Alles in Ordnung? Oder laufe ich Gefahr, irgendwas an den Kopf zu bekommen?" Wie er so da steht – den Körper hinter der Türzarge verbogen und den Kopf so haltend, dass er ihn jederzeit zurückziehen kann, bringt mich zum Lachen. Was gar nicht so einfach ist, wenn man völlig außer Atem ist.
Kyle guckt mich an, als hätte ich nun vollständig meinen Verstand verloren. Keuchend wische ich mir die Lachtränen von den Wangen. Ich nehme sein Gesicht zwischen meine Hände und gebe ihm einen liebevollen Kuss.
„Ja, jetzt ist alles gut. Lass uns gehen. Ich will nicht hier bleiben."
„Was ist mit deinen Sachen? Willst du nicht einmal gucken, ob etwas fehlt?" Ich schaue mich im Wohnzimmer um und überlege, was fehlen könnte. Handy und Geldbörse hatte ich heute Abend in meiner Handtasche dabei. Genauso wie die Schlüssel zum Haus meiner Eltern und zu meinem Mercedes.
Mein Laptop! Meine Unterlagen! Ich sehe mich hastig um. Unter der Couch lugt der Gurt der Laptoptasche hervor. Ich falle auf die Knie und angle mit zitternden Fingern nach ihr. Erleichtert stelle ich fest, dass er noch da ist, als ich sie geöffnet habe.
„Der Laptop und damit mein halbes Leben, ist da. Weißt du wohin ich die Uniunterlagen gelegt hatte?"
„Ich glaube die waren auf der Anrichte, neben den Blumen." Mein Blick huscht hinüber und tatsächlich, da liegen sie. Völlig durchnässt vom Wasser aus der Vase. Ich krieche hinüber und nehme die tropfenden Blätter in die Hand. Seufzend atme ich aus.
„Nur gut, dass das Formular schon ausgefüllt in der Uni ist. Den Rest können wir trocknen. Es sind dann zwar keine schönen Blätter mehr, aber ich werde es noch lesen können." Kyle reicht mir ein Handtuch. Keine Ahnung, wann er im Bad war. Gemeinsam tupfen wird sie trocken.

Aus der Suite nehme ich nur meinen Laptop und die Uniunterlagen mit. Kaum hat sich die Fahrstuhltür in der

Lobby geöffnet, stürzt der Empfangsmitarbeiter wieder auf uns zu.

„Miss Borough, darf ich Ihnen eine andere Suite anbieten? Es versteht sich natürlich von selbst, dass Sie nichts für Ihren Aufenthalt bei uns bezahlen müssen." Schon wieder stehen ihm die Schweißperlen auf der Stirn.

„Nein Danke. Ich möchte gern noch heute Abend auschecken. Wenn das möglich ist."

„Natürlich, Miss Borough. Könnten Sie uns bitte noch mitteilen, welcher Schaden an Ihren persönlichen Dingen entstanden ist?"

„Ich kann es noch nicht ganz beziffern. Aber es dürfte in etwa dreitausend Dollar sein. Ich werde Ihnen die Rechnungen der einzelnen Posten übermitteln."

„Natürlich, Miss Borough. Das wäre sehr nett. Darf ich Ihnen noch einmal mein Bedauern über diesen Vorfall aussprechen?"

„Ist schon in Ordnung. Sie können ja nichts dafür.", versuche ich ihn zu beruhigen. Es scheint aber nicht wirklich zu helfen. Er bedeutet mir, ihm kurz zum Empfangstresen zu folgen. Dort schiebt er mir einen Zettel hin, welchen ich unterschreibe und daraufhin ihm die Schlüsselkarte der Suite überreiche.

Bevor wir gehen, zieht mich Kyle in seine Arme und drückt mich fest an sich.

„Ist wirklich alles in Ordnung? Du warst vorhin schon sehr getroffen." Sanft streichelt er über meinen Rücken.

„Ja, es ist wirklich in Ordnung. Die wichtigsten Dinge habe ich bei mir. Die Klamotten können ersetzt werden. Ich bin halt nur wütend. Aber sonst ist alles gut."

„Soll ich dich nach Hause bringen?"

„Ich habe mein Auto hier." Sacht lächle ich ihn an. Ich will in mein Bett.

„Wir können das auch morgen holen. Mir wäre es lieber, wenn du jetzt nicht selber fahren würdest."

„Kyle, es ist schon wieder gut. Ich schaff das schon. Immerhin bin ich ein großes Mädchen. Fahr du ruhig zu deiner Schwester." Ich streiche ihm über die Wange. Die Bartstoppeln kratzen angenehm an meiner Handfläche.

„Ist gut. Aber ruf an, wenn du zu Hause bist."

„Mach ich." Ich gebe ihm einen sanften Kuss.

Gemeinsam treten wir durch die Tür nach draußen. Vor dem Eingang steht sowohl sein, als auch mein Wagen bereit. Kyle lehnt seine Stirn gegen meine.

„Bye Sophie."

„Bye." Ich drücke mich noch einmal an ihn, ehe jeder von uns zu seinem Auto geht.

Ich lasse mich in den weichen Ledersitz fallen, schnalle mich an und starte den Motor. Ich mag diese kraftvollen Vibrationen.

Als ich die Auffahrt hinauffahre, wird die Haustür aufgerissen und mein Vater kommt heraus gestürmt. Wahrscheinlich hat er gehört, als ich das Tor geöffnet habe. Denn die Schließanlage gibt jedes Mal ein Summen von sich, wenn es langsam aufgleitet.

Ich stelle den Mercedes vor der Garage ab. Ich gönne mir einen kurzen Moment des Durchatmens, bevor ich aussteige. Ich sehe zum Haus meiner Eltern auf. Auch wenn in den letzten Tagen so viel passiert ist und ich das Gefühl habe auf der Überholspur zu leben, ist es doch noch dasselbe solide Haus. Ein Gefühl von Heimat nimmt von mir Besitz.

Dad kommt die Stufen hinabgestürmt und zieht mich in seine Arme, als ich auf ihn zugehe. Ich schmiege mich an ihn und plötzlich laufen mir die Tränen über die Wangen.

„Mein Spätzchen. Ich bin so froh, dass du wieder da bist.", murmelt er an meinem Haar. Ein Schluchzer entschlüpft meiner Kehle und sofort hält er mich ein Stück von sich entfernt.

„Sophie, was ist los? Hat er dir etwas angetan? Ich schwöre dir, wenn er dich angefasst hat, dann…" Er ist gleichzeitig wütend und besorgt.

„Nein Dad. Kyle hat nichts damit zu tun.", würge ich unter Schluchzern hervor.

„Komm, lass uns rein gehen." Behutsam legt er seinen Arm um meine Schulter und dirigiert mich ins Haus.

Im Hausflur kommt uns Mom entgegen geeilt. Als sie mein Gesicht sieht, beschleunigt sie ihre Schritte.

„Sophie! Um Gottes Willen, was ist geschehen? Geht es dir gut?"

„Es ist alles in Ordnung. Naja zumindest fast." Meine Tränenflut ist schon fast versiegt.

„Kommt. Setzten wir uns ins Wohnzimmer."

„Dad, hast du etwas zu trinken für mich?" Ich kuschle mich tiefer in die weiche Couch. Mein Vater springt sofort auf und gießt mir einen seiner guten Whiskeys ein.

Dankbar nehme ich das Glas entgegen und nippe an der bernsteinfarbenen Flüssigkeit.

„Erzähl, was ist los.", drängelt Mom.

„Als erstes Mal – zwischen Kyle und mir ist alles in Ordnung. Er war mir heute eine große Stütze…"

„Ja aber was ist denn dann los?", fällt mir mein Vater ins Wort. Er hat sich neben mich auf die Couch gesetzt und seinen Arm auf die Lehne hinter mir gelegt.

„Wir waren heute Abend verabredet und er hatte ein wunderschönes Dinner am Strand organisiert…" In die Augen meiner Mutter tritt ein verträumter Ausdruck. Einmal Romantikerin, immer Romantikerin. Ich lächle, bei der Erinnerung an unsere Verabredung, in mein Glas. „… er hat mich dann zurück zum Hotel gebracht und dort musste ich dann erfahren, dass in meine Suite eingebrochen wurde."

„Was!?", rufen meine Eltern fassungslos aus einem Mund. Ich nicke und nehme noch einen Schluck von meinem Whiskey.

„Wurde die Polizei benachrichtigt?"

„Ja, wurde sie. Als wir kamen waren noch die Männer von der Spurensicherung da."

„Haben sie etwas gefunden?"

„Das hat Kyle sie auch gefragt."

„Schlauer Mann – und?"

„Sie meinten, sie hätten jede Menge Fingerabdrücke gefunden. Kyles und meine haben sie dann auch gleich abgenommen, damit sie unsere aus den Spuren herausfiltern können und dann sind sie gegangen." Zum Beweis halte ich meine Hände hoch. Trotz des Händewaschens danach kann man immer noch einen schwarzen Schimmer sehen.

„Wurde etwas gestohlen?"

„Das kann ich dir so nicht sagen. Handy und Geldbörse hatte ich bei mir. Den Laptop hab ich unter der Couch in seiner Tasche gefunden. Die Uniunterlagen lagen im Wasser von Kyles Tulpen. Der Absatz meiner Lieblingsschuhe war abgebrochen und der Flakon mit meinem Parfum war zerbrochen. Aber ob jetzt wirklich etwas fehlt, kann ich nicht mit Bestimmtheit sagen."

„Kyle hat dir Tulpen geschenkt?", klinkt sich wieder meine Mutter ins das Gespräch ein.

„Ja, dunkelrote."

„Deine Lieblingsblumen?"

„Ja. Aber leider wurden sie beim Einbruch zertrampelt."

„Können wir jetzt bitte zum Wesentlichen zurückkommen?"

„Ich sagte doch schon, dass ich nicht sagen kann, ob etwas gestohlen wurde. Auf den ersten Blick war alles da und bis jetzt vermisse ich nichts."

„Das meinte ich nicht." Ich hebe meine Augenbrauen und sehe ihn an.

„Was meinst du dann?"

„Du hast etwas von Uniunterlagen erzählt."

„Ach das. Ich war heute Morgen..." Ich werfe einen Blick auf die Uhr auf dem Kaminsims. Sie zeigt halb drei Uhr an. Erst jetzt bemerke ich, dass meine Eltern im Schlafanzug und Morgenmantel dasitzen. „… oder besser gesagt, gestern in der University of Chicago und habe mich informiert, welche Unterlagen benötigt werden. Ich muss mich damit echt beeilen, denn es ist nur noch bis Freitag Zeit, alles einzureichen."

„Du willst studieren?" Hoffnungsvoll sieht mich Mom an. Lächelnd nicke ich.

„Für welches Fach hast du dich entschieden?" Auch wenn Dad es eigentlich schon wusste, ist er dennoch überrascht.

„Wirtschaft."

„Wirtschaft? Warum das denn?"

„Ich würde gerne irgendwann meine eigene, kleine Patisserie eröffnen. Aber ich will erfolgreich sein und da muss ich wissen, wie ich das am besten anstellen kann."

„Oh Spätzchen. Ich wusste, du findest irgendwann deinen Weg." In den Augen meiner Mutter glitzern Tränen und sie schließt mich in ihre Arme. Auch Dad drückt mich an sich.

„Da haben wir dann drei erfolgreiche Karrieremenschen in unserer Familie."

„Noch bin ich nicht erfolgreich. Aber ich will es werden und dass ich den endgültigen Entschluss gefasst habe, ist mehr oder weniger Kyles Schuld."

„Kyle? Was hat er denn damit zu tun?"

„Naja Dad, wir haben uns gestern Morgen gestritten. Es ist unerheblich über was, aber er hat mich in gewisser Weise gezwungen, über meine Zukunft nachzudenken."

„Guter Mann.", murmelt mein Vater vor sich hin. Ich gähne herzhaft.

„Na los, ab ins Bett mit dir." Ich bin hundemüde und mein ganzer Körper sehnt sich danach, endlich schlafen zu können. Ich bin schon halb im Aufstehen, als mir einfällt, dass ich Kyle noch nicht angerufen habe. Obwohl ich es ihm versprochen hatte.

„Gleich Mom. Ich muss erst noch schnell Kyle anrufen und ihm Bescheid sagen, dass ich gut zu Hause angekommen bin.

Eigentlich hätte ich es gleich machen sollen, als ich Heim war. Das ist nun auch wieder eine Stunde her."

„Der Mann wird mir immer sympathischer.", sagt Dad hinter mir. Ich will nach meinem Handy greifen, als es anfängt zu klingeln.

„Hallo?" Vielleicht hätte ich erst einmal auf das Display schauen sollen, wer es denn überhaupt ist.

„Sophie!?"

„Kyle?"

„Gott sei Dank, bist du zu Hause angekommen." Er hört sich erleichtert an. „Hast du eigentlich eine Ahnung, was ich mir für Sorgen gemacht habe? Du hast mir versprochen, sofort anzurufen, wenn du zu Hause bist." Er brüllt mich so laut an, dass ich mein Handy ein wenig von meinem Ohr weg halten muss. Aber so können Mom und Dad leider jedes Wort hören. Schnell sehe ich zu ihnen hinüber. Meine Mutter ist nicht mehr da und Dad hockt auf der Couch und trägt einen äußerst zufriedenen Gesichtsausdruck zur Schau.

„Es tut mir leid. Ich wollte nicht, dass du dir Sorgen machst.", sage ich kleinlaut. „Ich wollte dich gerade anrufen. Aber du warst schneller." Ich höre, wie er am anderen Ende der Leitung ausatmet.

„Sophie, ich bin fast verrückt geworden vor Sorge."

„Tut mir leid."

„Ist schon gut. Jetzt weiß ich ja, dass du wohl behalten zu Hause bist. Mach dich ins Bett. Es war ein langer und anstrengender Tag."

„Gute Nacht, Kyle."

„Schlaf gut und träum von mir."

„Mach ich. Bye."

„Bye". Lächelnd lege ich auf. Er war wütend, weil er sich Sorgen um mich gemacht hat. Vor Freude hüpfe ich auf und ab.

„Ich sag ja, er ist ein guter Mann."

„Ach? Auf einmal?"

„Wenn ich einen Fehler gemacht habe, dann gebe ich es auch zu." Ich beuge mich zu ihm herunter und drücke ihm einen Kuss auf die Wange.

„Guten Nacht, Dad."

„Guten Nacht, Spätzchen."

Ich schlurfe die Stufen hinauf. Oben treffe ich wieder auf meine Mutter.

„Alles in Ordnung zwischen euch?"

„Ja, er hat sich Sorgen gemacht, weil ich nicht gleich angerufen hatte und darum war er sauer. Aber er hat sich wieder beruhigt."

„Er ist ein guter Junge."

„Ich weiß."

„Schlaf gut."

„Du auch."

Sie gibt mir einen Kuss auf die Stirn und geht wieder nach unten zu Dad. Ich selber gehe in mein Zimmer. Im Bad schminke ich mich noch schnell ab und ziehe einen bequemen Schlafanzug an. Er ist zwar schon ein bisschen ausgebeult und die rosa Hasen entsprechen nicht wirklich meinem Alter, aber er ist so wundervoll kuschelig und genau das brauche ich jetzt. Die Bettdecke ziehe ich mir bis unter das Kinn.

Als ich die Augen schließe, lasse ich das Date mit Kyle noch einmal Revue passieren. Aber ich komme nicht bis zum Ende und falle in einen tiefen und erholsamen Schlaf.

Kapitel 14
Univorbereitungen

Es ist später Vormittag, als ich erwache. Die Sonne lacht ins Zimmer, da ich in der Nacht nicht mehr die Vorhänge zugezogen habe. Langsam kehrt die Erinnerung an den Einbruch zurück. Erneut werde ich wütend. Was hat der oder die Einbrecher überhaupt gesucht? Wertevolle Sachen, wie meinen Laptop oder die Gemälde an den Wänden wurden verschont.

Seufzend gestehe ich mir ein, dass die Polizei wohl nichts erreichen wird. Keine Ahnung wieso, aber mein Gefühl sagt mir, dass sie niemanden verhaften werden und das Verfahren dann irgendwann eingestellt wird.

Vorsichtig hebe ich ein Augenlid an. Klappe es aber sofort wieder zu. Es ist eindeutig zu hell, wenn man gerade erst aufgewacht ist.

Aus einer Ecke meines Zimmers trällert 'Girls just wanna have fun'. Wer ruft mich jetzt an? Ich bekomme ja noch nicht einmal richtig die Augen auf. Leider liegt meine Tasche zu weit entfernt, als dass ich sie jetzt ohne weiteres erreichen könnte.

Seufzend quäle ich mich aus dem Bett. Halb blind tapse ich durch den Raum. Ich wühle das Handy hervor und schlurfe zurück. Wer auch immer mich anruft, kann so lange warten, bis ich wieder unter meiner kuschelig warmen Decke liege.

„Ja?", krächze ich. Meine Stimme ist noch vom Schlaf belegt.

„Morgen, schöne Frau. Oder besser gesagt Mittag."

„Hallo, schöner Mann."

„Hab ich dich geweckt?"

„Nein. Ich bin kurz vor deinem Anruf wach geworden. Was gibt es denn?"

„Nichts Besonderes. Ich wollte nur hören, wie es dir geht."

„Gut, danke. Wann sehe ich dich wieder?" Er fehlt mir plötzlich so sehr, dass es schmerzt.

„Heut geht leider nicht. Wie sieht es bei dir morgen aus?"

„Gut, wann wollen wir uns treffen?"

„Was hältst du davon, wenn wir gemeinsam zu Mittag essen und dann mal sehen, was der Tag noch so bringt." Ich kann den erotischen Unterton in seiner Stimme nur zu gut heraus hören. Sofort will ich ihn in mir spüren.

„Klingt gut.", schnurre ich zurück. Kyle saugt scharf die Luft ein. Ein Lächeln breitet sich auf meinem Gesicht aus.

„Du fehlst mir."

„Du mir auch, Kyle."

„Bis morgen Mittag."

„Bis dann." Lächelnd drücke ich das Handy an meine Brust. Kann man noch glücklicher sein?

Da wir uns heute nicht sehen werden, kann ich die Zeit ja nutzen, um meine Bewerbung fertig zu machen. Wenn ich schon mal mein Telefon in der Hand habe, kann ich auch gleich David anrufen, um ihn um Hilfe zu bitten. Da kann ich mich auch schon einmal auf das Gespräch vorbereiten. Ich suche seine Nummer heraus. Es dauert ein bisschen, bis er ran geht.

„Hi Kleines.", meldet er sich fröhlich.

„Hallo Bruderherz. Hättest du heute mal ein bisschen Zeit für mich?"

„Klar, was gibt es denn?"

„Das will ich dir am Telefon nicht erzählen. Wann könntest du denn?"

„Was ist los Sophie." Sofort ist er alarmiert.

„Nichts schlimmes, also beruhig dich lieber gleich mal wieder." Ich höre ihn tief durchatmen.

„Okay. Wann kannst du da sein? Molly ist den ganzen Tag in der Galerie. Aber ich bin zu Hause." Er versucht zwar, ruhig zu klingen, aber so richtig gelingt es ihm nicht. Andere kann er damit vielleicht täuschen. Mich aber nicht.

„Zu Hause? Was ist denn nun kaputt?" Diese Information überrascht mich zu sehr, als dass ich weiter auf seinen Ton eingehen kann.

„Ich kann auch von zu Hause aus arbeiten. Im Büro war mir heute zu viel Hektik. Während des Urlaubs ist so viel liegen geblieben und das muss ich endlich mal in aller Ruhe aufarbeiten. Also, wann bist du hier?"

„Ich liege noch im Bett und…"

„Du liegst noch ihm Bett?", unterbricht er mich lachend.

„Schön dass ich zu deiner Belustigung beitragen kann. Aber ich hatte gestern einen langen Tag und war erst sehr spät im

Bett. Da musste ich heute einfach mal ausschlafen.", schmolle ich.

„Ist gut. Wann bist du nun da?" Er ist immer noch am Grinsen.

„Ich werde schnell duschen gehen, esse noch eine Kleinigkeit und dann mach ich mich auf den Weg zu dir."

„Ist gut. Bis dann und fahr vorsichtig." Ich rolle mit den Augen. Seit sich David mir gegenüber offenbart hatte, zeigt er ziemlich oft, dass er sich Sorgen um mich macht. Das Gefühl ist einerseits schön, aber auch total ungewohnt.

„Ist gut Daddy. Bye."

„Bye."

Da ich mich nun mit David verabredet habe, schwinge ich mich endgültig aus dem Bett und gehe ins Badezimmer. Schnell den Schlafanzug aus und unter die Dusche.

Das heiße Wasser prasselt auf mich nieder. Langsam kommt mein Leben wieder in die richtige Richtung. Ich habe es eilig, zu David zu kommen. Denn im Fall meines Studiums ist mir seine Meinung besonders wichtig.

So schnell wie möglich trockne ich mich ab und kämpfe mich durch meine nassen Haare. Zum Föhnen habe ich jetzt keine Zeit mehr, also flechte ich sie schnell zusammen.

Frisch angezogen krieche ich auf allen Vieren durch mein Zimmer und suche halb verzweifelt nach meiner Laptoptasche. Bis mir einfällt, dass sie ja noch im Kofferraum liegt. Also nehme ich nur Sneakers und meine Handtasche mit nach unten. Beides lasse ich im Flur vor der Haustür liegen und gehe in die Küche.

Auf dem Tisch liegt eine kurze Notiz von meinen Eltern, dass sie mich nicht wecken wollten und schon auf Arbeit sind.

Ich koche mir einen Kaffee. Die Zeit muss einfach sein, um wenigstens eine Tasse in Ruhe zu genießen. Vor Nervosität bekomme ich dann aber doch nur ein trockenes Toast herunter.

Mein Mercedes steht immer noch in der Einfahrt. Aber am hinteren Ende der Garage. Wahrscheinlich hat Dad ihn umgeparkt, damit er und Mom mit ihren Autos heraus können.
Röhrend lasse ich den Motor an und fahre mehr oder weniger einmal quer durch Chicago, um zum Lake Shore Drive zukommen.

Ich stelle mein Auto in der Tiefgarage des Gebäudes ab, in dem sich Davids Wohnung befindet. Er hat immer einen zusätzlichen Parkplatz verfügbar, wenn mal einer von uns ihn besuchen kommt.
Er hat mir am Telefon zwar gesagt, dass Molly in der Galerie ist, aber ich klingle lieber mal. Den Code zum Penthouse kenne ich, aber ich will nicht in eine Situation hinein platzen, in der ich meinen Bruder und dessen Freundin nicht erleben will.
„Ja?", meldet er sich mürrisch durch die Sprechanlage.
„Ich bin's, dein kleines Schwesterlein."
„Warum zur Hölle klingelst du?"
„Na, hätte ja sein können, dass du und Molly gerade wild vögelt."
„Wenn sie da wäre, hättest du eventuell Recht. Aber ich hab dir doch gesagt, dass sie arbeiten ist."
„Ja, ja, ist schon gut. Dann kann ich also rauf kommen?"
„Verdammt, steigt in den Scheiß Fahrstuhl und schwing deinen Hintern hier hoch."
„Okay." Da ich keine Lust habe, weiter mit ihm über die Sprechanlage zu diskutieren, mache ich mal das, was er möchte.

Mit vor der Brust verschränkten Armen steht er in seinem Flur und grinst mir entgegen.
„Na Schwesterlein."
„Nenn mich nicht so!"
„Du hast dich doch selber so bezeichnet."

„Ich darf das ja auch." Verschmitzt grinse ich ihn an und umarme ihn zur Begrüßung.

„Aha, so ist das also.", murmelt David.

„Ja. Hallo"

„Schön, dass du da bist." Genauso wie Rich freut er sich auch immer total, wenn einer von uns bei ihm vorbei schaut. Im Grunde sind wir alle total Familienmenschen, die ab und zu einfach mal ihren jeweiligen Freiraum benötigen.

„Wohnzimmer oder Arbeitszimmer?" Argwöhnisch betrachtet er mich. Als suche er nach einem Anzeichen, was ich ihm gleich zu sagen habe.

„Hm… ich glaube dein Arbeitszimmer wäre passender."

„Na dann." Er geht vor mir voraus. Als wir an der Küche vorbei gehen, bleibt er kurz stehen.

„Willst du was trinken?"

„Ich nehme ein Wasser und einen Kaffee."

„Okay. Geh schon mal voran. Du kennst ja den Weg und ich komm gleich mit deiner Bestellung nach." Ich nicke kurz und gehe dann allein weiter.

Davids Arbeitszimmer ist genau wie er selbst. Klare Linien, keine Schnörkelei oder unnötiger Schnickschnack. Die vorherrschende Farbe ist schwarz. Das Beste an diesem Raum ist aber die Aussicht. Man sieht direkt auf den Lake Michigan.

Aus der Küche höre ich es dampfen und zischen, als der Kaffee durch so eine hochmoderne Maschine läuft.

Trotz der schwarz glänzenden Flächen ist kein einziges Staubkörnchen zu sehen. Dafür ist er aber nicht allein verantwortlich. Für das Gebäude gibt es eine eigene Putzkolonne und die wirbelt durch jede Wohnung, wie die Heinzelmännchen.

Die Untertassen klappern leise auf der dunklen Glasplatte, als David sie abstellt. Ich wende mich von der Fensterfront ab und setze mich in einen der Sessel vorm Schreibtisch.

„Also, schieß los. Was bedrückt dich?", eröffnet er das Gespräch, kaum dass er sich ebenfalls gesetzt hat.

„Ich brauche deine Hilfe.", sage ich leise und nippe vorsichtig an dem heißen Kaffee. Sofort verdunkeln sich seine Augen und er presst die Lippen fest aufeinander.

„Konnte der Mistkerl nicht aufpassen?", fragt er mich tonlos. Verwirrt sehe ich meinen Bruder an. Denn ich kann mir beim besten Willen nicht erklären, was er meint.

„Hat er dich geschwängert?", fügt David hinzu. Ich bin über seinen Gedanken mehr als nur entsetzt. Für einen kurzen Augenblick bin ich wirklich sprachlos.

„Himmel, nein! Wie kommst du denn auf eine so haarsträubende Idee?" Meine Stimme hallt schrill und laut von den Wänden wieder.

„Du rufst mich an, dass du unbedingt mit mir reden willst. Dann bist du total nervös, knetest in einer Tour deine Hände und fragst mich ganz kleinlaut um Hilfe." Für ihn mag ja diese Beweisaufführung schlüssig erscheinen. Aber für mich ist sie so abwegig und absurd, dass ich in lautes Lachen ausbreche.

„In diesem einen speziellen Punkt kann ich dich beruhigen. Ich bin definitiv nicht schwanger. Kyle war verhütungstechnisch immer eher mitdenkend und vorbereitet. Das kann ich dir versichern." Jetzt ist es David, der verwirrt aus der Wäsche guckt. Ein leises Kichern steigt in mir auf wie Blubberblasen in einem Softdrink.

„Wenn es das nicht ist, was ist es dann?"
In knappen Worten erzähle ich ihm von meinem Vorhaben. Erleichtert sacken seine Schultern nach unten.

„Gott sei Dank! Ich hatte wirklich schon das Schlimmste befürchtet."

„Das hab ich gemerkt." Gemeinsam lachen wir über sein verqueres Denken und machen uns dann an die Vorbereitung meines Bewerbungsgespräches an der Uni.

Ich merke gar nicht, wie die Zeit verfliegt. In dem einen Moment schien die Sonne noch hoch und hell vom Himmel und im nächsten Moment ist es dabei, zu Dämmern.

„Verdammt! Schon so spät?", fluche ich ungehalten, was David ein kleines Lächeln entlockt.

„Wenn man aktiv an einem Projekt arbeitet, merkt man oft nicht, wie die Zeit verfliegt."

„Mag sein. Aber ich will eventuell noch zu Rich."

„Weiß er es schon?"

„Nein."

„Ich bin der Erste von deinen großen Brüdern, dem du es erzählt hast?" Überrascht sieht er mich an.

„Ähm... Ja." Seine Reaktion überrascht mich schon ein bisschen.

„Wow." Total geplättet, aber mit einem glücklichen Lächeln auf den Lippen, sitzt er hinter seinem Schreibtisch. Er macht einen leicht debilen Eindruck.

„David? Alles gut?" Ich bin mir nicht sicher, wie ich jetzt am besten mit der Situation umgehen soll.

„Du hast es mir zuerst erzählt!" Triumphierend stemmt er die Fäuste in die Luft und freut sich, als hätte er gerade im Alleingang den Superbowl gewonnen. Kopfschüttelnd sehe ich ihm dabei zu.

„Ich würde dir ja gern noch bei deiner kleinen Feier zusehen, aber ich muss los."

„Natürlich." David springt auf und kommt um den Schreibtisch herum. Schnell nimmt er mich in den Arm und murmelt ein 'Danke' an meinem Haar.

Ich weiß, dass er sich immer ein bisschen zurückgesetzt gefühlt hat. Aber dass es ihm so viel bedeutet, auch mal etwas vor Richard von mir zu erfahren, hätte ich jetzt nicht gedacht.

David begleitet mich noch zum Fahrstuhl. Dort umarmt er mich erneut, bevor wir uns voneinander verabschieden.

„Danke großer Bruder. Wir sehen uns."

„Klar. Mach's gut." Ich gebe ihm noch einen Kuss auf die Wange und weg bin ich.

Ungeduldig drücke ich auf den Klingelknopf. Aber meiner lieber Herr Bruder zuckt sich in keiner Weise. Vielleicht ist er gerade mit Lisa zu Gange, oder noch im Studio. Verdammt! Ich haue mir die Hand vor die Stirn und verfluche mich selber. Ich hätte ja auch mal daran denken können, Richard vorher anzurufen, um meinen Besuch anzukündigen. Naja, da muss ist das jetzt nachholen.

„Sophie. Was gibt es denn?", meldet er sich nach dem gefühlten tausensten Tuten.

„Eigentlich wollte ich dich besuchen."

„Wann denn?"

„Ähm… Jetzt." Ich lausche auf etwaige Hintergrundgeräusche, kann aber nichts hören.

„Jetzt? Das ist ungünstig."

„Sorry, mir ist erst unten vorm Fahrstuhl eingefallen, dass du und Lisa wahrscheinlich gerade am Rummachen seid."

„Erstens – Lisa und ich machen nicht rum. Wenn, dann lassen wir es ordentlich krachen und bumsen das die Wände wackeln und Zweitens – bin ich in New York und Lisa bei ihren Eltern."

„Oh, achso. Naja, das könnte auch ein Grund sein, warum mir keiner aufmacht."

„Tut mir Leid Kleines."

„Ach, dafür kannst du doch nichts. Ich hüpf jetzt einfach wieder in mein Auto und fahr nach Hause."

„Bezeichne diese Sauerkrautschleuder nicht als Auto.", meint er verächtlich. Er hat sich immer noch nicht daran gewöhnt, dass ich einen Mercedes fahre und keinen Porsche, wie er.

„Darf ich dich daran erinnern, dass Porsche auch eine deutsche Automarke ist?" Als Antwort darauf erhalte ich nur ein grummeliges Grunzen. Er mag es ganz und gar nicht, wenn ich ihm einen Fehler in seinen Ansichten und Denkweisen aufzeige. Richard ist und bleibt ein ewiges Alpha-Tier, genauso wie David. Sie sind halt meine Brüder und ich liebe sie über alles.

„Mach dir noch eine schöne Zeit in NYC. Ich fahr jetzt heim."

„Tu das, aber fahr vorsichtig."
„Klar, immer doch. Melde dich, wenn du wieder da bist. Da hole ich meinen Besuch dann nach."
„Okay. Bis dann." Richard wartet noch nicht einmal meine Verabschiedung ab und legt sofort auf.
Ich geh zurück zu meinem Mercedes und mache mich auf den Weg nach Hause.

Eigentlich hätte ich es mir denken können, dass ich im Feierabendverkehr stecken bleibe. Ich bin gefühlte zwei Minuten unterwegs und stehe im Stau. Na toll… und was mache ich mit der ungewollten Freizeit jetzt?
Mhm… Was wohl Kyle gerade macht? Mein Herz zieht sich vor Sehnsucht zusammen, obwohl wir uns morgen Mittag sehen werden. Aber es kommt mir noch so lange vor – fast wie eine Ewigkeit. Kurzerhand hole ich mein Handy hervor und schaue, ob ich irgendwelche Nachrichten bekommen habe. Aber Nada. Es hindert mich aber nichts daran, ihm eine zu schreiben?

Hallo Schöner Mann,
hast du Samstagabend schon etwas vor? David hat Geburtstag und ich habe noch keine Begleitung zu seiner Feier in unserem Garten.
Ich vermisse dich.
Sophie

Kurz schwebt mein Finger über dem Button für Senden. Es stimmt, ich vermisse ihn, aber ist es nicht ein bisschen dick aufgetragen, es ihm zu schreiben? Aber dann schicke ich sie doch so ab. Entweder kommt er mit meiner ehrlichen Art klar, oder er lässt es sein. Auch wenn ich ihn liebe, werde ich mich für ihn nicht verbiegen. Ich bin so wie ich bin und Basta.
Zufrieden lasse ich mein Handy zurück in die Handtasche fallen. Der Verkehr beginnt auch wieder zu fließen und keiner weiß mal wieder, warum wir alle hier rum standen.

Das Haus meiner Eltern erwartet mich leer und dunkel. Was kein Wunder ist. Entweder sind Mom und Dad noch auf Arbeit, oder jeder in seinem Arbeitszimmer. Wenn man sich unsere Eltern ansieht, dann weiß man, woher David und Richard diese Workaholic-Einstellung haben. Ob ich sie auch habe, wird sich ja in den nächsten Monaten und Jahren zeigen.
Ich laufe eine kurze Runde durch das Erdgeschoss. Unter den Türen zu den Arbeitszimmern von Mom und Dad sieht man einen Lichtschein. Also sind sie daheim, aber beschäftigt. Ich will sie nicht stören, darum gehe ich nach oben in mein Zimmer.

Leider weiß ich jetzt nicht wirklich, was ich machen soll. Zum Fernsehen habe ich keine Lust und lesen fällt auch weg. Denn es gibt gerade keine neuen Bücher, die mich wirklich vom Hocker reißen.
Da bleiben nur die Uniunterlagen. Ich mache es mir am Schreibtisch bequem und fange damit an meinen Lebenslauf zu schreiben.
Aber schon bei den Angaben zu meiner Familie komme ich ins Stocken. Sowohl meine Eltern, als auch meine Brüder haben auf der University of Chicago studiert. Sie sind alle sehr erfolgreich geworden und eigentlich kennt hier jeder ihre Namen. Ich will keine Bevorzugung vor anderen Bewerbern, nur weil meine Familie ein hohes Ansehen besitzt. Aber ich kann ja schlecht etwas auf meinem Lebenslauf auslassen oder gar lügen. Da hätte ich gleich alle meine Chancen verspielt. Also schreibe ich ihre Namen hin. Im Endeffekt sind sie ja auch nur meine Familie.

Wieder bin ich so in die Arbeit vertieft, dass ich nicht merke, wie die Zeit vergeht. Mein knurrender Magen erinnert mich daran, dass es mal wieder an der Zeit wäre, etwas zu essen.

Ausgiebig strecke ich mich, um meine verspannten Muskeln zu lockern. Dabei fällt mir das blinkende weiße Licht an meinem Handy auf – ich habe eine Nachricht.

Hey Süße,
klar komme ich am Samstag. Wann soll ich da sein? Oder sehen wir uns schon eher?
Ich vermiss dich auch.
Kyle.

Ein warmes Gefühl macht sich in mir breit. Es ist toll zu wissen, dass er mich auch vermisst. Ich bin jetzt einfach mal so naiv und glaube, dass er diese Worte auch so meint, wie er sie geschrieben hat.
Schnell tippe ich ihm eine Antwort

Hey Süßer,
danke. Es wäre schön, wenn du gegen sechs da sein könntest. Ich würde dich gern vorher noch sehen, aber ich kann Mom nicht mit der Bewirtung von 30 Gästen alleine lasse. Es gibt zwar einen Partyservice, aber wie ich meine Mutter kenne, wird sie über alles die Kontrolle haben wollen.
Sophie.

Ich lege mir noch schnell meine Schlafsachen bereit. Denn wenn ich gegessen habe, will ich gleich schnell unter die Dusche. Nicht dass ich dann zu müde dafür bin und morgen früh hasse ich mich dann selber dafür, wenn ich ungeduscht geschlafen habe. Da fühle ich mich dann einfach nur total unwohl.
Ich bin gerade damit fertig, als mein Handy eine neue Nachricht ankündigt.

Schade, da kann man nichts machen. Ich wünsch dir einen schönen Abend.
Ich denk an dich.
Kyle.

Der Umstand, dass er an mich denkt, lässt mich wieder grinsen. Eigentlich könnte ich den ganzen Tag über mit einem Dauergrinsen durch die Gegend rennen. Dennoch lasse ich es, ihm zu antworten. Eine Frau muss sich auch ab und zu ein bisschen rarmachen.

Am nächsten Morgen bin ich, nach meinem Empfinden, viel zu früh wach. Selbst wenn ich arbeiten müsste, wäre fünf Uhr einfach zu zeitig. Aber naja. Wenn ich schon mal wach bin, kann ich genauso gut auch gleich aufstehen. Wahrscheinlich bin ich dann heute Abend total breit, aber was soll's.
Als ich so vor dem Badezimmerspiegel stehe und mich nackt betrachte, fällt mir auf, dass ich mal wieder ins Fitnessstudio gehen könnte. Es ist jetzt nicht so, dass ich aus der Form geraden bin. Aber meine Ausdauer hat garantiert arg gelitten. Immerhin habe ich jetzt schon ein paar Monate lang nicht mehr trainiert. Dafür habe ich aber immer fleißig weiter den Beitrag bezahlt. Zum Glück hat mein Studio einen 24-Stunden-Betrieb. Egal zu welcher Tages- und Nachtzeit ich trainieren möchte – es hat geöffnet.
Darum muss ich jetzt auch nicht lange überlegen. Schnell trockne ich mich ab und schlüpfe in meine Klamotten. Ich muss mich jetzt nicht besonders zurecht machen. In weniger als einer Stunde schwitze ich dann eh so stark, dass jedes Make Up zerfließen würde.

Das Studio liegt in den obersten zwei Etagen eines Hochhauses, direkt am Michigan See. Ich betrete das verglaste Gebäude und wär am liebsten gleich wieder umgedreht. Vor den acht Fahrstühlen drängeln sich die Anzugträger mit ihren Sporttaschen, da sie unbedingt vor Arbeitsbeginn noch

schwitzen wollen. Manchmal bin ich es leid, in einer Gesellschaft zu leben, in der Geld, Macht und stereotypisches Aussehen wichtiger sind, als ein guter Charakter.
Die Lifttüren öffnen sich und die Sportfanatiker strömen in die enge Kabine. Da ich mitten in diesem Gedränge stehe, werde ich automatisch mit hinein gequetscht. Ich komme mir vor, als wäre ich in einer Büchse voller Ölsardinen. Wobei die Haare des einen oder anderen Mannes hier drinnen so aussehen, als hätte er sich das Öl heut Morgen direkt in die Kopfhaut einmassiert.
Neben mir steht eine Frau mit kurzen blonden Haaren. Sie sieht sehr jung aus, aber die kleinen Fältchen an ihren Augen deuten dann doch auf ein älteres Semester hin. Sie ist ein kleines Stück kleiner als ich und lächelt mitleidig zu mir auf. Ich erwidere es.
Als sich oben die Türen öffnen und die Masse hinaus auf den Flur strömt, muss ich erst einmal tief durchatmen. Die Fahrt hat nicht lang gedauert, war aber doch schon zu viel. Ich fühle mich, als wäre ich völlig breit gedrückt. Sacht lasse ich meinen Schultern kreisen, um wieder ein normales Körpergefühl zu bekommen.
Ich gehe auf den modernen Tresen zu und stelle mich in der Schlange der Wartenden an. In der Zwischenzeit lasse ich meinen Blick durch die Räumlichkeiten schweifen. Überall sieht man Chrom und glänzende Flächen. Alles ist modern aber auch irgendwie steril. Bis auf die Umkleiden und Toiletten sind alle Wände verglast. Ich mag es, hier Sport zu treiben, aber ab und zu fühlt man sich schon ein wenig beobachtet.
Da ich fast an der Reihe bin, will ich schon einmal meinen Mitgliedsausweis hervor holen. Ratlos sehe ich in meine Geldbörse. Denn eigentlich stecke ich den immer wieder hier hinein, damit ich ihn bei mir habe, sollte ich mal die Tasche wechseln. Aber er ist nicht da. Das Fach, in welchem er wohnt, ist verwaist. Aber dann fällt es mir wie Schuppen von den Augen. Als ich das letzte Mal hier war, auch wenn es schon ein

paar Monate her ist, hatte ich noch eine offene Wasserflasche in der Hand. So hatte ich nur eine zur Verfügung, um den Ausweis wegzustecken und ich habe ihn erst einmal in die Seitentasche gesteckt. Leider steht diese Tasche im 'Four Season'. Denn sie fungierte für mich auch als kleine Reisetasche. Verdammt, da werde ich mir wohl einen neuen Ausweis ausstellen lassen müssen.

„Guten Morgen. Was kann ich für Sie tun?" Ich blicke auf und sehe direkt in das falsche Lächeln eines Typen, der zu viel Zeit im Sonnenstudio verbracht hat. Die restliche Zeit hat er dann wohl zum Bleichen seiner Zähne verwendet und es auch da total übertrieben.

„Morgen. Ich bin Sophie Borough und ich bin hier Mitglied. Leider habe ich den Ausweis verloren und wollte mir einen neuen ausstellen lassen."

„Natürlich Miss Borough. Können Sie sich ausweisen?" Ich gebe ihm meinen Führerschein und er beginnt, auf seinen Touchscreen einzuhacken. Dann schiebt er ihn mir wieder über den Tresen zurück.

„Ich sehe, Sie sind eines unserer Premiummitglieder. Ist das korrekt?" Ich nicke.

„Gut. Ihr neuer Mitgliedsausweis wird Ihnen in den nächsten Tagen per Post zugestellt. Wollen Sie heute trainieren?"

„Ja?"

„Mit oder ohne Personal Trainer?" Der Typ schaut mich eifrig an. Er hofft wohl, dass ich mit Trainer Sport mache und er sich gleich anbieten kann. Ich trainiere die meisten Zeit aber allein und wenn mal nicht, dann nur mit Gonzo, einem kleinen, kräftigen Mann aus Mexico, der schwuler nicht sein kann.

„Ohne.", antworte ich daher knapp.

„Gut, Miss Borough. Ich wünsche Ihnen viel Spaß." Auch wenn er lächelt, kann er seinen Missmut über meine Antwort nicht ganz verbergen. Ich denke aber nicht weiter darüber nach. Ich muss mir von ihm kein schlechtes Gewissen machen lassen, nur weil es nicht nach seinem Kopf geht.

Ich wende mich von ihm ab und gehe in die Damenumkleide, um mir meine Sportsachen anzuziehen. Ich beeile mich extra, denn diese Mischung aus Schweiß und zu viel Deo lässt die Luft hier drinnen fast unatembar werden. Da nützt auch die beste Deckenventilation nichts.

Der Bereich mit den Fitnessgeräten ist ringsherum verglast. Die Geräte, welche an den Außenfenstern stehen, sind so positioniert, dass man den Blick über die Skyline von Chicago, oder den Lake Michigan genießen kann.
Als erstes entscheide ich mich für den Fahrradergometer. Ich schwinge mich in den Sattel und genieße jetzt schon den tollen Ausblick auf den Lake Shore Drive. Neben mir sind die Geräte frei und so kann ich in aller Ruhe vor mich hin strampeln.
Ich lasse den Blick schweifen und erkenne in der Ferne den Jackson Park Beach. Es war wirklich ein toller Abend gewesen. Ich versuche mir die Erinnerung daran auch nicht von den Endrücken des Einbruches verderben zu lassen.
Wenn ich den Kopf nach rechts drehe, sehe ich den Wolkenkratzer, in dem David wohnt.

„Ein wirklich schönes Gebäude. Nicht wahr?", fragt mich eine weibliche Stimme und ich zucke erschrocken zusammen. Ich sehe zu dem Ergometer rechts neben mir und erkenne die Frau aus dem Fahrstuhl.

„Da haben Sie recht und die Aussicht ist echt der Wahnsinn", antworte ich ihr.

„Haben Sie dort eine Wohnung?"

„Nein. Aber mein Bruder und wenn ich bei ihm bin, fasziniert es mich immer wieder aufs Neue, wie anders der See und die Stadt von oben wirken."

„Das kann ich mir vorstellen. Ich bin übrigens Maja." Sie hält mir ihre Hand hin und weiter strampelnd ergreife ich sie.

„Ich heiße Sophie."

Das Tanktop klebt mir am Leib. Der Schweiß rinnt in Strömen über meine Haut. Kurz gesagt, ich bin fix und fertig und kann kaum noch ein Bein anheben. Aber ich fühle mich großartig. Es tut gut, sich richtig auszupowern.
Ich hatte mich angeregt mit Maja unterhalten. Sie ist zwar einige Jahre älter als ich, aber wir haben viele Gemeinsamkeiten, was unserer Interessen angeht. Wir haben uns verabredet, in einer Woche wieder zusammen zu trainieren. Da können wir uns gemeinsam schinden. Geteiltes Leid ist halt halbes Leid.
Heute ist sie bereits nach einer Stunde gegangen, da sie ihr Pensum erfüllt hatte. Ich habe weitaus länger gemacht. Schließlich war ich eine gefühlte Ewigkeit nicht mehr im Fitnessstudio und habe dadurch einfach ein bisschen was nachzuholen.

Mit schweren Beinen schlurfe ich in die Umkleidekabine. Ich hole so schnell wie möglich mein Waschzeug aus dem Spind und verschwinde unter die Dusche. Wie immer steht eine sehr nette Dame aus Mexico mit den flauschigen Handtüchern bereit. Lächelnd reicht sie mir eins.
Einer der Gründe, warum ich mich für dieses Studio entschieden habe, war, dass es abgetrennte Duschkabinen gibt. Ich war und bin noch nie eine Freundin des gemeinsamen Duschens mit wildfremden Frauen gewesen.
Meine Sachen lege ich auf der Bank in dem kleinen Vorraum zu meiner Kabine ab. Der Stoff meines Oberteils klebt an mir und ich muss mich halb verrenken, um es irgendwie auszubekommen. Hätte ich eine Schere zur Hand gehabt, hätte ich es vermutlich zerschnitten. Zum Glück machen meine restlichen Klamotten nicht solche Zicken.
Das Wasser ist herrlich warm und tut meinen Muskeln ungemein gut. Auch fühle ich mich in meiner Haut wieder wohler, denn das klebrig verschwitzte Gefühl wird weggespült. Durch den großen Tropenduschkopf fühle ich mich, als würde ich in einem lauen Sommerregen stehen. Ich schließe die

Augen und genieße es für einen Moment, wasche mich dann aber. Denn auch bei den Duschen ist die Luft nicht wirklich besser, als in dem Rest der Umkleide.

Das Handtuch ist wunderbar flauschig. Wie bekommen die das nur hin? Ich wickle mich hinein und gehe zu meinem Spind. Hätte ich mal lieber meine Wechselsachen mit zur Dusche genommen. Da hätte ich es mir jetzt sparen können, mich unter den abschätzenden Blicken manches Hungerhakens umziehen zu müssen. Also beeile ich mich.

Das Handtuch bringe ich zu den Wäschekörben. Dankbar lächelt mich die kleine Puerto Ricanerin an. Freundlich erwidere ich es.

Eigentlich ist es so, dass man die Handtücher, nach Benutzung, selber in die Schmutzwäsche legt. Aber die Wenigstens tun es.

„Gracias.", murmelt sie. Sie tut mir echt leid. Wahrscheinlich kam sie in die USA, um ihrer Familie ein besseres Leben zu ermöglichen. Vielleicht hat sie in ihrer Heimat sogar studiert und arbeitet jetzt hier für einen Hungerlohn, für den viele Menschen noch nicht einmal einen Fuß vor die Tür setzen würden.

Ich krame einen hundert Dollar Schein aus meiner Hosentasche und drücke ihn ihr in die Hand. Verwirrt starrt sie das Geld an. Sie will ihn mir zurückgeben, aber ich lächle sie an und hole meine letzten Spanischkenntnisse aus der hintersten Schublade meines Hirns.

„No, es nada. Ayudan a que su familia."

„Muchas gracias, Señora." Ich kann Tränen in ihren Augen sehen und sie schließt ihre zierliche Hand fest um das grüne Papier. Ich drücke kurz ihre Schulter und lasse sie dann allein.

Gerade als ich in der Tiefgarage angekommen bin, klingelt mein Handy. Kurz wundere ich mich, dass ich hier unten Empfang habe. Aber dann beginnt mein Herz schneller zu schlagen und hoffe darauf, dass es Kyle ist. Aber als ich Richards Namen lese, sackt es nach unten.

„Hi Rich...", weiter komme ich nicht.

„WANN WOLLTEST DU ES MIR SAGEN?!", brüllt er mich an. Hastig schaue ich mich um. Aber ich bin allein. Muss ja nicht gleich jeder mitbekommen, wie mich mein Bruder zur Schnecke macht – aus welchem Grund auch immer.

„Erstens – brüll mich nicht an und Zweitens – erklär mir bitte, was du meinst." Ich versuche betont ruhig zu sprechen. Er weiß ganz genau, wie sehr ich es hasse, angeschrien zu werden. Vor allem, wenn es ohne eine simple Form der Begrüßung geschieht. So etwas bringt mich ganz schnell auf die Palme.

Richard atmet laut ein und aus. Er kocht regelrecht vor Wut.

„Sophie, ich habe eben mit Mom telefoniert und ich musste von ihr erfahren, dass in dein Hotelzimmer EINGEBROCHEN WURDE!" Die letzten Worte brüllt er wieder. Um mein Gehör zu schützen, halte ich das Handy vorsorglich weit weg von meinem Ohr.

„Ach das. Ich habe nicht mehr daran gedacht.", erkläre ich ihm schlicht. Nein, von ihm lasse ich mich heute nicht aus der Ruhe bringen.

„DU HAST NICHT DARAN GEDACHT?"

„Genau."

„WAS...", setzt er an „Was war denn bitte so wichtig, dass du es vergessen konntest?" Er versucht zumindest, ruhiger zu sein.

„Ich hatte den Kopf voll mit den Vorbereitungen für Davids Geburtstagsgeschenk und da nichts Wertvolles gestohlen wurde, habe ich die ganze Sache verdrängt."

„Sophie, was soll ich nur mit dir machen?"

„Mmh... mich lieb haben und mein großer Bruder sein, der mich ebenfalls darin unterstützen wird, eine erfolgreiche Geschäftsfrau zu werden?" Ich versuche ihn damit aufzumuntern und es scheint zu klappen. Denn ich kann ihn belustig schnauben hören.

„Sophie, Sophie, Sophie. Irgendwann wirst du mich noch in den Wahnsinn treiben."

„Das ist ja auch die Aufgabe einer kleinen Schwester."

„Ach Kleines."
„Noch böse?"
„Ja."
„Dann lass dich von Lisa ablenken.", sage ich spitzbübisch zu ihm.
„Sophie!", keucht er entsetzt. Seit er sich fest gebunden hat, scheint er auch ein bisschen den Spießer in sich entdeckt zu haben.
„Was denn? Ich habe Augen im Kopf und ich glaube nicht, dass ihr Nacht für Nacht Karten spielt."
Richard atmet wieder schwer. Ich gähne ungehalten. Das Training hat mich doch ganz schön geschlaucht.
„Müde?", fragt er besorgt.
„Ein bisschen. Ich stehe gerade in der Tiefgarage von meinem Fitnessstudio und ich würde gern nach Hause fahren und du hältst mich von meinem warmen, gemütlichen Bett fern."
„Es ist gerade mal kurz vor neun Uhr."
„Na und? Außerdem habe ich heute eine Verabredung zum Lunch und da will ich ausgeruht und umwerfend aussehen."
„Na dann, fahr vorsichtig."
„Mach ich. Ich hab dich lieb, Richard."
„Ich dich auch. Bye."
„Bye."
Ich packe das Handy zurück in meine Tasche und gehe weiter zu meinem Wagen.
Ich habe noch gut zehn Meter vor mir, als es beginnt, in meinem Nacken zu kribbeln. Ich habe das Gefühl, dass ich beobachtet werde. Verstohlen sehe ich mich um, kann aber nichts Ungewöhnliches entdecken. Vielleicht hängt es ja auch mit Richards Anruf zusammen. Trotzdem bin ich froh, als ich an meinem Mercedes ankomme und mich hineinsetzten kann. Ich habe heute noch nicht einmal meine Sporttasche in den Kofferraum gepackt, sondern sie einfach auf den Beifahrersitz geworfen. Zur Sicherheit verriegle ich alle Türen.

Als ich zu Hause aussteige, merke ich noch mehr, dass ich es übertrieben habe. Das wird morgen einen ausgewachsenen Muskelkater geben.

Ich werfe einen Blick auf die Armbanduhr und rechne mir aus, wie lange ich jetzt noch habe, bis ich mich mit Kyle zum Lunch treffe – fast auf die Minute genau 3 Stunden. Da lohnt es sich nicht wirklich, noch einmal zu schlafen. Aber ein Stündchen Ausruhen wird schon drin sein.

Darum gehe ich gleich ins Wohnzimmer und hau mich auf die Couch. Um nicht einzuschlafen, zappe ich durch die einzelnen Fernsehkanäle und wundere mich mal wieder, was für riesen Mist einem aufgetischt wird. Frustriert schalte ich ab und genieße lieber den Blick in den Garten und hänge dabei meinen Gedanken nach.

„Was gibt es denn Schönes zu sehen?" Plötzlich tritt Mom in mein Blickfeld. Erschrocken zucke ich so heftig zusammen, dass ich fast von der Couch gefallen wäre. Ich presse mir die Hand auf die Brust, um mein Herz daran zu hindern, hinaus zu springen.

„Himmel! Hast du mich erschrocken." Das Adrenalin pulsiert durch meine Adern und lässt meine Atmung schneller werden.

„Tut mir leid. Ich dachte du hättest mich gehört." Entschuldigend streicht sie mir über den Kopf.

„Nein, ganz und gar nicht. Aber egal. Wär ich nicht so in Gedanken gewesen, dann hätte ich dich vermutlich gehört."

„Darf ich fragen, über was du so angestrengt nachgedacht hast?"

„Klar kannst du. Aber das kann ich dir noch nicht einmal sagen." Ein wenig hilflos zucke ich mit den Schultern.

„Das muss auch mal sein."

„Was machst du denn hier?" War sie etwa die ganze Zeit schon zu Hause?

„Ich hab die Entwürfe vergessen, die ich gestern angefertigt habe und wollte sie schnell holen. Ich will sie heute beim Meeting präsentieren."

„Du hast designt?", frage ich sie aufgeregt. Seit der betriebliche Part ihres Labels so überhandgenommen hat, kommt sie nur noch sehr selten dazu, etwas zu entwerfen. Dafür hat sie sehr talentierte und aufstrebende Jungdesigner engagiert.

„Ja, ich möchte eine Kollektion mit Brautmoden machen."

„Brautmoden?"

„Das ist ein Metier, in dem ich mich gern einmal ausprobieren wollte und gestern Abend erschien mir der Zeitpunkt richtig, um das endlich mal anzufangen."

„Ist da nicht auch ein kleiner Hintergedanke dabei? Oder besser gesagt zwei?"

„Ich weiß nicht, was du meinst." Sie tut ganz unschuldig, grinst mich aber verschmitzt an.

„Ich würde es mir auch wünschen. Lisa und Molly sind perfekt für die zwei."

„Wir werden sehen, ob deine Brüder so viel Grips in der Birne haben, um ihnen die Fragen aller Fragen zu stellen." Während meine Mutter spricht, piepst mein Handy und sagt mir, dass es Zeit ist sich für den Lunch fertig zu machen.

Steif erhebe ich mich von der Couch und zucke vor Schmerz zusammen.

„Was hast du denn gemacht?" Sofort ist Mom zur Stelle und versucht, mich zu stützen. Ich hebe abwehrend die Hände.

„Ist alles gut. Ich war beim Sport und habe es ein bisschen übertrieben."

„Ein bisschen? Du läufst durch die Gegend, wie eine alte Oma."

„Mag sein. Aber das ist nur am Anfang so. Wenn ich einmal in Fahrt bin, dann geht es schon."

„Wenn du meinst. Aber mach bloß langsam heute."

„Werde ich machen." Sie sieht mich an, als würde sie mir kein einziges Wort glauben.

„Versprochen.", füge ich darum noch hinzu.

„Hm.", brummt sie nur und ihre Stirn legt sie immer mehr in Falten. Warum müssen sich Mütter immer so viele Sorgen machen? Ich bin alt genug, um einschätzen zu können, ob ich etwas kann, oder es lieber lassen sollte.

„Mom.", sage ich nur und verdrehe die Augen.

„Ja, ja. Ich weiß. Ich halt ja schon den Mund. Außerdem muss ich eh wieder los." Sie schwingt eine schwarze Mappe durch die Luft.

„Darf ich sie heute Abend mal sehen?", frage ich noch schnell nach, bevor sie wieder verschwunden ist. Ich bin jetzt schon total darauf gespannt, wie ihre ersten Entwürfe aussehen.

„Natürlich. Nach dem Abendessen machen wir es uns bei einem Glas Wein gemütlich und sehen sie uns an. Bye."

Ich winke meiner Mutter zum Abschied und watschle dann langsam nach oben, um mich herzurichten.

Ich weiß nicht wie, aber ich habe es geschafft, mich umzuziehen, zu schminken und nach unten in mein Auto zu gelangen. Aber als ich mich auf den Weg machen will, fällt mir auf, dass ich keine Ahnung habe, wohin ich muss. Kurzerhand rufe ich Kyle an.

„Hey Schöne Frau.", meldet er sich.

„Hey."

„Du kannst es wohl nicht erwarten, mich nachher zu sehen?", neckt er mich.

„Immer." Ich höre ihn leise lachen. „Wir hatten zwar ausgemacht, dass wir uns heute zum Lunch treffen. Aber ich habe keine Ahnung wo."

„Such dir was aus."

„Hm... Mal überlegen."

„Ja, das ist sie.", sagt Kyle leise. Es hört sich an, als würde er mit einer anderen Person sprechen. „Nein, ich werde sie dir nicht geben." Eine weibliche Stimme erwidert was, aber leider kann ich es nicht verstehen.

„Verdammt Kerry, du wirst sie schon noch kennenlernen." Ah, er hat mit seiner Schwester gesprochen. Ich lehne mich entspannt zurück. Auch wenn ich ihm vertraue, hat sich schon die Eifersucht in mir breit gemacht.

„Kyle?", frage ich nach. Da ich mir nicht sicher bin, ob er mir überhaupt zuhört.

„Ja, ich bin noch dran. Sorry, meine kleine Schwester nervt gerade."

„Tut sie nicht!", wird aus dem Hintergrund gerufen. Auch wenn ich Kerry noch nicht kenne, ist sie mir jetzt schon sympathisch. Sie erinnert mich daran, wie ich mit meinen Brüder rede.

„Hör nicht auf sie. Also, hast du dir etwas ausgesucht?"

„Ja, habe ich und zwar ein kleines Diner in Central Chicago. Das ist ein absoluter Geheimtipp."

„Okay, klingt gut. Soll ich dich zu Hause abholen…" Ich höre ein Gerangel um sein Handy „… Kerry lass das! Was soll der Mist!" Kyles Stimme wird immer lauter, während sich fröhliches Gelächter in den Vordergrund schiebt.

„Hi. Ich weiß, wir kennen uns nicht. Aber vielleicht hast du Lust, her zu kommen. Da können wir uns gleich kennenlernen."

„Ähm…" Das überrumpelt mich jetzt schon ein bisschen.

„Bitte, ich bin so neugierig auf dich."

„Na gut. Wohin soll ich kommen?" Hastig nennt sie mir die Adresse, dann ist sie verschwunden.

„Sophie, es tut mir leid. Keine Ahnung, was mit der los ist…"

„Ach, schon gut.", unterbreche ich ihn.

„Noch mal von vorn. Soll ich dich abholen, oder treffen wir uns dort?"

„Weder noch. Ich komm zu dir."

„Du – was?"

„Frag Kerry."

„Keine Sorgen, das werde ich. Aber du musst nicht..."
„Aber ich will.", bestimme ich.
„Na gut.", seufzt er resigniert.
„Bis gleich." Ehe ihm vielleicht doch noch ein Grund einfällt, warum ich nicht zu der Wohnung seiner Schwester kommen soll, lege ich auf.

Mein Navi schickt mich auf eine recht abenteuerliche Reise durch Chicago. Ich habe das Gefühl, sämtliche Nebenstraßen der Stadt abgefahren zu sein. Dann komme ich endlich an der richtigen Adresse an und es ist kein Parkplatz zu finden.
Nach der dritten Runde um den Block ergattere ich endlich einen. Aber auch nur, weil ich riskant auf der Straße gewendet habe und ihn jemanden direkt vor der Nase weg geschnappt habe. Damit habe ich mir wütendes Gehupe und Gestiken eingehandelt. Aber ich parke endlich.
Ich bin schon ein wenig aufgeregt, als ich aussteige und auf das richtige Haus zugehe. Wie seine Schwester wohl sein wird? Am Telefon war sie mir schon recht sympathisch. Von Angesicht zu Angesicht kann sich das schon wieder anders darstellen. Das werde ich ja gleich herausfinden.

Ich will gerade den richtigen Klingelknopf suchen, als sich die Haustür öffnet und eine schlanke Blondine heraus kommt. Sie lächelt mich an und hält die Tür offen. Aber irgendetwas an ihr lässt sie mir sofort unsympathisch erscheinen. Es gibt Menschen, die mag man vom ersten Moment an und es gibt welche die hasst man sofort. Sie gehört bei mir eindeutig in die letztere Kategorie.
Da ich zur Höflichkeit erzogen wurde, erwidere ich das Lächeln.
„Wollen Sie rein?", fragt sie mich flötend. Ich nicke nur und schlüpfe an ihr vorbei in den Hausflur. Dabei steigt mir ihr Parfum in die Nase. Es eines dieser Süßlichen. Hinter ihrem Rücken rümpfe ich die Nase und atme so flach wie möglich. Schnell steige ich die Treppen nach oben und sehe dabei auf

jedes einzelne Namenschild an den Türen, um ja nicht die Richtige zu verpassen.

In der vorletzten Etage werde ich dann fündig. Ehe ich es mir anders überlegen kann, drücke ich den Klingelknopf. Fast sofort öffnet Kyle mir die Tür. Hat er dahinter auf mich gewartet? Sein Anblick lenkt mich soweit ab, dass ich nicht weiter darüber nachdenke. Die Kombination aus schwarzer Jeans und weißen Polo ist so schlicht und doch so sexy und anziehend. Sein Haar ist total durcheinander, ganz so, als wäre er erst vor kurzem aufgestanden. Auch rasiert hat er sich noch nicht, denn ein Bartschatten zeichnet sich deutlich auf seinen Wangen und der Mundpartie ab.

„Hallo.", strahle ich ihn an.

Lasziv gleitet sein Blick über meinen Körper, der in einem weißen, knielangen Rock und tief ausgeschnittener Bluse steckt. Ruckartig zieht er mich in seine Arme. Ich komme dabei ins Straucheln und stolpere gegen ihn und drücke mir die Nase an seiner Brust platt.

„Hallo.", murmelt er in mein Haar.

Ich schlinge die Arme um ihn und atme seinen Duft tief ein. Aber anstatt des gewohnten Kyle-Geruch steigt mir ein widerlich Süßer in die Nase.

Ich versteife mich in seiner Umarmung. Verwirrt löst sich Kyle von mir und sieht mich fragend an. Seine schön geschwungenen Augenbrauen ziehen sich zusammen. Meine Gedanken überschlagen sich. Wie kommt der Gestank an seine Klamotten, an seinen Körper? Sehr viele Möglichkeiten gibt es nicht und keine von Ihnen gefällt mir.

„Was ist los?", fragt er mich, da ich auf seinen Blick nicht antworte. Ich starre weiter auf seine Brust und bleibe ihm die Antwort schuldig.

Kyle legt seine Hände auf meine Oberarme und drückt ein wenig zu. Nicht schmerzhaft, aber doch so fest, dass ich es spüre.

„Sophie, was ist los?" Dieses Mal fragt er eindringlicher. Langsam hebe ich meinen Blick und bleibe an seiner Halsbeuge hängen. Hat ihr Kopf da gelegen? Hat sie die Stelle, an der sein Hals in die Schulter übergeht, ihre Lippen gedrückt und hat Kyle eine Gänsehaut bekommen, so wie wenn ich ihn genau da küsse?

„Sophie!" Er schüttelt mich leicht. Ich reiße mich von der Stelle los und sehe mir sein markantes Kinn, die vollen Lippen, die gerade Nase und die grünen Augen an. Seine Wimpern sind so schwarz und lang, dass bestimmt so manche Frau dafür töten würde. Ich kann einen Anflug von Besorgnis in seinem Gesicht sehen. Aber keine Schuldgefühle. Vielleicht ist es doch ganz harmlos.

Aber warum sind seine Füße nackt und seine Haare so unanständig durcheinander, als wäre er eben aufgestanden oder hätte Sex gehabt? Eine eisige Faust legt sich um mein Herz und drückt mit aller Kraft zu.

„Sophie, bitte rede mit mir!" Er klingt fast schon panisch.

„Dein Duft...", flüstere ich kaum hörbar. Ich starre ihn immer noch an, als hätte ich einen Geist gesehen.

„Mein Duft? Was ist damit? Süße, ich kann dir gerade nicht folgen." Kyle nimmt den Saum seines Shirts zwischen die Finger und zieht es zu seiner Nase hinauf, um daran zu schnüffeln.

„Du riechst nach..." Wie soll ich ihm das erklären? „Als ich unten klingeln wollte, kam eine blonde Frau aus der Haustür und hat mich rein gelassen. Sie hatte ein grässlich süß duftendes Parfum aufgelegt und du riechst danach."

„Ich rieche nach einer Frau, der du auf der Straße begegnet bist?" Seine Augen blitzen belustigt auf. Meine Verwirrung verfliegt und eine Welle der Wut rast an und bricht über mir zusammen.

„Für wie bescheuert hältst du mich?" Meine Stimme ist gefährlich leise. Solange wie ich schreie und wüte, ist alles in Ordnung. Aber wenn ich wütend leise spreche, sollte man sich ganz schnell ein sicheres Versteck suchen.

„Was willst du eigentlich von mir?" Seine Belustigung ist weg und er beginnt mit seinen Blicken wütende Pfeile abzuschießen. Aufgebracht funkle ich zurück.

„Kyle, ich weiß, was ich rieche und ich will wissen, wie der Gestank an deinen Körper kommt!"

„Ich hatte Besuch von einer alten Freundin."

„Wie alt?"

„Wir waren zusammen auf der High School.", beantwortet er genervt meine Frage.

„Was wollte sie hier?" Ich höre mich fast schon so an, wie meine Brüder, wenn sie meine potentiellen Freunde ausgefragt haben. Ich bin ihnen anscheinend ähnlicher, als ich dachte. Aber das kümmert mich im Moment herzlich wenig.

„Was soll das? Habe ich was verbrochen, oder warum muss ich mich einem Verhör unterziehen?"

„Wie würdest du denn reagieren, wenn du zu mir nach Hause kommen würdest und ich würde nach einem Aftershave riechen, das eindeutig nicht deins ist?"

„Ich will mich nicht mit dir streiten." Kyle schließt für einen Moment die Augen und ringt sichtbar um Fassung.

„Dann beantworte meine Frage."

Genervt stöhnt er auf und fährt sich mit den Händen durch die Haare.

„Sie hat über gemeinsame Freunde erfahren, dass ich wieder in der Stadt bin. Da sie in der Nähe arbeitet, hat sie mich spontan besucht."

„Gut, aber das beantwortet immer noch nicht meine Frage, warum du nach ihrem Drecksparfum riechst!"

„Sie ist kurz vor dir gegangen und zur Verabschiedung hat sie mich umarmt."

„Die Schlampe hat dich angefasst?" Meine Eifersucht geht nun völlig mit mir durch.

„Sie ist keine Schlampe und kann es sein, dass du eifersüchtig bist?" Seine Belustigung ist zurückgekehrt.

„Na und?", frage ich trotzig. Ich hasse es, wenn ich so bin.

Lachend zieht er mich in seine Arme und gibt mir einen Kuss. Auch wenn dieser wunderbar ist, so kann ich sie immer noch riechen und das vermiest die ganze Stimmung. Also beende ich den Kuss so schnell ich kann.

„Tu mir einen Gefallen, geh duschen und zieh dir neue Klamotten an, bevor wir losfahren."

„Warum?", fragt Kyle verdutzt und schnüffelt noch mal an seinem Poloshirt.

„Du stinkst.", teile ich ihm ohne Umschweife mit.

„Nein, tu ich nicht." Will er jetzt tatsächlich weiter mit mir diskutieren?

„Glaub es mir – du stinkst."

Er zuckt kurz mit den Schultern und zieht sich langsam vor meinen Augen das Shirt über den Kopf. Dass wir noch im Treppenhaus stehen, haben wir erfolgreich verdrängt.

„Das machst du extra.", stoße ich atemlos hervor.

„Ja." Kyle grinst mich jungenhaft an und schmeißt mir den Baumwollstoff direkt ins Gesicht. Er prallt von mir ab und landet direkt vor meinen Füßen. Derweil dreht er sich um und marschiert ins Badezimmer. Die Wohnungstür lässt er einladend offen.

Ich gehe zwei Schritte hinein und schließe sie. Nun stehe ich, total aufgeheizt, in der Wohnung seiner Schwester. Er weiß einfach, wie er mich manipulieren kann.

Neugierig sehe ich mich um. Sie ist nicht sehr groß. Für eine Person völlig ausreichend, für zwei könnte es auf die Dauer etwas eng werden. Von der offenen Küche sieht man direkt in das Wohnzimmer, von welchem drei Türen abgehen. Ein davon führt ins Badezimmer. Ich kann das Rauschen der Dusche deutlich hören.

Die Wände sind schlicht weiß, aber die bunt zusammen gewürfelten Möbel und Stoffe bringen genug Farbe hinein.

Eigentlich hätte ich jetzt erwartet, dass seine Schwester schon auf mich wartet, um mich auszuquetschen. Aber sie zeigt sich nicht.

Da ich keine Lust habe, die ganze Zeit zu stehen, während ich auf Kyle warte, setzte ich mich auf einen der Hocker an der Frühstückstheke. Meine Gedanken wandern wieder zu dem zurück, was er mir eben gesagt hat. Es ist sehr wahrscheinlich, dass der Geruch bei einer harmlosen Umarmung an ihm kleben blieb. Aber welche Frau kann ihn einfach nur in den Arm nehmen, ohne mehr zu wollen? Mal abgesehen von Lisa und Molly. Die haben eh nur Augen für meine Brüder. Naja und Kerry. Auch wenn ich sie noch nicht kenne, aber sie ist seine Schwester.
Außerdem habe ich dieses Blondchen gesehen und ich kenne diesen Typ Frau. Ein paar meiner weniger engen Freundinnen sind auch so. Sie ist ein Vamp und würde über Leichen und gebrochene Herzen gehen, um das zu bekommen, was sie will. Da bin ich mir einhundert Prozent sicher – sie will Kyle. Aber er würde es nicht merken. Immerhin ist er ein Mann und heterosexuellen Männern scheint irgendwie ein bestimmtes Gen zu fehlen, das dafür verantwortlich ist, dass man solch feinen Nuancen erkennen kann.

Etwas Kaltes trifft meinen rechten Unterarm und ich quicke erschrocken auf. Rasch hebe ich meinen Kopf und sehe Kyle schelmisch grinsen. Das Wasser rinnt ihm aus den nassen Haaren am Gesicht entlang und tropft von seinem Kinn.
„Du…" Drohend deute ich mit dem Zeigefinger auf ihn. Aber er grinst mich nur an und da kann ich ihm einfach nicht lange böse sein.
„Wollen wir das Essen auf später verschieben?" Sein Lächeln ist jetzt verführerisch. Seine Augen ziehen mich förmlich aus.
Mich durchläuft ein Kribbeln von der Kopfhaut bis zu den Fußsohlen. Die Lust pulsiert tief in mir. Kyle kommt langsam auf mich zu. Aber ich weiche zurück. Das Grinsen auf seinem Gesicht vertieft sich. Kyle hat auf ein Handtuch verzichtet und seine Erektion ist mehr als deutlich zu sehen. Ich starre auf seinen Penis und kann meinen Blick nicht abwenden. Es ist so,

als würde ich davon magisch angezogen. Gebannt bleibe ich stehen.

„Da soll mal einer behaupten, nur wir Männer hätten nur das Eine im Kopf.", raunt er mir ins Ohr und gräbt kurz darauf seine Zähne sacht hinein.

Ich sehe immer noch nach unten. Behutsam hebe ich die Hand und berühre seine Spitze nur ganz sacht. Er fühlt sich wie Samt an. Kyle stöhnt unter meiner Berührung auf. Sein Glied zuckt gegen meine Finger.

„Wo ist deine Schwester?", frage ich alarmiert. Ich will ihr nicht in so unverfänglicher Pose das erste Mal begegnen.

„Sie hat eine wichtige Vorlesung."

„Aber...", setze ich an.

„Sie hatte nicht daran gedacht, als sie dich hier her eingeladen hat." Na dann ist es ja gut. Ich bin darüber gerade nicht unglücklich.

Ich umfasse ihn mit der ganzen Hand. Wie kann etwas so hart und doch so weich sein? Kyle reckt sich mir entgegen. Die Augen sind geschlossen und der Mund leicht geöffnet. Langsam gleitet meine Hand an seiner Erektion auf und ab. Seine Atmung beschleunigt sich. Dadurch angestachelt, wird mein Griff fester. Kyle stöhnt immer wieder auf. Ich massiere seine Härte unaufhörlich und merke, dass das Ganze auch mich nicht unbedingt kalt lässt. Ich genieße dieses Gefühl der Macht, die ich über ihn habe.

Seine Hüften zucken vor und zurück. Ganz plötzlich ergreift er mein Handgelenk und zieht meine Hand von seiner Erektion weg und presst, im gleichen Moment, seinen Mund hart auf meinen und schiebt seine Zungen zwischen meinen Lippen hindurch. Der Duft seines Duschgels steigt mir in die Nase. Die Muskeln in meinem Unterleib ziehen sich weiter vor Verlangen zusammen. Stöhnend lehne ich mich gegen ihn.

Kyle schlingt seine Arme um mich und zieht mich rüber zu der knallroten Couch. Dabei dreht er mich so, dass ich unter ihm zum Liegen komme.

Sein Mund wandert über meinen Hals. Da er sich nicht rasiert hat, kratzt sein Kinn an meiner zarten Haut. Lustvoll stöhne ich auf. Meine Hüften zucken und der sich aufbauende Druck zwischen meinen Beinen wird immer unerträglicher.

„Kyle… bitte…", wimmere ich.

„Warte hier, ich hole nur schnell noch…" Ich lege ihm meinen Zeigefinger auf die Lippen, um ihn zum Schweigen zu bringen und angle nach meiner Tasche, die nun neben der Couch liegt. Keine Ahnung, warum ich sie die ganze Zeit über in der Hand hatte und erst hier hab fallen lassen. Aber egal – sie ist da und Kyle muss nicht erst durch die halbe Wohnung wandern, um ein Kondom zu suchen.

Blind taste ich in der Tasche herum und finde das Gesuchte schnell. Ich halte es ihm direkt vor die Nase.

„Ich mag Frauen, die auf alle Eventualitäten vorbereitet sind." Seiner Stimme ist die unterdrückte Lust anzumerken. Ich richte mich ein wenig auf und lecke ihm über die Stelle, wo sich Hals und Schulter treffen. Ein Schauer durchläuft seinen Körper und ich spüre, wie sich unter meiner Zunge eine Gänsehaut bildet. Ich kann seinen Schweiß schmecken.

Ungehalten reißt er die silberne Verpackung auf und rollt sich das Kondom über. Er schiebt meinen Rock über meine Hüften. Leicht bauscht er sich auf und ich kann nur bedingt sehen, was Kyle da zwischen meinen Beinen veranstalten will.

Sacht streicht er mit seiner Eichel über meine Klitoris – wieder und wieder. Dabei übt er leichten Druck darauf aus. Laut stöhne ich auf.

Geschickt schiebt er den Tanga zur Seite und dringt mit einem einzigen Stoß tief in mich ein. Ich spüre sein Gewicht auf mir, höre sein Stöhnen und seine abgehackte Atmung. Seine Haare kitzeln mich im Gesicht.

Kyle wartet kurz, bis ich mich an seine Größe gewöhnt habe und beginnt sich zu bewegen. Zu Beginn ist er noch etwas verhalten. Aber das ändert sich, als ich meine Beine um ihn schlinge, meine Finger in seinen Rücken bohre und ihm meine

Hüfte einladend entgegen recke, so dass ich ihn noch tiefer in mich aufnehmen kann.

Seine Stöße sind schnell, hart und genau das, was wir Beide in diesem Moment brauchen. Hemmungslos stöhnen wir unsere Lust heraus. Schweiß bildet sich auf unseren Körpern und vermischt sich.

„Sophie…", raunt er atemlos, als ich meine Beckenbodenmuskulatur anspanne und entspanne und dann den Vorgang wiederhole. Die Welle des Orgasmus baut sich unaufhaltsam auf. Sie bricht über uns zusammen, um uns gnadenlos davon zu spülen.

Keuchend kommt Kyle auf mir zum Liegen. Seine Muskeln zittern vor Anstrengung. Sein Brustkorb hebt und senkt sich schnell unter seiner Atmung.

Ob nun bewusst, oder unbewusst kann ich nicht sagen. Aber er hebt seinen Kopf und sieht mir direkt ins Gesicht. Damit ich nicht sein komplettes Gewicht tragen muss, stützt er sich auf den Unteramen ab. Mit beiden Händen streicht er mir die wirren Strähnen aus den Augen.

Sanft reibt er seine Nasenspitze an meiner und haucht dann einen Kuss darauf. Tief sieht er mir in die Augen.

„Sophie, ich…", setzt er an. Aber mein Magenknurren unterbricht ihn. „Hunger?" Fragend sieht er mich an. Ich nicke kurz. Was soll ich es leugnen? Mein Bauch hat ja schon alles kundgetan. Obwohl ich viel lieber mit ihm hier liegen geblieben wäre.

Etwas umständlich rollt er sich von mir herunter und hilft mir auf. Ich sehe an mir herunter und bemerke, dass meine Klamotten hoffnungslos zerknautscht sind.

„Ich glaube, ich muss noch einmal duschen." Entschuldigend sieht er mich an.

„Mach ruhig. Ich muss mich auch erst einmal halbwegs wieder herrichten." Wissend grinsen wir uns an. Uns beiden ist ja bewusst, warum ich jetzt so aussehe.

Während Kyle unter der Dusche steht, versuche ich zu retten, was zu retten ist. Ich flechte mir einen Zopf und entferne den Teil des Mascara, der verwischt ist und an der Haut unter meinem Auge klebt. Da ich mit ihm zusammen in dem kleinen Badezimmer bin, wirkt der Dampf, der aus der Dusche quillt, wie ein Bügeleisen auf meine Klamotten und sie werden halbwegs wieder faltenfrei.
Ich bin eher als er fertig und so lasse ich ihn allein und gehe zurück ins Wohnzimmer. Ich will mir gerade die Familienfotos ansehen, als ich unsere Hinterlassenschaft auf dem Boden bemerke. Schnell hebe ich die Kondomverpackung auf und will sie in der Küche entsorgen. Aber ich muss fast jeden Schrank öffnen, bis ich den Mülleimer gefunden habe.
Kerry wird sich bestimmt denken können, dass ihr Bruder und ich nicht enthaltsam leben. Aber sie muss keine deutlichen Beweise finden, wenn sie von ihrer Vorlesung heim kommt.
Bekleidet mit einem quietschgelben Handtuch kommt Kyle aus dem Bad. Dieses Mal verschwindet er direkt hinter einer der beiden anderen Zimmertüren.
Es dauert nicht lange und er ist wieder da – vollständig mit Jenas und blauem T-Shirt angezogen. Er hat sogar Socken an Seine Haare sind noch feucht und stehen ihm wild vom Kopf ab. Sanft fahre ich mit meinen Fingern hindurch.
„Wollen wir?" Zur Antwort nicke ich kurz.

Auf der Straße sieht er sich suchend um.
„Haben sie dir den Mercedes geklaut?"
„Nein, ich stehe etwa zwei Blocks weiter."
„Zwei Blocks? Bist du wahnsinnig?" Entsetzt sieht er mich an.
„Warum?"
„Na, zwei Blocks. Das ist echt weit zu laufen. Wollen wir nicht doch lieber mein Auto nehmen?" Als er auch noch seine Schlüssel aus der Hosentasche zieht und damit herum wedelt, breche ich in schallendes Gelächter aus. Wie kann jemand so

einen Körper haben und dann so ein Laufmuffel sein? Ich hake mich bei ihm unter und ziehe ihn mit mir.

„Los komm schon." Murrend läuft Kyle neben mir her.

Es dauert gar nicht so lange und wir sind an meinem Wagen. Als er sich auf den Beifahrersitz setzt, macht er ein Gesicht, als hätte er gerade eine Marathonstrecke laufen müssen. Ich beiße mir fest auf die Zunge, um nicht schon wieder lachen zu müssen. Ich glaube, das würde er mir dann doch übel nehmen.

Kaum habe ich mich in den Verkehr eingefädelt, da kommt auch schon die Frage über meine Lippen, die ich eigentlich tunlichst vermeiden wollte.

„Wie ist ihr Name?" Ich sehe ihn dabei nicht an. Nur gut, dass ich auf die Straße achten muss.

„Hä?"

„Kyle, die Schla… deine alte Schulfreundin." Gerade noch im letzten Moment kann ich es korrigieren. Ich klinge leicht genervt, aber mir schlägt das Herz bis zum Hals. Ich habe das dringende Bedürfnis, mehr über sie zu erfahren und über ihre gemeinsame Vergangenheit mit Kyle.

„Ach so. Sie heißt Naomi." Passender Name für eine Schlampe.

„Wie lange kennt ihr euch schon?"

„Sophie, ich weiß, was du gerade versuchst. Hör auf damit, okay?" Jetzt ist er genervt.

„Was denn? Ich will doch nur wissen, wie lange ihr euch schon kennt."

„Nein, ich weiß genau, wo das hinführen wird. Ich werde es dir sagen, dann kommt deine nächste Frage und ich antworte. Das geht dann so lange, bis ich etwas sage, was dir nicht passt und dann streiten wir wieder.", pflaumt er mich voll.

„Das ist aber noch lange kein Grund mich voll zu meckern.", nuschle ich leise vor mich hin.

„Was?"

„Ich sagte wir sind gleich da." Er muss ja nicht unbedingt wissen, was ich wirklich von mir gegeben habe.

Ich kann seinen prüfenden Blick auf mir spüren, aber ich sehe stur weiter geradeaus. Ich atme erleichtert aus, als wir das kleine Diner erreichen und auf den Parkplatz einbiegen. Seine Seitenblicke haben mich schon ein wenig unruhig gemacht. Ich lasse mir auch mit dem Aussteigen etwas Zeit. Es brodelt ein wenig in mir und ich habe ja auch keine Lust, mich mit ihm zu streiten und darum muss ich diese kleine, leise Wut ersticken.

Kyle wartet auf Höhe des Kofferraumes auf mich. Er streckt mir seine Hand entgegen, als ich auf ihn zukomme. Schnell setze ich mir noch meine Sonnenbrille auf und ergreife sie. Er verschränkt seine Finger mit meinen und gemeinsam gehen wir über die Straße. Während des Laufens schiebt Kyle seine Sonnenbrille ebenfalls schützend vor die Augen.

Da so schönes Wetter ist, entscheiden wir uns für die Terrasse und lassen uns unter einem großen, weißen Sonnenschirm nieder.

Das Diner liegt direkt im Ufer und man hat einen schönen Blick über den Lake Michigan. In der Ferne blitzen ab und zu weiße Segel auf. Da es mitten in der Woche ist und die meisten ihre Mittagspause schon hinter sich haben, ist es angenehm ruhig.

Eine Bedienung bringt uns die Karte und schweigend vertiefen wir uns darin. Es dauert nicht lange und sie taucht wieder an unserem Tisch auf, um unsere Getränkebestellung aufzunehmen. Da wir schon gewählt haben, notiert sie sich auch gleich noch den Rest.

Während wir auf das Essen und die Getränke warten, lasse ich meinen Blick über den See schweifen. Meine Hände liegen auf dem Holztisch und Kyle spielt sacht mit meinen Fingern. Ich kann wieder seinen Blick auf mir spüren, aber dieses Mal erwidere ich ihn. Die Sonnenbrillen hindern uns dabei, uns in die Augen zu sehen. Aber vielleicht ist das auch nicht ganz schlecht. So kann man im Notfall ein Pokerface aufrechterhalten.

„Ich kenne sie jetzt seit zehn Jahren." Im ersten Moment weiß ich nicht, wovon er spricht. Aber dann registriere ich, dass er nur Naomi meinen kann.

„Wir sind zusammen zur High School gegangen. Sie war Cheerleaderin."

„Du hast erzählt, dass du Football gespielt hast." Wieder greift die Eisfaust nach meinem Herzen. Ein ungeschriebenes High School Gesetz scheint zu sein, dass Cheerleader immer mit den Footballern oder Basketballern der Schule zusammen sind. Ich versuche, mich damit zu beruhigen, dass er von seiner Vergangenheit spricht. Schließlich kann ich nicht davon ausgehen, dass ich seine erste Freundin bin.

„Ja genau. Das war zur selben Zeit."

„War sie deine Freundin?" Ich muss einfach Gewissheit darüber haben, welche Gefahr von ihr ausgeht.

„Etwa zwei Jahre. Als der Abschluss näher rückte, hat sie sich von mir getrennt." Mir stockt der Atem. Habe ich da eben wirklich Bedauern aus seiner Stimme heraus gehört?

„War sie deine erste Freundin?"

„Ja." Ich schließe gequält die Augen. Zum Glück kann er es, dank meiner Sonnenbrille, nicht sehen. Naomi war also seine erste Liebe und sie hat sich von ihm getrennt. Hoffentlich hat sie jetzt nicht ihre Meinung geändert und will ihn plötzlich zurück haben. Denn wenn das der Fall sein sollte, dann muss ich ihr Wohl oder Übel die Augen auskratzen.

„Ist alles in Ordnung?"

„Ja... Nein." Ich will ehrlich zu ihm sein. Er soll wissen, wie es in mir aussieht.

„Was stimmt denn nicht?"

„Du hast mir gerade erzählt, dass deine erste Freundin heute bei dir war. Wie glaubst du wohl, fühle ich mich?" Ich klinge patziger als beabsichtigt.

„Genau aus diesem Grund wollte ich dir nichts sagen.", ranzt Kyle mich an. Ich horche auf.

„Moment – was soll das heißen, du wolltest es mir nicht sagen?" Er hört auf mit meinen Fingern zu spielen und zieht seine Hand weg.

„Es heißt genau das, was ich gesagt habe."

„Willst du mir damit sagen, dass du mir nie von ihrem Besuch erzählt hättest, wenn sie mir nicht an der Haustür begegnet wäre und ich ihren widerlichen Duft nicht gerochen hätte?", fauche ich ihn an. Ich kann spüren, wie er sich zurückzieht. Mein Herz verkrampft sich. Er wollte es mir nicht sagen. Aus meiner Handtasche plärrt 'Girls just wanna have fun'. Wütend und zugleich enttäuscht zerre ich das Handy aus der Tasche. Ich sehe Davids Nummer im Display.

„Was willst du?", fahre ich ihn an. Himmel, das hat er nicht verdient. Ich sollte meine Laune echt nicht an meinem Bruder auslassen.

„Sophie... Dad ist im Krankenhaus."

Kapitel 15
Was ist passiert?

Mein Herzschlag setzt aus.

„Wie... Was... Wann?", stammle ich. Ich kann keinen klaren Gedanken fassen und kann nicht glauben, was mir David da gerade gesagt hat.

„Ich weiß es selber auch noch nicht. Richard rief mich nur eben an, dass Mom einen Anruf aus dem Nichols Memorial Hospital bekommen hat, in das Dad eingeliefert wurde. Sie ist total durch den Wind und Rich fährt gerade mit ihr hin. Er hat mich gebeten, dir Bescheid zu geben und dann mit dir nachzukommen." Davids Stimme ist die Besorgnis deutlich anzumerken. Ich starre blind vor mich hin und versuche, das Gehörte zu verarbeiten. Mein Gesicht hat sicher jegliche Farbe verloren. Meine Hände beginnen, stark zu zittern. Kyle lehnt sich etwas nach vorn und nimmt mich näher in Augenschein.

„Sophie?" Er greift nach meiner Hand. Die Tränen laufen mir über die Wangen. Entsetzt reißt sich Kyle die Sonnenbrille herunter und sieht mir besorgt ins Gesicht.

„Sophie?", fragt David mit Nachdruck. Aber ich bin nicht dazu in der Lage, zu antworten. Anscheinend hat Kyle meinen Bruder gehört, denn er entwindet das Handy meinen zitternden Fingern und beginnt, mit ihm zu telefonieren. Entsetzt starre ich mein Gegenüber an. Ich sehe, dass sich seine Lippen bewegen und dass Töne hervorkommen, kann sie aber nicht verstehen. Es ist so, als würde alles in Zeitlupe ablaufen. Ich fühle mich, als hätte man mich in eine dicke Schicht Watte eingewickelt. Zitternd schöpfe ich nach Luft und ein Schluchzer entschlüpft meiner Kehle. Meine Tränen laufen ungehindert.

Kyle beendet das Telefonat, steht auf und steckt das Handy zurück in meine Tasche. Mit sanfter Gewalt zieht er mich auf die Füße, nimmt mir meine Sonnenbrille ab und schließt mich fest in die Arme. Diese stumme, zärtliche Geste genügt und ich spüre die Verzweiflung über mir zusammenbrechen.

„Kyle…", schluchze ich an seiner Schulter.

„Sch…", versucht er, mich zu beruhigen und streichelt mir über den Rücken.

„Dad… er… Oh Gott…" Ich will nicht an die vielen verschiedenen Möglichkeiten denken. Kyle legt seine Hand unter mein Kinn und hebt meinen Kopf etwas an.

„Süße, so was darfst du nicht denken. Es wird alles gut, du wirst schon sehen." Beruhigend spricht er auf mich ein. Aber meine Tränenflut kann er nicht zum Versiegen bringen. In meinem Kopf spielen sich die schlimmsten Szenarien ab, warum mein Vater im Krankenhaus ist. Die Furchterregendste ist die Vorstellung eines Herzinfarktes oder Schlaganfalles. Auch die Möglichkeit eines schweren Unfalles lässt bei mir düstere Bilder herauf beschwören.

Sicherlich starren die wenigen anderen Gäste gerade zu uns hinüber. Es ist mir unangenehm, vor ihnen so laut zu weinen, aber ich kann es jetzt nicht ändern. Ich weiß jetzt schon, dass es in spätestens einer halben Stunde die ersten Spekulationen über meinen emotionalen Ausbruch auf irgendwelchen Internetplattformen gibt. Hoffentlich können David und Richard so lange wie möglich geheim halten, dass Dad im Krankenhaus ist. Keiner von uns hat jetzt sicherlich Lust dazu, von unzähligen Lokalreportern belagert zu werden. Meine Überlegungen über den möglichen medialen Rummel machen mich wütend. Am liebsten würde ich die Gaffer anschreien, dass sie sich um ihren eigenen Kram kümmern sollen. Aber das Echo darauf wäre noch größer und unangenehmer. Also schlucke ich, wie so oft, meinen Unmut herunter und halte den Mund.

„Komm, ich bring dich hin." Sanft legt er seinen Arm um mich, nimmt meine Tasche und geht mit mir zum Ausgang. Wir sind fast draußen, als uns die Bedienung mit unseren Getränken entgegenkommt. Kyle schüttelt nur den Kopf und führt mich, ohne auf ihren Protest zu achten, weiter. Inzwischen zittere ich am ganzen Körper. Mir ist so kalt, obwohl die Sonne so fröhlich vom Himmel scheint.

„Wo sind die Schlüssel?"

„In meiner Tasche.", würge ich hervor. Kyle kramt sie umständlich heraus, denn er möchte mich nicht loslassen. Wahrscheinlich hat er Angst, dass ich umfalle, wenn er seine stützende Hand wegnehmen würde.

Behutsam schiebt er mich auf den Beifahrersitz und legt mir sogar den Sicherheitsgurt um. Mein Kopf will immer wieder zu den abscheulichen Gedanken zurück. Ich muss meine ganze Konzentration aufbringen, meinen Kopf so frei wie möglich zu halten.

Es dauert einen Moment, bis Kyle um den Wagen herum gegangen ist und sich hinter das Steuer schwingt.

Die Fahrt zum Krankenhaus kommt mir ewig vor und wir wechseln kein einziges Wort miteinander. Ich hätte es mir gewünscht, wenn er mich irgendwie abgelenkt hätte. Aber Kyle bleibt stumm. Ich fühle mich aber auch nicht in der Lage, das Wort zu ergreifen. Aber er hält meine Hand fest umschlungen. Dennoch ist sie eiskalt. Immer mal wieder streicht er mit dem Daumen über meine Fingerknöchel.
Stumm bete ich zu allen mir bekannten Göttern, sie mögen meinen Vater beschützen. Ich wiederhole es immer und immer wieder, wie ein Mantra.

Kyle stellt den Mercedes in der ersten möglichen Lücke des Parkplatzes vor dem Krankenhaus ab. Ich versuche, mich abzuschnallen. Aber meine zitternden Finger rutschen immer wieder ab.
„Warte, ich helfe dir." Sanft schiebt er sie beiseite und öffnet den Gurt für mich. Meine Knie zittern, als ich aussteige. Sofort legt Kyle seinen Arm um meine Taille, um mich zu stützen.
„Sophie! Kyle!" Hören wir jemanden unsere Namen rufen. Es hört sich sehr nach Lisa an. Suchend sehen wir uns um und entdecken etwas weiter hinten auf dem Parkplatz, David, Molly und Lisa.
Ich löse mich von Kyle und eile auf meinen Bruder zu. Seinem Gesicht ist die Sorge um unseren Vater deutlich anzusehen. Er ist blass und seine braunen Augen haben ihren Glanz verloren. Schluchzend falle ich ihm um den Hals. Ganz fest umarmen wir uns und geben uns Halt. Jemand streicht mir über den Rücken. Es fühlt sich nach einer weiblichen Hand an.
„Wir sollten rein gehen, damit wir erfahren, was mit eurem Vater passiert ist.", sagt Molly bestimmt. Auch wenn ihre Stimme fest ist, kann man auch bei ihr die Sorge heraushören. Mein Bruder legt seinen einen Arm um mich und den anderen um seine Freundin. Gefolgt von Lisa und Kyle gehen wir auf das große Krankenhaus zu. In der Nähe hören wir die Sirenen von Krankenwagen. Das Geräusch lässt mir einen eisigen

Schauer über den Rücken laufen. Dad wurde wahrscheinlich auch mit so einem Gefährt hier her gebracht. Die Ungewissheit darüber, was passiert ist und wie es ihm geht, ist für uns das Schlimmste. Sie lässt die Zeit wie Kaugummi werden und der Weg zu näheren Informationen erscheint mit jedem Schritt länger.

Kaum haben wir die Schwelle des Krankenhauses übertreten, da trifft uns auch schon der Geruch nach Desinfektionsmitteln. Angewidert rümpfe ich die Nase.

David schiebt uns auf Kyle zu und tritt an den Empfangstresen heran.

„Es wird alles gut." Molly streicht mir über die Wange und sieht mich aufmunternd an. Ich beobachte, wie mein Bruder mit dem Herrn am Empfang spricht. Um uns herum herrscht ein reges Kommen und Gehen. In der Luft liegt eine seltsame Mischung aus Freude über die Ankunft eines neuen Erdenbürgers, Trauer, Angst, Hoffnung und Verzweiflung.

„Kommt, er ist noch in der Notaufnahme. Mom und Richard sind auch dort." David ist zu uns zurückgekehrt. Hastig sehen wir uns nach dem Weg um.

„Da lang!" Kyle zeigt auf ein Hinweisschild. So schnell unsere Beine uns tragen, eilen wir in Richtung Notaufnahme.

Wir stürzen regelrecht in den Wartebereich. Er ist zum Bersten gefüllt, teils mit Patienten, die auf eine Behandlung warten und mit Angehörigen, die darauf warten zu erfahren, was mit ihren Lieben passiert ist und wie es ihnen geht.

In der hinteren Ecke entdecken wir Richard und Mom. Ich löse mich von Kyle und renne zu ihnen.

„Mom…" Erneut laufen mir die Tränen ungehindert über die Wangen. Ich weiß auch nicht so richtig, was mit mir los ist. Ich fühle mich, als wär mein Vater bereits tot und dabei weiß ich doch gar nicht, was passiert ist.

„Beruhig dich, Liebes." Sie nimmt mein Gesicht zwischen ihre Hände und sieht mich eindringlich an. Ihre Augen sind gerötet. Garantiert hat Mom auch schon geweint.

„Was ist passiert?", höre ich David Richard fragen. Neugierig lausche ich ihnen.
„Keine Ahnung. Man lässt uns nicht zu ihm oder einem Arzt.", presst unser großer Bruder zwischen zusammengebissenen Zähne hervor. Seine Hände sind zu Fäusten geballt.
„Beruhig dich." Sofort ist Lisa an seiner Seite. „Das bringt doch nichts, wenn ihr euch alle fertig macht oder künstlich aufregt. Molly und Kyle werden jetzt für uns alle Kaffee holen und ihr setzt euch hin und fahrt runter. In der Zwischenzeit versuche ich, eine Schwester zu finden, der du..." Ihr Zeigefinger deutet auf Richard „... noch keine Angst gemacht hast oder die von dir noch nicht total genervt ist." Damit dreht sie sich um und verschwindet zum Infopoint der Notaufnahme.
„Ihr habt sie gehört, setzt euch – Komm Kyle, wir holen Kaffee." Molly deutet auf die Stühle und packt dann den Arm meines Freundes, um ihn Richtung Kaffeeautomat davon zu ziehen.
Erledigt lasse ich mich auf den harten Plastikstuhl fallen. Ganz fest halte ich Moms Hand umklammert. In kurzen Sätzen klärt uns Richard darüber auf, was sie bisher wissen. Aber das ist gleich Null. Sie wissen nur, dass Dad eingeliefert wurde und seit zwei Stunden untersucht und behandelt wird.

„Danke." Ich nehme von Kyle den kleinen Plastikbecher ab. Vorsichtig nehme ich einen Schluck. Gern hätte ich ihn sofort wieder zurück gespuckt. Das Zeug schmeckt grauenhaft. Tapfer schlucke ich es dennoch herunter.
Wir verziehen alle fast gleichzeitig die Gesichter und stellen die Bescher im Fenster hinter uns ab. Da verzichten wir lieber auf Kaffee, als diese Plörre zu trinken.
Stumm warten wir auf Mollys Rückkehr.
Erschöpft lehne ich meinen Kopf gegen Kyles Schulter. Er hat sich neben mich gesetzt und streichelt mir unablässig über den Rücken. Meine Tränen sind immer noch nicht versiegt. Seine Nähe hilft mir aber ein wenig. Sie spendet mir Trost.

Aber mein Kopf arbeitet unaufhörlich weiter. Immer neue Horrorszenarien tauchen auf.

„Und?", fragt Mom hoffnungsvoll als Molly wieder bei uns ist.

„Ich musste einiges an Überzeugungsarbeit leisten. Die Schwestern sind von Rich und seinem Nachfragen schon sehr genervt. Sie dürfen mir nichts über Mitchells Zustand sagen, da ich keine Familienangehörige bin und das die Aufgabe des behandelnden Arztes ist. Leider könnte es noch etwas dauern, bis jemand zu uns kommt. Auf der Interstate gab es einen großen Unfall und ein Teil der Schwerverletzten sind hier her gebracht wurden. Momentan haben sie alle Hände voll zu tun."

Mom atmet erleichtert neben mir aus.

„Wenn die Ärzte andere Patienten behandeln, dann kann es ihm nicht so schlecht gehen." Ihre Worte machen mir ein wenig Mut. Denn wenn Dad ebenfalls schwer verletzt oder erkrankt wäre, dann würden sich die Ärzte ja auch um ihn kümmern.

„Komm Liebes, setzt dich zu mir." Mom klopft auf den Plastikstuhl zwischen sich und Richard.

Schweigend warten wir weiter. Ohne wirklich etwas zu lesen, verfolge ich den Newsticker des Fernsehsenders, der auf dem kleinen Bildschirm in der Ecke läuft. Ich konzentriere mich einzig auf die Stimme der Nachrichtensprecher, um meinen Kopf irgendwie beschäftigt zu halten. Kyle reibt mir immer noch über den Rücken. Langsam müsste ihm alles wehtun, denn er sitzt in einer äußerst unbequemen Haltung da. Richard, Lisa, Molly und David unterhalten sich von Zeit zu Zeit leise. Aber meistens reden Lisa und Molly auf meine Brüder ein, um sie davon abzuhalten, die Notaufnahme Zimmer für Zimmer zu durchsuchen, bis sie Dad gefunden haben. Die Ungewissheit nagt an uns allen.

„Sandra Borough?" Ein älterer Mann in einem weißen Kittel steht an der Tür des Wartebereiches und sieht sich fragend um.

„Ja?" Mom springt sofort auf, als sie ihren Namen hört. Der Arzt winkt sie zu sich.

„Kommt mit." Wir kommen ihrer Aufforderung sofort nach.

„Ähm... ich wollt sie allein sprechen."

„Das sind unsere Kinder und ihre Partner. Es geht sie auch etwas an, was mit meinem Mann ist." Ihre Stimme ist die der Chefin eines Modehauses – sie duldet keine Widerrede.

„Meinetwegen.", brummt er und winkt dann mit seinem Klemmbrett, damit wir ihm folgen.

In der Nähe des Infopoints bleibt er stehen.

„Ihr Mann muss diese Tabletten drei Mal täglich jeweils eine nehmen. In zwei Wochen kann er mit der Physiotherapie beginnen. Der Gips bleibt 6 Wochen dran. Die weitere Behandlung kann ambulant hier im Krankenhaus oder über einen niedergelassenen Chirurgen oder Allgemeinmediziner erfolgen. Eine Schwester wird ihn gleich bringen und dann können sie gehen.", leiert er seine Rede herunter und wir verstehen nur Bahnhof.

„Moment – können Sie uns vielleicht erst einmal sagen, was mit unserem Vater passiert ist?", mischt sich Richard ein und spricht damit das aus, was uns allen durch den Kopf geht.

„Das wissen Sie noch nicht?"

„Würde ich sonst fragen?"

„Eigentlich hätte das schon längst eine der Schwestern erledigen sollen. Ständig muss man deren Job machen.", murrt der Arzt vor sich hin. „Ihr Vater ist bei der Arbeit auf einem frisch gewichsten Boden ausgerutscht und hat sich das Bein gebrochen. Der Steiß ist auch geprellt, darum wird er ein paar Tage nicht richtig sitzen können."

„Danke." Mom ist ihr Unmut über die Vorgehensweise des Arztes anzumerken. Schluckt es aber herunter.

„Was zur Hölle macht ihr alle denn hier?", tönt Dads Stimme über den Flur der Notaufnahme. Sofort drehen wir uns alle um und der Arzt ist vergessen.

Mein Vater sitzt in einem Rollstuhl, der von einem Pfleger geschoben wird. Erstaunt sieht er uns alle an.

„Es ist ja schön, dass ihr da seid, aber warum denn nur? Ich wär auch mit dem Taxi nach Hause gekommen."

„Dad." Ich bin als erste bei ihm und knie mich hin, um ihn umarmen zu können. Tränen der Erleichterung laufen mir über die Wangen.

„Spätzchen, was ist denn los?"

„Wir wussten… nicht… was… mit dir… los ist…", schluchze ich. Mein Vater ist sicher mit der Situation überfordert. Aber ich kann es gerade nicht erklären.

„Sophie, beruhig dich. Ich habe mir doch nur das Bein gebrochen."

„Ich weiß, aber…" Ich muss mich erst mal beruhigen. Damit die anderen zu Dad können, stehe ich wieder auf und wische mir die Tränen aus dem Gesicht. Tief atme ich durch – es geht ihm gut. Nur mit Mühe kann ich ein lautes Auflachen unterdrücken. Ich habe mich so übertrieben benommen und dabei wahrscheinlich lächerlich gemacht. Aber mein Vater bedeutet mir sehr viel und da reagiere ich nun einmal sehr emotional.

Kyle umarmt mich und ich lehne mich an ihn. Am Rand bekomme ich mit, wie meine Brüder unserem Vater die ganze Situation erklären.

„Siehst du, ich habe dir doch gesagt, es wird alles wieder gut.", flüstert mir Kyle ins Ohr. Ich nicke nur und drücke ihm einen Kuss auf die Lippen. Engumschlungen stehen wir zusammen, bis alle Dad begrüßt haben. Die Ereignisse des Tages haben mich grenzenlos überfordert. Ich kann Dads Fragen und den Schilderungen der Anderen nur bedingt folgen. Denn meine Gedanken sind wieder zu dem Gespräch von heute Mittag zurückgekehrt. Jetzt, wo ich mir keine Sorgen mehr um meinen Vater machen muss, beginnt sich mein Kopf wieder mit dem zweiten Thema zu befassen, welches mir arge Bauchschmerzen bereitet. Wollte er es mir wirklich nicht sagen und warum? Ich weiß, dass ich nicht gerade so reagiert hätte, als würde ich ihm vertrauen. Das tue ich ja, aber Naomi traue ich halt nicht. Wie kann ich ihm das nur begreiflich machen?

Nachdem die wichtigsten Dinge erzählt und geklärt sind, brechen wir alle auf. Kyle und ich bilden die Nachhut unserer kleinen Prozession. Mom hat es sich nicht nehmen lassen, den Rollstuhl mit ihrem Mann darin selber zu schieben.
„Willst du mich mal deiner Ex vorstellen?", frage ich ihn leise, so dass Richard und Lisa, welche vor uns laufen, mich nicht verstehen können. Kyle schaut mich betreten an und schüttelt zur Antwort leicht mit dem Kopf. Ich habe nur eine große Frage – Warum?
Ich löse mich von ihm, verschränke die Arme vor der Brust und beschleunige meinen Schritt.
„Wartet, Mom und Dad!", rufe ich und eile zu ihnen nach vorn. Gemeinsam mit meinen Eltern gehe ich hinaus auf den Parkplatz.

Draußen hat der Wind aufgefrischt. Ich streiche mir über die nackten Arme, um die Gänsehaut zu vertreiben.
Ich verabschiede mich als erstes von meinen Eltern und meinen Geschwistern, denn wir sind an meinem Mercedes angekommen. Ich drück auf den Knopf der Zentralverriegelung und steige ein.
Den Kopf zurückgelehnt schließe ich für einen Moment die Augen. Gut, Kyle wollte mir nichts von Naomis Besuch sagen. Vielleicht, weil er meine Reaktion gefürchtet hat? Ich war eigentlich noch nie der eifersüchtige Typ. Aber wenn es um Kyle geht, dann kann ich nicht mehr klar denken und werde regelmäßig von meinen Gefühlen überrannt.
Ich will gerade den Motor starten, als die Beifahrertür aufgerissen wird. Erschrocken fahre ich zusammen und noch

bevor ich etwas sagen kann, setzt sich Kyle neben mich. Ich klappe den Mund auf, sage aber nichts. Also schließe ich ihn wieder.

Ich nehme meine Hand vom Zündschlüssel. Er sieht mich nicht an. Stur schaut er geradeaus. Das Schweigen macht mich zunehmend nervöser.

„Soll ich dich irgendwohin fahren?", frage ich ihn schließlich.

„Nein.", antwortet er mir schlicht.

„Was willst du dann hier?"

„Mit dir reden."

„Und worüber?" Himmel, muss man ihm denn alles aus der Nase ziehen? Ich sehe ihn weiter an, er aber schaut weiter nach vorn. Es fällt mir schwer die Situation einzuschätzen.

„Über uns."

Verzweifelt raufe ich mir die Haare.

„Kyle, du musst schon ein bisschen konkreter werden!", fahre ich ihn an.

Langsam dreht er den Kopf und sieht mich resigniert an.

„Was ist dein Problem?"

Ich atme tief durch. Ihn so anzufahren war nicht fair gewesen.

„Ich verstehe nicht, warum du mir nichts vom Besuch deiner Exfreundin erzählen wolltest."

„Weil ich mir gut vorstellen konnte, wie du reagierst, wenn ich es getan hätte."

„Wie hätte ich denn, deiner Meinung nach, reagiert?"

„Du wärst ausgeflippt und wir hätten uns gezofft."

„Also wie jetzt?"

„Im Prinzip – ja."

Ich greife nach seiner Hand.

„Kyle, ich weiß, dass ich überreagiert habe und ich möchte mich dafür bei dir entschuldigen."

„Es war vielleicht auch nicht besonders klug von mir, dir nichts sagen zu wollen." Ein scheues Lächeln huscht über sein Gesicht.

„Wahrscheinlich.", entgegne ich. Langsam löst sich die Spannung, die die ganze Zeit über im Wagen herrschte.

„Wir sollten lernen, einander zu vertrauen. Ich weiß, dass unsere erste Begegnung alles andere als optimal endete und wir verbringen erst seit einer knappen Woche wieder Zeit miteinander und kennen uns im Prinzip noch gar nicht."

„Da magst du Recht haben. Aber ich vertraue dir voll und ganz." Überrascht sieht er mich bei meinem Worten an.

„Aber warum bist du dann so ausgetickt?"

„Keine Ahnung. Wahrscheinlich, weil ich ihr nicht traue."

„Aber du kennst Naomi ja noch nicht einmal."

„Ja und? Wenn es nach dir ginge, dann würde ich sie ja auch nie kennenlernen. Ich hatte dich gefragt, ob du uns einander vorstellen willst, weil ich meine Vorurteile ihr gegenüber aus dem Weg räumen wollte."

„Oh."

„Ja, oh. Wie hättest du reagiert, wenn einer meiner Exfreunde bei mir gewesen wäre und ich hätte nach ihm gerochen?"

„Ich hätte ihm die Fresse poliert." Unwillkürlich muss ich bei dieser Antwort lachen.

„Siehst du und da soll es mir in Bezug auf dich und Naomi anders gehen?"

„Aber ich habe kein Gefühle mehr für sie."

„Woher soll ich das denn wissen?"

„Weil du mir vertraust?", benutzt er meine Worte von vor wenigen Augenblicken.

„Ja, aber ich kenne sie und eure Beziehung nicht. Du erzählst ja nie etwas."

„Du mir doch auch nicht." Vorwurfsvoll sehen wir uns an. Ich wende als erste den Blick ab.

„Was willst du wissen?", biete ich ihm an. Wenn er keinen Schritt auf mich zugehen will, dann sollte ich vielleicht auf ihn zugehen, damit wir die Differenz überbrücken können.

„Alles."

„Noch genauer, bitte."

„Gut, wie viele gab es vor mir?"

„Drei. Vermutlich wären es mehr gewesen, hätte es die Borough-Inquisition nicht gegeben."

„Gute Männer.", schmunzelt Kyle. Genervt verdrehe ich die Augen, was Kyle mit einem Lächeln quittiert.

„Wie alt warst du bei deinem ersten, festen Freund?" Nachdenklich tippe ich mir mit dem Finger an die Lippen.

„Ich glaube, ich war vierzehn."

„So jung?" Entsetzt sieht er mich an. Ich streiche ihm kurz über die stoppelige Wange.

„Ja, so jung. Aber es war eine sehr jungfräuliche Beziehung."

„Das heißt?"

„Mit ihm ist nichts passiert – noch nicht einmal küssen. Das Höchste der Gefühle war Händchenhalten im Kino."

„Wie lange wart ihr zusammen, wenn ich das so nennen darf?"

„Hm... Etwa ein Jahr."

„Warum ging es zu Ende?"

„Nummer Zwei kam." Ich sehe nach draußen und beobachte kurz das Kommen und Gehen auf dem Parkplatz. Kyle räuspert sich neben mir.

„Ich war jung und ungeduldig. Außerdem hatte ich es satt, immer nur Händchen zu halten, nur weil er Angst vor meinem Vater und meinen Brüdern hatte."

„Wie lange hielt es mit dem Zweiten?"

„Mit Ihm hat es etwa anderthalb Jahre gehalten. Dann hat er Schluss gemacht, weil ich noch nicht mit ihm schlafen wollte."

„Idiot."

„Was sein Pech war, war das Glück eines anderen."

„Ich weiß ja, dass du keine Jungfrau warst, als wir in Paris das erste Mal Sex miteinander hatten. Aber mir gefällt der Gedanke nicht, dass du vor mir schon mit anderen Männern im Bett warst."

„Glaubst du, mir geht es besser mit dem Wissen, dass du mit anderen Frauen Sex hattest?"

„Woher willst du denn wissen, dass du nicht meine Erste warst?"

„Nur so ein Gefühl." Skeptisch zieht er die Augenbrauen zusammen und sieht mich aus zusammengekniffenen Augen an. Aber dann entspannen sich seine Züge wieder.

„Also nehme ich mal an, Nummer Zwei hat dir deinen ersten Kuss gegeben und Nummer Drei hast du deine Jungfräulichkeit geschenkt."

„Nicht ganz." Seine Augenbrauen schießen in die Höhe.

„Das mit Nummer Drei stimmt, aber den ersten Kuss habe ich von einem Jungen auf einer Geburtstagsparty bekommen. Kennst du 'Fünf Minuten im Himmel'?" Kyle nickt. „Naja die Flasche zeigte auf mich und dann auf den Jungen aus meinem Sportkurs und dann ging es in den Schrank. Es war verdammt dunkel da drin und mir haben die Knie geschlottert. Kaum war die Tür zu, da hat er mir seine Zunge in den Hals geschoben."

„Nicht sehr romantisch."

„Nein, das war es in der Tat nicht. Es war sogar richtig widerlich." Kyle beugt sich vor und legt seine Lippen sanft auf meinen Mund. Seine Zunge streicht über meine Unterlippe. Ich öffne sie und gewähre ihm Einlass. Als sich unsere Zungenspitzen berühren, tanzen die Schmetterlinge in meinem Bauch Samba. Es ist ein langsamer Kuss. Ein ganz gemächlicher ohne Hast und Eile.
Als Kyle sich von mir löst, sieht er mir ganz tief in die Augen.

„Das hätte dein erster Kuss sein sollen." Sanft reibt er seine Nase an meiner.

„Ja, das hätte er sein sollen.", hauche ich.

„Gut, da hätten wir das schon einmal geklärt. War dein erstes Mal mit Nummer Drei wenigstens besser als dein erstes Kuss mit einer Partybekanntschaft?"

„Jain."

„Jain?"

„Na eine Kombination aus Ja und Nein." Kyle verdreht genervt die Augen, genauso wie ich vorhin.

„Das ist mir klar. Aber was soll es bedeuten? Hallo Süße, ich bin ein Kerl. Für uns fühlt sich Sex garantiert ganz anders an, als für euch Frauen. Also erklär es mir bitte." Er legt seinen Kopf an die Kopfstütze und sieht mich abwartend an. Wenn ich gewusst hätte, was er alles wissen will, dann hätte ich es ihm nicht angeboten. Er will ziemlich private und intime Dinge wissen. Aber auf der anderen Seite will ich eine feste Beziehung zu ihm und da muss ich ehrlich sein, wenn ich will, dass auch er ehrlich zu mir ist.

„Es war für uns Beide das erste Mal und wir waren unendlich nervös. Er war so süß – hatte Kerzen im ganzen Raum aufgestellt und seiner Schwester die Duftlampe geklaut. Das Ambiente war wunderbar. Aber..."

„Aber?", bohrt Kyle nach.

„Wie du schon sagtest. Für uns Frauen fühlt sich Sex anders an. Nur so viel – es hat wehgetan."

„Oh, tut mir leid."

„Was soll dir da leidtun? Du kannst ja wohl am allerwenigsten was dafür, dass uns Frauen der erste Sex in unserem Leben Schmerzen bereitet. Aber falls es dich beruhigt, ich habe nicht den Spaß daran verloren." Ich blicke unter meinen Wimpern hervor zu ihm rüber und sehe ihn scharf die Luft einsaugen.

„So, du bist dran.", fordere ich ihn auf.

„Meine erste Freundin hatte ich mit sechszehn, wie du ja bereits weißt. Meinen ersten Kuss hatte ich aber mit zwölf, von der großen Schwester meines besten Freundes. Mein erstes Mal hatte ich mit siebzehn, mit wem, kannst du dir denken. Ich war mit Naomi fast zwei Jahre zusammen. Uns fehlten vier Tage bis zur vollen Zwei. Ich war am Boden zerstört, als sie mit mir Schluss machte. Aber ich bin darüber hinweg gekommen." Kyle zuckt mit den Schultern.

„Was war nach Naomi?"

„Dann kamst du."

„Aber die Sache mit ihr ist jetzt fünf Jahre vorbei. Willst du mir etwa damit sagen, dass du in den letzten Jahren als Mönch gelebt hast?"

„Nein, das will ich nicht. Aber ich hatte keine Beziehungen."

Mir fallen vor Staunen fast die Augen aus dem Kopf. Will er mir jetzt wirklich sagen, dass er mit mir eine Beziehung will?

„Ist das mit uns…" Ich lasse meine Frage unvollendet.

„Süße, ich will eine Beziehung mit dir. Ich will mit dir zusammen sein. Ist jetzt wieder alles gut und du hast dein Kriegsbeil der Eifersucht begraben? Du siehst echt heiß aus, wenn du wütend oder eifersüchtig bist. Aber ich kann auf das ganze drum herum verzichten." Ernst sieht er mich an.

Statt ihm zu antworten, lasse ich Taten sprechen.

Kapitel 16
Ein ganz besonderes Geschenk

Ich ziehe den Reißverschluss meines schwarzen Bleistiftrockes nach oben und schlüpfe in rote Peep Toes. Noch ein letzter prüfender Blick in den Spiegel. Meine Haare fallen in großen Wellen über meine Schultern. Meine Augen habe ich dramatisch zu Smokey Eyes geschminkt. Die Lippen habe ich nur mit einem Balsam betont. An den Ohren trage ich die Ohrringe, die ich von meinen Eltern zu meinem achtzehnten Geburtstag bekommen habe. Sie bestehen aus zwei ineinander verschlungenen Ovalen und sind mit Diamanten besetzt.

Ich zupfe noch den Wasserfallausschnitt des roten Tops zurecht und dann kann ich endlich nach unten.

Wie es zu erwarten war, konnte Mom es nicht lassen und hat dem Catering Service die ganze Zeit über die Schulter geschaut. Dad saß derweil auf der Couch und hat es genossen umsorgt zu werden und den ganzen Tag fern zu sehen. Spätestens nächste Woche wird er davon dann die Nase voll haben und sich langweilen. Ich hatte heute meine liebe Müh damit, Mom zu entlasten. Am Ende musste ich sie zwingen, sich mal für eine halbe Stunde zu Dad zu setzen.

Ich stöckle langsam die Treppe nach unten. Die meisten der Gäste sind bereits da. Nur Kyle, David und Molly fehlen noch. Das ist wieder so typisch für meinen Bruder. Zu seiner eigenen Party kommt er erst, wenn bereits alle anderen da sind.
Ich werfe einen Blick durch das Fenster nach draußen. Es fährt gerade ein schwarzer Audi vor und der sieht verdächtig nach Kyles Gefährt aus.
Kurzerhand öffne ich die Haustür und warte auf den Neuankömmling. Mein Freund steigt aus und sieht mal wieder umwerfend aus. Mit einem schiefen Lächeln auf den Lippen schlendert er auf mich zu.
Er nimmt mich in die Arme und gibt mir zur Begrüßung einen Kuss.
„Hallo, schöner Mann.", murmle ich an seinen Lippen.
„Hallo, schöne Frau."
„Komm rein." Einladend halte ich ihm die Haustür auf. Wir verschränken unsere Finger miteinander. Diese kleine Berührung reicht aus, dass die Schmetterlinge meinen Bauch in den Sambadrom verwandeln. Gemeinsam gehen wir in das Wohnzimmer.
Eigentlich wollte ich Mom noch weiter helfen, aber sie hat mir gesagt, ich solle den Abend genießen. Sie ist der Meinung, dass ich den Geburtstagskuchen gebacken habe, reiche völlig aus.
Der Raum ist bereits gut mit Gästen gefüllt. Die eigentliche Party wird dann im Garten stattfinden. Aber wir wollen Dad so

lange wie möglich auf der Couch belassen. Da sitzt er bequemer, als draußen in einen der tiefen Sessel.

Von weitem winke ich Amanda, einer meiner Freundinnen, zu. Sie dreht ihr Champagnerglas gelangweilt zwischen den Fingern.

Wie gehen rüber zu Dad und setzen uns zu ihm auf die Couch.

„Mr. Wallace, herzlich Willkommen." Seine Stimme ist freundlich. Ich hatte ein bisschen Angst, dass er sich nicht an die Abmachung halten würde, aber diese Befürchtungen haben sich aktuell in Wohlgefallen aufgelöst. Mein Vater scheint Kyle als den Mann an meiner Seite zu akzeptieren.

„Hallo Mr. Borough."

„Nennen Sie mich doch Mitchell." Ein Grinsen breitet sich auf meinem Gesicht aus. Denn Dad bietet nur dann jemanden das du an, wenn er Denjenigen auch mag. Wenn nicht, darf man ihn als Außenstehender auf ewig Mr. Borough nennen.

„Gut Mitchell, aber dann nenn mich bitte Kyle. Mr. Wallace ist mein Vater."

„Fein. Ich möchte mich noch bei dir für meinen Auftritt und den meiner Söhne entschuldigen. Es war nicht fair von uns, dich so in die Enge zu treiben."

„Schon in Ordnung. Ich kann eure Beweggründe verstehen. Schließlich habe ich auch eine kleine Schwester und mein Vater und ich haben das mit Kerrys Verehrern auch mal gemacht."

„Aber begeistert warst du dennoch nicht." Dad lacht schallend auf."

„Stimmt. Aber trotzdem konnte ich es sehr gut nachempfinden."

„Ich möchte mich auch bei dir bedanken, dass du Sophie beigestanden hast, als in ihre Suite eingebrochen wurde."

„Da gibt es nichts zu danken. Das war selbstverständlich für mich." Kyle sieht zu mir hinüber und lächelt mich an.

„Sophie, du sorgst dafür, dass er etwas zu trinken bekommt?" Entschuldigend deutet Dad auf sein eingegipstes Bein.

„Na klar." Ich drücke ihm einen Kuss auf die Wange. „Was willst du?", wende ich mich an Kyle.

„Kann ich ein Bier haben? Ich bin nicht so der Champagnerfan." Entschuldigend lächelt er mich an.

„Warte hier. Ich hole dir eines. Glas oder Flasche?"

„Flasche. Danke Süße." Ich beuge mich noch schnell nach unten, um ihm einen Kuss zu geben. Ich flitze schnell in die Küche und hole das Bier für Kyle aus dem Kühlschrank. Bei der Gelegenheit kann ich gleich schnell noch mal nach dem Rechten sehen. Ich sehe nach der Torte und bete zu Gott, dass sie David gefällt und dass sie allen schmeckt. Sie hat eigentlich die Form eines Kuchens und der Boden ist saftig, lecker schokoladig. Die Hälften habe ich mit Nussnugatcreme gefüllt. Das ganze habe ich mit blauer Zuckermasse überzogen und in die Mitte eine kleine Insel gesetzt. Ich hoffe, mein Bruder versteht die Botschaft und tritt mit der Arbeit ein wenig kürzer und gönnt sich mehr Urlaub. Es hat mich einige Stunden gekostet, die Insel zu modellieren. Vor allem die Palmen wollten nicht so halten, wie ich wollte. Sollte David das Design nicht gefallen, den Geschmack wird er auf alle Fälle lieben. Auch wenn er ein erwachsener Mann ist, essenstechnisch ist er ein kleiner Junge geblieben.

Ich wende mich von der Torte ab und gehe zurück ins Wohnzimmer.

Kyle hat inzwischen seinen Platz gewechselt. Er steht am Flügel und Amanda hat ihre Hand allzu vertraut auf seinen Arm gelegt. Schnurstraks gehe ich auf sie zu, schlinge meinen Arm um ihn und halte ihm die Flasche hin. Er legt ebenfalls einen Arm um mich und küsst mich auf die Schläfe. Dann erst greift er sich das Bier und nimmt einen Schluck. Amanda zuckt ein wenig zusammen und schaut mich irritiert an, wenn nicht sogar ein bisschen wütend. Aber ich kann es nicht so genau sagen. Denn so schnell, wie die Gefühle in ihren Augen aufblitzen, so schnell sind sie auch wieder verschwunden.

„Amanda, darf ich dir meinen Freund Kyle vorstellen?" Ich betone das *mein Freund* besonders.

„Kyle, meine Freundin Amanda."

„Wir haben uns bereits bekannt gemacht.", antwortet sie mir ein wenig blasiert und hochnäsig.

„Spätzchen, du hast ja noch gar nichts zu trinken.", platzt Mom dazwischen und drückt mir ein Glas in die Hand, dessen Inhalt eine undefinierbare Farbe hat. Oha, da muss ich aufpassen. Sie hat einen von Dads teuflischen Cocktails gemischt. Meistens sind sie mit jeder Menge harten Alkohol, den man nie schmeckt, aber spätestens nach den ersten anderthalb Gläsern deutlich zu spüren bekommt. Ich nehme einen nur kleinen Schluck.

„Danke Mom."

„Na kleine Schwester, uns begrüßt du wohl heute gar nicht?" Richard und Lisa sind zu uns hinüber gekommen.

„Verzeihung, das war nicht meine Absicht." Schnell umarme ich meinen Bruder und dann seine Freundin.

„Schon gut. Du siehst toll aus. Das Top ist aus der Sommerkollektion, richtig?" Lisa deutet auf mein Oberteil.

„Richtig."

„Es freut mich, dass eine meiner Kreationen bei dir im Schrank hängt." Sie strahlt wie ein Honigkuchenpferd.

„Ich hab noch mehr von dir."

„Da sind endlich Molly und David.", unterbricht Richard unser Gespräch. Sofort wird das Geburtstagskind von den Gästen umringt. Ich halte mich etwas im Hintergrund. Ich will erst einmal abwarten, bis der große Schwung der Gratulanten abgeebbt ist.

„Alles Gute zum Geburtstag, großer Bruder!", gratuliere ich ihm, als ich zu ihm durchgekommen bin.

„Hallo Schwesterchen. Alles in Ordnung bei dir?"

„Ja, warum?" Ich sehe ihm ins Gesicht und er guckt ein wenig düster aus der Wäsche. Er packt meinen Arm und zieht mich etwas aus der Menge heraus. So, dass wir nun ein wenig ungestörter sind.

„Wegen dem Einbruch in deine Hotelsuite." Er klingt ein wenig enttäuscht.

„Aha. David, was ist los?"

„Na… du hattest nichts gesagt." Oh nein, er denkt ich habe es ihm nicht erzählt, weil er mir egal ist. Sanft nehme ich sein Gesicht in die Hände. Er ist frisch rasiert, denn seine Haut fühlt sich noch sehr glatt an.

„Ich habe es nur Mom und Dad erzählt und sonst keinem mehr. Ich habe einfach nicht mehr daran gedacht.", erkläre ich ihm leise. Erstaunen blitzt in seinen Augen auf.

„Auch nicht Richard?", fragt er mich ein kleinwenig verwirrt.

„Nein, auch ihm nicht. Ich habe es keinem von euch gesagt und bei dir hat es nichts damit zu tun, dass mir deine Gefühle oder sonst was egal wären. Ich habe einfach nicht mehr daran gedacht."

„Oh…"

„Ach David. Bitte glaub mir, dass mir deine Meinung nicht egal ist. Okay?"

„Ich glaube, ich habe mich ein wenig hinein gesteigert, als es Dad mir erzählte. Ich dachte, du hättest es allen anderen erzählt, nur mir nicht."

Ich streiche ihm über die Wange.

„Alles wieder gut?"

„Ja und jetzt komm ich mir ein bisschen doof vor." David lächelt verlegen. „Dad hat mir gesagt, dass es Rich schon wissen würde und da hatte ich angenommen, dass du es ihm gesagt hättest."

„Nein, Mom hat es ihm erzählt."

„Wie hat er es aufgenommen?"

„Er hat mich am Telefon zusammengeschrien."

„Typisch. Hast du zurück gebrüllt?"

„Nicht direkt, aber ich habe ihm den Wind aus den Segeln genommen. Du kennst ihn ja. Er macht gern aus einer Mücke einen Elefanten und wenn er ein bisschen rumgepoltert hat, dann ist er beruhigt und es geht ihm besser."

„Stimmt."

„Na ihr Beiden. Bekomm ich meinen Freund wieder?"

„Und ich meine Freundin?" Molly und Kyle sind zu uns gekommen. Ich grinse dümmlich vor mich hin und David verdreht die Augen. Lachend schlage ich ihm auf den Arm.

„Gleich, erst möchte ich meinem großen Bruder sein Geschenk geben."

„Kannst du damit noch einen Moment warten? Ich möchte erst noch etwas sagen.", bittet mich David. Ich nicke und gebe ihn frei. Er nimmt Mollys Hand und zieht sie in die Mitte des Raumes. Kyle stellt sich hinter mich und schlingt seine Arme um meine Taille.

„Okay Leute..." David wartet kurz, bis ihm alle Gehör schenken. „... danke, dass ihr alle da seid. Ich weiß, es ist gerade ein wenig eng hier drin, aber es geht gleich nach draußen. Ihr habt hoffentlich Verständnis, dass wir es unserem Vater ein bisschen bequemer machen wollten. Jedenfalls möchte ich schnell noch etwas sagen, was mir wirklich auf der Seele brennt, bevor die Party losgeht." Er reicht sein Glas an einen seiner Freunde weiter und kramt in seiner Hosentasche herum. Dann geht er langsam vor Molly auf die Knie, die fast sofort in Tränen ausbricht. Auch ich deute die Geste schnell und mir schnürt es vor Rührung die Kehle zu. Mom sitzt gegenüber auf der Couch neben Dad. Auch sie ist überwältigt und gespannt.

„Molly, ich weiß, wir sind erst ein paar Monate zusammen und manche mögen mich für verrückt halten. Aber vielleicht bin ich das auch und zwar verrückt vor Liebe zu dir und nach dir. Du kennst meine Vergangenheit und weißt, dass ich mich nie binden wollte, bis du in mein Leben getreten bist. Ich liebe dich und das mit jeder Faser meines Seins und ich will auf keinen Fall jemals ohne dich sein. Molly Smith, würdest du mir die Ehre erweisen und meine Frau werden und mir damit das größte Geburtstagsgeschenk machen, was ich mir nur wünschen kann?" Gespannt halten alle Anwesenden den Atem an.

„Nichts lieber als das – Ja!", lacht Molly und sofort liegt sie in den Armen meines Bruders und er küsst sie glücklich. Mom wischt sich die Freudentränen aus dem Gesicht.

Amanda macht ein Gesicht, als hätte man ihr das Lieblingsspielzeug weggenommen. Seit sie in der Pubertät war, ist sie schon scharf auf meine Brüder. Hatte aber nie auch nur die kleinste Chance bei ihnen. Sie kam für sie noch nicht einmal als Betthäschen in Betracht. Nur gut, dass Richard und David nie ihren Avancen nachgegeben haben. Ich hab sie als Freundin echt gern, aber als Schwägerin hätte ich sie nie im Leben haben wollen.

Mom und Dad sind die Ersten, die den frisch Verlobten gratulieren. Ich kämpfe mich zu ihnen vor und nehme meinen Bruder und meine zukünftige Schwägerin gleichzeitig in den Arm.

„Himmel, das ist so toll! Willkommen in der Familie. Ich kann gar nicht sagen, wie glücklich ich darüber bin."

„Danke." Beide strahlen mich an. Es tut so gut, sie so zu sehen. Eine kleine Träne rollt mir über die Wange und David wischt sie mir weg. Ich würde ihnen gern noch länger gratulieren, aber Richard drängelt hinter mir.

Ich gehe zurück zu Kyle und meinem wartenden Glas. Ich nehme einen kräftigen Schluck. Mein Herz schlägt wild vor Freude. Ich sehe rüber zu meinen Eltern. Mom sitzt selig neben Dad, der seinen Arm um sie gelegt hat und wischt sich immer wieder die Freudentränen weg. Ich glaube, sie sind im Moment die glücklichsten Menschen der Welt.

„Was sagt man dazu?", fragt mich Kyle, nachdem er vom Gratulieren zurückgekommen ist.

„Die Beiden sind so glücklich miteinander und heute hat nicht nur David ein großes Geschenk bekommen, sondern auch unsere Eltern." Wir sehen beide zu David und Molly rüber, die immer noch von den anderen Gästen belagert werden. Da mein Glas leer ist, nimmt es mir Kyle ab und

macht sich daran, mir ein Volles zu besorgen. Dabei schlendert er durch die Gäste und betreibt hier und da ein wenig Small Talk. Die Verlobung ist Gesprächsthema Nummer 1.
Während ich warte, beobachte ich Richard und Lisa. Es wurden zwar noch keine Andeutungen gemacht, aber ich bin mir sicher, dass es bei den beiden auch nicht mehr lange dauern wird.

„Hier." Kyle hält mir ein neues Glas mit dem Höllenwasser hin. Genießerisch nehme ich einen Schluck. Er stellt sich wieder hinter mich und ich lehne mich leicht an ihn. Der Alkohol beginnt bereits, ganze Arbeit zu leisten.

„Mmh… du riechst verführerisch." Er schnuppert an meinen Haaren und schiebt gleichzeitig seine Hüften nach vorn, so dass ich seine Erektion an meinem Po spüren kann.

„Sag mal, habe ich dir schon einmal mein Zimmer gezeigt?", frage ich ihn schnurrend. Natürlich kenne ich die Antwort darauf, aber das gehört einfach zu diesem kleinen Spiel dazu.

„Nein.", raunt er mir ins Ohr und küsst mich sanft am Hals.

„Na das müssen wir dann mal ändern." Ich greife nach seiner Hand und ziehe ihn hinter mir her. Mein Glas stelle ich unterwegs auf irgendeinem Tisch ab. Unentdeckt schlüpfen wir aus dem Raum.

Schnell eilen wir die Treppe nach oben. Wir hasten in mein Zimmer und kaum ist die Tür zu, da krachen auch schon unsere Münder aufeinander. Unsere Hände wandern hastig über den Körper des Anderen. Mit fahrigen Fingern entledigen wir uns unserer Kleidung. Nackt landen wir auf meinem Bett.

Kyles Mund wandert über meinen Kiefer. Seine Zunge leckt sich an meinem Hals entlang zu meinen Brüsten. Ich spüre seinen schnellen Atem auf meiner Haut. Als seine Lippen meine Brustwarze finden, rauscht die pure Leidenschaft durch meine Adern. Seine Hand streichelt die Innenseite meines Oberschenkels und hinterlässt eine Gänsehaut.

Ich verkralle mich in seinen Schultern und spüre seine Muskeln arbeiten.
Er arbeitet sich leckend und saugend über meinen Oberkörper nach unten und dann wieder nach oben, bis seine Lippen wieder auf meinen liegen und unsere Zungen wieder ihren erotischen Tanz vollführen.
Ich löse eine Hand von seinem Körper und wühle blind in meinem Nachtschrank.
Hinter seinem Rücken reiße ich das Kondompäckchen auf und schiebe meine Hände zwischen unsere Körper. Mein Handrücken gleitet über seinen Bauch und Kyle stöhnt an meinem Mund.
Als ich seine Härte gefunden habe, fummle ich es drüber. Da ich nichts sehen kann, brauche ich ein bisschen Zeit, bis ich es geschafft habe.
Ich reibe meine Hüften an seiner und wir stöhnen beide auf. Kyle packt meine Hüften und dringt quälend langsam in mich ein. Es ist wunderbar, ihn in mir zu spüren. Er gleitet fast komplett aus mir heraus und dann wieder in mich hinein. Ich schreie vor Lust auf und schlinge meine Beine um seine Hüften. Ich biege mich ihm entgegen. Wieder gleitet er fast aus mir heraus um dann wieder langsam in mich einzudringen. Meine Fingernägel hinterlassen rote Striemen auf seinem Rücken und ich höre sein Stöhnen.
Die Muskeln in meinem Unterleib ziehen sich zusammen und ich spüre den Orgasmus anrollen. Er erwischt mich voll. Verloren schreie ich seinen Namen und kurz nach mir findet er seine Erlösung.
Zitternd und schwer atmend bricht er auf mir zusammen. Ich streiche Kyle über den Rücken und spüre den Schweiß unter meinen Fingern.
„Sophie… ich…", setzt er an.
„Ja?", keuche ich.
„Ach nichts." Ich bin viel zu befriedigt, um noch einmal nachzufragen.

Nachdem wir halbwegs wieder bei Verstand sind, ziehen wir wieder unsere Kleider an. Ich richte noch einmal meine Haare und mein Make up. Es soll ja niemand Verdacht schöpfen, was wir hier oben getrieben und vor allem, wie wir es getrieben haben.
Leise schleichen wir uns wieder die Treppe nach unten.

Als wir unten ankommen, ist die Party bereits nach draußen gezogen und im vollen Gange. So unauffällig wie möglich, stehlen wir uns in den Garten.
Molly kommt auf uns zu und hat ein dickes Grinsen im Gesicht.
„Sophie! Kyle! Wo habt ihr gesteckt? Wir haben euch gesucht, denn den Geburtstagskuchen sollte die Bäckerin schon persönlich präsentieren."
Ich löse mich von meinem Freund und flitze in die Küche. Das Büffet wurde größtenteils schon in das Zelt gebracht. Nur der Wagen für die Torte steht noch da.
Vorsichtig hebe ich sie darauf und stecke die Kerzen an den Rand. Meine Hand zittert leicht, als ich sie anzünde. Mein Herz schlägt mir bis zum Hals. Wenn ich mich damit irgendwann einmal selbständig machen will, dann muss es den Leuten gefallen, was ich so produziere. Ich gebe den Kellnern die Anweisung, dass sie mir mit der Torte folgen sollen.

Ich schlage mit einem Löffel gegen ein leeres Glas. Es dauert einen kleinen Augenblick, aber dann verstummen die Gespräche. Ich sehe David an, der mit erhobenen Augenbrauen und Molly im Arm, da steht.
„Liebe Molly, meine Schwägerin in Spe, danke, dass du meinen Bruder liebst und ihn zu einem glücklichen Mann machst. Ihr Beide, du und David, habt uns heute, mit eurer Verlobung, ein riesen Geschenk gemacht. Trinken wir auf die zukünftigen Eheleute Mr. und Mrs. David Borough." Molly läuft bei meinen Worten leicht rot an. Mein Bruder drückt ihr grinsend einen Kuss auf die Wange. Alle erheben ihre Gläser

und trinken auf das Wohl der Beiden. Dann wende ich mich meinem Bruder zu.

„David, danke, dass du der bist, der du bist und dass du immer für mich da bist, egal in was für einer Lebenslage. Ich wünsche dir alles erdenklich Gute zum Geburtstag. Ich hab dich lieb." David löst sich von Molly und kommt zu mir, um mich in den Arm zu nehmen.

„Danke Kleines. Du bist die beste, kleine Schwester, die sich ein großer Bruder wünschen kann. Ich hab dich auch lieb.", flüstert er mich zu, so dass nur ich es hören kann. Tränen der Rührung steigen in mir auf. Da ich Angst habe, aufzuschluchzen, wenn ich etwas sage, halte ich lieber den Mund und wisch mir die Tränen aus dem Gesicht. David hält mich noch ein bisschen fest, damit ich mich im Schutz seines Körpers ein bisschen sammeln kann.

Als ich mich halbwegs wieder beruhigt habe, löse ich mich von ihm.

„Würdest du uns die Ehre geben und das Buffet eröffnen." Ich habe jetzt richtigen Kohldampf. Mein Bruder nickt und gemeinsam gehen wir zu dem aufgebauten Essen. Auch meine Torte hat sich inzwischen an ihrem Platz eingefunden.

„Nervös?", fragt er mich.

„Wie kommst du denn darauf?"

„Naja, du siehst ein bisschen gehetzt aus."

Alle Gäste haben sich um uns versammelt. Ich bin wohl nicht die Einzige, die Hunger hat. Außerdem muss man den höllischen Cocktails etwas entgegen setzen. Denn Dad hat man den Sessel aus dem Wohnzimmer nach draußen geholt und ihm einen kleinen Tisch zur Seite gestellt, auf dem alles steht, was er braucht, um sie zu brauen.

„Ist die von dir?", fragt mich David und deutet auf die Torte.

„Ja." Er drückt mir einen dicken Kuss auf die Wange.

„Liebe Gäste. Meine Schwester Sophie hat mir heute auch ein tolles Geschenk gemacht – diese schöne Torte." Die Gäste klatschen Beifall und ich laufe rot an.

„Ich hoffe, sie schmeckt dir."

„Das wird sie garantiert. Du hast es echt drauf Schwesterchen. Weißt du was?"

„Ähm... nein."

„Rich und ich hatte gestern ein kleines Gespräch und wenn du dein Studium schaffst, dann bekommst du von uns beiden das Startkapital für deine Patisserie." Bei diesen Worten schnellt mein Kopf in die Höhe

„Was? Aber du hast sie doch noch gar nicht gekostet!"

„Wenn sie nur halb so gut schmeckt, wie sie aussieht, dann wird sie ein Gedicht sein. Also, was hältst du von unserem Vorschlag? Mache dein Studium gut und wir finanzieren dir den Laden."

„Oh mein Gott! Das ist unglaublich. Ja!" Überglücklich falle ich ihm um den Hals. Während David alle Kerzen auspustet, suche ich Richard.

„Gott, Danke!", kreische ich ihm ins Ohr, als ich ihm förmlich in die Arme gesprungen bin.

„Er hat dich gefragt. Aus deiner Reaktion schließe ich, dass du unsere Angebot annimmst?"

„Auf jeden Fall. Ihr seid die besten Brüder!"

„Das wissen wir.", lacht er und drückt mich fest an sich. Gott, ich fühle mich richtig leicht. Ganz so, als würde ich fliegen.

Der Kuchen wird angeschnitten und die Gäste stürzen sich hungrig auf das ganze Essen. Ich beobachte David dabei, wie er sich den ersten Bissen meiner Kreation in den Mund steckt und einen Augenblick später genüsslich die Augen schließt.

Seine Augen suchen mich und als er mich entdeckt hat, hält er einen Daumen in meine Richtung nach oben. Erfreut klatsche ich in die Hände. Der letzte Rest der Anspannung fällt von mir ab – es schmeckt ihm. Später am Abend bekomm ich von den Gästen jede Menge Lob. Das zeigt mir, dass ich es vielleicht doch schaffen könnte.

Den ganzen Abend über fließt der Alkohol in Strömen und auch Dad mixt literweise seine Cocktails. Ich selber habe nicht wenig davon intus.
Als sich nach und nach die Gäste verabschieden und nur noch Mom, Dad, David, Molly, Richard, Lisa, Kyle und ich da sind, verlegen wird die Party wieder ins Wohnzimmer. So ist es auch für meinen Vater bequemer. Mit Mom und Molly liefere ich mir ein hartes Karaoke Battle. Ich weiß jetzt schon, dass ich es morgen früh bereuen werde. Denn meine Brüder werden es nicht lassen können und ziehen mich dann mit meinem nicht vorhandenen Gesangstalent auf.
Ich weiß nicht wann, aber irgendwann haben sich Richard und Lisa abgesetzt. Aber schlafen werden sie garantiert noch nicht. Da alle gut dem Alkohol zugesprochen haben, wurde beschlossen, dass sie alle hier bleiben. Wir haben ja genug Platz, um für jeden einen Schlafplatz zu finden.

Frustriert starre ich an meine Zimmerdecke. Das ist echt nicht fair. Lisa und Richard, sowie Molly und David schlafen zusammen in den alten Zimmern meiner Brüder und ich muss hier allein liegen, da Kyle in das Gästezimmer verfrachtet wurde. Ich komme mir vor wie ein Burgfräulein, das man in seinen Turm gesperrt hat.
Aber nicht mit mir! Ich wohne schon mein ganzes Leben in diesem Haus und kenne jede Ecke und jede knarrende Diele.
Auf leisen Sohlen schleiche ich nun über den Flur, um zum Gästezimmer zu gelangen.
Leise und ohne anzuklopfen, öffne ich die Tür zu Kyles Zimmer. Hier ist es stockfinster. Aber dank des Schleichens durch den Flur, haben sich meine Augen schon daran gewöhnt und ich kann seinen Körper unter der Bettdecke ausmachen. Er liegt auf dem Rücken und ist anscheinend genauso schlaflos wie ich. Denn er dreht den Kopf in meine Richtung.
„Hallo, schöne Frau.", raunt er in der Dunkelheit.
„Hallo, schöner Mann.", gebe ich zurück. Ich setze mich auf die Bettkante neben ihn. Aber ich bleibe nicht lange in dieser

Position. Denn ehe ich mich versehe, liege ich unter Kyle und sein Mund auf meinem.

Genüsslich räkle ich mich im Bett und haue Kyle ausversehen meine Hand auf die Nase.
„Ups… Tut mir leid." Ich drehe mich schnell zu ihm um. Er hat sich die Hand ins Gesicht gepresst und funkelt mich ein bisschen böse an.
„Danke für den Weckruf.", nuschelt er. Obwohl ich eigentlich nicht lachen dürfte, kann ich nicht an mir halten und breche in schallendes Gelächter aus. Missmutig sieht er mich an. Zur Entschädigung hauche ich ihm einen Kuss auf die lädierte Nase.
„Morgen."
„Hm… Morgen." Er ist immer noch nicht besänftigt. Ich schwinge meine Beine aus dem Bett, um aufzustehen, aber auch das scheint ihm nicht zu passen.
„He! Wo willst du hin?", protestiert er.
„Ich will unter die Dusche und dann frühstücken. Die Anderen sind bestimmt schon unten." Ich greife nach meiner Jogginghose und meinem T-Shirt und ziehe mir beides über. Schließlich kann ich schlecht im Eva-Kostüm durch das Haus laufen.
Kyle liegt in dem breiten Bett in unserem Gästezimmer und hat die Arme hinter dem Kopf verschränkt. Die Decke verhüllt ihn erst ab dem Unterbauch abwärts. So habe ich freie Sicht auf seine gut gebaute Brust, den angespannten Bizeps und die Bauchmuskulatur. Das Wasser läuft mir im Mund zusammen und die Leidenschaft pulsiert in mir. Die Bettdecke zeigt eine unmissverständliche Ausbuchtung. Sie lässt keinen Zweifel aufkommen, dass es ihm nicht anders geht. Ich bin schon versucht, meine Sachen wieder auszuziehen, als es im Flur poltert und kurze Zeit später klopft es an die Tür.
„Sophie, da du weder in deinem Zimmer, noch beim Frühstück bist, vermute ich dich mal hier drin.", dringt Richards Stimme zu uns. Ich verdrehe die Augen. Er hat echt

ein ungünstiges Timing. Schnell küsse ich Kyle, der über die Störung auch nicht sehr begeistert ist.

„Bis gleich beim Frühstück.", murmle ich an seinem Mund.

Als ich hinaus auf den Flur will, wäre ich fast mit Richard zusammengestoßen. Vor Schreck springe ich einen Schritt zurück und presse mir die flache Hand auf die Brust.

„Himmel! Richard! Muss das sein!?", fahre ich ihn an.

„Ja." Er funkelt mich böse an und schielt an mir vorbei in das Zimmer. Ich werfe einen Blick über meine Schulter und sehe, wie Kyle die Hand zum Gruß erhebt, den Oberkörper immer noch skandalös sexy unbedeckt. Ich schiebe meinen Bruder ein Stück zurück und ziehe die Tür hinter mir ins Schloss.

„Musste das echt sein?"

„Wir sind alle schon beim Frühstück, nur ihr fehlt und Mom und Dad hätten gern alle am Tisch."

„Da hätte auch Klopfen gereicht und Bescheid sagen. Du hättest nicht gleich Wache schieben müssen."

„Und du hättest in deinem Bett schlafen müssen." Er fuchtelt mit ausgestrecktem Zeigefinger vor meiner Nase herum. Aufgebracht schlage ich danach.

„Warum?"

„Weil du ein naives Mädchen bist."

„Richard, fang nicht schon wieder an. Ich dachte eigentlich, du wärst ein erwachsener und aufgeklärter Mann. Aber da habe ich mich wohl arg getäuscht." Ich dränge mich an ihm vorbei um in mein Zimmer und unter die Dusche zukommen. Aber leider folgt mir mein Bruder.

„Was meinst du damit?", verlangt er zu wissen. Ich wirble zu ihm herum und meine langen Haare fliegen ihm dabei ins Gesicht.

„Du weißt schon, dass ich ein Sexleben besitze?"

„Mir wäre es lieber, wenn du keines hättest."

„Tja, da hast du Pech gehabt. Es geht dich zwar nichts an, aber Kyle und ich haben regelmäßigen und hammermäßigen SEX!" Das letzte Wort schreie ich ihm ins Gesicht.
„Sophie!", ruft er empört.
„Was? Wenn es dir nicht passt, dann lass mich in Ruhe oder akzeptier endlich, dass ich erwachsen bin. Ich mache mir doch auch keine Illusionen darüber, dass du und Lisa immer nur Händchen haltet und David und Molly sind ja wohl die Schlimmsten von uns allen!" Damit knalle ich ihm meine Zimmertür vor der Nase zu. Sein wütendes Klopfen ignoriere ich. Ich ziehe mich aus und gehe unter die Dusche. Ich muss mich jetzt erst einmal beruhigen.

Frisch geduscht, angezogen und etwas ruhiger mache ich mich auf den Weg nach unten. Es wurde der große Tisch im Esszimmer gedeckt und es sitzen bereits alle darum. Aber nur die Hälfte von ihnen scheint lebensfähig zu sein. Mom, Molly und David sehen ziemlich verkatert aus. Lisa, Dad und Kyle sehe frisch aus wie immer. Ich gebe jedem einen Kuss auf die Wange, außer Kyle. Ihn küsse ich ausgiebig auf den Mund. Herausfordernd sehe ich Richard an, der mich wütend über den Rand seiner Zeitung anfunkelt. Aber ich ignoriere es.
Ich setze mich und beginne auch endlich mit meinem Frühstück. Während des Essens herrscht Stille am Tisch, die nur ab und zu vom Rascheln der Zeitung unterbrochen wird. Mom und Dad verabschieden sich relativ schnell vom Tisch. Sie wollen zurück ins Bett. Meine Mutter muss ihren Kater noch ein bisschen pflegen und mein Vater will sich noch etwas ausruhen. Der Tag gestern war sehr anstrengend für ihn.
Lisa wirft immer wieder verstohlene Blicke zwischen mir und ihrem Freund hin und her. David und Molly sehen aus, als würden sie nie wieder einen Tropfen Alkohol anrühren wollen. Das Einzige, was sie zum Frühstück zu sich nehmen ist ein Glas Wasser und Kopfschmerztabletten.
Ich konzentriere mich auf mein Essen und überlege mir, was ich in der nächsten Woche alles machen werde. Nur am Rand

bekomme ich mit, wie Kyle erzählt, dass er mit seiner Schwester heute zu ihren Eltern fährt. Da werde ich den Tag heute also nicht mit meinem Freund verbringen. Vielleicht fahre ich ins Fitnessstudio. Im Moment erachte ich es noch als ein bisschen früh, seine Eltern kennenzulernen. Darum bin ich ganz froh darüber, dass er bisher noch nicht auf die Idee gekommen ist, mich ihnen vorzustellen. Dass er meine Eltern schon kennt, hat ja auch ganz andere Gründe.

Leider fährt Kyle schon direkt nach dem Frühstück. Eng umschlungen stehen wir an seinem Audi und verabschieden uns voneinander.

„Danke, dass du gestern da warst." Ich zögere die Prozedere weiter hinaus, um Richard zu ärgern, der dabei ist, David und Molly in sein Auto zu verfrachten. Er und Lisa werden die zwei Sumpfdrosseln nach Hause bringen, damit sie ihren Rausch ausschlafen können. Von ihnen allen hatte ich mich bereits verabschiedet.

„Keine Ursache. Ich konnte Zeit mit dir verbringen, also war es für mich ein gelungener Abend. Ein sehr gelungener Abend." Er beißt mir sacht in die Halsbeuge. „Kann es sein, dass du Rich ärgern willst?", fragt Kyle mich mit rauer Stimme.

„Genau."

„Ich habe vorhin euren Streit gehört. Unser Sexleben geht niemanden etwas an. Das ist eine Sache zwischen dir und mir." Er klingt wütend. Super, noch einer der sauer auf mich ist.

„Er hat mich provoziert. Was hätte ich denn machen sollen?"

„Ihn ignorieren?"

„Kyle, man kann Richard nicht ignorieren. Aber ich habe ihm etwas zum Nachdenken gegeben und ich hoffe, dass er endlich kapiert, dass ich erwachsen bin."

„Er wird dich immer als kleines Mädchen sehen – David genauso. Du bist ihre kleine Schwester, auf immer und ewig."

„Woher willst du das denn wissen?"

„Ich bin auch ein großer Bruder – schon vergessen?"
„Nein."
„Na also. Wir großen Brüder reden uns gerne ein, dass unsere kleinen Schwestern kein sexuelles Verlangen haben. Auch wenn wir, ganz tief in uns, wissen, dass das nicht so ist. Es ist immer leichter, sich etwas einzureden."
„Okay, ich habe es verstanden. Danke für die Standpauke."
„Gern geschehen. Sophie, ich wollte dir eigentlich noch etwas sagen."
„Schieß los." Erwartungsvoll sehe ich ihn an.
„Also. Sophie, ich..." Kyle stockt. Wieder warte ich ab.
Plötzlich zerreißt sein Klingelton die Stille. Genervt atmet er aus und schaut auf das Display, geht aber nicht ran.
„Ich muss los." Entschuldigend sieht er mich an.
„Dann sagst du es mir halt später. Bis dann."
„Okay. Bye." Er gibt mir noch einen schnellen Kuss und steigt dann ein.

Ich sehe ihm hinterher. Neben mir knirscht der Kies unter Richards Schuhen.
„Okay, es tut mir leid.", sage ich zu ihm, ohne hinzusehen.
„Woher weißt du, dass ich es bin?", fragt er mich erstaunt.
„Ich kenne deinen Gang. Aber es tut mir trotzdem leid."
„Mir auch. Was auch immer zwischen Kyle und dir abgeht, geht mich nichts an. Auch wenn mir der Gedanke daran nicht gefällt."
„Welcher Gedanke? Dass es dich nichts angeht, oder dass wir S..."
„Sophie, bitte! Ich will es nicht wissen. Belassen wir es dabei, in Ordnung?"
„Einverstanden."
„Lisa und ich werden die Schluckspechte jetzt nach Hause bringen. Kommst du klar mit Mom und Dad?"
„Fahrt ruhig und macht euch noch einen schönen Sonntag. Wenn was sein sollte, kann ich dich ja anrufen."

„Gut, Kleines." Richard drückt mir einen Kuss auf die Wange und steigt zu den Wartenden in seinen Wagen. Ich winke ihnen noch hinterher und dann gehe ich wieder ins Haus.
Auf dem Weg nach oben werfe ich einen Blick ins Schlafzimmer meiner Eltern, um nachzusehen, ob alles okay ist. Der Raum ist abgedunkelt und beide liegen im Bett und schlafen fest.
Ich hole meine Sportsachen aus meinem Zimmer und hinterlasse ihnen in der Küche eine Nachricht, wo ich bin.

Im Studio ist es relativ leer. Da meine Mitgliedskarte noch nicht da ist, muss ich mich wieder ausweisen, bevor ich in die Umkleide kann.
Auch hier ist es leer. Schnell ziehe ich mich um und verstaue meine Sachen in meinem Spind.
Am Tresen im Trainingsbereich hole ich mir eine Flasche ab und schwinge mich auf einen der Fahrradergometer am Fenster und genieße den Blick über den See.
„Hallo Sophie."
„Hallo Maja. Dich hätte ich jetzt nicht erwartet." Erstaunt sehe ich sie an.
„Sonntags trainiere ich am liebsten. Da ist es immer so schön ruhig – ohne die Gaffer und Tussen."
„Ich bin das erste Mal an einem Sonntag da. Ich glaube, das könnte mir gefallen."
„Wie war deine Woche?"
„Wunderbar und anstrengend.", antworte ich ihr ein wenig außer Atem.
„Ah, dein Freund war da." Verschwörerisch grinsen wir uns an und ich nicke.
„Wie war deine Woche?"
„Es war wieder eine von diesen, wo man sich schon am Montagmorgen wünscht, dass doch bitte schon wieder Freitagabend wäre."
„Das hört sich ja nicht so gut an."

„Ist es auch nicht. Wir wurden vor kurzem verkauft und jetzt stehen vermutlich eine Menge Umstrukturierungen an. Ich bin die Assistentin der Geschäftsleitung und jetzt kommen alle Mitarbeiter mit jeder Menge Fragen zu mir. Manchmal möchte ich einfach meine Bürotür abschließen und allen sagen, dass sie abhauen sollen und mich doch bitte mal für zehn Minuten in Ruhe lassen sollen. Dabei weiß ich selber noch nicht einmal, ob ich meinen Job behalten werde, oder ob ich gehen muss." Sie sieht mich gequält an.

„Das ist wirklich heftig."

„Hast du schon was von der Uni gehört?", wechselt Maja das Thema.

„Nein, leider noch nicht. Ich sitze schon wie auf heißen Kohlen. Inzwischen denke ich, dass dieses Gespräch nicht das Schlimmste daran ist, sondern die Warterei und die Ungewissheit. Immerhin habe ich es noch fristgerecht, direkt nach dem Gespräch mit meinem Bruder, abgeschickt."

Nach unserer Aufwärmphase auf dem Ergometer wechseln wir zu den Kraftgeräten und schinden unsere Muskeln. Nach einer Stunde erhebt sich Maja ächzend und streckt sich.

„Machst du heute wieder länger? Ich hätte es geschafft."

„Ja, ich mach noch ein bisschen."

„Okay. Bleibt es bei unserem nächsten gemeinsamen Training?"

„Ja, ich muss unbedingt wieder regelmäßiger ins Fitnessstudio."

„Ist dein Freund so fordernd?" Lachend streckt sie mir die Zunge heraus.

„Ja und nein." Wir grinsen uns an.

„Wollen wir nach dem Sport dann noch was zusammen essen gehen? Als Belohnung für unsere Schinderei?"

„Gern."

„Gut, also abgemacht. Bis dann, Sophie."

„Bye, Maja."

Ich trainiere noch eine dreiviertel Stunde und gebe dann auf. Manchmal muss man wissen, wann man etwas beenden muss.

Ich schlurfe in die Umkleide, schnappe mir meine Klamotten und gehe zu den Duschen. Dort steht wieder die kleine Mexikanerin und hält mir freudestrahlend ein flauschiges Handtuch hin. Ich lächle zurück und greife danach. Dabei hält sie mir eine Fotografie entgegen. Interessiert sehe ich darauf. Es wurden ein Mann und drei kleine Kinder fotografiert.

„Mi marido y mis hijos.", flüstert sie. Wenn ich richtig verstanden habe, dann sind das ihr Mann und ihre Kinder. Ich drücke ihren Arm. Denn ich wüsste nicht, was ich jetzt zu ihr sagen könnte. Zumal uns die Sprachbarriere ein wenig behindert. Aber manchmal sagen Gesten mehr als Worte. Wehmütig sieht sie das Bild an und ich gebe ihr Zeit allein, um sich zu sammeln, indem ich duschen gehe.

Als ich fertig bin, hätte ich gern noch einmal mit ihr gesprochen und versucht zu erfahren, warum sie hier arbeitet. Leider wird daraus nichts, denn eine kleine Gruppe Frauen hat den Duschraum betreten. Ich möchte die Handtuchlady nicht in Schwierigkeiten bringen, also verschiebe ich das Gespräch auf einen späteren Zeitpunkt.

Die strahlende Sonne begrüßt mich, als ich aus dem Gebäude auf die Straße trete. Das Wetter ist heute wunderbar und darum habe ich draußen geparkt. Das Auto wird sich zwar aufgeheizt haben, aber das werde ich aushalten. Außerdem habe ich immer noch ein mulmiges Gefühl, wenn ich in Tiefgaragen parke. Das Erlebnis von letzter Woche steckt mir immer noch in den Knochen.

Als ich um die Ecke auf den Parkplatz biege und mein Wagen in Sicht kommt, bleibe ich wie angewurzelt stehen. Naomi lehnt an meinem wunderschönen Mercedes.

Ich setze meine dunkle Sonnenbrille auf und gehe auf sie zu. Ob sie weiß, dass ich weiß, wer sie ist? Als ich fast bei ihr angekommen bin, entdeckt sie mich und nimmt ihren knochigen Hintern von meinem Auto. Wenn sie weg ist, muss ich unbedingt nachsehen, ob der Lack in Ordnung ist. Wenn so ein dürrer Körper dagegen lehnt, muss man ja Angst haben, dass sie mir die ganze Karosserie zerkratzt.

Sie trägt ebenfalls eine dunkle Sonnenbrille. Ihre blonden Haare sind offen und wehen in der leichten Brise.

Auch wenn ich ihren Blick nicht sehen kann, so fühle ich ihn doch. Sie mustert mich von oben bis unten.

Ohne Naomi weiter zu beachten, gehe ich zu meinem Kofferraum und stelle meine Sporttasche hinein. Die Klappe knalle ich so laut zu, wie ich es meinem kleinen Liebling antun kann. Naomi zuckt sofort zusammen. Schnell verstecke ich mein Lächeln.

Mit vor der Brust verschränkten Armen sehe ich sie abwartend an. Warum sollte ich als Erste sprechen? Denn immerhin ist sie ja zu mir gekommen und nicht umgekehrt. Sie hält mir ihre Hand zum Gruß hin, aber ich ergreife sie nicht. Mit einem Schulterzucken lässt sie sie wieder sinken.

„Hi, ich bin Naomi." Leider ist ihre Stimme recht schön. Aber einwickeln wird sie mich damit nicht können.

„Ja und?", frage ich abweisend und unverkennbar frostig. „Wenn Sie nur gekommen sind, um mir Ihren Namen zu nennen, kann ich Ihnen gleich sagen, dass es mir egal ist, wer Sie sind. Wenn Sie mich jetzt entschuldigen würden – ich habe noch viel zu tun." Was das sein soll, weiß ich zwar selber noch nicht. Aber das wird sich schon im Laufe des Tages zeigen. Ich schiebe mich an ihr vorbei, um einzusteigen.

„Hat Kyle Ihnen erzählt, dass ich bei Ihm war und dass wir äußerst nette Stunden miteinander verbracht haben?" Ich bleibe stehen, meine Hand auf dem Türgriff. Ich kann diese Schrulle nicht ab. Wenn ich schon ihren Namen höre, steigt die Galle in mir auf.

„Ja, das hat er." Ihre Augenbrauen schießen in die Höhe. Anscheinend hat sie diese Antwort nicht erwartet. „Wenn das dann alles wäre – einen schönen Tag noch."

„Ich weiß echt nicht, was er an Ihnen findet. Sie sind höchstens Durchschnitt – Ihr Hintern ist zu dick, Ihre Haar sind einfach nur braun und Ihr Gesicht ist auch recht langweilig." Mit einer herablassenden Geste ihrer Hand, welche ihre Stimmlage noch unterstreicht, betrachtet sie mich. Wut steigt in mir auf, aber ich lasse sie nicht nach außen.

„Mag sein. Aber wenigstens bin ich nicht so dürre. Wenn Sie an den See gehen, um die Enten zu füttern, dann kommen doch bestimmt die Enten zu Ihnen und wollen Sie füttern. Da die kleinen, lieben Entchen Angst haben, dass Sie bei dem kleinsten Lüftchen davon fliegen.", sage ich genauso herablassend wie sie. Wütend schnaubt sie auf.

„Ich sage Ihnen eins. Lassen Sie die Finger von Kyle. Ich kenne ihn schon sehr viel länger als Sie fette Schlammkuh und Sie haben keine Ahnung, was passieren wird, wenn Sie beginnen in meinem Gebiet zu fischen!"

„Vor Ihnen habe ich keine Angst. Sie sind einfach nur erbärmlich. Mit wem Kyle zusammen ist, ist allein seine Entscheidung und ich bin mir sicher, dass er seine Wahl schon getroffen hat. Denn immerhin bin ich ja noch an seiner Seite, oder?" Damit lasse ich sie stehen. Ich steige endlich in mein Auto und fahre davon.

An der nächsten roten Ampel registriere ich, dass ich am ganzen Körper zittere. Am liebsten würde ich umdrehen und diesem Hungerhaken die Visage polieren. Aber das würde weder Kyle, noch meiner Familie gefallen. Außerdem würde Naomi eine Art Aufmerksamkeit bekommen, die ich ihr ganz und gar nicht gönne. Sollte sie irgendwelche krummen Touren versuchen, dann sollte sie sich besser in Acht nehmen. Denn sie hat keine Ahnung, mit wem sie sich heute angelegt hat.
Ich atme tief durch und fahre weiter, als die Ampel auf Grün schaltet.

Auf leisen Sohlen schleiche ich mich in das Schlafzimmer meiner Eltern. Es ist immer noch abgedunkelt, nur dass Dads

Nachttischlampe brennt. Er sitzt im Bett und legt das Buch zur Seite, als ich den Raum betrete. Mom schläft noch.
Stumm streckt er die Hand aus und bittet mich, mich neben ihn zu setzen.

„Na Dad, wie geht es dir?"

„Spätzchen, ich habe mir nur das Bein gebrochen und bin nicht todsterbenskrank."

„Ich habe mich doch nur danach erkundigt, wie es dir geht."

„Das hast du gesagt, ja. Aber ich habe doch deinen Blick gesehen, wie du mich gescannt hast. Ich bin durchaus in der Lage, mich allein im Bett aufzusetzen." Ertappt lächle ich ihn an. Da hat er leider Recht. Seit seinem Unfall muss ich mich immer vergewissern, dass es ihm soweit gut geht.

„Wie geht es Mom?"

„Es geht. Aber es ist besser, wenn sie noch etwas schläft." Liebevoll streicht er meiner schlafenden Mutter das Haar aus dem Gesicht.

„Das sollte ihr eine Lehre sein, nicht wieder so tief ins Glas zu schauen."

„Das weiß sie und ich glaube nicht, dass sie es so schnell wiederholen wird."

„Soll ich dir eine Kleinigkeit zu essen machen?"

„Nein danke, Spätzchen. Ich hab im Moment keinen Hunger. Aber wenn, dann melde ich mich bei dir. Wie geht es dir denn eigentlich?"

„Mir geht's gut, danke. Ich freue mich riesig für David und Molly. Die beiden sind so ein schönes Paar und sie machen einander total glücklich."

„Deine Mutter und ich wussten schon vor gestern Abend, dass dein Bruder seiner Freundin einen Heiratsantrag machen wollte. Es hat uns unendlich viel Beherrschung gekostet, nichts laut auszuposaunen. Aber jetzt, wo sie ja gesagt hat, können wir in unserem Glück schwelgen."

„Ich hätte nie gedacht, dass es einmal so kommen wird. Ihr?"

„Wir hatten die Hoffnung nie aufgegeben, dass unsere Jungs irgendwann einmal sesshaft werden. Aber selbst wenn es ganz anders gekommen wäre, für uns ist es wichtig, dass unsere wunderbaren, drei Kinder glücklich sind."

„Haben sie schon einen Hochzeitstermin?" Ich habe die Frage eben erst ausgesprochen, als ich mich selber schon als dumm schelte. Sie haben sich gestern Abend erst verlobt!

„David hatte vorhin angerufen, um mich wissen zu lassen, dass zumindest er wieder auf dem Damm ist. Da haben wir uns auch kurz über mögliche Termine unterhalten." Abwartend sehe ich meinen Vater an. Er kann doch an so einer wichtigen Stelle nicht plötzlich stumm sein.

„Ja, und?", hake ich nach.

„Wenn es nach deinem Bruder geht, dann wollen sie in spätestens einem Monat in unserem Garten heiraten."

„Hier? Weiß Mom es schon?"

„Nein, das weiß sie noch nicht. Wir sollten aber besser den Mund halten, bis David mit Molly darüber gesprochen hat. Dann können die Zwei es ihr selber sagen."

„Mom wird ganz aus dem Häuschen sein, sollte es so kommen."

„Ja, es würde ihr unendlich viel bedeuten, wenn all ihre Kinder ihre Hochzeiten in unserem Garten feiern. Du sollst übrigens David anrufen. Er wollte etwas mit dir besprechen."

„Hat er gesagt, worum es geht?"

„Nein, hat er nicht. Am besten rufst du ihn an und findest es heraus."

„Werde ich machen." Ich streiche meinem Vater über die Hand. „Ich werde dich jetzt wieder in Ruhe lassen. Wenn was ist, dann ruf mich auf dem Handy an, so musst du nicht durch das ganze Haus schreien. Ich denke mal, das wäre für Moms Zustand nicht förderlich."

„Da könntest du Recht haben." Ich gebe Dad noch einen Kuss auf die Wange und verlasse dann das Zimmer wieder so leise, wie ich es betreten habe.

Unten im Wohnzimmer werfe ich mich auf die Couch und rufe über den Festnetzanschluss meinen frisch verlobten Bruder an.

„Borough.", meldet er sich mit rauer Stimme.

„Für jemanden, der in gut vier Wochen heiraten will, hörst du dich nicht gerade fröhlich an.", necke ich ihn gut gelaunt. Von einer Nebelkrähe wie Naomi lasse ich mir nicht den Tag versauen.

„Sophie, du weißt, wie ich mich heute Morgen gefühlt habe.", tadelt er mich, aber ich kann ihn lachen hören.

„Weswegen sollte ich dich anrufen?"

„Warte, ich hole schnell Molly ans Telefon." Es raschelt am anderen Ende und ich kann ihn nach seiner Verlobten rufen hören.

„Ist sie wieder nüchtern?", frage ich ihn, während wir auf sie warten.

„Naja, so ganz ist mein Pegel noch nicht verschwunden.", antwortet mir Molly mit Reibeisenstimme. Die Freisprecheinrichtung des Telefons verstärkt es noch. Da war sie aber schnell da, wenn sie meine Frage gehört hat.

„Hi Molly."

„Hallo, bald Schwägerin. Wie geht's den Eltern?"

„Mom schläft noch ihren Kater aus und Dad liest. Aber jetzt raus mit der Sprache. Warum sollte ich anrufen?"

„Hat Dad dir schon gesagt, dass wir im Garten heiraten wollen?"

„Er hat mir erzählt, dass du das möchtest, aber dass du Molly noch nicht gefragt hattest."

„Das hat er inzwischen gemacht und ich könnte mir keinen schöneren Ort vorstellen. Als kleines Mädchen habe ich mir immer ausgemalt, wie wohl mal meine Hochzeit sein wird, wenn ich groß bin. Ich hatte da die Vorstellung, im Garten meiner Eltern zu heiraten, da ich mir damals gewünscht hatte, dass sie sich endlich ein Haus kaufen würden. Aber sie sind glücklich in ihrer kleinen Wohnung und nun bekomme ich doch meine Gartenhochzeit." Sie hört sich richtig verzückt an.

„Das freut mich für dich. Hat dir mein lieber Bruder auch gesagt, wann er die große Fete steigen lassen will?"

„Nicht so richtig."

„In 4 Wochen."

„WAS? David! Bist du von allen guten Geistern verlassen? Wie soll ich innerhalb von 4 Wochen ein Kleid finden? Das dauert mindestens ein halbes Jahr! Und was ist mit den Gästen? So kurzfristig können sich gar nicht alle frei nehmen und dann ist vielleicht nur die Hälfte dabei!" Oh ja, sie passt einfach perfekt zu ihm.

„Schatz, das bekommen wir alles schon hin.", versucht er sie zu beruhigen.

„Für das Kleid hätte ich eventuell eine Idee.", mische ich mich ein.

„Schieß los!" David scheint froh darüber zu sein, dass ich ihm beistehe und helfe. Ich bin mir sicher, dass er sich über die wenigen Punkte, die Molly bereits eben angesprochen hat, noch keine Gedanken gemacht hat.

„Mom hat damit begonnen, eine Brautmodenkollektion zu entwerfen. Vielleicht ist da schon etwas für Molly dabei und wenn nicht, bin ich mir sicher, dass sie eines nach deinen Wünschen entwerfen würde." Jetzt wird mir klar, warum Mom so versessen auf die neue Kollektion ist. Sie wusste da sicherlich schon, dass David Molly bitten wollte, seine Frau zu werden.

„Oh, das wäre wunderbar. Ich muss sie unbedingt fragen, wenn es ihr besser geht." Ich höre sie erfreut in die Hände klatschen.

„Tu das. Aber ihr habt mir immer noch nicht gesagt, warum ich anrufen sollte."

„Wir möchten dich bitten, unsere Hochzeitstorte zu entwerfen und wenn du magst, sie auch zu backen.", erklärt mir Molly. Ich bin sprachlos. Das kommt an diesem Wochenende ziemlich häufig vor.

„Sophie? Bist du noch dran?", fragt mich David.

„Ähm... ja... ich bin noch da.", antworte ich verdattert.

„Und? Was sagst du?"

„Wow, danke. Ich würde wirklich gern eure Torte machen. Was habt ihr euch vorgestellt?"

„Darüber haben wir noch nicht gesprochen. Wie wäre es, wenn du dir etwas einfallen lässt und dann sehen wir weiter?" Mein Bruder scheint zu Scherzen aufgelegt zu sein.

„Super.", meine ich sarkastisch. „Ihr wisst schon, dass ihr in 4 Wochen heiraten wollt und ich soll mir jetzt was aus den Rippen schneiden?"

„Ja, genau so sieht es aus.", flötet David fröhlich.

„Na gut. Ich denk mir was aus und dann mail ich euch die Entwürfe rüber."

„Gute Idee. Wir sind jetzt schon gespannt. Bis dann, Sophie."

„Bye Molly. Bye David.", verabschiede ich mich und lege auf.

Na das kann ja heiter werden. Das wird Stress pur, wenn sie in so wenigen Wochen eine ganze Hochzeit planen wollen. Selbst mit einem professionellen Weddingplaner scheint es mir ein sehr schwieriges Unterfangen zu werden.

Aus meinem Schlafzimmer hole ich mir Zettel und Stift und mache es mir auf der Couch bequem. Ich schalte irgendeinen TV-Sender ein und mache mich dann gleich an die Arbeit.

Die Sonne geht unter und es wird dunkel, ohne dass es von mir bemerkt wird. Um mich herum liegt jede Menge zerknülltes Papier. Ich habe immer wieder neu angefangen und kein einziger Entwurf war gut genug und so habe ich sie wieder verworfen.

Schnaufend wische ich mir die Haare aus dem Gesicht und greife nach der Fernbedienung. Es ist Zeit für eine kleine Pause. Ziellos zappe ich durch die Kanäle und bleibe dann bei irgendeiner Krimi-Serie hängen.

Als der Abspann läuft, wende ich mich wieder meinen Entwürfen zu und zwei Stunden später habe ich drei halbwegs passable Tortenentwürfe zusammen.

Schnell räume ich noch das Wohnzimmer auf und scanne sie dann in Dads Arbeitszimmer ein. Zum Glück hat er so ein hochmodernes Gerät, mit dem man das Gescannte auch gleich per Mailverschicken kann. Sie gehen sofort an David und Molly raus.
Ich schicke ihnen auch noch ein Blatt hinterher, auf denen ich ihnen notiert habe, auf was sie bei der Planung der Hochzeit auf jeden Fall achten müssen und was sie am besten als Erstes erledigen sollten.

Mit wird plötzlich bewusst, dass sich Dad gar nicht gemeldet hat. Schnell husche ich die Treppe nach oben und linse vorsichtig in das Schlafzimmer meiner Eltern.
Erleichtert atme ich aus. Es ist alles in Ordnung – sie schlafen beide tief und fest.
Da kann ich mich ja jetzt auch hinlegen. Immerhin hatte ich einen anstrengenden Tag.

Kapitel 17
Vertrauensbruch

Am nächsten Morgen wache ich schon früh auf. Es ist noch dämmrig draußen und ein Blick auf den Wecker verrät mir, dass es jetzt kurz vor sechs Uhr morgens ist.
Ich strecke mich erst einmal ausgiebig und schwinge meine Beine aus dem Bett. Obwohl ich gestern im Fitnessstudio war, habe ich heute kaum Muskelkater. Mein Körper scheint den regelmäßigen Sport doch noch nicht so schnell vergessen zu haben.
Langsam komme ich in Gang. Da ich aber noch keine Lust habe, nach unten zu gehen, mache ich es mir mit meinem Laptop im Bett gemütlich.

Ich öffne das Email Programm. Den Großteil der neu angekommenen Nachrichten kann ich gleich wieder löschen. Bleiben nur drei übrig – eine von David, eine von Kyle und eine von der Universität. Sofort werden meine Hände feucht und beginnen zu zittern. Vor lauter Nervosität schlägt mir das Herz bis zum Hals. Schnell öffne ich die Mail.

Sehr geehrte Miss Borough,

hiermit möchten wir Ihnen für Ihre Bewerbung an unserer Universität danken.
Leider können wir Ihnen heute noch keine endgültige Zusage erteilen, da der von Ihnen gewählte Studiengang bereits bis auf wenige Plätze belegt ist.
Wir haben Sie in den engeren Kreis der Bewerber für diese Plätze aufgenommen und möchten Sie hiermit zu einem persönlichen Gespräch am 28. August um 10:45 Uhr in unsere Fakultät einladen.
Sollten Sie zu diesem Termin verhindert sein, bitten wir Sie höflichst, uns dies rechtzeitig mitzuteilen.

Mit freundlichen Grüßen
Glinda Smith
Studiendekanat
School of Business and Economics
University of Chicago

Ich muss die Mail mehrmals hintereinander lesen, um wirklich zu verstehen, was da geschrieben steht. Ich bin eine Runde weiter! Ich bin so froh darüber, dass ich zu diesem Gespräch eingeladen wurde. Aber meine Freude wird auch ein bisschen getrübt, denn es steht ja auch in der Mail, dass es nur noch wenige Plätze gibt. Dennoch bin ich entschlossen, mir diese Chance nicht entgehen zu lassen und David hatte mir ja versprochen, dass er mir bei den Vorbereitungen hilft.
Ich öffne die Nachricht von meinem Bruder.

Hallo Sophie,

wir haben uns gerade deine Entwürfe angesehen. Für den Anfang nicht schlecht, aber wir sind uns sicher, dass du das noch besser kannst.
Wir freuen uns auf deine nächsten Entwürfe.

David und Molly

Oh Mann, das kann echt nicht deren Ernst sein? Ich weiß selber, dass die Entwürfe Mist waren, aber es wäre schon nett, wenn sie mir wenigstens eine Richtung geben würden. So kann ich nicht arbeiten! Schnell tippe ich ihnen eine Antwort.

Guten Morgen David und Molly,

wenn ihr die Güte besitzen würdet, mir mitzuteilen, in welche Richtung eure Torte gehen soll? Wie soll ich die perfekte Tortenorgie für euch konzipieren, wenn ihr mir keine Anhaltspunkte gebt? Wollt ihr Figuren drauf? Welche Farbe soll sie haben? Wollt ihr irgendwelche Verzierungen und wenn ja, welche? Soll sie mehrere Etagen haben und wenn ja, soll eine Etage jeweils auf der darunter aufsitzen, oder soll dazwischen Platz sein? Fragen über Fragen und ehe ihr sie mir nicht beantwortet, werde ich keine weiteren Entwürfe anfertigen.
So, nun zu einem anderen Thema. Ich habe eben eine Mail von der Uni bekommen. Ich wurde zu einem Gespräch am 28. eingeladen. Wann hast du Zeit, David, um mich darauf vorzubereiten?

Sophie

So, das habt ihr davon! Wenn ihr wollt, dass ich eure Torte mache, dann sagt mir auch, was ihr wollt. Die Mail von Kyle habe ich mir bis zum Schluss aufgehoben.

Ich dachte eigentlich, wir hätten alles in unserem Gespräch am Freitag geklärt. Aber anscheinend habe ich mich da getäuscht. Ich frage dich jetzt ein allerletztes Mal – was ist dein verdammtes Problem?

Seine Worte lassen mir das Herz in die Hose rutschen. Ich kann förmlich seine Wut und Verachtung aus der Mail herauslesen. Das Schlimmste ist aber, dass ich mir nicht vorstellen kann, was seinen Unmut erregt hat.
Ich springe auf und suche nach meinem Handy. Als ich es gefunden habe, sehe ich, dass ich elf Anrufe in Abwesenheit habe und alle sind von Kyle. Er muss wirklich stocksauer auf mich sein. Aber warum? Als er gestern weg ist, war alles noch in bester Ordnung und ich habe ihn ja auch den ganzen Tag nicht gesehen und gesprochen.
Noch einmal lese ich seine Mail. Er spielt auf unser Gespräch vom Freitag an. Was kann er damit meinen? Plötzlich dämmert es mir. Sie wird doch nicht? Wütend hacke ich Kyles Nummer in mein Handy und warte darauf, dass er abnimmt. Aber er tut es nicht.
„Nimm ab!", schreie ich das Klingelzeichen an. Aber alles bleibt beim Alten. Frustriert lege ich wieder auf. Es ist schließlich erst kurz vor sieben Uhr morgens. Da kann ich ja nicht erwarten, dass er ran geht. Ich schwinge mich wieder an meinen Laptop, um ihm eine Mail zu schreiben.

Guten Morgen Kyle,

ich hoffe, dein Morgen ist besser als meiner. Denn als ich deine Mail heute früh entdeckte, war ich noch voller Vorfreude. Aber das änderte sich.
Ich weiß nicht, welche Laus dir gestern noch über die Leber gelaufen ist, aber ich sehe keinen Grund, warum du so wütend auf mich bist. Du hast nichts Näheres geschrieben und nur auf unser Gespräch vom Freitag hingewiesen und ich kann dir versichern, dass für mich alles geklärt ist. Das habe ich dir auch da schon gesagt und seitdem hat sich meine Einstellung dazu nicht geändert.
Für den Fall, dass du wütend bist, weil ich nicht an mein Handy gegangen bin – es lag in meinem Zimmer und ich habe den Abend unten im Wohnzimmer verbracht, da Molly und David mich gebeten haben, ihre Hochzeitstorte zu entwerfen.

Sophie.

Traurigkeit steigt in mir auf. Ich mag es nicht, wenn Kyle wütend auf mich ist und ich würde es gerne sofort mit ihm klären. Ob ich bei ihm vorbei fahren sollte?
Egal was ich tun werde, auf alle Fälle mache ich es nicht, bevor ich nicht gefrühstückt habe. Vielleicht hat er sich bis dahin gemeldet. Also lasse ich den Laptop an und gehe nach unten.

In der Küche sitzen Mom und Dad bereits am Tisch und genießen ihr Frühstück. Erstaunt sehen sie mich an.
„Na nu? Guten Morgen. Was machst du denn so zeitig hier?", fragt mich Mom. Ich gehe zu ihnen hinüber und gebe jedem einen Kuss auf die Wange.
„Morgen. Ich konnte nicht mehr schlafen. Mom, du siehst schon viel besser aus." Bei meinen letzten Worten errötet sie ein wenig.
„Danke Spätzchen, dass du dich um uns gekümmert hast." Dad drückt mich kurz an sich. „Willst du frühstücken?", fragt

er und Mom springt auf, um mir Kaffee und etwas zu Essen zu holen.

„Gern. So viel musste ich ja nicht machen. Ihr habt ja die meiste Zeit des Tages geschlafen…" Vor mir taucht ein Teller mir Rührei und Toast auf „… danke Mom."

„Hast du David gestern noch angerufen?", fragt Dad hinter seiner Zeitung hervor.

„Ja, hab ich."

„Willst du uns sagen, was er wollte, oder ist das geheim?" Verschwörerisch blinzelt er mich an. Nur gut, dass sich Mom in eine Modezeitschrift vertieft hat und sein Augenbrauengewackel nicht gesehen hat. Denn sonst hätte sie sofort Verdacht geschöpft.

„Nein, es ist nicht geheim. Er und Molly haben mich gebeten, ihre Hochzeitstorte zu entwerfen." Die Köpfe meiner Eltern rucken nach oben.

„Sie haben dich gebeten, ihre Torte zu machen? Sie haben sich doch vorgestern erst verlobt.", meint meine Mutter ungläubig.

„Schönen Dank Mom.", schnaube ich.

„So habe ich das nicht gemeint Spätzchen. Ich mache mir eher Gedanken, ob du das alles schaffst. Ich will nur nicht, dass du dich überarbeitest." Das sagt ja genau die Richtige.

„Keine Angst. Ich pack das schon. Falls Molly und David meine Entwürfe akzeptieren. Die ersten drei haben sie schon verworfen.", entgegne ich etwas frustriert.

„Was wollen sie denn für eine?", will Dad wissen.

„Wenn ich das wüsste, dann wäre ich schon einen riesen Schritt weiter. Ich hatte ihnen vorhin eine Mail geschickt, in der ich sie gefragt habe, was sie sich denn wünschen und nun muss ich erst einmal auf eine Antwort warten."

„Du machst das schon Spätzchen." Liebevoll tätschelt er meine Hand.

„Ich habe übrigens eine Mail von der Uni bekommen." Wieder rucken ihre Köpfe hoch.

„Und?", fragen sie ungeduldig aus einem Munde.

„Ich habe am 28. ein persönliches Gespräch." Soweit es möglich ist, umarmen sie mich gleichzeitig. Ich muss mich an der Kante des Tisches festhalten, um nicht vom Stuhl zu kippen.

„Das ist ja wunderbar. Wie willst du dich darauf vorbereiten?", fragt mich Mom.

„Ich habe David gebeten, mir zu helfen. Schließlich kennt er sich mit der Wirtschaft von uns allen am besten aus.", kläre ich sie auf.

Wir sprechen noch ein wenig über das bevorstehende Gespräch. Aber schon kurze Zeit später muss Mom auf Arbeit und Dad zieht sich humpelnd in sein Arbeitszimmer zurück.
Ich beende also mein Frühstück allein und nur die Morgenzeitschrift leistet mir Gesellschaft.
Als ich wieder in meinem Zimmer ankomme, werfe ich einen Blick auf meinen Laptop. Das Zeichen für neue Emails blinkt und schnell öffne ich das Programm.

Dir auch einen guten Morgen kleine Schwester,

bezüglich der Gesprächsvorbereitungen können wir uns gern morgen zum Lunch treffen. Sag Bescheid, ob es dir passt.
Bezüglich der Torte muss ich dich enttäuschen. Wir werden dir keine deiner Fragen beantworten. Die Torte soll dein Hochzeitsgeschenk an uns sein und wir wollen etwas ganz Persönliches. Mehr sagen wir nicht zu diesem Thema. Also streng dein hübsches Köpfchen an.

David

Empört schnaube ich auf. Na toll, jetzt muss ich mir also das Hirn alleine zermartern? Super Tag! Ich tippe gleich die Antwort an ihn.

Morgen Lunch geht klar. Sag mir nur Bescheid, wann und wo und ich werde da sein.
Danke schon mal.
Wenn ihr wollt, dass die Torte mein Geschenk an euch sein soll, dann dürft ihr ab jetzt keine Entwürfe mehr von mir erwarten. Ich werdet euch wohl oder übel überraschen lassen müssen.

Sophie

Während ich die Mail an meinen Bruder schreibe, ist eine weitere angekommen. Als ich sehe, dass sie von Kyle ist, öffne ich sie schnell.

Wieso lügst du mich an? Wenn alles geklärt ist, wie du mir glauben gemacht hast, warum hast du dann Naomi aufgelauert und sie beschimpft?

Geschockt fällt mir die Kinnlade nach unten. Was zum Teufel soll das?
Ich stehe auf und schnappe mir meine Handtasche und die Autoschlüssel. Ich will das geklärt haben und zwar sofort. Und von Angesicht zu Angesicht.
Wütend steige ich in meinen Mercedes und fahre, schneller als beabsichtigt, die Auffahrt hinab. Der Kies prasselt laut gegen den Wagen. Ich biege auf die Straße in Richtung der Wohnung von Kyles Schwester ein und düse durch das morgendliche Chicago. Dass ich noch meine Schlafsachen trage, habe ich völlig vergessen.

Die Reifen quietschen, als ich vor dem Haus, in dem Kerrys Wohnung liegt, eine Vollbremsung hinlege. Heute habe ich mehr Glück, einen Parkplatz zu finden. Direkt vor Kyles Audi. Ich schnappe mir meine Tasche und springe aus dem Wagen, ohne auf den Verkehr zu achten. Meine Aktion bringt mir ein Hupkonzert ein.

Ich bleibe vor der Haustür einen Moment stehen und sehe an der Fassade hinauf. Kerrys Wohnung liegt in der vierten Etage, auf der linken Seite und genau dort bewegt sich etwas am Fenster. Entschlossenen Schrittes gehe ich auf die Haustür zu und klingle Sturm. Nach einer halben Ewigkeit, wie mir scheint, meldet sich eine verschlafene Frauenstimme. Ich habe sie schon einmal gehört und zwar, als ich mit Kerry telefoniert habe.

„Ja?"

„Kerry?! Hier ist Sophie. Lässt du mich bitte rein?" Ich kann meine Wut kaum noch aus meiner Stimme heraus halten.

„Sophie? Ähm… Ja, warte. Ich lass dich rein." Und schon summt der Türöffner. Schwungvoll drücke ich gegen das dunkelgrüne Holz. Die Tür knallt so fest gegen die Wand, dass es laut im Treppenhaus wiederhallt.

So schnell ich kann, haste ich die Stufen nach oben. Ich will gerade an die Tür klopfen, als sie geöffnet wird. Vor mir erscheint eine schlanke Frau, die in ein bisschen größer ist als ich. Ihre langen, blonden Haare hängen wild um ihren Kopf herum. Den rosa Bademantel hat sie nur nachlässig zusammengebunden und Snoopy lacht mich direkt von ihrem Oberteil an. Ihre Augen weiten sich, als sie mich sieht.

„Sophie?"

„Ja. Kerry?"

„Genau. Mann, da hat mein Bruder ja endlich mal Geschmack bewiesen. Komm her." Völlig vertraut zieht sie mich in eine Begrüßungsumarmung. Ich bin zwar etwas überrumpelt, aber ihre Art nimmt mich sofort für sie ein. Sie scheint auch kein Problem damit zu haben, dass sie einen Schlafanzug trägt. Dabei wird mir mein Aufzug wieder bewusst. Ich sehe wahrscheinlich auch nicht besser aus.

Im Stillen danke ich mir, dass ich zum Schlafen meistens eine Shorts und ein T-Shirt trage. So sehe ich zwar etwas abgewetzt aus, aber zum Glück nicht wie der letzte Penner.

„Komm rein, die Nachbarn müssen nicht alles mitbekommen." Sie tritt beiseite, damit ich in die Wohnung kann.

Meine Wut auf Kyle und diese Naomi hat inzwischen ungekannte Ausmaße angenommen. Diese Schnepfe verbreitet irgendwelche Lügen über mich und mein Freund hat nichts Besseres zu tun, als ihr zu glauben.
„Was ist eigentlich los? Wir kennen uns zwar noch nicht, aber du siehst echt aufgebracht aus." Die Verwirrung steht ihr förmlich ins Gesicht geschrieben. Kerry hat die gleiche Augenfarbe wie Kyle und auch ihr Mund ist genauso kühn geschwungen.
„Bist du mir sehr böse, wenn ich deinen Bruder umbringe?"
„Naja, unsere Eltern würden es vielleicht nicht ganz so locker sehen."
„Gut, was ist mit entmannen?"
„Ich denke, das ist okay. Kinder kann er dann ja immer noch adoptieren.", sagt sie mir, ohne mit der Wimper zu zucken. Sie wird mir von Sekunde zu Sekunde sympathischer.
„Wo ist er?"
„Einfach geradeaus, die mittlere Tür. Es wird echt Zeit, dass seine Wohnung fertig wird. Ich will mein Arbeitszimmer wieder haben."
Er hat eine Wohnung gefunden!? Das hat er mir gar nicht erzählt.
Ich steuere das gezeigte Zimmer an. Hinter mir höre ich Kerry vor sich hin murmeln.
„Was auch immer er angestellt hat, lass ihn am Leben."

Ohne zu klopfen öffne ich die Zimmertür. Kyle liegt auf dem Bett, welches mittig in dem kleinen Raum steht. Er trägt nur eine dunkelblaue Jogginghose. Den linken Arm hat er sich unter den Kopf geschoben. Mit der rechten Hand balanciert er ein Buch auf seiner Brust. Neben ihm, auf dem Bett, steht sein aufgeklappter Laptop.

Ich bleibe in er Tür stehen und starre ihn wütend an. Erstaunt hebt er seinen Blick und lässt das Buch langsam sinken.
Ich höre, wie Kerry hinter mir über den Laminatboden tapst.
„Was auch immer du angestellt hast, Kyle, bring es in Ordnung, oder du verlierst deine Manneskraft. Außerdem mag ich Sophie. Ich will sie echt gern kennenlernen.", sagt sie und verschwindet gleich wieder. Ich werfe einen schnellen Blick über meine Schulter und sehe, wie sie sich in der Küche an der Kaffeemaschine zu schaffen macht.
Betont ruhig schließe ich die Zimmertür. Kurz starre ich das weiße Furnier an und atme tief durch. Ich muss meine Wut zumindest zu einem kleinen Teil unter Kontrolle bringen. Aber es gelingt mir nur mäßig. Kyle hat inzwischen das Buch zur Seite gelegt und den zweiten Arm unter seinen Kopf geschoben.
„Wie kannst du es wagen, zu behaupten, ich hätte dich angelogen?", frage ich ihn kühl.
„Weil du es getan hast.", antwortet er mir nicht minder frostig.
„Du glaubst dieser Schlampe also mehr als mir?" Meine Stimme zittert. „Du glaubst einer Frau, die dich vor Jahren abserviert hat?"
„Auch wenn es mit Naomi und mir nicht geklappt hat, so waren wir doch all die Jahre Freunde geblieben."
„Denkst du wirklich, ich bin so bescheuert und lauere ihr auf, um sie zu beschimpfen? Was hat sie dir erzählt?"
„Sophie, was soll das? Gib es doch einfach zu."
„Ich kann nichts zugeben, was ich nicht getan habe!"
Seufzend fährt er sich mit einer Hand durch sein ohnehin schon verwuscheltes Haar.
„Naomi kam zu mir, in Tränen aufgelöst und erzählte mir, du hättest ihr vor ihrer Wohnung aufgelauert, sie beschimpft und ihr gedroht, dass du ihr etwas antun würdest, wenn sie mich nicht in Ruhe lassen würde."
Ich bin so empört, dass ich für einen Moment nicht weiß, was ich sagen soll. Diese Frau ist echt verdammt dreist.

„Willst du meine Version der Geschichte hören?" Mit einer Handbewegung deutet er mir an, dass ich anfangen soll. „Ich war gestern im Fitnessstudio und als ich nach dem Training zu meinem Auto gegangen bin, lehnte sie an meinen Wagen und wartete auf MICH!" Das letzte Wort betone ich besonders deutlich.

„Also steht Aussage gegen Aussage." Seine Stimme ist fast schon verächtlich.

Aus meiner Tasche hole ich mein Handy und wähle die Nummer der Person, die meine Version der Geschichte bestätigen kann. Wir hatten zwar schon eine ganze Weile keinen Kontakt mehr, aber ich bin mir sicher, dass er mir helfen wird. Beim zweiten Klingeln ist er dran.

„Sophie, mein Sonnenschein! Schön, dass du dich mal wieder meldest. Wie geht es dir?" Wie immer hat er super Laune.

„Hi. Ja, ich weiß. Ich hab lange nichts mehr von mir hören lassen und ich würd gern ein bisschen mit dir plaudern. Aber erst musst du mir helfen."

„Brauch ich dafür meine speziellen Fähigkeiten?" Ich kann die Vorfreude aus seiner Stimme heraus hören. Er bewegt sich zwar damit sehr tief in der Illegalität, bisher wurde er aber nie geschnappt.

„Kannst du mir ein paar Bilder besorgen?", rücke ich sofort mit der Sprache heraus. Ich habe keine Zeit, um den heißen Brei herum zu reden.

„Kein Problem. Welche brauchst du denn?"

„Ich war gestern im V.I.F. trainieren und hatte meinen Wagen auf dem Parkplatz um die Ecke abgestellt. Ich fahre einen Mercedes SLS. Als ich nach dem Training zu meinem Auto gegangen bin, lehnte eine dürre Blondine dagegen und hat mit ihrem spitzen Hintern meinen Lack ruiniert. Ich brauche die Bilder, die beweisen, dass sie da war und dass ich da war, am besten mit Zeit- und Datumsangabe."

„Wann ungefähr war das?"

„So gegen ein Uhr nachmittags."

„Gut, in spätestens zehn Minuten hast du sie. Wohin soll ich sie dir schicken?"

Ich gebe ihm Kyles Emailadresse durch.

„Ich beeil mich."

„Danke"

„Keine Ursache, mein Sonnenschein und melde dich die Tage noch mal. Es interessiert mich brennend, warum du sie braucht."

Ich lege auf und wende ich wieder Kyle zu.

„In zehn Minuten bekommst du per Email Bilder, die beweisen, dass nicht ich zu ihr gekommen bin, sondern sie zu mir."

„Meinst du nicht, das ist ein bisschen übertrieben?"

„Kyle, was glaubst du eigentlich, wie ich mich fühle? Ich bekomme ein Mail von dir, in der du mir mitteilst, dass du deiner Ex weitaus mehr Glauben schenkst, als der Frau, mit der du, laut eigener Aussage, eine Beziehung führen willst!" Meine Wut auf ihn ist fast verraucht und macht einer bodenlosen Verzweiflung Platz.

Während wir auf den Eingang der Mail warten, liegt Kyle weiterhin auf dem Bett und ich stehe, mit dem Rücken an die Tür gelehnt, sinnlos da. Die Zeit scheint still zu stehen.
Leise klopft es hinter mir an der Tür und ich greife hinter mich, um zu öffnen. Kerry steckt ihren Kopf herein

„Du bist eine Hohlbirne, Kyle", giftet sie ihn an.

Die Wut, die er die ganze Zeit mühsam unterdrückt hat, bricht sich ihre Bahn.

„WAS WEISST DU SCHON?", brüllt er. Erschrocken zucke ich zusammen. Aber Kerry sieht ihn nur ungerührt an.

„Ich weiß, dass du nicht mehr alle Latten am Zaun hast. Dieses Weibsstück hat dir das Herz gebrochen und du glaubst ihr trotzdem? Denk doch mal daran zurück, warum du wirklich nach deinem Studium abgehauen bist!"
Ich finde es toll, dass Kerry Partei für mich ergreift, aber es ist mir auch ein klein wenig unangenehm, den Streit

mitzuerleben. Zumal wir einander noch völlig unbekannt sind. Kyle fährt sich wieder durch die Haare, nur dieses Mal mit beiden Händen.

„Verschwinde, Kerry!", sagt er leise, sieht aber keinen von uns an, sondern nur die Zimmerdecke. Sie greift um die Tür herum und drückt meinen Arm. Wortlos formt sie ein „Viel Glück" mit ihren vollen Lippen und lässt uns wieder allein.
Sein Blick ist weiter auf die Decke gerichtet und meiner auf ihn. Was geht nur in ihm vor und warum glaubt er ihr, aber mir nicht? Weil ich nicht gleich zu ihm gerannt bin?
Seufzend schlinge ich meine Arme um mich. Dieses kleine Geräusch lenkt seine Aufmerksamkeit auf mich. Unter gesenkten Augenlidern sieht er mich an. Aber seine Miene bleibt weiter ausdruckslos. Der Laptop neben ihm gibt ein Pling von sich und meine ohnehin schon zittrigen Finger werden jetzt auch noch schweißnass.
Kyle nimmt seinen Blick von mir und dreht sich auf die Seite, das Gewicht auf den Ellenbogen gestützt. Mit gefurchter Stirn schaut er auf den Bildschirm. Schließlich schließt er seine Augen und lässt sich zurück auf den Rücken fallen.

„Nun?", frage ich in die Stille hinein.

„Meine kleine Schwester hat Recht, ich bin eine Hohlbirne", flüstert er.
Langsam löse ich mich von der Tür und gehe auf ihn zu. Ich setze mich zu ihm aufs Bett und lege meine Hand auf seinen warmen Bauch. Langsam fahre ich mit den Fingerspitzen die Konturen seiner Bauchmuskulatur nach.

„Schön, dass ihr zwei einer Meinung seid.", flüstere ich.
Kyle sieht mir ins Gesicht. Er legt seine linke Hand auf meine und drückt sie flach auf seinen Bauch, so dass ich nicht mehr meine Finger bewegen kann.

„Kannst du mir verzeihen?" Flehend sieht er mich an.

„Es war für mich ein richtiger Schock, als ich erkennen musste, dass du ihr mehr glaubst als mir."

„Ich weiß auch nicht, was in mich gefahren ist. Ich erwarte von dir, dass du mir vertraust und ich enttäusche dich bei der ersten Gelegenheit. Es tut mir leid." Gequält schließt er wieder seine Augen. Ich ziehe meine Hand unter seiner hervor. Erschrocken blickt er zu mir auf. Aber anstatt sie weg zu nehmen, wie er es vermutet, lege ich sie an seine unrasierte Wange. Ich beuge mich vor und lege meine Lippen an seine. Stöhnend schlingt er seine Arme um mich und dreht sich mit mir zusammen um, so dass ich unter ihm auf dem Kingsizebett liege. Kyle legt seine Stirn am meine.

„Es tut mir so verdammt leid." Seine Hände streichen über meine Rippen und jagen köstliche Schauer durch meinen Körper. Sanft reibe ich meine Nase an seiner.

„Ich weiß.", hauche ich an seinem Mund.
Kyle löst sich ein wenig von mir und sieht mir in die Augen.

„Mit wem hast du vorhin telefoniert?"

„Mit Dan. Wir kennen uns aus der High School."

„Dan?" Seine Augenbrauen schnellen in die Höhe.

„Ja. Er kann so einiges."

„Aha und das wäre?" Er versucht, es spaßig zu verpacken, aber der Gute scheint eifersüchtig zu sein.

„Keine Angst. Er ist keine Konkurrenz für dich. Er fischt lieber am gleichen Ufer. Aber er ist äußerst fähig, was die Beschaffung von Informationen anbelangt." In meiner Stimme schwingt eine leichte Warnung mit.

„Das sollte ich mir wohl besser merken." Wieder legt er seine Lippen auf meine und seine Zunge sucht ihren Gegenpart. Sie beginnen einen langsamen Walzer zu tanzen. Er lässt seine Hände an meinen Rippen hinauf wandern und sie landen direkt auf meinen Brüsten. Langsam und bedächtig beginnen seine Fingerspitzen meine Brüste zu erforschen. Meine Brustwarzen werden augenblicklich hart und recken sich seinen kundigen Fingern entgegen.

Leise seufze ich und spüre seine wachsende Erektion an meiner Hüfte. Stöhnend schlinge ich meine Beine um ihm und recke mich ihm entgegen. Mit kreisenden Bewegungen reibe ich meine Vulva an seinem Glied.

Unsere Atmung beschleunigt sich. Meine Bewegungen haben zur Folge, dass ihm ein lautes Keuchen entschlüpft. Mit fahrigen Fingern streiche ich über seinen Rücken. Ich spüre den leichten Schweißfilm, der sich auf seiner Haut gebildet hat.

Kyle löst sich von mir und setzt sich auf seine Fersen. Meine Beine sind zwischen seinen gefangen. Er nimmt meine Hände und zieht mich hoch, so dass ich direkt vor ihm sitze. Er packt den Saum meines T-Shirts.

„Das hier sollten wir vielleicht loswerden. So schön wie es an dir aussieht, es stört.", raunt er und zieht es mir über den Kopf. Kyle beugt sich nach vorne, knabbert und küsst sich von meinem Mund, über meinen Kiefer zu meinen Hals. Als er die kleiner Stelle hinter meinem Ohr küsst, keuche ich auf. Eine Welle der Empfindungen durchrauscht mich.

Kyle drückt mich sanft auf das Bett zurück und sein Mund knabbert weiter an mir. Meinen Brüsten schenkt er besondere Aufmerksamkeit. Während seine Lippen, Zunge und Zähne sie verwöhnen, wandert seine Hand an meinem rechten Oberschenkel hinauf. Seine Finger zeichnen kleine Kreise auf meiner Haut und jeder davon lässt mich erzittern. Wo sind meine Hose und mein Panty? Wann hat er mir die denn abgeluchst?

Die pure Lust pulsiert in mir. Seine Hand wandert weiter nach oben und umkreist meine Klitoris. Bei seiner ersten Berührung schreie ich auf.

„Ah…" Ich kann Kyles Lächeln an meiner Haut spüren. Ich treibe meine Nägel in seine starken Oberarme. Verloren werfe ich meinen Kopf hin und her. Ich bin gefangen. Langsam gleitet sein Finger in mich hinein.

„Kyle…", stöhne ich auf.

„Ja?", murmelt er an meinem Schlüsselbein. Seine Stimme klingt rau und belegt. Er massiert mich, gleitet immer wieder aus mir heraus, um sich meiner Klitoris zu widmen und dann wieder in mich hinein zu gleiten. Ich bäume mich unter ihm auf, recke meinen Körper seinem entgegen.

„Bitte… hör auf… Gott… nein… mach… weiter!" Ich kann keinen klaren Gedanken mehr fassen.

„Dein Wunsch ist mir Befehl." Wieder und wieder küsst und knabbert er an der Stelle hinter meinem Ohr. Sein keuchender Atem umweht mich und jagt kleine Schauer durch mich hindurch.

Kyle führt seine süße Folter fort und ich spüre, wie sich meine Unterleibsmuskulatur anspannt. Ich stehe kurz vor einem Orgasmus. Er scheint es auch bemerkt zu haben, denn er lässt von mir ab. „Nein!", rufe ich frustriert. Ein teuflisches Lächeln umspielt seine Züge.

„Doch.", raunt er mir zu. Vor Leidenschaft brennend greife ich nach seiner Hose und ziehe sie, zusammen mit seiner schwarzen Boxershorts, nach unten. Leider sind seine Beine zu lang und ich komme nur bis kurz vor seine Knie. Schief grinsend richtet er sich auf und erledigt den Rest.

Hungrig lasse ich meinen Blick über seinen nackten Körper wandern. Die Erregung ist deutlich vor seinem Bauch zusehen. Kyle gibt mir nur einen kurzen Augenblick, in dem ich seinen Anblick genießen kann, dann wirft er sich neben mich auf das Bett. Sein Mund liegt wieder auf meiner Brust und knabbert an der zarten Haut.

Stöhnend vergrabe ich meine Hände in seinen dichten, blonden Haaren. Die Lust steigert sich immer mehr und ich sehne mich nach Erlösung, aber Kyle scheint nicht die kleinste Muse zu verspüren, mir diese Erfüllung zu gewähren. So wie er mir, so ich ihm, schießt es mir durch den Kopf und ich stemme mich gegen seine Brust, um ihn auf den Rücken zu bekommen. Nur ungern löst er sich von mir.

Ich setze mich auf seine Hüften und kreise mit meinen, so dass sich meine Weiblichkeit an seiner Männlichkeit reibt. Lustvoll stöhnen wir beide auf. Er krallt sich an mir fest. Kyle hat seine Augen geschlossen. Aber sein Mund ist leicht geöffnet und ich kann seine feuchte Zungenspitze zwischen seinen Zähnen sehen. Er atmet laut und keuchend. Ich lege meine Lippen auf seine und streiche mit meiner Zungenspitze über sie. Er schiebt mir seine Zunge entgegen. Aber ich lasse nur eine ganz kleine Berührung der Spitzen zu und wandere mit meinem Mund weiter.

„Sophie!", stöhnt er und ein kleiner Tadel schwingt in diesem einen Wort mit, so als wolle er mir sagen, dass mein Mund wieder zu seinem kommen soll. Lächelnd hauche ich kleine Küsse auf seinen Kiefer. Die Stoppeln seines Dreitagebartes kratzen an meinen Lippen und an meiner Zunge – es ist einfach herrlich.

Genüsslich zeichne ich die Konturen seines Kiefers nach. Der Druck seiner Hände auf meinen Hüften verstärkt sich. Ich wandere weiter und finde prompt den richtigen Punkt. Da, wo der Hals in die Schultern übergeht und wo er jedes Mal eine ausgeprägte Gänsehaut bekommt. Ich knabbere an seiner Haut und die gewünschte Wirkung stellt sich ein. Er zittert unter meinem Mund.

Meine Hüften kreisen unablässig auf seinen und seine Erektion massiert meine Klitoris. Mit diesen Bewegungen treibe ich uns beide schier in den Wahnsinn.

„Wenn du mich heute noch in dir spüren willst, solltest du das lassen. Ich stehe kurz davor, zu kommen.", keucht er. Ich überlege kurz, ob ich weiter machen sollte oder nicht. Entscheide mich dann fürs aufhören. Kyle fummelt in seinem Nachtschrank herum und drückt mir ein Kondom in die Hand.

Ungeduldig reiße ich die Folie auf und rolle es über sein steifes Glied. Ich hebe meine Hüften an, senke mich langsam ab und nehme ihn in mich auf. Stöhnend werfe ich den Kopf in den Nacken. Kyle hat sich aufgerichtet und drängt seine Zunge gegen meine. Atemlos ringen sie miteinander. Langsam hebe und senke ich meine Hüften und Kyle hebt seine an, um noch tiefer in mich einzudringen. Ich beschleunige meine Bewegungen und mein Keuchen und Stöhnen vermischt sich mit seinen. Laut keuche ich seinen Namen.

„Kyle." Genau im selben Moment, wie er meinen Namen ruft.

„Sophie." Wir haben zusammen den Höhepunkt erreicht.

Erschöpft breche ich auf ihm zusammen. Kyle schlingt seine Arme um mich und lässt sich, zusammen mit mir, auf das Bett fallen. Mein Kopf liegt auf seiner Brust und ich höre seinen schnellen Herzschlag. Ermattet schließe ich die Augen und warte darauf, dass ich wieder zu mir komme.
Kyle bewegt sich unter mir. Er legt mich sanft auf dem Bett ab und deckt mich zu. Erstaunt sehe ich ihn an.
„Nicht, dass du dich noch erkältest. Ich bin gleich wieder da.", haucht er mir ins Ohr.
„Wo willst du hin?"
„Duschen." Grinsend sehe ich an ihm hinab. Er wendet sich ab und ich habe, dank meines Logenplatzes, ein ungehindertes Sichtfeld auf seinen wunderbar knackigen Hintern. Er nimmt sich seinen Bademantel von der Tür und schlüpft hinein, um dann gleich im Bad zu verschwinden.
Ich lasse mich zurück auf das Bett fallen. Die Laken sind hoffnungslos zerwühlt. Tief drücke ich meine Nase in sein Kopfkissen und atme genießerisch den Duft ein. Wieder tanzen die Schmetterlinge in meinem Bauch Samba.

Ich muss ein wenig eingedöst sein, denn ich schrecke plötzlich auf. Der Ton seines Handys hat mich erschreckt. Ich taste danach und sehe auf dem Display, dass er eine Nachricht bekommen hat.
Ich wickle das Bettlaken um mich und verlasse das Zimmer, sein Handy weiterhin in der Hand. An der kleinen Frühstückstheke sitzt Kerry und grinst bei meinem Anblick in ihre Kaffeetasse.
„Den Geräuschen nach zu urteilen, habt ihr euch wieder vertragen." Verschmitzt lacht sie mich an. Oh je, wir haben völlig vergessen, dass wir nicht allein waren. Ich grinse nur dämlich und husche ins Bad.
Kyle ist schon fertig mit seiner Dusche und steht am Waschbecken, nur mit einem Handtuch um die Hüften und rasiert sich. Er hat gerade erst angefangen, denn sein Gesicht

ist noch voller Rasierschaum und nur ein kleiner Streifen glatte Haut ist an seiner Wange zu sehen.

„Willst du duschen?", fragt er mich mit einem anzüglichen Grinsen. Ich schüttle den Kopf.

„Nein, ich wollte dir nur dein Handy bringen. Du hast eine Nachricht bekommen." Ich lege das Telefon auf dem Waschtisch ab und wende mich zum Gehen.

„Kannst du sie mir bitte vorlesen?"
Erstaunt sehe ich ihn an und er erwidert meinen Blick durch den Spiegel.

„Ähm… klar." Ich setze mich auf den Wannenrand und nehme das Handy wieder in die Hand. Da er dasselbe Modell hat, wie ich, habe ich keine Probleme die Nachricht zu öffnen.

Als ich den Absender sehe, ergreift die Wut erneut Besitz von mir.

„Sie ist von deiner Ex.", presse ich zwischen zusammen gebissenen Zähnen hervor. Ich kann erkennen, wie sich seine Kiefermuskulatur unter dem Schaum anspannt.

„Lies vor.", fordert er mich auf.

Hey Süßer,
hast du Zeit? Ich möchte gern mit dir reden, über das, was war und über das, was sein kann.

Alles Liebe, Naomi.

Meine Hand zittert vor Wut.

„Was willst du machen?", frage ich ihn. Meine Lippen habe ich fest aufeinander gepresst.

„Schreib ihr, sie soll vorbei kommen. Aber du bleibst da." Sein Tonfall lässt keine Widerrede zu und ich tippe die Antwort.

Nachdem Kyle seine Rasur beendet hat, gehen wir gemeinsam zurück in sein Zimmer und ziehen uns an. Seit der Nachricht haben wir kein Wort mehr miteinander gesprochen.

„Was hast du vor?" Ich kann die Stille zwischen uns nicht mehr ertragen.

„Vertraust du mir?"

„Es ist schwer, nach dem was heute passiert ist. Aber ja, das tue ich."

Kyle küsst mich drängend und schiebt mich dann ins Wohnzimmer. Kerry sitzt immer noch am Tresen und tippt auf ihrem Laptop herum.

„Soll ich verschwinden?" fragt sie uns. Ich sehe Kyle an, denn er muss das entscheiden.

„Nein, bleib ruhig da." Sie wendet sich wieder ihrem Laptop zu und wir setzen uns auf die Couch. Ich lege meine Beine über seine und kuschle mich dicht an ihn. Er hat gerade seine Arme um mich gelegt, als es an der Tür klingelt.

„Kerry? Würdest du bitte aufmachen?", fragt er seine kleine Schwester. Aber sie war eh schon aufgesprungen und zur Gegensprechanlage geeilt. Ich lege mein Kinn auf Kyles Schulter und knabbere ein bisschen an seinem Ohr herum. Zum Dank streichen seine Finger über meinen nackten Arm, der quer über seinem Bauch liegt.

„Es ist Naomi, soll ich sie rein lassen?"

Kyle sieht sie an und sein Ohrläppchen entkommt meinen Zähnen. Ich ziehe eine Schnute.

„Ja, lass sie rein." Was hat er vor? Kerry öffnet die Tür und Naomi kommt herein.

„Hallo Süße." flötet sie und will Kyles kleiner Schwester ein Küsschen auf die Wange drücken. Aber sie hat sich schon abgewendet und geht zurück zu ihrem Laptop. Etwas pikiert schließt Naomi die Tür und sieht sich suchend um.

Ich weiß genau, was, oder besser ausgedrückt, wen sie sucht – und schon hat sie uns entdeckt. Wir sitzen immer noch eng umschlungen auf der Couch.

Inzwischen liegt Kyles Kinn an meinem Kopf und ich kann seinen Blick nicht sehen. Aber dafür sehe ich ihren Gesichtsausdruck umso besser.

Ihre Augen weiten sich kurz, ehe sie wieder die alte Fassade zur Schau gibt und uns ansieht, als wären wir schon ewig Freunde. Naomi setzt sich in Bewegung und kommt auf uns zu. Ich kann spüren, wie sich sämtliche Muskeln bei Kyle anspannen. Sie zittern leicht vor unterdrückter Wut und ich muss meine ganze Selbstbeherrschung aufbringen, um sie nicht schadenfroh anzugrinsen. Sie bleibt kurz vor uns an der Couch stehen und hält mir ihre Hand hin.

„Hi, ich glaube wir kennen uns noch nicht, ich bin Naomi. Kyle und ich sind schon seit der High School befreundet." Verdattert starre ich die mir angebotene Hand an. Wie kann jemand nur so dreist sein? „Was willst du?", grollt Kyle.

„Ich wollte dich sehen und es ist schön, dass ich gleich bei der Gelegenheit deine Freundin kennen lerne.", flötet sie. Wenn ich es nicht besser wüsste, würde sie echt überzeugend rüberkommen. Aber so blöd kann sie doch nicht sein, dass sie glaubt, dass Kyle und ich nicht über den Vorfall von gestern gesprochen haben.

„Was soll das?" Seine Stimme ist gefährlich leise. Ich halte mich lieber erst einmal aus dem Gespräch heraus. Soll sie sich doch um Kopf und Kragen reden.

„Du bist gestern hier aufgetaucht und wolltest mir weiß machen, Sophie wäre vor deiner Wohnung aufgetaucht und hätte dich beschimpft und bedroht."

„Wer ist Sophie?", fragt Naomi mit Unschuldsmiene. Eines muss man ihr lassen, sie ist die geborene Lügnerin.

„Ich bin Sophie. Diejenige, der du gestern aufgelauert hast.", melde ich mich das erste Mal zu Wort. Soviel zum Thema heraushalten.

„Ich weiß ja nicht, was du für Probleme hast, aber ich sehe dich heute das erste Mal in meinem Leben."
Kyle will schon etwas sagen, aber ich platze dazwischen. Mein Temperament ist dabei, mit mir durchzugehen.

„Falsch, Schlampe. Das erste Mal hast du mich letzten Freitag gesehen. Da kamst du unten zur Haustür heraus und ich bin rein und das zweite Mal hast du mich gesehen, als du mir gestern vor meinem Fitnessstudio aufgelauert hast und mir verklickert hast, ich solle nicht in deinem Gebiet fischen und dass ich nicht wüsste, mit wem ich mich anlegen würde. Aber eines kann ich dir sagen, du hast keine Ahnung mit wem du dich angelegt hast.", gifte ich sie an. Kyle streichelt nach außen hin sanft weiter meinen Arm, aber ich spüre den Druck seiner Hand, die mir zu verstehen gibt, dass ich mich beherrschen soll. Wobei ich so gern auf sie losgehen würde.

„Also wirklich Kyle. Du kannst dir echt durchgeknallte Frauen aussuchen.", wendet sie sich an ihn.

„Ich frage dich jetzt nur einmal und ich meine auch nur einmal. Warum warst du gestern hier und hast mir diesen Scheiß erzählt?"

„Ich war hier, weil ich einen Freund gebraucht habe. Mir lauerte eine Frau vor meiner Wohnung auf und hat mich wüst beschimpft, so in etwa wie der braunhaarige Zwerg hier und hat mir gedroht, sie würde mir etwas antun, wenn ich mich nicht von ihrem Freund fern halte. Da du der einzige Mann bist, mit dem ich mich in letzter Zeit getroffen habe, habe ich angenommen, dass es deine Freundin war." Als sie mich als braunhaarigen Zwerg beschimpft, bin ich schon dabei, aufzuspringen. Aber Kyle packt hart meinen Arm und zieht mich zurück auf die Couch. Ich werfe einen Blick auf ihn und er schüttelt sacht mit dem Kopf. Sanft küsst er mich.

Als ich meine Aufmerksamkeit wieder Naomi zuwende, kann ich Hass und Enttäuschung aufleuchten sehen. Ah, sie wollte, dass ich auf sie losgehe und er hat es erkannt. Jetzt wo ich weiß, worauf sie hinaus will, lehne ich mich entspannt zurück an seine Brust.

„Warst du gestern Nachmittag am V.I.F. Studio?"

„Nein, wie ich schon sagte, ich kenne diesen Zwerg nicht.", ätzt sie weiter.

„DAS REICHT! WENN DU NOCH EINMAL MEINE FREUNDIN BESCHIMPFST, DANN LERNST DU MICH VON EINER SEITE KENNEN, DIE DU LIEBER NICHT KENNENLERNEN WILLST.", brüllt er.

„Gut gebrüllt, großer Löwe", höre ich Kerry von der Theke her murmeln. Ich bin schon auf seinen Wutausbruch gefasst gewesen, aber Naomi nicht. Sie wird leichenblass. Ich kann mein schadenfrohes Grinsen nicht länger unterdrücken.

„Schwesterlein, logg dich doch bitte mal in mein Emailfach ein. Dort findest du ein paar Bilder. Könntest du dann so nett sein und uns deinen Laptop bringen?", fragt er seine Schwester, ohne den Blick von Naomi zu nehmen.

Um sie noch ein wenig mehr zu reizen, beginne ich damit, kleine und große Kreise auf Kyles Bauch zu zeichnen und hin und wieder an seinem Hals zu knabbern. Die erhoffte Wirkung setzt bei ihr auch prompt ein. Sie zittert förmlich vor Wut und wer außer sich ist, macht Fehler. Möglich, dass sie auf mich losgehen wird. Aber ich mache mir keine allzu großen Gedanken, dass ich nicht gegen sie ankommen könnte. Denn immerhin haben Richard und David mir mehr als genug dreckige Tricks beigebracht. Außerdem bestand Mom vor einigen Jahren darauf, dass ich einen Selbstverteidigungskurs mache.

Süffisant lächle ich sie an. Oh ja, meine Brüder waren mir gute Lehrmeister.

Es dauert nicht lange und Kerry kommt mit dem Laptop zu uns und stellt ihn so auf dem Tisch ab, dass wir alle einen ungehinderten Blick auf den Bildschirm haben.

„Da steckt jemand ziemlich tief in der Scheiße und ich kann nicht behaupten, dass es mich großartig stören würde.", flötet Kerry in einem zuckersüßen und fröhlichen Ton. Naomi starrt auf den Bildschirm, auf dem vier Bilder einer Überwachungskamera zu sehen sind. Eins aus der Ferne, so dass man den V.I.F. Schriftzug am Gebäude neben dem Parkplatz sehen kann und drei Nahaufnahmen. Die eine zeigt Naomi allein an meinem Mercedes, die anderen Beiden zeigen dann auch mich mit.

Ihre Gesichtsfarbe wird noch um ein paar Farbtöne heller und sie beginnt, hektisch ihre Finger zu kneten.

„Und?", fragt Kyle sie eiskalt.

„So was kann man fälschen.", stößt sie hervor.

Ich springe auf und hole mein Handy aus Kyles Zimmer. Unterwegs wähle ich die Nummer und schalte den Lautsprecher ein. Alle Augen sind auf mich gerichtet und das Tuten des Klingelzeichens hallt im stillen Wohnzimmer wieder.

„Walther Holdings, Inc. Sie sprechen mit Angelo, was kann ich für sie tun?"

„Hi, hier ist Sophie, kann ich bitte mit Dan sprechen?" Naomis Augen weiten sich. Mein guter Freund Dan Walther ist nicht unbedingt eine unbekannte Chicagoer Persönlichkeit. Ein paar der größten Nachtclubs gehören zu seinem Imperium.

„Natürlich Miss Borough. Einen Moment bitte, ich verbinde sie."

„Dan Walther?" fragt Naomi verblüfft. Allein der Name hat ungeahnte Wirkungen auf die Menschen, die das Nachtleben der Stadt gern und ausgiebig genießen. Ich schätze mal, Naomi gehört auch zu ihnen.

„Walther", blafft es im Raum. Ui, da hat ihm wohl jemand in der Zwischenzeit die gute Laune verhagelt.

„Hey, ich bin es noch mal, Sophie. Ich hab mein Handy auf Lautsprecher. Kannst du mir bestätigen, dass die Bilder echt sind, die du Kyle geschickt hast?"

„Klar sind die echt. Sieh dir die Signatur in den Bilddateien an. Die Bilder sind mit Hilfe eines Codes so geschützt, dass man sie nicht verändern kann. Wenn man es versuchen würde, würde die Datei unbrauchbar werden. Warum?"

„Erzähl ich dir, wenn ich dich nächste Woche anrufe."

„Das ist illegal!", kreischt Naomi.

„Was soll illegal sein?" Dans Stimme ist kalt. Er ist ein lieber und netter Kerl, aber wenn man versucht ihm gegen den Karren zu fahren, dann kann er sehr schnell ungemütlich werden.

„Sie dürfen keine Bilder von irgendwelchen Kameras klauen!" Sie ist schon richtig hysterisch.

„Ich habe keine Bilder geklaut. Das Gebäude, an dem sich die Sicherheitskameras befinden, gehört mir, damit auch die Kameras und damit die aufgenommenen Bilder. Wenn sie bitte auf den Wagen achten würden, der auf jedem der Bilder zu sehen ist. Es handelt sich um das Auto von Sophie Borough, mit welcher ich eng befreundet bin und die mich um Hilfe gebeten hat, eine versuchte Straftat aufzuklären. Denn die Frau, welche an dem Wagen lehnt, ist eindeutig nicht Sophie. In den Nahaufnahmen sieht man, dass die besagte Frau meine Freundin belästigt, wenn nicht gar bedroht. Ich habe ihr die Bilder zur Begutachtung überlassen, damit sie entscheiden kann, ob sie Anzeige bei der Polizei erstatten möchte oder nicht." Dan ist nie um eine Ausrede verlegen. Er hätte Anwalt werden sollen, statt Nachtclubbesitzer. Außerdem bezweifle ich stark, dass ihm das Gebäude wirklich gehört. Wahrscheinlich hat er sich in das Sicherheitssystem des eigentlichen Besitzers gehackt. Aber das muss Naomi ja nicht wissen.

„Wi... Wieso... sind sie dann bei Kyle?", stottert sie.

„Das geht Sie nichts an.", meldet sich dieser wieder zu Wort

„Sophie? War's das? Ich habe gleich eine Telefonkonferenz."

„Ja danke, das war's schon. Wir hören voneinander. Bye"

„Bye Sonnenschein." Ich lege mein Handy auf den Tisch neben den Laptop.

„Ich... also... ich...", stammelt sie.

„Du hältst dich aus meinem Leben fern und solltest du es wagen, noch einmal auf Sophie zuzugehen, dann wandern die Bilder zur Polizei und du hast eine Anzeige wegen Belästigung am Hals. Ich glaube, das wäre nicht so förderlich, da du ja immer noch Bewährung hast."

„Ich... glaube... ich gehe jetzt lieber."

„Du kennst den Weg." Kerry deutet von ihrem Platz aus auf die Wohnungstür.

Naomi dreht sich um und verlässt fluchtartig die Wohnung. Kerry schnappt sich wieder ihren Laptop und klopft Kyle auf die Schulter.

„Du kennst Dan Walther? Kann ich dich anrufen, wenn ich mal in einen seiner Clubs möchte?", fragt sie mich leise.

„Klar, kein Problem, wenn du einundzwanzig bist." Dafür, dass sie vom ersten Moment unseres persönlichen Gegenüberstehens auf meiner Seite war, würde ich so Einiges als Dankeschön machen. Sie sieht mich kurz ertappt an, aber strahlt dann glücklich und verschwindet in ihrem Schlafzimmer. Dans Clubs werden auch in zwei Jahren noch angesagt sein. Davon bin ich felsenfest überzeugt.

Ich lasse mich neben Kyle auf die Couch fallen und er vergräbt sein Gesicht in meinem Haar.

„Es tut mir so leid. Ich bin der bescheuertste Hornochse aller Zeiten. Bitte verzeih mir.", flüstert er.

„Es war und ist noch hart, zu realisieren, dass du mir nicht geglaubt hast."

„Sophie, sieh es mal aus meiner Sicht. Wir kennen uns gefühlte fünf Minuten und mit Naomi war ich zwei Jahre lang zusammen und noch mehr Jahre befreundet. Wenn es umgedreht wäre, wem hättest du mehr geglaubt, mir oder deinem Freund?"

„Kommt darauf an, was dieser mir angetan hat."

„Sie hat mich nicht belogen, wenn du das meinst." Mit hochgezogenen Augenbrauen sehe ich ihn an. „Naja, zumindest nicht, als ich mit ihr zusammen war."

„Ist schon gut, ich verstehe dein Dilemma. Aber bitte, mach das nie wieder mit mir."

„Ist gut, mache ich." Er drückt mir seine Lippen an die Schläfe. Wohlig kuschele ich mich näher an ihn ran und Kyle schlingt seine Arme um mich.

„Du wirst mit diesem Dan noch einmal telefonieren?"

„Ja und ich muss ihm erklären, was das alles heute sollte und ich werde ihn nicht anlügen."

Kyle atmete schwer aus.

„Du wolltest mich also entmannen?", fragt er spöttisch.

„Ja, Kerry hatte mir verboten, dich umzubringen aber damit war sie einverstanden."

„Ich werde wohl mal ein ernstes Wörtchen mit meiner kleinen Schwester reden müssen. Aber schön, dass ihr euch auf Anhieb zu verstehen scheint." Mein Lächeln verbreitet sich.

„Ich habe übrigens übermorgen ein Gespräch an der Uni."

„Was? Wow, das ist wunderbar. Ich drücke dir auf alle Fälle die Daumen." Er sieht mir direkt in die Augen und ich habe das Gefühl, dass sich das Grün in seinen noch vertieft.

„Danke", hauche ich und er verschließt meinen Mund mit einem sehr sanften, fast schon schüchternen Kuss.

„Sophie... ich, wollte dir ja schon gestern was Wichtiges sagen.", stottert er leise vor sich hin.

„Ja?"

„Also... weißt du... ich...", stammelt er und wird von Kerry unterbrochen.

„Also, großer Bruder, ich hoffe ja, dass dieses Miststück jetzt endlich aus deinem Leben verschwindet." Sie haut sich neben uns auf die Couch und Kyle schließt genervt die Augen.

„Keine Sorgen, das Kapitel ist definitiv abgeschlossen." Erleichterung durchströmt mich bei seinen Worten. Plötzlich kommt mir ein Gedanke.

„Wieso weiß ich nichts davon, dass du eine eigene Wohnung hast?", frage ich ihn vorwurfsvoll. Er schielt an mir vorbei auf seine Schwester, die sich gerade anschickt, sich wieder von der Couch zu erheben.

„Du hast es ihr gesagt?", blafft er sie an. Man kann den Vorwurf deutlich aus seiner Stimme heraus hören.

„Sorry Bruderherz, ist mir vorhin so raus gerutscht." Schnell steht sie auf und sucht das Weite. Wieder schließt er seine Augen, ehe er mich ansieht.

„Es sollte eine Überraschung sein.", erklärt er schließlich.

„Eine Überraschung?" Ungläubig sehe ich ihn an.

„Ja, eine Überraschung. Ich wollte dir erst von der Wohnung erzählen, wenn alles fertig ist."
„Und warum?"
„Ich wollte dich dann zu einem romantischen Candlelight Dinner einladen, dich verführen und dann bitten, mit mir die erste Nacht in meiner neuen Wohnung zu verbringen."
„Oh Kyle, das ist ja süß." Ich lege meine Hand an seine Wange und küsse ihn.

Kapitel 18
Aus Zwei wird Eins

Die nächsten vier Wochen vergehen wie im Flug. Jetzt sitze ich hier in unserem Garten, Mom neben mir, die schluchzend in ihr Taschentuch heult und auf der anderen Seite Kyle, der meine zitternde Hand hält, weil ich selber den Tränen so nah bin. Kurz vor der Brücke über den Teich steht David. Links hinter ihm Reverend Boyd in seinem schwarzen Talar und der Bibel in den Händen und Rechts von David steht Blair, sein bester Freund und Trauzeuge. Wir warten alle gespannt auf Molly – die Braut. Ich habe ihr Kleid schon gesehen und ich weiß, dass es meinen Bruder umhauen wird.
Sanft streiche ich über Moms Arm. Die Trauung hat noch nicht einmal richtig angefangen, aber sie heult schon wie ein Schlosshund. Seit sie erfahren hat, dass die Trauung von David und Molly in unserem Garten stattfinden wird, bricht sie immer wieder in Freudentränen aus, wenn sie auch nur einen von beiden zu Gesicht bekommt. Manchmal reicht auch schon der Anblick eines Fotos und sie weint los. Dad hat seinen Arm um sie gelegt und betrachtet stolz seinen Sohn. Richard sitzt auf Dads anderer Seite.

Ich drehe meinen Kopf und sehe Kyle an. Er sieht nicht zu mir. Denn sein Blick ist auf den Wasserfall des Teiches gerichtet. Fasziniert betrachte ich sein schönes Profil.
Mein Blick kehrt zu David zurück. Er schaut stur geradeaus. Auch wenn man es ihm nicht unbedingt ansehen kann, er ist so nervös, wie noch nie in seinem Leben. Lächelnd denke ich an die letzten Wochen zurück.

Einen Tag vor meinem Gespräch mit der Fakultät hatte ich meinen Lunch mit David. Eigentlich sollte der zur Vorbereitung sein, aber dazu kamen wir nicht wirklich. Wir haben fast die ganze Zeit über die bevorstehende Hochzeit gesprochen. Ich weiß nicht mehr so genau, wie es kam, aber plötzlich hat er mich darum gebeten, ihm und Molly bei den Vorbereitungen zu helfen. Er meinte, sie hätten zwar einen Weddingplaner, der scheint aber nicht zu verstehen, was er und Molly sich vorstellen. In ihren Augen liegt es daran, dass er sie nicht kennen würde und da ich das aber tue, würden sie gern meine Unterstützung haben. Ich war total gerührt und gleichzeitig total nervös. Das war schon eine ganz andere Hausnummer, als nur für die Torte zu sorgen. Dennoch habe ich die Aufgabe mit Freuden angenommen und mich der Herausforderung gestellt.
Das Gespräch an der Uni am nächsten Tag lief trotzdem super und am Montag wusste ich dann, dass ich einen der letzten, begehrten Studienplätze bekommen habe. Kyle hatte ich es als erstes erzählt und wir feierten das Ganze mit einem romantischen Abendessen und einer unvergesslichen Nacht in seiner neuen Wohnung. Kerry war mehr als froh darüber, dass ihr großer Bruder jetzt nicht mehr bei ihr wohnte. In der Zwischenzeit haben wir uns öfter getroffen, waren zusammen esse und, shoppen. Sie hat ein paar Mal versucht mich dazu zu bewegen, dass wir in einen von Dans Clubs gehen. Aber da sie erst neunzehn ist, habe ich es abgeschmettert. Auch wenn ich dabei gewesen wäre, wäre sie nie im Leben in einen von seinen Clubs gekommen. Denn die Türstehen achter rigoros

auf die Einhaltung der gesetzlichen Vorgaben. Wir sind aber trotzdem richtig gute Freundinnen geworden.
Jetzt können endlich auch mal wieder Kerle zu ihr kommen. Denn so lange, wie Kyle bei ihr wohnte, war es unmöglich, dass ein Mann ihre Wohnung betritt, um in irgendeiner Weise intim mit ihr zu werden und sie war mehr als frustriert. Arme Kerry. Aber jetzt wohnt Kyle seit fast drei Wochen in seiner Wohnung und sie ist wieder ausgeglichen.
Meine Beziehung zu Kyle könnte nicht besser sein. Wir verbringen so viel Zeit wie möglich miteinander, nicht nur im Bett, aber ohne uns zu sehr einzuengen. Jeder von uns hat auch noch ein Leben neben unserer Beziehung. Er trifft sich mit seinen Kumpels, die ich auch schon kennen lernen durfte, inklusive Bryan, seinem besten Freund und ich mit meinen Mädels. Amanda hat sich immer noch nicht von dem Schock erholt, dass David Molly heiraten wird. Sie sitzt im Moment in der letzten Reihe bei meinen anderen Freundinnen.
Ich gehe jetzt auch wieder regelmäßig ins Fitnessstudio, was wohl auch Maja zu verdanken ist. Denn wenn ich mich mit ihr nicht Woche für Woche zum gemeinsamen Schwitzen verabreden würde, würde ich es ganz schön schleifen lassen..
Naomi ist auch kein Thema mehr zwischen Kyle und mir und wir haben seit dem Nachmittag nichts mehr von ihr gehört.
Das Telefonat mit Dan hat einen ganzen Nachmittag gedauert. Er wollte alles bis ins kleinste Detail wissen. Es war schön, wieder mit ihm zu reden. Durch Paris war unser Kontakt eingebrochen. Aber wir sind übereingekommen, dass wir wieder öfters miteinander telefonieren wollen und wenn es die Zeit zulässt, dass wir uns auch treffen.

Mom schluchzt laut neben mir auf. Man könnte glatt denken, David würde zur Schlachtbank geführt werden und nicht die Liebe seines Lebens heiraten.
Reverend Boyd gibt uns das Zeichen, uns zu erheben und leise wird der Hochzeitsmarsch auf einem Flügel gespielt, der etwas

abseits auf der Wiese zwischen Moms Rosen steht. Eine Gänsehaut breitet sich auf meiner Haut aus.
Wir erheben uns alle und schauen gespannt den Gang hinunter. Kyle legt seinen Arm um mich und zieht mich an seine breite Brust. Als erstes kann ich Lisa sehen und ein schneller Blick zu Richard verrät mir, dass er hin und weg ist. Sie sieht wunderschön aus. Das marineblaue Seidenkleid schmiegt sich wie eine zweite Haut an ihren Körper und schwingt leicht um ihre Beine. Die schwarzen Haare sind zu einer kunstvollen Frisur hochgesteckt und an der Seite des Haarknotens ist eine weiße Rose befestigt. In den Händen hält sie ein kleines Bukett aus weißen Rosen und blauen Freesien. Feierlich schreitet sie den Gang zwischen den Stühlen hinunter und stellt sich auf die Seite gegenüber von Blair und David.
Molly, am Arm ihres Vaters Gordon, berritt die Szene und ein Raunen geht durch die anwesenden Gäste. Mein Blick ist auf David gerichtet. Seine Augen weiten sich und ihm klappt der Kiefer nach unten. Einen Moment später schließt er seinen Mund wieder und lächelt ihr liebevoll entgegen. Mollys Kleid ist ein Traum aus weißer Spitze. Es wurde von Mom nach ihren Wünschen und Vorstellungen entworfen und es ist einfach perfekt. Es schmiegt sich wunderbar an ihre Silhouette an. Am Oberkörper ist es eng geschnitten und die Spitze überzieht ihr Dekolleté und ihre Schultern und man kann ihre leicht gebräunte Haut darunter erkennen. Ab den Ansatz ihrer Brüste beginnt das weiße Unterkleid und fällt in einer A-Line nach unten zum Boden. Es ist bodenlang und man kann Mollys Schuhe nicht sehen. Aber ich weiß, dass sie blaue Pumps, passend zu Lisas Kleid, trägt. Ihre braunen Locken sind ebenfalls hochgesteckt und ein paar Strähnen umkringlen kunstvoll ihr Gesicht. Auf einen Schleier hat sie verzichtet und trägt nur einen Fascinator mir einem kleinen Gesichtsschleier. In den Ohren trägt sie meine Diamantohrringe. In den Händen hält sie ihren Brautstrauß. Ein Traum aus weißen Rosen und blauen Freesien, der so ähnlich wie Lisas Strauß gearbeitet ist.

Molly ist am Altar angekommen und wird von David begrüßt. Gordon übergibt seine Tochter an meinen Bruder und die Männer schütteln sich die Hände. Er gibt Molly noch einen Kuss auf die Wange und setzt sich dann auf seinen Platz neben Chrystal, Mollys Mom.
David raunt ihr etwas zu, aber leider zu leise, als dass man es hätte verstehen können. Wieder kann man lautes Schniefen und Schluchzen hören, aber dieses Mal in Stereo. Denn nicht nur Mom weint, sondern auch Chrystal, die auf der anderen Seite des Ganges sitzt. Was auch immer mein Bruder zu seiner Braut gesagt hat, es hat zur Wirkung, dass eine leichte Röte ihre Wangen ziert und sie ihn anlächelt. Das Spiel des Flügels verklingt und wir setzten uns alle wieder.
Das Brautpaar dreht uns den Rücken zu und richtet seine Aufmerksamkeit auf Reverend Boyd, der mit der Predigt beginnt.
Ich muss mehrmals tief durchatmen, um nicht in Tränen auszubrechen. Wer hätte das jemals gedacht? David steht vorm Traualtar und ich bin mir hundertprozentig sicher, dass diese Ehe ewig halten wird.

Ich spüre Kyles Hand an meiner Wange, wie er mir eine Träne wegwischt, die sich aus meinem Auge gestohlen hat. Liebevoll lächle ich ihn an, woraufhin er unsere verschränkten Hände anhebt und einen Kuss auf meinen Handrücken haucht. Ich wende mich wieder der Trauung zu. Der Reverend hat seine Predigt beendet und richtet jetzt die Worte an das Brautpaar und die Gäste.
„Sehr geehrtes Brautpaar, sehr geehrte Familienangehörige, sehr geehrte Gäste. Wir haben uns heute hier versammelt, um diese beiden Menschen in den heiligen Stand der Ehe zu erheben. Sollte Jemand Einwände gegen diese Verbindung haben, so spreche er jetzt oder möge für immer schweigen."
Kein Wörtchen wird gesprochen und nur der Gesang der Vögel, das Rauschen der Blätter im Wind und das leise

Plätschern des Wassers, sind zu hören. Da sich niemand meldet fährt er fort.

„Ich frage Sie, Mister David Borough, möchten Sie die hier anwesende Miss Molly Smith zu Ihrer rechtmäßigen Ehefrau nehmen, so antworten Sie mit Ja."

„Ja!", kommt prompt seine Antwort.

„Ich frage nun Sie, Miss Molly Smith, möchten Sie den hier anwesenden Mister David Borough zu Ihrem rechtmäßigen Ehemann nehmen, so antworten Sie mit Ja."

Sie dreht ihren Kopf und sieht meinen Bruder an. Als sie sich tief in die Augen sehen, kommt endlich ihre Antwort.

„Ja.", haucht sie in den nachmittäglichen Sommerhimmel.

„Die Ringe bitte.", fordert Reverend Boyd und Blair greift sich in die Innentasche seinen Jacketts und legt die beiden Ringe auf ein weißes Kissen. Der Reverend hält es vor sich, so dass es zwischen David und Molly liegt. Mein großer Bruder greift nach einem der Ringe und nimmt ihre Hand in seine. Während er ihn auf ihren Finger schiebt, spricht er das Ehegelübde, welches sie sich Beide ausgedacht haben.

„Mit diesem Ring nehme ich dich zur Ehefrau. Du bist die Frau meiner Träume, von der ich dachte, dass es sie nicht geben würde. Aber dann kamst du. Nimm diesen Ring, der ein Symbol meiner Liebe zu dir ist. Ich verspreche dir hiermit, dass ich immer für dich da sein werde – in guten wie in schlechten Tagen, bis in alle Ewigkeit. Jetzt kann ich nicht mehr an mir halten und lasse den Tränen freien Lauf. Sowohl von Kyle, als auch von Dad und Richard wird mir ein Taschentuch gereicht. Dankbar greife ich nach allen Drei.

Nachdem David sein Gelübde gesprochen hat, greift Molly nach dem zweiten Ring auf dem weißen Kissen und beginnt, ihn an den Finger meines Bruders zu stecken. Genau wie er eben, sieht sie ihm dabei tief in die Augen.

„Ich habe lange Zeit darüber nachgedacht, was ich dir sagen möchte, wenn ich dir endlich den Ehering auf den Finger stecken darf. Ich habe nach Worten gesucht, die ausdrücken können, was du mir bedeutest. Aber ich fand keine, die groß genug sind, um meinen Gefühlen für dich gerecht zu werden. Dennoch möchte ich versuchen, sie annähernd zu beschreiben. Du bist Freund, Gefährte und Liebhaber. Du gehst mit mir durch Dick und Dünn. Du bist der Mann an meiner Seite, den ich nie mehr hergeben möchte. Du bist mein Rückhalt und Rückzugsort. Schlicht gesagt, du bist meine Welt. Ich bin dankbar dafür, dass es dich gibt. Ich kann es gar nicht fassen, dass du mich liebst."

Wie wild tupfe ich in meinem Gesicht rum. Hoffentlich hält mein Make up durch, wenn ich schon nicht die Tränen stoppen kann.

„Liebes Brautpaar, ich erkläre euch hiermit zu Mann und Frau.", sagt der Reverend zu ihnen und an David gewannt „Sie dürfen die Braut jetzt küssen." Das lässt sich mein lieber Bruder nicht zweimal sagen und zieht Molly in seine Arme und ihre Lippen treffen sich. Jubel und Beifall branden auf.

Ich habe es aufgegeben, mein Make up retten zu wollen und klatsche begeistert mit. Langsam lösen sie sich wieder voneinander und gehen, Hand in Hand, den Gang entlang in Richtung Haus. Von hinten ruft Reverend Boyd.

„Mein Damen und Herren, ich habe die Ehre, ihnen Mister und Misses David Borough vorzustellen."

Bei uns bleiben sie kurz stehen und werden von Mom, Dad, Chrystal und Gordon mit Glückwünschen überhäuft. Ich kämpfe mich kurz zu ihnen durch und nehme erst meinen Bruder und dann meine Schwägerin in den Arm und drücke sie wortlos an mich. Meine Glückwünsche kann ich ihnen nachher immer noch überbringen.

Sie lösen sich von uns und gehen weiter durch die Menge. Am Altar stehen Richard und Lisa eng umschlungen und scheinen in ihrem Kuss die Welt um sich herum völlig vergessen zu haben.

Ich sehe mich suchend nach Kyle um und entdecke ihn in unserer Sitzreihe stehend. Er sieht heute besonders sexy aus. Er trägt wieder den schwarzen Anzug, den er schon bei unserem Date am Strand getragen hatte. Dazu hat er ein hellblaues Hemd, mit feinen dunkelblauen Nadelstreifen und die dazu passende, dunkelblaue Krawatte und ein dunkelblaues Einstecktuch. Krawatte, Einstecktuch und Hemd habe ich für ihn ausgesucht, da es zu meinem dunkelblauen Cocktailkleid passen sollte.

Er steht da, der Wind zerzaust leicht seine blonden Haare, die linke Hand hat er in die Hosentasche gesteckt und sein Blick ist raus in die Ferne gerichtet. Ich brauche ihn nur anzusehen und das Blut beginnt, heiß in meinen Adern zu sieden.

Ich trete zu ihm und hake mich bei ihm ein. Der Wind fährt mir in die offenen Haare und weht sie mir ins Gesicht. Ich habe sie leicht mit dem Lockenstab geformt und auf der rechten Seite habe ich sie mit einer silbernen Schmuckspange nach hinten gesteckt.

„Na, schöne Frau." Kyle küsst mich kurz auf die Lippen.

„Na, schöner Mann. Sehe ich sehr schlimm aus?" Ich fuchtle mir mit der Hand vorm Gesicht rum, um ihm zu zeigen, was ich meine.

„Nein, du siehst wie immer bezaubernd aus."

„Kann ich mich auf dein Urteil verlassen?"

„Nein." Gespielt ärgerlich schlage ich ihm auf den Arm.

„He!", protestiert er und reibt sich grinsend die Stelle.

„Na los, komm, ich muss nochmal nach der Torte sehen." Ich ziehe ihn hinter mir her.

„Hat sie jemand schon mal zu Gesicht bekommen, außer mir?"

„Nein und ich kann es kaum noch erwarten, bis ich sie präsentieren darf."

„Warte, ich muss noch gratulieren.", bemerkt er, als wir gerade am Festzelt vorbei gehen.

„Geh du ruhig. Ich sehe schnell nach der Torte und dann komme ich wieder und du achtest darauf, dass sie mit dem Anstoßen auf mich warten." Ich lasse seine Hand los und renne ins Haus. Aber bevor ich in die extra klimatisierte Küche

gehe, renne ich die Treppe hinauf in mein Zimmer und dann ins Bad.
Ich werfe einen Blick in den Spiegel. Ich kann Kyles Urteil wirklich nicht trauen. Im Prinzip kann ich sagen, dass von meinem Make up nichts mehr vorhanden ist. Die Tränen haben so gut wie alles weggewaschen.
Schnell krame ich meine Utensilien hervor und mache alles nochmal neu. Ruck zuck bin ich fertig und flitze wieder nach unten in die Küche.
Als ich die Tür aufschwinge, schlägt mir kalte Luft entgegen. Ich habe die Klimaanlage für die Küche auf die niedrigste Stufe gestellt und die Rollos an sämtlichen Läden herunter gelassen. Da das übrige Essen von einem Partyservice erledigt wird, wird die Küche heute nicht benötigt und ich kann mich hier breit machen.

Die Torte thront schon auf einem Servierwagen, welcher mit einer weißen Tischdecke abgedeckt ist. Sie wird dann nachher in das Zelt rüber getragen, wo ich sie dann präsentieren werde.
Ich husche um mein derzeitiges Meisterwerk herum und schaue, ob noch alles an seinem angestammten Platz sitzt. Als ich mich überzeugt habe, dass alles in bester Ordnung ist, gehe ich wieder rüber in das Festzelt.
Es ist ein riesen Teil aus cremefarbenen Stoffbahnen. Es hat etwas von einem Zirkuszelt, denn es hat ein Spitzdach. Eine Seite wurde aufgezogen, so dass man hinüber nach Chicago sehen kann. Im Inneren stehen lauter runde Tische, an denen später die Gäste sitzen werden.
An der Seite gegenüber der geöffneten Zeltseite steht ein langer Tisch mit acht Stühlen. An dem werden später das Brautpaar, ihre Eltern und die Trauzeugen sitzen.
Die Dekoration aller Tische ist aufeinander abgestimmt. Auf ihnen liegen cremefarbene Tischdecken und darauf gekreuzte, weiße und blaue Seidenbänder. In der Mitte jedes Tisches steht ein dreiarmiger Kerzenleuchter, an dessen Fuß ein Kranz

aus weißen Rosen und blauen Freesien liegt. Der Duft der Blumen liegt schwer in der Luft.

Überall im Raum stehen kleine Gruppen herum und unterhalten sich. Die Größte hat sich um David und Molly gebildet. Sie sind immer noch damit beschäftigt, die Glückwünsche der Gäste entgegen zu nehmen.
Kyle ist auch unter ihnen und unterhält sich mit Blair und Richard. Ich sehe hinüber zum Chef des Partyservices und gebe ihm ein Zeichen. Er nickt mir kurz zu und schon strömen die Kellner voller Tabletts mit Champagnergläsern herein. Es dauert eine Weile, bis jeder Gast ein Glas in seinen Händen hält, aber schließlich ist es geschafft. Das Brautpaar steht Arm in Arm in der Mitte des Zeltes auf der großen Tanzfläche. David hebt sein Glas.
„Ich und meine wunderschöne Frau, möchten uns von ganzem Herzen für euer Kommen bedanken. Es bedeutet uns sehr viel, dass ihr diesen Tag mit uns erlebt. Erst durch eure Anwesenheit wird es zu etwas ganz besonderem. Also, Danke." Er nimmt einen Schluck und alle tun es ihm gleich. „Außerdem möchte ich meiner wunderbaren Frau danken. Danke, dass du mich liebst." Molly lächelt ihn überglücklich an und sie küssen sich, was Beifall zur Folge hat. „Danke an meine Eltern, dass sie uns erlaubt haben, hier in ihrem Garten heiraten und feiern zu dürfen." Mom steigen schon wieder Tränen in die Augen und sie tupft sich verstohlen mit ihrem Taschentuch im Gesicht herum. „Einen besonderen Dank auch an meinen Trauzeugen und besten Freund Blair und an Lisa, die nicht nur meinen Bruder glücklich macht, sondern auch die beste Freundin und Brautjungfer meiner Frau ist." Lisa und Richard stehen ebenfalls jetzt Arm in Arm da und erheben zum Dank ihre Champagnergläser. „Als letztes möchten wir einer besonderen Person danken. Sie hat nicht nur fast die komplette Planung übernommen und uns sicher eine umwerfende Torte gebacken. Sie ist auch, neben meiner Ehefrau und meiner Mutter, die wichtigste Frau in meinem

Leben. Ladies und Gentleman, erheben sie mit uns ihre Gläser und trinken sie mit uns auf meine Schwester Sophie." Er sieht mich direkt an. Ich stehe mich offenem Mund da, mutiere zur Tomate und Tränen laufen über meine Wangen. David löst sich von Molly und kommt zu mir und schließt mich fest in seine Arme. Ich schlinge meine um ihn und drücke ihn ganz fest an mich. Schluchzend presse ich mein Gesicht an seine Brust. Hoffentlich versaue ich ihm jetzt nicht den schwarzen Anzug

„Sch… Warum weinst du denn?", fragt er mich leise.

„Du… Ich…"

„Danke Sophie, du hast das alles wunderbar gemacht." Er drückt mir einen Kuss auf die Stirn, ehe er mir seine Hand unter das Kinn legt und mich zwingt ihn anzusehen.

„Danke.", flüstert er noch einmal. Ich hole aus und haue ihm ziemlich schwach gegen die breite Brust.

„Wofür war das denn?"

„Dafür, dass du mich zum Weinen gebracht hast und nun ist mein Make up schon wieder ruiniert und ich darf es jetzt zum dritten Mal richten."

Lachend gibt er mir nochmal einen Kuss auf die Stirn und geht dann zurück zu seiner Frau, die ihm entgegen strahlt.

„Den Dank hast du dir verdient.", höre ich Kyle hinter mir sagen. Ich drehe mich um und werfe mich in seine Arme. „Du hast verdammt viel Arbeit in die ganze Party gesteckt und es ist perfekt geworden."

„Du nicht auch noch."

„Wie jetzt?"

„Du bringst mich zum Weinen."

„Ach Süße." Beruhigend streichelt er meinen Rücken.

Es dauert eine ganze Weile, bis ich mich halbwegs beruhigt habe. Ich atme tief durch, streiche mein Kleid glatt und gebe dem Mann vom Partyservice erneut ein Zeichen. Er verschwindet und ich positioniere mich neben der Bühne.

Als er wieder das Zelt betritt, bedeutet er mir, dass alles vorbereitet ist und wir beginnen können. Ich nehme das Mikro in die Hand.

„Lieber David, liebe Molly. Wärt ihr so freundlich und kommt hier vor, zu mir." Sie geben ihre Gläser ab und kommen zu mir.

Ich hebe meine Hand und daraufhin wird die uns gegenüberliegende Zeltseite geöffnet und die Torte wird von zwei Kellnern herein geschoben. Vor Anspannung halte ich die Luft an. Die Menge teilt sich. Hoffentlich geht alles gut. Erleichtert atme ich aus, als sie endlich vor uns steht. Fassungslos starren Molly und David darauf.

„Oh Sophie.", flüstert sie.

Ich habe die Torte komplett allein gemacht. Sie besteht aus fünf Etagen. Jede Etage ist mit weißem Fondant überzogen und ist am unteren Rand mit einem blauen Seidenband umwickelt. Die einzelnen Etagen sitzen direkt auf der darunter auf und auf der obersten, fünften steht ein tanzendes Hochzeitspaar aus Kristallglas. Das Innere der Torte besteht aus hellem Biskuit und einer Creme aus Himbeeren und Joghurt.

„Bevor ihr mein Geschenk an euch anschneidet, muss ich noch etwas zu den Rosen erklären."

Auf der ganzen Torte habe ich acht blaue Rosen aus Zucker verteilt. „Je eine Rose steht für Mom, Dad, Richard, Lisa, Chrystal, Gordon und mich. Die letzte Rose symbolisiert die Kinder, die ihr eines Tages haben werdet und sie ist dem Brautpaar auf der Torte am nächsten. Um sie noch mehr von den anderen Rosen abzugrenzen, habe ich sie mit einem Zuckerdiamanten in der Mitte geschmückt. Ich hoffe, euch gefällt die Torte." Wieder ertönt Applaus und Molly und David schließen mich in ihre Arme.

„Danke.", haucht Molly mir zu. Erleichtert lächle ich sie an und die Anspannung der letzten Stunden fällt von mir ab.

„Diese Torte ist eines meiner Geschenke an euch. Aber da dieses vergänglich ist, habe ich noch eines für euch." Ich zeige auf das Brautpaar auf der Torte. „Diese beiden Figuren sollen euch und eure Verbindung symbolisieren und da sie extra für euch aus Kristallglas gefertigt wurden, könnt ihr sie aufheben und immer wenn euch danach ist, ansehen und an diesen Tag zurück denken." Ich bücke mich und hebe eine alte Holztruhe auf, die auf dem Servierwagen unter der Torte steht. „Ihr könnt dann die Figuren und was auch immer ihr wollt, in diese Kiste lege." Ich hebe den Deckel der aus dunklem Holz gefertigten Truhe. An der Seite sind schwarze Beschläge angebracht. Ich drehe sie so, dass die Beiden die eingebrannte Gravur lesen können.

Molly und David
29. September
Für immer verbunden

„Alles Gute euch Beiden.", schließe ich meine kleine Reden. Wieder gibt es Applaus und ich werde wieder von ihnen umarmt. In Mollys Augen glitzern Tränen.
Ich gebe ihnen das große Messer, dessen Griff mit blauer Seide umwickelt ist. „Und denkt dran, wer beim Anschneiden der Torte die Hand oben hat, wird auch die Oberhand in der Ehe haben", füge ich noch hinzu und trete dann zur Seite, damit sie an die Torte heran können.
Sie rangeln um die Oberhand am Messergriff und schließlich halten sie es so, dass ihre Hände nebeneinander liegen, wie auch immer sie das geschafft haben. Unter großen Jubel schneiden sie sie an.

Während sich David und Molly gegenseitig mit dem ersten Stück Torte füttern, gehe ich rüber zu Mom und Dad. Sie stehen zusammen mit Mollys Eltern und sehen gerührt dem Spektakel zu. Meine Mutter nimmt mich in den Arm.
„Spätzchen, die Torte ist traumhaft. Wann hast du das denn nur alles geschafft. Du hast die ganze Party organisiert und dieses Meisterwerk gezaubert."

„Ich weiß auch nicht, wann sie die Torte gemacht hat, aber sie hatte keine Zeit für mich.", sagt Kyle hinter mir und grinst mich frech an.
„Das ist gelogen, du wusstest als Einziger, wie sie aussieht."
„Stimmt, ich habe dir beim Backen geholfen." Seine Augen blitzen aufreizend und schon pocht die Lust in mir. Meine Gedanken schweifen zurück zu gestern Abend.

Ich wollte bei Kyle die ganzen Böden backen und eigentlich hätte ich nach fünf Stunden fertig sein müssen, aber er hatte mir einen kräftigen Strich durch meine Rechnung gemacht. Meine Lust intensiviert sich, als ich daran denke, wie wir uns Beide nackt auf dem Küchenboden gewälzt haben. In unserem Ungestüm haben wir zwei Mehlpackungen umgerissen und dank des Schweißes waren wir über und über mit dem weißen Staub bedeckt. Es war ein unbeschreibliches Gefühl, ihn auf dem Küchenboden zu reiten.
Ich schüttle leicht den Kopf, um diese erotischen Bilder loszuwerden und kehre wieder zurück. Ohne dass ich es bemerkt habe, hat Kyle mich etwas abseits gezogen.
Wir stehen in einer der weniger einsehbaren Ecken und er drückt heiß und gierig seinen Mund auf meinen. Seine Zunge erkundet meine Mundhöhle und neckt mich. Angestachelt und in Flammen stehend, erwidere ich seinen Kuss.
Ein kleines Hüsteln lässt uns erschrocken auseinander fahren. Hinter uns steht Lisa. Schnell richte ich mein Kleid und rücke Kyles Krawatte wieder gerade.
„Die Frischvermählten werden jetzt ihren ersten Tanz aufs Parkett legen.", sprach's und dreht sich um.
„Später.", raune ich Kyle zu. Gemeinsam gehen wir wieder zurück zu den anderen Gästen.

Auf der Tanzfläche stehen David und Molly. Sie tanzen im Takt zu 'I don't want to miss a thing' von Aerosmith.

Kyle hat von hinten seine Arme um meine Taille gelegt und wiegt sich mit mir sanft zur Musik. Die letzten Takte verklingen und sie beenden ihren Tanz mit einem Kuss. Ich seufze auf.
Das nächste Lied erklingt und die ersten strömen auf die Tanzfläche. David tanzt mit Mom und Molly mit Gordon. Danach tanzt mein Bruder mit seiner Schwiegermutter und meine Schwägerin mit Dad. Richard und Lisa sind auch auf der Tanzfläche vertreten und Kyle hat mich auch zu den Tänzern gezogen. Den Dritten tanzt das Brautpaar mit den Trauzeugen. Beim Vierten bin ich dann endlich an der Reihe. David wirbelt mich über das Parkett und Kyle hat sich Molly geschnappt.

„Danke Kleines. Du hast wirklich eine wunderbare Hochzeit für uns organisiert."

„Gern geschehen. Sollten Lisa und Rich auch jemals vor den Traualtar treten, werde ich das Gleiche für sie tun. Vorausgesetzt sie wollen es."

„Das Gleiche?", fragt er mich ein klein wenig entsetzt.

„Nicht so, wie du es meinst. Eure Hochzeit wird immer was Besonderes bleiben. Die Hochzeit für Lisa und Rich wäre dann auf die Beiden zugeschnitten."

„Puh, da bin ja erleichtert."

„Du bist glücklich.", stelle ich fest.

„Ja, das bin ich."

„Das ist schön." Ich schmiege mich an ihn und genieße unseren Tanz.

Nach diesem kleinen Tanzmarathon brauchen Molly und David erst einmal eine Verschnaufpause. Aber sie bekommen nicht so viel Zeit, wie sie gern hätten, denn meine Großeltern krallen sich die Beiden und schleppen sie zurück auf die Tanzfläche. Nachdem sie die alten Herrschaften glücklich gemacht haben, verkündet David, dass es für sie jetzt an der Zeit wäre, in die Flitterwochen zu entschwinden.
Hastig schnappe ich mir Kyle.

„Schöner Mann, du musst mir jetzt helfen!", rufe ich ihm zu und gemeinsam rennen wir zur Vorderseite des Hauses.

Dort steht Davids Wagen. Dieser wird nachher von Blair gelenkt.

„Wie kann ich dir helfen?", fragt er mich.

Ich winke den Trauzeugen heran, der gerade ebenfalls um die Hausecke biegt. Schnell kommt er zu uns.

„Ihr zwei sorgt dafür, dass die Gäste ein Spalier bilden, von der Haustür bis zum Wagen und das jeder Gast, und ich meine wirklich jeder einzelne Gast, so ein Beutelchen in die Hand bekommt." Ich drücke jedem eine Kiste in die Hand. Darin befinden sich kleine weiße Seidenbeutelchen mit Reis.

Da schon die ersten Gäste um das Haus herum kommen, machen sich die Beiden an die Arbeit. Schnell hole ich mir noch Kyles Handy und rufe meine Mom an.

„Ist alles in Ordnung?", fragt sie besorgt.

„Ich bin´s, Sophie."

„Sophie?"

„Ja, kannst du bitte dafür sorgen, dass Lisa und David als letzte durch die Haustür kommen?"

„Klar, wieder eine Überraschung von dir?"

„Ja und danke. Für Dad haben wir hier vorn einen Stuhl bereit stehen. Er stand jetzt schon lange genug." Mein Vater hat immer noch den Gips am Fuß und er beschwert sich jeden Tag aufs Neue, dass er das lästige Zeug endlich wieder loswerden will.

Ohne ihre Antwort abzuwarten, lege ich auf und stecke Kyle sein Handy zurück in die Tasche seine Jacketts.

Neben der Haustür steht noch eine Kiste und ich schnappe sie mir und renne zum Auto. Mit einem Knall lasse ich sie und ziehe laut klappernd den Strick heraus, an dem mehrere Blechdosen festgebunden sind und befestige sie am Abschlepphaken.

Dann hole ich das Blumenbukett hervor. Es ist besteht aus den gleichen Blumen, wie der Brautstrauß. Da an der Steckmasse ein flacher Magnet befestigt ist, kann ich die Blumen ganz einfach auf der Motorhaube festpappen.

Ich renne zurück zu meiner Kiste, was nicht so leicht ist. Meine dunkelblauen High Heels versinken im Kies.
Jetzt liegt nur noch ein weißer Marker darin. Es ist einer dieser Stifte, mit denen Restaurants ihre Tafeln beschreiben.
In großen Lettern schreibe ich 'Just married' auf die Heckscheibe.
In der Zwischenzeit haben es Kyle und Blair geschafft alle aufzustellen und jeder hält ein Beutelchen in der Hand.
Ich nehme ihnen die Kisten ab und stelle sie neben die Eingangstreppe. Schnell gebe ich den Beiden noch ihre Beutelchen und stelle sie auf. Gerade in dem Moment, in dem ich mich neben meinen Freund stelle, geht die Haustür auf und Brautpaar tritt heraus.
Die Menge jubelt und fängt an, sie mit Reis zu bewerfen. Erleichtert atme ich aus. Ich habe es tatsächlich geschafft. Lachend laufen sie zwischen den Gästen zum Auto.
Schnell erscheint Blair bei ihnen und öffnet die Tür. Aber sie steigen nicht sofort ein, sondern sehen sich den Wagen an. David blickt mich fragend an und ich grinse nur zurück. Langsam schüttelt er den Kopf.
„Aufstellung Ladies, ich will den Brautstrauß werfen und sehen, wer die Nächste ist.", ruft Molly und schnell stellen sich alle anwesenden Damen auf, die noch nicht verheiratet sind. Sie dreht sich um, so dass wir ihren Rücken sehen, nimmt ihre Arme nach oben, schwingt sie in die Luft und lässt den Strauß über ihrem Kopf los.
Gebannt starren wir ihn alle an, wie er durch die Luft segelt und direkt in meinen Armen landet. Perplex sehe ich die Blumen an, aber dann hebe ich ihn triumphierend in die Luft. Molly grinst mich an und steigt in den Wagen. David schließt die Tür hinter ihr und geht um den Wagen herum. Dort wartet Blair auf ihn und hält ihm die Tür auf. Mein Bruder winkt uns allen noch einmal zu und steigt schließlich selber ein. Sein Trauzeuge schmeißt die Tür zu und schwingt sich hinter das Steuer und schon setzt sich der BMW X5 in Bewegung.

Unter lautem Jubel und Beifall fahren David und Lisa in die Flitterwochen.
Alle winken dem Wagen nach, bis er auf die Straße biegt und nicht mehr zu sehen ist.
„Wo geht die Hochzeitsreise eigentlich hin?", will Lisa wissen.
„Sie fliegen nach St. Lucia." Die Planung der Hochzeitsreise haben die beiden aber selber übernommen. Der Rest der Hochzeit lag in meiner Verantwortung.

Es waren schon lustige Lunchtreffen mit den Beiden. Sie haben sich da schon immer gestritten, als wären sie seit fünfzig Jahre miteinander verheiratet.
Versonnen lächle ich vor mich hin. Wenn sie dann ihre Goldene Hochzeit feiern, muss ich unbedingt die Planung übernehmen. Es hat mir wahnsinnig viel Spaß gemacht und vielleicht sollte ich mir das mit der Patisserie noch einmal überlegen und Weddingplaner werden. Zum Glück habe ich ja noch das ganze Studium über Zeit, mir darüber Gedanken zu machen.
„Ich hoffe, ich bin es, der dich zum Lächeln bringt." Kyle stellt sich neben mich. Den Blick, genau wie ich, auf die verwaiste Einfahrt gerichtet, die Hände in den Hosentaschen, die Beine leicht gespreizt.
„Ausnahmsweise nicht, sorry." Ich stelle mich auf die Zehenspitzen und hauche ihm einen Kuss auf die schon leicht stoppelige Wange. Sein Duft steigt mir in die Nase und ich atme tief die wunderbare Mischung aus Kyle und Aftershave ein.
„Du hast also den Brautstrauß gefangen?" Skeptisch beäugt er den Strauß in meinen Armen und ich drücke die zarten Blumen liebevoll an meine Brust.
„Ja, hab ich." Ich grinse ihn herausfordernd an und kann genau miterleben, wie ihm seine Gesichtszüge entgleisen. Ich lache laut auf.

„Keine Sorge, ich erwarte nicht, dass wir morgen vor den Traualtar treten." Erleichtert atmet er aus.

„Glück gehabt." Er grinst mich schief an und dreht sich zu mir. Er schlingt seine Arme um mich.

Inzwischen sind wir die einzigen in der Einfahrt. Die anderen Gäste sind schon wieder nach hinten in den Garten gegangen, um zu feiern.

„Du siehst heute wunderschön aus.", sagt er leise. Eine Gänsehaut bildet sich auf meiner Haut.

„Danke, das Kompliment kann ich gleich an dich zurückgeben." Ich beuge mich vorsichtig nach vorn, darauf bedacht, nicht meine Beute zu zerdrücken und küsse ihn. Kyle erwidert meinen Kuss und langsam tanzen unsere Zungen einen romantischen Walzer. Ich schmelze förmlich in seinen Armen dahin.

„Wir sollten langsam zurückgehen. Das Essen wird gleich serviert.", nuschle ich an seinen Lippen.

Er brummt irgendwas, aber ich kann nicht genau verstehen, was.

„Was hast du gesagt?"

„Ich habe gefragt, ob das sein muss?", brummt er wieder.

„Ja, muss es. Ich habe Hunger. Im Gegensatz zu den meisten Menschen, hatte ich heute einen Tag voller Arbeit und ich habe noch nichts gegessen." Wie zur Bestätigung knurrt mein Magen laut. Seufzend legt Kyle seinen Arm um meine Taille und führt mich nach hinten in den Garten.

„Da ich es nicht verantworten kann, dass du den Hungertod stirbst, werden wir jetzt ein Hochzeitsdinner ohne Brautpaar genießen. Du weißt schon, dass an der Haupttafel jetzt zwei Plätze frei sind?"

„Ja weiß ich, aber für so einen Fall habe ich vorgesorgt."

„Wie immer auf alle Eventualitäten vorbereitet." Anzüglich wackelt er mit den Augenbrauen.

„Ja, genau." Ich lächle ihn verführerisch, unter gesenkten Wimpern hervor, an und er zieht scharf die Luft ein.

„Na los, dass wir das Essen hinter uns bringen. Ich kann es gar nicht erwarten, bis ich höre, wie du meinen Name in voller Ekstase schreist.", raunt er leise in mein Ohr. Meine Gänsehaut intensiviert sich und die Lust beginnt, zwischen meinen Beinen zu pulsieren.

„Ich kann es auch kaum noch erwarten, deinen Namen in voller Ekstase zu schreien.", flüstere ich. Kyle verstärkt den Druck seines Armes um meine Taille und schiebt mich schnell in Richtung Festzelt.

Die meisten Gäste haben sich im Garten verteilt, plaudern und nippen an ihren Getränken. Ich gehe auf meinen Vater zu, der sich endlich dazu hat bewegen lassen, sich zu setzen. Ich schlinge meine Arme um ihn.

„Sag mir bitte, dass du nicht die nächste Braut sein wirst.", fleht er leise.

„Keine Angst, ich habe so schnell nicht vor, zu heiraten. Damit lasse ich mir noch ein paar Jahre Zeit." Augenblicklich entspannt sich mein Vater. 'Männer', denke ich lächelnd und schüttle sacht meinen Kopf.

„Mom, könntest du die ganzen Gäste ins Zelt lotsen, das Essen wäre so weit." Sie nickt und macht sich an die Arbeit.

„Schade, dass die Beiden schon weg sind. Sie verpassen doch alles." Mein guter, alter Dad ist ein wenig gekränkt. „So schnell von der eigenen Hochzeit zu verschwinden."

„Ach Dad, lass ihnen doch den Spaß. Es wird ihre erste und letzte Hochzeit sein."

„Ja, eben darum hätten sie ja noch bleiben können. Ich konnte gar nicht meine Rede halten." Er zieht eine trotzige Schnute.

„Du kannst deine Rede schon noch halten." Ich zeige auf einen Mann in einem schwarzen Anzug und weißem Hemd.

„Sieht du den Mann da, am Zelteingang?", frage ich ihn und zögernd nickt er. „Das ist ein Kameramann. Er wird alles aufnehmen, auch deine Rede." Ich drücke ihm einen Kuss auf die Wange.

„Also, wie willst du jetzt das Stuhlproblem lösen?", fragt mich Kyle. Ich lächle ihn nur an und gehe zur hinteren Zeltwand. Daran lehnen zwei weiße, große Bilderrahmen. Ich nehme einen davon und drücke ihn Kyle in die Hand und schnappe mir den zweiten.

„Komm." Ich nicke in die Richtung der Haupttafel. Wir schleppen die unhandlichen Bilderrahmen zum Tisch und platzieren sie auf den beiden Stühlen in der Mitte. In einem Rahmen steckt eine Großaufnahme von David, in dem anderen eine von Molly. „Sie sind zwar nicht die Originale, aber besser, als zwei freie Stühle.", stelle ich fest. Liebevoll streiche ich über die beiden Rahmen.

Nach und nach trudeln die Gäste ins Zelt und suchen ihre Sitzplätze. Kyle und ich sitzen an einem der runden Tische. Unserer steht links von der Haupttafel. Neben uns sitzen noch meine Großeltern, Richard und Blairs Freundin Victoria.

Als alle Gäste ihre Plätze gefunden und sich gesetzt haben, strömen die Kellner herein und servieren die Vorspeise. Es gibt einen Rucolasalat mit warmen Ziegenkäse, Wallnüssen und einem Kräuterdressing. Beim Hauptgang durften die Gäste wählen. Es gibt entweder gedünsteten Wolfsbarsch mit Spargel, Petersilienkartöffelchen und Zitronensoßen, Saltim Bocca vom Kalbsbäckchen mit Gnocci oder Lammfilet in Kräuterkruste mit Speckböhnchen und gerösteten Kartoffeln.

Als ich mir den ersten Happen des Lamms in den Mund schiebe, fällt mir ein, was es für ein Kampf war, diese drei Gerichte festzulegen. Wir hatten uns acht Tage hintereinander zum Lunch getroffen, um die Gerichte zu verkosten und sie konnten sich beide absolut nicht einigen, was es denn nun geben soll.

Eigentlich waren nur zwei Gerichte zur Wahl geplant, aber David wollte unbedingt den Wolfsbarsch und das Lamm dabei haben und Lisa wollte auf Biegen und Brechen nicht auf das Saltim Bocca verzichten und keiner wollte nachgeben. Am Schluss habe ich ihnen dann seufzend vorgeschlagen, dass es dann wohl das Beste wäre, wenn wir alle drei Gerichte anbieten würden und zum Glück sind sie auf meinen Vorschlag eingegangen.

Zum Dessert wird auf jeden Tisch eine reichhaltige Käseplatte mit frischen Baguette und Ciabatta gestellt und wer eher zu den Süßen gehört, darf sich auf einen wunderbare Crème brulée freuen.

Voll bis oben hin lege ich meinen Löffel neben meine leere Schale und lasse meinen Blick durch den Raum schweifen. Mollys Mom sieht mich an und lächelt mir zu. Ich erwidere es.
Ich spüre Kyles Hand auf meinem Oberschenkel. Sie wandert langsam und mit kreisenden Bewegungen mein Bein entlang nach oben.
Er sieht mich an und ich kann das Verlangen in seinen Augen aufblitzen sehen. Unruhig rutsche ich auf meinem Stuhl hin und her, was ihm ein kleines Lächeln entlockt.
Ungeniert lege ich meine Hand auf seinen Schritt und spüre deutlich seine Erektion durch den Stoff der Anzugshose. Ihm stockt der Atem und er wirft einen schnellen Blick nach unten. Zum Glück ist die Tischdecke lang genug und verbirgt meine Hand, die begonnen hat, seinen Penis durch die Hose hindurch zu massieren.
Jetzt ist es Kyle, der unruhig auf seinem Stuhl hin und her rutscht. Ich schließe meine Hand fester um seine Härte und drücke zu. Er stöhnt auf und versucht, es mit einem Hustenanfall zu kaschieren. Die anderen kann er ja hinters Licht führen, mich aber nicht.
Wie bekomme ich ihn hier aus dem Zelt? Ich stehe lichterloh in Flammen vor Verlangen und ich muss ihn sofort in mir spüren. Während ich überlege, befasst sich meine unartige Hand weiter mit seinem besten Stück. Seine Hand krallt sich in die zarte Haut meines Oberschenkels.
Mein Atem beschleunigt sich und auch Kyle hat kräftig damit zu tun, sich nichts anmerken zu lassen. Wenn wir nicht bald hier raus kommen, könnte es sehr peinlich werden.

„Kyle, wärst du so nett, mir behilflich zu sein?", frage ich ihn so laut, dass unsere Tischgenossen es auch hören. Wir können ja schlecht, ohne ein Wort zu sagen, aufstehen und verschwinden. Er öffnet den Mund um zu antworten, aber jemand kommt ihm zuvor.

„Lass doch den armen Jungen mal sitzen. Du scheuchst ihn ja schon den ganzen Tag durch die Gegend. Lass mich dir doch helfen.", kräht mein Großvater quer über den Tisch. Danke Grandpa, du bist gerade dabei mir die Tour zu vermasseln.

„Aber nein, es macht mir nichts aus, zu helfen.", beeilt sich Kyle einzuwerfen.

„Das kann ich mir vorstellen.", murmelt Rich. Er beobachtet uns mit einer Mischung aus Belustigung und Widerwillen.

„Ich habe mir einen neuen Laptop gekauft und David ist ja gerade indisponiert und kann mir nicht helfen und da sich Kyle auch mit diesem ganzen Technikkram auskennt, wollte ich ihn bitten, ob er mir dabei behilflich sein kann, mein Emailpostfach einzurichten." Ich kreuze meine Finger unter dem Tisch, in der Hoffnung, dass mir mein Großvater die dreiste Lüge abkauft. Bei meinem Bruder brauch ich mir erst gar nicht der Illusion hingeben, dass er es glauben könnte. Er hat uns schon längst durchschaut.

„Sophie, muss das heute sein?", meldet sich jetzt auch noch meine Oma zu Wort. Am liebsten würde ich verzweifelt meine Augen verdrehen, aber das würde auffallen.

„Granny, ich benötige es aber ganz dringend.", quengle ich rum.

„Also, mir macht das echt nichts aus. Das sollte ja ganz schnell gehen und in null Komma nix sind wir wieder da.", erklärt mein Freund.

„He Sophie, sollte dir Kyle nicht noch mit deinem Laptop helfen? Dein überaus beschäftigter Bruder hat ja nie Zeit.", säuselt Lisa hinter uns. Eifrig nicke ich.

„Na los, aber beeilt euch. Ich will heute noch mit meiner Enkelin das Tanzbein schwingen." Grandpa macht eine wedelnde Handbewegung.

„Und ich habe heute noch nicht mir Kyle getanzt. Sie würden doch einer alten Lady keinen Tanz verwehren, oder junger Mann?", fragt meine Granny.

„Einer so reizenden Dame, wie Sie es sind, kann ich doch nichts abschlagen." Damit hat sich Kyle direkt in das Herz meiner Oma gelächelt.

Er löst seine Hand von meinem Oberschenkel und tätschelt ihn noch sacht, bevor er sie endgültig wegnimmt.

Ich löse meine Hand aus seinem Schritt und er steht umständlich auf. Dann tritt er hinter meinen Stuhl und hilft mir beim Aufstehen. Ich sehe Lisa an und raune ihr einen Dank ins Ohr.

„Ich habe genau gesehen, was ihr da unter dem Tisch getrieben habt, genau wie dein Bruder.", gibt sie mir sehr leise zurück.

Kyle nimmt sich meine Hand und positioniert mich so, dass ich vor ihm stehe. Ich verändere nur ein klein wenig meine Position und reibe meinen Hintern an seiner Härte.

Schnell schnappt er sich wieder meinen Arm und schiebt mich nach draußen. Ich laufe so vor ihm, dass ich seine Erektion mit meinem Körper vor den Blicken der Anderen abschirme.

Als wir aus dem Zelt heraus sind, eilen wir zur Terrassentür des Wohnzimmers. Schnell schlüpfen wir hinein und rennen durch den Raum in den Flur und die Treppe hinauf in mein Zimmer.

Kaum ist die Tür zu, drückt er mich dagegen. Seine Hände greifen unter meinen Hintern und heben mich an. Ich schlinge meine Beine um ihn. Unsere Zungen ringen miteinander, versuchen jeweils die Oberhand über den anderen zu bekommen. Ich klammere mich an Kyle, wie eine Ertrinkende. Er trägt mich zu meinem Schreibtisch und setzt mich auf der Kante ab.

Mit schnellen Handbewegungen wischen wir alles herunter auf den Boden. Gierig liegt sein Mund auf meinem Hals. Leckt, saugt und beißt sich daran hinab.

„Kyle… bitte… ich… will… dich… JETZT!" Das letzte Wort schreie ich vor Lust. An den Schultern drückt er mich nach unten, so dass mein Rücken auf der kalten, harten Tischplatte aufliegt. Rasch schlägt er mein Kleid zurück und zieht mir meinen Tanga nach unten. Er macht sich nicht die Arbeit, ihn mir komplett auszuziehen, so baumelt er jetzt an meinen rechten Fuß fröhlich hin und her.
Ich höre das Geräusch eines sich öffnenden Reißverschlusses. Er packt mich an den Hüften und zieht mich ein Stück nach vorne und keine Sekunde später dringt er tief in mich ein.
„Ah…" Ich schreie auf vor Lust, nicht vor Schmerz. Er verharrt nicht lange in mir und fängt an, sich zu bewegen.
Unser Atem kommt keuchend und abgehackt. Seine Stöße werden schneller, härter. Ich bin gefangen. Erbarmungslos spießt er mich mit seiner Härte auf. Immer und immer wieder. Ich schreie mein Stöhnen förmlich heraus.
Es dauert nicht lange und ich explodiere in einem ungeahnt heftigen Orgasmus. Kyle erklimmt nach zwei weiteren, harten Stößen ebenfalls den Gipfel der Lust und ergießt sich in mir.
Keuchend stützt er sich links und rechts neben meinen Kopf auf seine Hände. Nur gut, dass ich seit drei Wochen die Pille nehme.
Er schlingt seine Arme um meine Taille und zieht mich vom Schreibtisch herunter auf den Boden. Kyle ist immer noch in mir und ich lande klatschend auf seinem Schoß. Seine Arme eng um mich geschlungen, lässt er sich nach hinten fallen und zieht mich mit sich.

Mein Ohr liegt auf seiner Brust, direkt über seinem Herzen und ich kann es schnell und kräftig schlagen hören. Ich küsse seine Brust. Er ist immer noch komplett angezogen. Ich bin die einzige, die ein Kleidungsstück verloren hat. Zumindest fast, denn mein Tange hängt immer noch an meinem Fuß. Verheddert mit dem Riemchen meiner Schuhe.
Seine Hand streichelt meinen Po und wandert nach oben. Er schiebt sie zwischen uns und beginnt, meine Klitoris zu

stimulieren. Erschrocken keuche ich auf. Oh Gott, ich könnte schon wieder und Kyle anscheinend auch, denn ich kann spüren, wie er, immer noch in mir, wieder hart wird. Ich hebe meinen Blick, sehe ihn an und hebe eine Augenbraue.

„Allein dein Stöhnen reicht aus, dass ich wieder und wieder mit dir schlafen will und mein Kleiner scheint derselben Meinung zu sein, wie ich."

Ich sehe ihm weiter in die Augen und beginne, mich aufzurichten. Ich stütze meine Hände auf seiner breiten Brust ab und beginne, meine Hüften zu heben und zu senken und uns Beide in den Himmel der Lust und des Glücks zu treiben.

Epilog

11 Jahre später

„Samuel Mitchell Borough, nimm sofort deine Finger aus der Ganache!", rufe ich tadelnd. Schuldbewusst zuckt der kleine Mann zusammen und grinst mich entschuldigend an.

„Aber Mom, das schmeckt so verdammt gut."

„Verdammt sagt man nicht. Du sollst nicht immer nachplappern, was dir deine Onkel so erzählen und ich glaube nicht, dass die Garrissons so erfreut wären, wenn sie wüssten, dass in der Tortenfüllung zu ihrer goldenen Hochzeit mal kleine Kinderhände steckten." Auch wenn ich ihn streng ansehen muss, so kann ich nicht umhin, ihm liebevoll durch die blonden Haare zu streichen. „Los Marsch, raus aus meiner Hexenküche." Freundlich, aber direkt, dirigiere ich ihn aus der Küche. Der kleine Mann ist unverbesserlich. Ich habe ihm schon so oft gesagt, dass er seine Finger von den

Lebensmitteln lassen soll. Aber alles Süße zieht ihn magisch an.

„Und was soll ich da jetzt machen?", quengelt er und sieht mich aus großen, grünen Augen an.

„Du könntest rauf ins Büro zu Marie gehen. Sie wird dich schon beschäftigen." Ein breites Grinsen breitet sich auf dem Gesicht meines Sohnes aus und wie der Wind flitzt er die Treppe hinauf.

Marie, eine meiner besten Freundinnen aus Paris, und ich sind jetzt seit fünf Jahren die Inhaberinnen von 'Paris Weddings'. Wir können uns echt nicht beschweren. Unsere Auftragsbücher sind voll. Manchmal sogar zu voll. Teilweise müssen wir die Leute schon abweisen und zur Konkurrenz schicken, weil wir einfach keine Zeit mehr haben.
Unser Hauptquartier liegt in einer belebten Straße in der City von Chicago. Die Räumlichkeiten sind in einem alten Haus aus der Gründerzeit und dementsprechend sind sie relativ klein. Aber da sich das Ganze über zwei Etagen erstreckt, geht es.
Die Hexenküche heißt so, weil wir hier die Torten für die einzelnen Hochzeiten produzieren und neue Produktideen entwickeln.
Im ersten Stock liegen unsere Büros und der Besprechungsraum. Als wir mit dem Planen von Hochzeiten begannen, wollten Rich und David erst, dass wir in einem dieser hochmodernen Wolkenkratzer einziehen. Aber wir fanden, dass das Ambiente eines Gründerzeithauses besser zu uns und unserem Konzept passt.

Seufzend wische ich mir die Hände an meiner Schürze ab. Da ich Sams Hand aus der Schokocreme gezogen habe, ist meine jetzt auch voll mit dem Zeug. Aber ich muss ihm Recht geben – es ist verdammt lecker. Ich sehe auf die Uhr – ich habe genau noch eine Stunde, bevor Mr. und Mrs. William kommen. Sie feiern in Kürze ihre Goldene Hochzeit und wollen uns als Partyplaner.

Das kleine Glöckchen über der Eingangstür bimmelt und lässt mich in den Ausstellungsraum gehen. Ich kann gerade noch in die Hocke gehen und die zwei kreischenden Kinder auffangen, die auf mich zugerannt kommen.

„Tante Sophie!", rufen sie aus einem Mund und ich schließe Max und Jessica in meine Arme und drücke sie fest an mich. Sie sind beide ihren Eltern wie aus dem Gesicht geschnitten. Max hat die braunen Haare seines Vaters und das gleiche sture Kinn wie mein Bruder. Jessica, die von allen aber nur Jessy genannt wird, hat die dunkelblonden Haare ihrer Mutter und das gleiche schelmische Blitzen in den Augen wie ihr Vater.

Hinter den Beinen meines Bruders taucht ein kleines schüchternes Gesicht auf. Als ich ihr zulächle, verzieht sich ihr Mund zu einen strahlenden Grinsen. Lena hat im Moment ihre schüchterne Phase und beäugt erst einmal alle Menschen um sie herum mit großem Misstrauen, das meist aber schnell verfliegt, wenn man ihr ein Lächeln schenkt. Langsam kommt auch sie auf mich zu und umarmt mich. Ihre schwarzen Haare kitzeln mich an der Nase.

„Hallo, Tante Sophie.", begrüßt sie mich und ihre großen, blauen Augen schielen an mir vorbei auf die Zuckerdekorationen für die Torten. Sie ist eine gute Mischung aus ihrem Vater Richard und ihrer Mutter Lisa und in einem halben Jahr wird sie, mit ihren drei Jahren, eine große Schwester sein.

Aufgeregt plappern Max und Jessy auf mich ein.

„Weißt du Tante Sophie, Dad geht heute mit uns in den Zoo. Ist das nicht toll?", schreit mir Jessy ins Ohr.

„Und weißt du, was das aller Beste ist? Sam und Lena dürfen auch mit!", meldet sich Max aufgeregt zu Wort und hüpft auf und ab.

Etwas umständlich befreie ich mich aus den Armen der Kinder und stehe auf, um meinen Bruder David zu begrüßen.

„Hey Großer."

„Hallo Kleines. Wie laufen die Geschäfte?"

„Wir können nicht klagen. Nachher kommen noch neue Kunden zum ersten Gespräch. Wir sollen ihre Goldene ausrichten." Lena zupft an meiner Hose und so nehme ich sie auf den Arm.

„Wo ist Sam?", will David wissen.

„Oben im Büro, bei Marie.", antworte ich ihm. „He Jessy und Max. Ihr könnt mir mal einen Gefallen tun."

„Klar.", rufen sie.

„Ihr kennt bestimmt den Weg ins Büro von Tante Marie?"

„Wir sind doch keine Babys mehr!", empört sich Max, der in wenigen Tagen acht Jahre alt wird – nur zwei Tage nach Sam. Auch Jessy schüttelt empört den Kopf. Sie denkt auch schon, mit ihren sechs Jahren ist sie erwachsen. Sie denken wahrscheinlich ihre gute, alte Tante Sophie ist nun vollkommen durchgeknallt. Schließlich waren sie schon tausende Male hier und kennen alles, wie ihre Westentasche – vor allem die Küche.

„Bist du sicher, dass du dir die gesamte Rasselbande antun willst?", frage ich meinen Bruder skeptisch, nachdem seine zwei Sprösslinge nach oben gerannt sind. Wir lieben sie alle vier abgöttisch und auch wenn sie noch so liebreizend und unschuldig aussehen, sie haben es faustdick hinter den Ohren und sind schlimmer als ein ganzer Sack voll Flöhe.

„Keine Bange, ich habe mir Verstärkung besorgt. Wir wollen nur schnell Sam abholen und dann fahren wir zu Dad in die Bank und holen ihn ab. So blöd bin ich nicht, dass ich denselben Fehler zweimal mache.", grinst er mich an.

Ich kann mich noch gut daran erinnern, als David die dumme Idee hatte, mit den Kids Eis essen zu gehen. Es muss die Hölle gewesen sein, denn er spricht heute noch nicht über diesen

Tag. Wir wissen nur, dass er über und über mit allen möglichen Eissorten bedeckt war und danach drei Wochen lang eine kräftige Erkältung hatte.
Schweigend sehe ich ihm ins Gesicht. Er ist jetzt in den frühen Vierzigern und man könnte ihn immer noch für Anfang Dreißig halten. Sein Körperbau ist immer noch athletisch und seine Muskeln zeichnen sich unter seinem schwarzen T-Shirt ab. Sein Haar ist sorgfältig und für viel Geld kurz geschnitten und in seinen braunen Augen sieht man immer noch den kleinen Jungen von einst. Nur die Lachfältchen könnten sein wahres Alter verraten, aber sie machen ihn eigentlich nur noch attraktiver.

„Wie geht es Molly?" frage ich ihn. Er und Molly Borough, geborene Smith sind jetzt seit elf Jahren verheiratet und immer noch glücklich, wie am ersten Tag. Lisa und Richard haben vor kurzem ihren zehnten Hochzeitstag gefeiert und auch sie sind noch so verliebt wie damals.

„Ihr geht es super. Sie ist gerade in Washington. Sie soll dort irgendein wichtiges und sauteures Exponat abholen."
Lena hat immer noch ihre Arme und Beinchen um mich geschlungen und ihren Kopf auf meine Schulter gelegt. Sanft lege ich meinen Kopf an ihr Köpfen, aber da hören wir auch schon den Lärm von sechs Kinderfüßen und sie flitzen um die Ecke, die Wangen gerötet, die Augen blitzend vor Aufregung.

„Mom, darf ich mit Onkel David und Grandpa in den Zoo? Bitte, bitte, bitte!" Aufgeregt zupft Sam an meiner Schürze. Ich tue kurz so, als müsse ich es mir ernsthaft überlegen, ehe ich ihm mein Einverständnis gebe. Ich setze Lena wieder ab und gebe meinem kleinen Mann einen feuchten Schmatzer auf die Wange.

„Mom!", schreit er entrüstet und wischt sich hektisch mit dem Ärmel an der Wange herum. Ich lächle in mich. Ich weiß ja, dass er keine Küsse mehr von seiner Mom in der

Öffentlichkeit will, aber ich kann einfach nicht wiederstehen – schuldig im Sinne der Anklage.

Ich verabschiede mich noch von den Anderen und wünsche meinem Bruder und meinem Vater, im Stillen, viel Glück und eine übermenschliche Geduld. Winkend stehe ich auf dem Bürgersteig und sehe Davids Wagen nach.

Immer, wenn ich ihn mit den Kids sehe, versetzt es meinem Herz einen kleinen Stich. Er und Molly hätten so gern noch mehr Kinder bekommen. Nach Jessy war sie auch schwanger und wieder mit einem kleinen Mädchen. Aber leider war unsere kleine Maddie eine Frühgeburt und die Ärzte kämpften wochenlang um ihr Leben. Wir beteten alle, dass sie es schafft. Aber leider war alle Mühe, alles Hoffen und Bangen, umsonst und sie starb fünf Wochen nach der Geburt. Für uns alle brach eine Welt zusammen, vor allem für Molly und David. Es dauerte sehr lange, bis sie dieses dunkle Tal durchschritten hatten und wieder nach vorn blicken konnten. Maddie wird für immer in unseren Gedanken und Herzen sein und wir werden auch für immer um sie trauern.

Wie immer, wenn ich an sie denke, entwischt mir eine kleine Träne. Ich wische sie weg, aber ohne Wut, Trauern oder ähnlichem. Diese einzelne Träne gehört einfach zu mir, zu meinem Leben. Ich gehe wieder hinein, in die Küche, um nach der Ganache zu sehen. Morgen wird die Goldene Hochzeit der Garrissons sein und da müssen heute noch die Torte und die Petits Fours fertig werden.

Ich rühre die Schokofüllung noch einmal um und hänge meine Schürze an den Haken neben die Tür und gehe anschließend nach oben in mein Büro.

Seufzend lasse ich mich in meinen Schreibtischstuhl fallen und gönne mir den Luxus, für einen kleinen Moment die Augen zu schließen. Gott, ist das herrlich. Aber lange kann ich es mir nicht erlauben und so öffne ich sie wieder und gehe nochmal die Listen für die morgige Feier durch. Es ist alles erledigt, was zu diesem Zeitpunkt fertig sein muss. Wie immer arbeiten wir auch bei dieser Feier mit unserem Stammcaterer zusammen. Die deftigen Sachen überlassen wir immer dem Catering und wir kümmern uns, neben der ganzen Organisation, um die individuelle Anfertigung der Hochzeitstorten, der kleinen Kuchen und Petits Fours – falls welche gewünscht sind.

Als wir den Laden eröffneten und es sich herumsprach, dass ich die Hochzeiten von David und Richard organisiert hatte, rannten die Leute uns die Bude ein. Bis heute schätzen unsere Kunden ganz besonders die Herstellung ihrer ganz persönlichen und individuellen Hochzeitstorten.
Als ich meinen Bachelor in der Tasche hatte, habe ich gleich noch den Master drangehangen und habe mit Summa Cum Laude abgeschlossen. David und Rich hielten ihr Versprechen und sind jetzt stille Teilhaber. Sie lassen uns unser Geschäft führen, wie wir es für richtig halten und wollen nur alle drei Monate mal einen Blick in die Bücher werfen, um kontrollieren zu können, wie die Geschäfte so laufen und sie laufen bombig. Wir könnten im Prinzip expandieren, aber weder Marie, noch ich haben gerade irgendwelche Ambitionen in diese Richtung.

Die Tür zu meinem Büro fliegt mit Schwung auf und knallt gegen die Wand.
„Sophie, kannst du meinen drei Uhr Termin übernehmen? Mai hat Fieber und ich muss sie aus dem Kindergarten abholen." Gehetzt wartet sie auf eine Antwort von mir.
„Kann George das nicht übernehmen?"
„Nein, tut mir leid, er steht noch im OP."
„Na gut, hast du eine Akte?"
„Liegt auf meinem Schreibtisch."
„Los verschwinde."

„Danke Sophie, ich werde mich revanchieren, versprochen!" Und schon dreht sie sich um und verschwindet.
Marie und ich kennen uns schon seit meiner Zeit in Paris. Wir haben dort gemeinsam die Landschaft der französischen Kochkunst kennengelernt. Kurz vor meinem Masterabschluss kam sie mich hier in Chicago besuchen und an ihrem ersten Abend waren wir in Dans neustem Club wo sie George kennenlernte. George Smith hatte gerade in einem der großen Krankenhäuser als aufstrebender Chirurg angefangen und für Beide war es Liebe auf den ersten Blick. Ein halbes Jahr später läuteten die Hochzeitsglocken. Natürlich ließ ich es mir nicht nehmen, auch diese Hochzeit auszurichten. Es war die Dritte, die der Garten meiner Eltern zu sehen bekam.
Marie und George wollten gern Kinder und sie haben alles Mögliche versucht, bis sich herausstellte, dass George keine Kinder zeugen kann. Marie war am Boden, aber dann haben sie sich für eine Adoption entschieden und seit einem Jahr sind sie die stolzen Eltern der dreijährigen Mai Ling, ein kleines Mädchen aus China.

Seufzend kehre ich in die Realität zurück. Ich werde mich mit Maries Kunden nach meinen Termin befassen. Auch wenn ich Miteigentümerin bin, so steht auch mir ab und zu eine kleine Mittagspause zu.
Auf meinem Schreibtisch aus dunklem Kirschholz liegt die gefaltete Chicago Times. Ich schlage sie auf und blättere sie gelangweilt durch. Nur die Seite mit den Verlobungen sehe ich mir genauer an. Schließlich sind das alles potenzielle Kunden.
Aber heute habe ich keine Freude an dieser Seite. Geschockt und mit zitternden Händen starre ich auf das erste Bild – so wird mein Sam also mit Anfang Dreißig aussehen. Mein Blick schweift zu der Bildunterschrift „Mit großer Freude verkünden Mr. und Mrs. John Miller die Verlobung ihrer Tochter Kendra mit dem Unternehmer Kyle Wallace."

Danksagung

Wenn man ein Buch schreibt, taucht irgendwann die Frage nach der Danksagung auf und dann sitzt man vor einer leeren Seite und versucht, sich etwas aus den Fingern zu saugen.

Denn eigentlich will man all den Menschen danken, die einem dabei geholfen haben, das Buch entstehen zu lassen und natürlich darf keiner vergessen werden und es soll sich keiner auf den Schlips getreten fühlen, wenn er vergessen wurde oder er an dieser oder jener Stelle genannt wurde.

Darum danke ich an dieser Stelle einfach all den Leuten, die mir beim Entstehungsprozess von „Liebe ist eine Seifenblase" geholfen haben. Ganz besonders aber:

Meinen Betalesern Ana, Bärbel und Stefan – danke, dass ihr euch durch meine wirren Gedanken gearbeitet habt und mich auf so manchen groben Fehler hingewiesen habt. Ohne euch wäre das Buch nicht das, was es jetzt ist.

Meinen Followern auf Facebook. Ihr habt ein tolles Cover ausgesucht.

Und

René, meinem Felsen in der Brandung.